KB184426

한국현대시론강의

서연비람 신서 5

한국현대시론강의

초판 1쇄 2024년 11월 29일
저자 김인환
편집주간 김종성
편집장 이상기
펴낸이 윤진성
펴낸곳 서연비람
등록 2016년 6월 29일 제 2016-000147호
주소 서울시 강남구 연주로30길 57, 제E동 제10층 제1011호
전자주소 birambooks@daum.net

ⓒ 김인환, 2024, Printed in Korea.

ISBN 979-11-89171-78-0

값 27,000원

서연비람 신서 5

한국현대시론강의

김인환 지음

서연비람

차례

머리말

정년한 지 10여 년이 지나 예전에 모아 두었던 자료들을 모두 폐기하려고 꺼내 보다가 현대 시론의 강의 노트를 발견했다. 나는 1979년 8월에 고려대학교에 부임해서 30년 동안 비평론과 문학사를 가르쳤고 현대시 전공 교수가 없었던 1987년까지는 현대시론도 담당했었다. 체계도 없고 내용도 충실하지 않았으나 버리기에는 아쉬운 점이 몇 가지 눈에 띄어 힘자라는 대로 깁고 더해 책으로 엮어 보았다. 첫째 시의 본유개념이라고 할 수 있는 운율과 비유를 보편적인 시각으로 규정해 보려는 노력과 둘째 한국 현대시의 형성과 전개를 하나의 구도로 그려보려는 구상과 셋째 한용운과 김소월의 시를 자세히 뜯어 읽으려는 시도는 앞으로 젊은 학생들이 이 책의 미비한 수준을 넘어서 깊이 탐구할 만한 연구영역이 될 수 있다고 생각했기 때문이었다.

한국현대시론의 대상은 20세기 이후에 한국 특히 남한에서 창작된 시라는 점에서 연대(年代)의 시이다. 그러나 연대의 시를 바르게 해석하려면 만대의 시를 척도로 고려하지 않으면 안 된다. 만대의 시에 대해서 말하려면 어느 한 나라의 시가 아니라 인류의 모든 시에 두루 해당하는 시문학의 기본개념을 이해해야 한다. 영시를 예로 들어 영국시와 한국시의 밑에 공통으로 흐르는 보편성을 찾아도 무방할 것이지만 한국현대시론이 국어국문학과의 과목이니 국문과 학생들이 필수로 배우는 한시의 경우를 예로 들어 한시에도 통하고 현대시에도 통하는 시의 본유 개념에 대해 생각해 보는 것이 좋을 것이다. 한국과 일본에서 한시라고 할 때는 중국 한나라의 시가 아니라 당시의 형식으로 씌어진 한자시를 가리킨다. 중국시의 형식은 시대에 따라 변화하였다. 당나라 시대에 이미 한국과 일본에서는 지을 수 없는 구어체 사(詞)가 나와서 3-5-7-7 또는 7-7-3-3-7음절의 단조체를 쌍조체로 확대하였고, 송나라 시대에는 6행에서 26행에 이르는 다양한 형태로 발전하였다. 심원춘(沁園春)이란 사체(詞體)는 쌍조 26행 114음절인데 한 행의 음절들은 4-4-4-5로 시작하여 중간에 4-4-4-4가 오고 4-7-3-5-4로 끝나는 윗부분과 6-8-5-4로 시작하여 중간에 4-4-4가 오고 4-7-3-5-4로 끝나는 아랫부분으로 구성된다.

4-4-4-5-4-4-4-4-4-7-3-5-4
6-8-5-4-4-4-4-4-4-7-3-5-4

유교 조선은 15세기의 권근, 이석형, 김종직, 이승소, 성현, 박상, 박은, 이행, 정사룡과 16세기의 노수신, 황정욱, 정유길, 고경명, 박순, 임제, 백광훈, 최경창, 이달, 허초희, 이호민, 이안눌, 권필, 이명한, 정두경이 모두 당시의 형식으로 한자시를 지었다. 특히 백광훈과 최경창과 이달은 한자시의 당시 정향(定向)을 완성했다는 의미에서 삼당시인(三唐詩人)으로 불리었다. 서거정의 『동인시화』는 고려시대의 당시 정향을 정리한 평론집이다.

시를 시로 만드는 시의 본유개념은 운율과 비유이다. 운율과 비유를 잘 보이는 전경(前景)에 내놓은 데 당시의 고유성이 있다. 당시에는 높은 소리인 측성과 낮은 소리인 평성을 배열하는 일정한 규칙이 있다. 5음절 행의 경우에 4행시의 행말 음절은 측-평-측-평이고 8행시

의 행말음절은 측-평-측-평-측-평-측-평이며 7음절 행의 경우에 4
행시의 행말 음절은 평-평-측-평이고 8행시의 행말 음질은 평-평-측
-평-측-평-측-평이다. 짝수 행말은 압운하며 특히 8행시는 첫째 행
말도 압운한다. 1행 5음절 시는 3음보로 구성되는데 둘째 음보 또는
행말 음보가 1음절 음보이고 나머지 음보는 2음절 음보이며 2음절
음보는 평-평이거나 측-측이다. 1행 7음절 시의 한 행은 두 반행으
로 한 반행은 두 음보로, 즉 1행 4음보로 구성되는데 셋째 음보 또는
행말 음보가 1음절 음보이고 나머지는 2음절 음보이며 2음절 음보는
역시 평-평이거나 측-측이다. 따라서 1행 7음절 시의 경우에 한 행
의 음절 구성은

평-평-측-측-측-평-평
평-평-측-측-평-평-측

측-측-평-평-평-측-측
측-측-평-평-측-측-평

이 된다. 그리고 일삼오불론(一三五不論)이라고 하여 첫째, 셋째, 다섯
째 음절에는 어느 소리가 와도 좋다는 허용 규칙이 있다.

한국 한자음과 일본 한자음이 중국 한자음과 다르기 때문에 한국
과 일본에서 한시를 짓는 사람은 한 글자 한 글자 평성인지 측성인지
를 확인해야 했다. 한국과 일본에서 좋은 한시가 나오지 못한 이유는
중국 한자음을 중국 사람처럼 활용하기 곤란했던 데 있다. 한자로 산
문을 자유롭게 지을 수 있는 사람도 중국 한자음의 소릿결까지 살려

낼 수는 없었으므로 한국과 일본에서 운율의 독창성을 발휘한 한시를 짓기는 매우 어려웠다. 한국 한시는 운율 대신에 비유에서 독창성을 추구하였다. 여기서 비유라고 한 것은 은유, 환유, 우유(寓喩: 알레고리)를 포함한 개념이다. 낱말이 비유인 경우도 있고 시구가 비유인 경우도 있고 한 행 또는 몇 행이 비유인 경우도 있고 한 편의 시가 비유인 경우도 있으나 한국에서 한시를 짓는 사람들은 특히 낱말을 중요하게 생각하였다. 한시는 한 자, 반 자 사이에서 결정된다고 할 때 글자는 운율이 아니라 비유를 가리키는 것이다. 시의 주도소(主導素)를 시의 눈이라고 할 수 있는데 시의 눈은 한 편의 시 전체가 될 수도 있고 시연 또는 시구가 될 수도 있으나 예전 선비들이 시의 눈을 자안(字眼)이라고 한 데는 글자 한 자 한 자를 공들여 선택해야 하며 널리 가창되던 신광수(申光洙, 1712~1775)의 「관산융마(登岳陽樓歎關山戎馬)」처럼 두보의 시를 통째로 가져다 쓰면 안 된다는 작시의 기본 원칙을 강조하려는 의도가 들어 있다. 서거정(1420~1488)은 『동인시화』(1474)에서 강일용(康日用)의 시행 하나를 예로 들어 자안에 대해 설명하였다.

　　강일용 선생이 백로를 두고 시를 지으려고 매번 비를 무릅쓰고 개성 동쪽에 있는 천수사 남쪽 시냇가에서 백로를 살펴보다가 어느 날 문득 "날아서 푸른 산의 허리를 가른다(飛割碧山腰)"란 시구를 얻고는 "나는 지금 옛사람이 도달하지 못했던 경지에 도달했다"고 하였다.[1]

---

1) 박성규 역, 『동인시화』, 집문당, 1998, 44쪽.

강일용은 생몰년도 미상이고 남아 있는 작품도 없는 시인이다. 다만 『고려사절요』에 다음과 같은 기록이 있다.

문신 56명을 사루(紗樓)에 불러 모아서 초에 금을 그어 놓고 초의 금이 녹기 전에 모란시를 지으라고 하였다. 일등은 첨사부 주부 안보린(安寶麟)이었다. 시간 내에 지은 사람에게 비단을 차등 있게 하사하였다. 이때 왕이 유명한 시인 강일용의 시 짓는 것을 보고 있었다. 그는 시간이 다 되도록 겨우 "취한 백발노인은 궁전 뒤에서 바라보고 눈 밝은 노학자는 난간 가에 기대었네(頭白醉翁看殿後 眼明儒老倚欄邊)"란 한 연을 짓고 그 초고를 소매에 넣은 채 궁전 개울 옆에 부복하고 있었다. 왕이 내시에게 그 초고를 가져오라고 하여 보고 이것이 옛사람의 이른바 "늙은이 얼굴 가득 꽃과 비녀로 꾸며도 대충 단장한 서시만 못하구나(白頭花鈿滿面 不如西施半粧)"라고 한 것이라고 칭찬하며 위로하였다.[2]

이 기록으로 미루어 볼 때 강일용은 시를 잘 지었으나 빠르게 많이 짓지는 못한 시인이라는 것을 알 수 있다. 선비들은 한시를 평가할 때 공들여 발견한 독창성을 존중하고 빨리 짓는 주필(走筆)을 천하게 여겼다. 1589년에 통신사를 따라 일본에 가서 4천여 수의 시를 지어 일본인들을 놀라게 한 차천로의 시가 높이 평가받지 못한 이유가 여기에 있다. 백로가 갑자기 날아오르더니 산허리를 빠르게 지나가는데 마치 산의 중허리가 두 동강으로 갈라지는 것 같았다는 묘사는 참

---

2) 『고려사절요』 제1권, 예종 17년(1122) 3월 조, 민족문화추진회, 1976, 437쪽.

신하고 독창적이다. 가른다는 뜻의 할(割)이라는 글자 하나가 이 놀라운 독창성을 만들어 낸 것이다. 한시의 자안을 구체적으로 이해하려면 시의 주제만 보지 말고 시의 형식을 자세히 뜯어 읽어야 한다. 자안 분석이 결여된 주제 해석은 시를 산문으로 취급하는 것이므로 엄밀하게 말해서 문학 연구라고 할 수 없다.

봄바람(春風)에 문득(忽) 이미(已) 청명(淸明)이 다된 것(近)을 느끼고
내다보니 가랑비(細雨) 조용히 내리는(霏霏) 저녁(晩) 어스름에(未晴)
집 모퉁이(屋角) 살구꽃이(杏花) 꽃핀 것을(開) 두루(遍) 알리고 싶어(欲)
이슬 머금은(含露) 가지 두엇을(數枝) 사람들 향해서(向人) 늘어뜨렸네
(傾)

春風忽已近淸明
細雨霏霏晩未晴
屋角杏花開欲遍
數枝含露向人傾

권근(權近, 1351~1409)의 「춘일성남즉사(春日城南卽事)」[3]에서는 향인(向人)이 자안이다. 명나라 태조가 조선의 표문(表文)이 공손하지 않다 하여 글 지은 사람을 보내라고 했을 때 글을 지은 정도전이 병을 칭탁하고 가려고 하지 않아서 조선의 사정이 난처해지자 글을

---

3) 권근, 『양촌집(陽村集)』 권(卷)5 장(張)16.

윤문한 권근이 자청하여 명나라로 들어가 명나라 태조에게 노숙하고 성실한 수재라는 징찬을 받고 돌아온 일이 있었나. 멍나라 태조가 다음부터는 중국어 모르는 자를 사신으로 보내지 말라고 지시한 것으로 미루어 권근은 중국어를 잘했다는 것을 알 수 있다. 분망하게 일에 쫓겨서 계절이 바뀐 것도 모르고 살던 시인은 어느 날 모처럼 겨를을 얻어 집에서 한가롭게 쉬다가 따뜻한 봄바람이 부는 것을 느끼고 입춘 지나 청명이 가까운 것을 깨닫는다. 겨울이 지나고 봄이 왔다는 너무나 당연한 사실이 경이롭게 느껴지는 이때가 바로 시가 탄생하는 순간이다. 시간도 낮이나 밤이 아니고 황혼이다. 포근한 봄비가 부슬부슬 소리 없이 내리고 있다. 시의 배경에는 고요하고 평화로운 분위기가 깔려 있다. 대립과 갈등이 소멸한 특별히 예외적인 시간에 시인은 집 모퉁이 살구나무에 꽃이 핀 것을 보고 놀란다. 늘 보던 살구꽃이 마치 처음 보는 것처럼 신선하게 다가온다. 살구꽃은 이제 사람들이 바라보는 대상이 아니라 사람들에게 자기의 아름다움을 자랑하고 싶어 하는 주체가 된다. 가랑비에 촉촉하게 젖어 있는 가지를 이슬 머금은 가지라고 표현한 것은 일종의 환유이다. 시인은 비 맞은 꽃보다 이슬 머금은 꽃이 시의 분위기에 더 적합하다고 생각했다. 꽃나무의 가지는 저절로 기울어진 것이 아니라 살구꽃이 사람들 보라고 꽃이 달린 가지 몇 개를 일부러 늘어뜨린 것이다.

복사꽃 뜬(桃花) 물결 높이(浪高) 몇 길이나(幾尺許) 솟았나
돌덩이가(狼石) 아주 잠겨(沒頂) 위치를(處) 알 수 없어(不知)
쌍쌍이 나는(兩兩) 가마우지들은(鸕鷀) 쉴 곳을(舊磯) 잃어버리고(失)

물고기 입에 문 채(唧魚) 줄풀(菰)과 부들(蒲) 가득한 늪으로 들어간다
(入去)

桃花浪高幾尺許
狼石沒頂不知處
兩兩鸕鷀失舊磯
唧魚却入菰蒲去

김종직(金宗直, 1431~1492)의 「보천탄즉사(寶泉灘即事)」[4]에서 자안은 실구기(失舊磯)이다. 김종직의 「조의제문(弔義帝文)」은 항우가 죽여서 침강(郴江)에 던진 초회왕 손심(孫心)을 조상하는 글인데 연산군은 세조를 항우에게 빗대고 단종을 회왕에게 빗댄 글이라고 하여 무오사화를 일으켜서 그의 제자들을 다 죽이고 그의 문집을 불태우고 그의 관을 쪼개어 시체의 목을 잘라 거리에 내걸었다 시인은 함양의 보천탄을 지나다가 큰비로 물이 불어 가뜩이나 거센 여울의 물결이 치솟은 광경을 보고 물결이 너무 높아서 몇 길이나 되는지 짐작하기 어렵다고 말한다. 그냥 높다고 하지 않고 몇 길이나 되는지 모르겠다고 묻는 것은 물결의 높이를 강조하는 수사적 표현이다. 거센 물결은 여울을 지나는 사람에게 위협이 될 뿐 아니라 여울 위를 나는 가마우지에게도 위협이 된다. 강에는 아무리 물살이 빠르게 흐르더라도 대개 드러난 땅(洲)과 자갈밭(磯)이 있거나 삐죽하게 이마(頂)를 물 밖으로

---

4) 김종직, 『점필제집(佔畢齋集)』, 권19, 장6.

내민 돌(狠石)이 있다. 물 아래 있는 돌은 물에 갈려서 미끄럽지만 물 위로 내민 돌의 머리(頂) 부분은 거칠고 붕북하여 새들이 앉아 쉬기에 좋다. 한석(狠石)은 거칠고 뭉툭한 돌덩이를 가리킨다. 그런데 지금 험한 물결만 가득 차 빠르게 흐르는 이 여울에는 땅도 돌도 보이지 않는다. 출렁이는 물살은 위치를 가늠할 수 없게 한다. 사람은 건널 곳을 찾지 못하고 새는 쉴 곳을 찾지 못한다. 가마우지들도 늘 쉬곤 하던 터전을 잃어버렸다. 물고기를 잡고도 먹을 곳을 찾지 못한 가마우지들은 여울 옆에 있는 줄풀과 부들 사이로 들어가 물이 질척한 늪에서 불안하게 굶주린 배를 채운다. 쉴 곳을 잃은 새의 불안은 터전을 잃은 사람의 불안과 통한다.

새벽에(曉) 별이(星) 바다로(海) 떨어지는 것을(垂) 보는데

다락이(樓) 높아서(高) 한기가(寒) 사람 몸을(人) 엄습한다(襲)

이 몸(身) 바깥에(外) 천지가(乾坤) 광대함을(大) 절감하며

가만히 앉아서(坐來) 빈번히(頻) 울리는 군영의 북과 나팔 소리를(鼓角)

듣는다

먼 산은(遠岫) 안개처럼 흐릿하게(如霧) 보이고(看)

지저귀는 새소리는(喧禽) 벌써(已) 봄이 온 것을(春) 깨닫게 한다(覺)

숙취는(宿醒) 으레(應) 저절로(自) 풀리겠지만(解)

시흥은(詩興) 어지럽게(漫) 서로 얽혀서(相因) 풀리지 않는다

曉望星垂海

樓高寒襲人

乾坤身外大

鼓角坐來頻

遠岫看如霧

喧禽覺已春

宿醒應自解

詩興漫相因

　박은(朴誾, 1479~1504)의 「효망(曉望)」5)에서 자안은 저절로 풀리는
숙취와 서로 얽혀서 풀리지 않는 시흥이 대구를 이루는 마지막 두 행
이다. 박은은 1504년 갑자사화 때 지제교로 있다가 사형을 당하였
다. 고문을 받으며 신색이 태연하였고 죽을 때 하늘을 향하여 두 번
크게 웃었다. 시인은 바닷가 누각에 앉아 바다로 떨어지는 유성을 보
고 있다가 갑자기 한기가 드는 것을 느낀다. 간밤에 취하여 자고 이
른 새벽에 집 밖으로 나와 높은 누각에 올라와 앉아 있으니 봄이라도
추울 수밖에 없을 것이다. 떨면서 광대한 우주를 바라보던 시인은 천
지가 얼마나 크고 천지에 비교해서 제 몸이 얼마나 작은가를 깨닫는
다. 임금과 대신들의 권력 의지란 것이 얼마나 보잘것없는 것인가를
자각하는 것이다. 그는 폭군을 두려워하지 않는다. 폭군이 빼앗을 수
있는 것은 조그만 몸뚱이 하나밖에 없다. 천지는 여전히 광대하고 일
월은 여전히 제 길을 따라 누각 근처에 있는 군영에서는 새벽부터 북
소리와 나팔 소리가 빈번하게 울린다. 먼 산의 봉우리들이 안개처럼
흐릿하게 보이고 어디선가 끊임없이 지저귀는 새소리가 들린다. 술

----

5) 박은, 『읍취헌유고(挹翠軒遺稿)』 권3 장5.

이 덜 깨 속이 거북한 시인에게 새소리가 봄이 온 것을 알려준다. 정신이 번쩍 든 시인은 시를 지어보려고 해본다. 시간이 지나면 숙취는 저절로 풀리겠지만 시는 저절로 지어지는 것이 아니다. 시는 공들이는 것이다. 정신이 산만하니 시상도 헝클어져서 풀어지지 않는다.

오래된 절(古寺) 문 앞에서(門前) 봄을(春) 또(又) 보내고(送) 여름을 맞으니
지고 남은 꽃들이(殘花) 비를 따라(隨雨) 옷에(衣) 자주(頻) 점을 찍는다(點)
돌아올 때(歸來) 소매(袖) 가득(萬) 맑은 향내가(淸香) 차 있어서(在)
수없는(無數) 산 벌들이(山蜂) 멀리까지(遠) 사람을(人) 따라온다(趁)

古寺門前又送春
殘花隨雨點衣頻
歸來萬袖淸香在
無數山蜂遠趁人

눌재 박상의 제자 임억령(林億齡, 1496~1568)의 「시자방(示子芳)」[6]은 친구 이란(李蘭)에게 준 시이다 이 시에서 자안은 말할 것도 없이 마지막 행이다. 절에 갔다 나오다 절 문 앞에서 시인은 봄이 다 지나가 계절이 바뀌는 것을 느낀다. 마침 비가 내려 절 문 앞에 서서 비를

---

6) 임억령, 『석천집(石川集)』 권3 장30.

피하고 있는데 비 맞은 꽃들이 떨어지며 옷 여기저기에 붙는다. 돌아오는 길에 벌들이 멀리까지 따라오기에 이상해서 살펴보니 소매에 꽃향기가 가득 차 있기 때문이었다.

친구 집에서(仙家) 취해(醉) 자다(睡) 깨어(覺後) 어느 땐가 의심스러워(疑)

내다보니 구름이(白雲) 골에(堅) 깔리고(平) 새벽달이(月) 지는(沈) 때다 (時)

급하게(翛然) 혼자서(獨) 숲(脩林) 밖으로(外) 나가는데(出)

돌길에(石逕) 울리는 지팡이 소리에(筇音) 자던 새들이(宿鳥) 놀라 깬다 (知)

醉睡仙家覺後疑

白雲平堅月沈時

翛然獨出脩林外

石逕筇音宿鳥知

윤원형을 쫓아내는 데 앞장선 박순(朴淳, 1523~1589)의 「방조운백(訪曹雲伯)」[7]에서 자안은 숙조지(宿鳥知)이다. 친구의 집을 신선의 집이라고 한 것은 친구를 신선처럼 욕심 없는 사람이라고 칭찬하는 것이고 벼슬길에 매인 자기와 초야에 묻혀 사는 친구를 비교하여 자신의 모자람을 스스로 비판하는 것이다. 자다 깬 시인은 낮인지 밤인지

---

7) 박순, 『사암집(思菴集)』권2 장2.

시간을 짐작할 수 없었다. 창밖을 보니 새벽달이 넘어가고 흰 구름이 골짜기에 나지막이 퍼져 있었다. 입궐해야 한다는 생각이 들어 부리나케 일어나 울창한 숲 밖으로 걸어 나오는데 숲길의 여기저기에 박혀 있는 돌들에 지팡이가 부딪쳐 나는 소리에 자던 새들이 깨어서 날아갔다. 쓸데없이 재산과 권력을 추구하며 부지런 떠는 사람은 자연의 질서를 어지럽힌다는 의미가 "숙조지" 석 자 속에 들어 있다.

갈대 섬에(蘆洲) 바람이 살랑거리고(風颭) 눈이(雪) 흩날리는데(漫空)
술을 사서(沽酒) 돌아와(歸來) 작은 배를(短篷) 매고(繫)
피리를(橫笛) 몇 곡조(數聲) 부니 강에 뜬 달이 밝아지고(江月白)
자던 새들이(宿禽) 작은 섬의(渚) 안개 속으로(煙中) 날아간다(飛起)

蘆洲風颭雪漫空
沽酒歸來繫短篷
橫笛數聲江月白
宿禽飛起渚煙中

고경명(高敬命, 1533~1592)의 「어주도(魚舟圖)」[8]에서 자안은 강월백(江月白)이다. 고경명은 임진왜란에 의병을 일으켜 장수가 달아나고 관병이 무너진 남원을 지키다 죽었다. 주(洲)와 저(渚)는 강 가운데

8) 고경명, 『제봉집(霽峯集)』 전(全) 장2.

흙이 드러나 있는 곳으로서 작은 섬이라고 할 수 있다. 주로 새들의 서식지가 되지만 사람이 살 수 있는 크기의 땅도 있다. 이 시의 주인공은 어부이다. 하루 종일 고기를 잡던 그는 살랑이는 바람에 눈이 흩날리는 날 저녁 느지막이 술을 사서 싣고 돌아와 작은 배를 갈대 우거진 섬에 대어 놓고 몇 곡조 피리를 분다. 젓대 소리에 따라 갑자기 날이 개어 강 위에 뜬 달이 밝아지고 자던 새들도 가락에 맞추어 섬의 안개 속으로 날아간다. 자던 새들을 놀라게 한 지팡이 소리와는 반대로 이 시에서 피리 소리는 자던 새들을 가락에 맞추어 춤추게 한다. 관료의 지팡이 소리는 자연의 조화를 어지럽게 하지만 어부의 피리 소리는 자연의 일부로서 새들의 친구가 된다. 이 시에 등장하는 술, 배, 달, 새, 강, 눈, 바람, 피리, 갈대 연기는 모두 한데 어울려 평화로운 풍경을 구성하고 있다. 피리 소리에 눈이 그치고 달이 밝게 빛난다는 강월백(江月白)은 우연이면서 동시에 신비이다.

어느 나라의 시를 읽더라도 시를 읽는 방법은 동일하다. 내가 시론 강의를 한시의 운율과 비유로 시작하는 이유는 한시를 척도로 우리 시를 읽게 하려는 데 있지 않고 운율과 비유를 세계의 모든 시에 두루 해당하는 시의 본유 개념으로 이해하게 하려는 데 있다. 우리가 외국시를 공부하는 목적도 그 외국시와 한국시의 밑바탕에 있는 시 문학의 기본개념을 바르게 파악하는 데 있을 것이다. 영시나 독일시를 예로 들어도 되겠지만 국문과 학생들에게 영어보다 한문이 편하기 때문에 한시를 예로 들었을 뿐이다. 시 공부는 말을 가지고 하는 놀이이다. 시 공부는 말을 귀담아들으면서 말을 따라다니는 재미에서 시작한다. 어느 나라 시이건 시의 운율과 비유를 자세히 뜯어 읽을 줄 아는 사람은 인간 언어의 신비를 몸으로 체험할 수 있다. 시를 읽는 방법은 영시나 한시나 다를 것이 전혀 없다. 그러나 국문과 학생들이 공부해야 할 내용은 영시나 한시가 아니라 한국시이다. 말라르메는 「에드거 포의 무덤」에서 시인을 "종족의 말에 순수한 의미를 주는 천사(l'ange donner un sens plus pur aux mots de la tribu)"라고 하였다. 엘리엇도 『네 사중주』에서 말라르메의 이 말을 받아 "우리의 관심은 말에 있었기 때문에 말이 시키는 대로 우리는 부족의 방언을 순화했다(Since our concern was speech, and speech impelled us to purify the dialect of the tribe)"[9]고 했다. 한국시를 공부하는 학생들은 수천 가지 의미들과 용법들이 뒤섞여 있는 우리말의 자원에서 틀에 박힌 불순한 인습을 제거하면 누구나 아는 낱말들이 우리에게 얼마나 새로운 경이를 선사할 수 있는지를 속속들이 느끼면서 살려고 노력해야 한다. 한국시 공부는 날마다 새롭게 변화하는 모국어를 발견하는 유희이면서 동시에 탐험이다. 한국현대시론은 한국시 가운데 현대라는 한정된 연대(年代)의 시를 공부하는 과목이다. 우리는 만대의 시를 통해서 시문학의 일반적이고 안정적인 보편 개념의 체계를 배울 수 있다. 그러나 현대시를 통해서 우리가 배우는 것은 현대의 감성이고 현대의 문제이다. 현대시의 고유성은 안정된 체계가 아니라 불안한 새로움에 있다. 엘리엇은 『네 사중주』에서 "말 쓰는 것을 배우려고 할 때 모든 시도들은 전적으로 새로운 시작이고 하나하나

---

9) T. S. Eliot, Four Quartets The Complete Poems and Plays, faber and faber, 1969. p.194.

의 시도가 전혀 다른 종류의 실패이다(Trying to learn to use words, and every attempt/Is a wholly new start, and a different kind of failure)"10)라고 했다.

현대시를 쓰는 사람이 항상 새롭게 시작하고 새롭게 실패한다면 현대시를 읽는 사람도 시인의 시도와 실패를 같이 겪으면서 자신의 감성을 훈련하고 현대 한국의 문제를 인식하지 않을 수 없을 것이다.

2024년 6월 26일
김인환

---

10) The Complete Poems and Plays, p.182.

I 한국 현대시의 형성

1. 시조의 율격

시조가 개념의 압박을 피하기 위하여 취하는 방법이 드러난 음악임은 누구나 알고 있는 사실이다. 그러나 네 음보의 율격에 의존하는 글이 모두 시조가 되는 것은 아니다. 이병기의 시조는 직관의 섬세한 움직임을 드러내기 위하여 네 음보의 율격 이외에 대상의 세부 묘사를 사용하고 있다. 이병기가 문제 삼는 것은 언제나 사물의 윤곽이 아니라 사물의 결이다. 시인이 주관을 앞으로 내세우면 이러한 사물의 결은 파손된다. 시인의 주관은 사물과 함께 은밀하게 간접적으로 엿보인다. 다시 말해서 주관은 직접 나타나지 않고 멀리 둘러서 나타난다. 주관은 풍경 속에 용해되어 하나의 사물로서 나타나는 것이다.

청(靑)기와 두어 장을 법당(法堂)에 이어 두고
앞뒤 비인 뜰엔 새도 날아 아니 오고
홈으로 나리는 물이 저나 저를 울린다

헝기고 또 헝기어 알알이 닦인 모래
고운 옥(玉)과 같이 갈리고 갈린 바위
그려도 더러일까봐 물이 씻어 흐른다

폭포(瀑布) 소리 듣다 귀를 막아도 보다
돌을 베개 삼아 모래에 누워도 보고
한 손에 해를 가리고 푸른 허공(虛空) 바라본다.

바위 바위 위로 바위를 업고 안고

또는 넓다 좁다 이리저리 도는 골을

시름도 피로(疲勞)도 모르고 물을 밟아 오른다.

— 「계곡(溪谷)」에서

이병기는 사물의 특수한 양상을 미세한 주관으로 포착하면서 동시에 자기의 주관을 객관적 상태로 변하게 한다. 물이 홈에 떨어지는 소리는 시인의 외부에서 일어나는 현상이 아니다. 주관의 미세한 침투가 물을 주체로 변형한다. "물이 저나 저를 울린다." 이 아홉 음절 안에 'ㄹ' 소리가 다섯 번, 'ㄴ' 소리가 두 번 되풀이되어, 소리 자체가 스스로 소리를 울리고 있다. 조용한 공간을 가득 채우는 나지막한 반향을 그려내는 절묘한 묘사이다. 물가의 모래가 빛나고 바위가 매끄러운 것도 저절로 그렇게 된 것이 아니다. 이병기의 주관은 우연에까지 낮아지지도 않고 필연으로까지 높여지지도 않는다. 그의 시조 안에서 사물들은 우연의 산물이 아니지만 그렇다고 하느님의 조화로운 질서 안에 있는 것도 아니다. 자연은 죽은 사물이 아니면서 동시에 신비로운 존재도 아니다. 이병기는 20세기에 가능한 이치의 세계를 최대한도로 표현하고 있다고 하겠으나 그에게도 전체성의 소멸은 이미 어쩔 수 없는 운명이 되어 있는 것이다. 그렇더라도 우리는 이병기의 시조에서 우리 시대에 현존하는 16세기의 무게를 느낀다. 물은 모래를 조심스레 헹구고, 바위를 갈아내며, 늘 더러워질까 염려한다. 살아 있는 물은 노래하고 청소하는 정갈한 여자이며, 바위들을 업고 안고 있는 자애로운 여자이다. 다시 말하면 물은 여자의 정결함과 자애로움이 성육화한 존재, 자연의 어머니이다. 넷째 연의 '넓다

Ⅰ. 한국 현대시의 형성

좁다'는 '넓어졌다 좁아졌다'라는 의미인지 '넓으면 넓은 대로 좁으
면 좁은 대로'라는 의미인지 분명하지 않다. 어떤 의미라 하더라노
결국 골짜기 자체가 주체적인 사물로서 행동하는 것은 마찬가지이
다. 이와 같이 사물이 주체로 변형되는 현상과는 반대로 시인의 주관
은 객관적 사물로 존재한다. 셋째 연에는 '막는다', '눕는다', '가린
다', '바라본다'라는 네 개의 동사가 들어 있지만, 이 시조에서 그것
들은 인간을 사물로부터 변별하는 자질이 될 수 없다. 손으로 해를
가리는 시인은 스스로 울리는 물과 동격으로 작용하고 있을 뿐이다.
이러한 주객융화 현상, 주객교체 현상은 이병기 시조의 공통된 특색
이다.

> 잠시 한가로워 느직이 일어났다
> 또한 새해라 하기 나 한 살 더한 양하고
> 매화(梅花)와 난초(蘭草)로 더불어 술을 적게 마셨다.
> ─ 「갑오원조(甲午元朝)」에서

여기서 '더불어'는 무슨 뜻일까? 이병기 시조의 전체적인 특성에
비추어 볼 때 우리는 그것을 매화와 난초를 보면서 술을 적게 마셨다
는 의미로 해석할 수 없다. '더불어'는 글자 그대로 이해해야 한다.
시인과 매화와 난초는 셋이서 함께 술을 마시고 있다. 존재의 신비에
까지 침투하지 못하고 언제나 건전한 상식의 주변에 멈춰 있는 것은
이병기 시조의 약점이지만, 적어도 이병기는 시적 인식의 본질에 매
우 가깝게 서 있었다. 그리고 상식의 주변에 있다는 것은 이병기의
한계가 아니라 바로 시조 자체의 한계이다. 우리가 시조를 극복해야

할 형식으로 보는 이유는 바로 여기에 있다. 모든 논리와 모든 언어가 이지러진 전체의 일부를 이루면서 허위로 전락한 현실에 직면하면, 상식 자체의 부패에 의하여 시조는 존재의 근거를 상실한다.

> 산(山)비알 잔솔 새새 벌통 같은 판잣집에
> 박실박실한 몹시 야윈 얼굴들이
> 내 이제 이곳을 오매 먼저 눈에 뜨인다.
>
> 앞의 바다로는 밀려오는 물결이요
> 거리거리엔 넘실대는 사람의 물결
> 그래도 보고픈 것은 한 모르의 오륙도(五六島)
>
> — 「부산(釜山)」

판잣집이 벌통이라면 야윈 얼굴들은 벌 떼다. 산비탈에 잔솔이 드문드문 서 있는 자연도 몹시 가난하다. 둘째 연에 오면 사람의 물결과 바다의 물결이 병렬된다. 전시에 쓰인 이 시조 안에 분단의 상흔은 그림자도 비쳐 있지 않다. 인간의 고통과 절망은 은폐되고, 각박한 현실이 다만 풍경으로 경치로 위장되어 있을 뿐이다. '보고픈'이란 낱말에 얹혀 있는 희미한 현실인식조차도 의도적인 회피, 기만적인 외면에 지나지 않는다. 시인이 보고 싶어 하는 것은 판잣집이 있는 산도, 사람의 물결을 연상시키는 바다도 아니고 사람이 살지 않는 오륙도의 한 모퉁이이다. 그것이 적어도 잠시나마 전쟁을 잊게 해주기 때문이다. 존재의 전체성, 즉 이치의 역동적 조화를 폭파시켜 버린 것은 바로 우리 시대의 전쟁과 학살이었다. 참된 의미의 시적 인식은 이제 전투적 정열과 분리할 수 없게 되었다. 그러나 이병기는 영혼의 욕망이 제거된 상태에서 성취할 수 있는 극한을 보여 주었다.

이은상의 시조는 명령문과 감탄문을 결합한 경구에 의존하고 있다. 주관과 사물이 분리되어 있고 묘사도 거의 나타나지 않는다. 그러므로 대부분의 시조가 명백한 개념과 드러난 판단을 다만 네 음보의 율격에 적합하도록 수정한 데 지나지 않는다. 그는 사물을 직관적으로 파악하지 않고 논리적으로 인식하려 한다. 의식의 영역에서 제외된 생명의 숨겨진 활동을 인정하지 않는 것이다.

> 열두물 한줄기로 떨어지니 일장폭(一長瀑)을
> 일장폭 열두 단(段)에 꺾였으니 십이폭(十二瀑)을
> 하나라 열둘이라 함이 다 옳은가 하노라
>
> 열둘로 보자니 소리가 하나이요
> 하나로 보자하니 경개(景槪) 아니 열둘인가
> 십이폭 묻는 이 있으면 듣고 보라 하리라
>
> — 「십이폭」

이 시조에서 폭포는 어디까지나 폭포 그대로이다. 사물과 주관은 분리되어 있다. 사물이 문제 되는 것이 아니라, 사물을 이모저모로 살펴보고 생각하는 주관이 전경에 나와 있다. 살아 있는 것은 시인의 시선밖에 없다. 주객분리가 시적 인식에 허용될 수 없다는 것은 결코 아니다. 시적 인식을 방해하는 요인은 분리가 아니라 상식이다.

1. 열두물이 한줄기로 떨어진다.
2. 열두물의 소리가 하나이다.
3. 한 긴 폭포가 열두 마디로 꺾여 있다.
4. 경개가 열둘이다.

　이 네 문장은 위 시조의 의미를 구성하는 중심 요소가 되지 못한다. 네 문장의 섬세한 연결과 변형만으로 구성되었다면 이 시조는 더 섬세한 직관에 연결될 수 있었을 것이다. 그러나 이 시조가 보여 주는 의미의 중심은 '하노라'와 '하리라'에 놓여 있다. 개념과 판단, 명령과 권유가 직관의 움직임을 방해하고 차단한다. 물과 소리는 이미지로서 울려 퍼지지 못하고 사물의 표면을 지시하는 데 그친다. 물과 소리의 복판을 뚫고 들어가 그것들의 본성을 '힘'으로 변모시키는 직관이 결여되어 있는 것이다. 사물과 주관이 분리된 채로나마 공존하고 있을 때에는 그래도 시적 인식의 외모나마 유지하게 된다. 이은상의 시조가 정작 파탄에 이르는 것은 사물이 소멸하고 주관적 판단만이 전경에 나오는 경우이다.

　　탈대로 다 타시오 타다 말진 부대마소
　　타고 다시 타서 재될 법은 하거니와
　　타다가 남은 동강은 쓰올 곳이 없느니다.

　　반(半)타고 꺼질진대 애제 타지 말으시오
　　차라리 아니타고 생낢으로 있으시오
　　탈진대 재 그것조차 마자 탐이 옳으니다.

— 「사랑」

　하나의 경구를 말 재치(pun)로 수정하고 있으나, 참다운 의미에서
의 말 재치는 소리의 반복이 의미의 변화를 수반할 때에만 성립된다.
'탄다'는 낱말을 아무리 반복해 봐도 정념의 광염은 직관의 내부로
스며들지 못한다. 언뜻 보아 분명하게 보이는 이 시조의 판단은 대단
히 추상적이고 막연한 의미밖에 전달하지 못하고 있다. 이러한 진술
을 실감 나게 전달하려면 누구를 어떻게 사랑하고 있다는 행동의 과
정이 묘사되어 있어야 한다. 사랑과 진실의 추구가 직관에 스며들어
감동을 일으키는 것은 사랑하는 사람의 고통스러운 경험이 제시되었
을 때뿐이다. 선언이 아니라 반성이, 결의가 아니라 비판이 불타는
사랑을 시적 인식으로 변모시키는 것이다.

　　　너라고/불러보는/조국아//
　　　너는 지금/어드메/있나//
　　　누더기/한 폭/걸치고//
　　　토막/속에/누워 있나//
　　　네 소원/
　　　이룰 길/없어//
　　　네거리를/헤매나//
　　　오늘 아침도/수없이//
　　　떠나가는/봇짐들//
　　　어디론지/살길을/찾아//
　　　헤매는/무리들이랑//

그 속에/

너도/섞여서//

앞산/마루를/넘어갔나//

너라고/불러보는/조국아//

낙조보다도/더 쓸쓸한/조국아//

긴긴밤/가얏고/소리마냥//

가슴을/파고드는/네 이름아//

새봄날/

도리화같이/

활짝/한번/피어주렴//

— 「너라고 불러보는 조국아」

이 작품에서 조국은 누더기를 걸치고 토막 속에 누운 사람들 사이에 있고, 봇짐을 지고 피난하는 사람들 사이에 있다. 그러나 시인의 주관은 어느 곳에 있는가? 주관은 사물과 동렬에 있지 않다. 그것은 토막 속에 누워 있지도 않고 봇짐을 지고 헤매지도 않는다. 조국과 민족을 사물화해 놓고서 시인의 주관은 신의 관점으로 올라선다. 조국은 우리가 애써 이룩해야 할 목적이지 우리의 외부에 있는 대상이 아니다. 전투적 정열이 결여되어 있는 피상적 현실인식은 반드시 판단에도 착오를 일으킨다. "도리화같이/활짝/한번/피어주렴"이란 명령문이 바로 도착된 현실인식의 실례이다. 하필이면 복숭아꽃과 오얏꽃이고 또 하필이면 '한번'인가?

이은상은 시조도 현대시와 마찬가지로 행수를 자유롭게 배열하는

I. 한국 현대시의 형성

것이 옳다는 의견을 전개하였고, 위의 시조는 이러한 의견에 따라 형식을 조정한 예이다. 행의 배열을 바꿈으로써 이은상은 시조의 형식을 파괴하였다. 위의 작품을 네 음보로 율독하면 대단히 어색하게 들린다. 네 음보의 율격을 깨뜨리고 두 음보와 세 음보의 교체 형식으로 바꿔 놓으면, 그것은 이미 시조가 아니다. 그렇다고 이 작품이 현대시가 되는 것은 아니다. 소박한 정감을 문법적 정확성과 논리적 객관성에 맞게 개념으로 번역해 놓았기 때문이다. 이것은 결국 시조도 아니고 현대시도 아니다.

많은 사람이 인정하고 있듯이 시조 율격의 특징은 독특한 종지법에 있다. 김진우는 시조의 율격을 다음과 같이 간결하게 요약하였는데,[1] 이것은 일반 독자들에게 여러 차례 낭독하도록 하여 얻은 자료에서 도출한 결론이므로 대체로 믿을 만하다고 생각한다. 김진우는 음보수만 세던 종래의 연구보다 한 걸음 더 나아가 음보의 성질을 해명하려고 시도하였다. 시조의 한 행은 두 개의 반행으로 나누어지고 하나의 반행은 다시 두 음보로 나누어진다. 첫째 행과 둘째 행에서는 강한 반행이 먼저 오고 약한 반행이 뒤에 오며, 반행의 내부에서는 약한 음보가 앞에 오고 강한 음보가 뒤에 온다.[2] 반행에 ±1의 수치를 매기고, 또 음보에 ±2의 수치를 매기면 율격의 이탈이 허용되는 정도를 알 수 있다. 음수의 수치로 표시된 음보에 율격의 이탈이 허용되는 것이다.

---

1) 김진우, 「시조의 운율구조의 새 고찰」, 《한글》 173 · 174 합병호, 한글학회, 1981, 320쪽.
2) "삭풍은 나무 끝에 불고 명월은 눈 속에 찬데"와 같은 대조 형식에서는 반행의 내부에서 강한 박자가 약한 박자의 앞에 온다. 위의 논문, 318쪽.

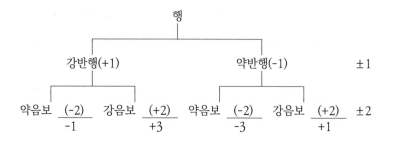

그런데 셋째 행에서는 이러한 율격 구조가 완전히 역전된다. 약한 반행이 먼저 오고 강한 반행이 뒤에 오며, 반행의 내부에서는 강한 음보가 앞에 오고 약한 음보가 뒤에 온다. 그뿐 아니라 행 전체의 음보수가 네 음보에서 다섯 음보로 확장된다. 물론 이러한 음보의 확장은 심층 율격에서만 나타나며, 표층 율격에서는 대부분의 경우 네 음보 형태로 율독되어도 무방하다. 그러므로 시조의 셋째 행은 네 음보와 다섯 음보 사이에서 주춤거리는, 다시 말해서 완전히 분화되지 않은 형태라고 생각할 수 있다.

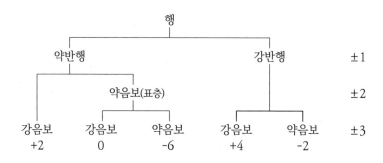

셋째 행의 율격이 첫째·둘째 행의 율격과 반대로 구성되어 있다는 것은 시조의 종지법이 보여 주는 특별한 성격이다.

이병기와 이은상의 작품들은 한결같이 연시조의 형태를 취하고 있다. 여러 수의 평시조 형태를 모아 하나의 작품을 구성하는데, 각각의 평시조 형태는 의미상 독립성을 상실하고 한 편의 연시조를 구성하는 부분으로서의 기능만 담당하고 있다. 그러면서도 각각의 평시조 형태에 예외 없이 종지법을 적용하고 있기 때문에 의미의 비자립성과 율격의 자립성 사이에 모순이 발생하지 않을 수 없다. 이병기와 이은상은 시조 율격의 본질을 제대로 파악하지 못한 것이다. 윤선도의 「어부사시사」를 구성하고 있는 40수의 시조 중에서 제1수부터 제39수까지의 셋째 행은 평시조의 일반적 종지법이 아니고, 첫째·둘째 행과 동일한 율격을 지니고 있다. 「어부사시사」를 종결하는 제40수만이 이와 달리 일반적 종지법을 따르고 있는 것이다.[3] 연시조의 경우에 작품 전체의 긴밀한 호흡을 유지하고 의미의 통일성을 획득하기 위해서는 평시조의 셋째 행이 지닌 완결의 율격을 피하는 것이 유리한 경우가 많다. 한시와 영시는 율격의 변화가 아니라 각운 배치에 의하여 종지법을 표현한다. 구구압운·4구 3운·격구압운·교차운[4] 등의 각운조직이 모두 종지법을 표현하기 위하여 사용되고 있다. 한시의 구중유운(句中有韻), 즉 영시의 중간운이나 한시의 쌍성(雙聲), 즉 영시의 두운(頭韻: alliteration)은 소릿결의 효과에 기여하는 것이지 각운처럼 시의 형식을 마무리하는 데 기여하는 것은 아니다. 예를 들어 전 8행과 후 6행으로 시행의 단락이 나뉘는 셰익스피어 소

---

3) 김흥규, 「어부사시사의 종장과 그 변이형」,《민족문화연구》15호, 고려대 민족문화연구소, 1980, 63쪽.
4) 홀수 구는 홀수 구끼리 짝수 구는 짝수 구끼리 압운하는 것.

네트의 각운 배치(ababcdcd efefgg)는 마지막 두 행에 특별한 변화를 부여함으로써 종지법을 표현한다. 각운 조직이 체계화되어 있지 않은 우리 시는 각운 배치 대신에 율격 구성의 변화에 의하여 종지법을 표현할 수밖에 없다. 그러므로 우리가 우리 시의 운율이라고 말할 때에 그것은 한시나 영시처럼 운과 율격을 합하여 일컫는 명칭이 아니라, 율격과 그 이외의 소릿결을 합하여 가리키는 명칭이 된다.

율격은 기계적인 성격을 지니고 있으므로 그 자체로서 의미 있는 것이 아니지만, 반복과 변화를 적절하게 배합한다면 경험을 기록하는 데에 커다란 효과를 발휘한다. 율격은 시인의 흥분된 정신 상태의 산물이기 때문에 열정과 충동을 함축하고 있으면서 동시에 반복되는 질서이기 때문에 의지와 절제를 드러내고 있다. 전체적 질서라는 관점에서 보면 율격은 통일이며 안정일 것이나, 전개되는 과정에 입각해서 살피면 율격은 자극이며 각성일 것이다. 율격은 흥분과 안정, 각성과 진정, 기대와 만족이 되풀이되는 흐름이다. 독자의 호기심을 자극하고는 만족시키고, 자극하고는 만족시키고 함으로써 율격의 반복되는 흐름은 기록된 경험 내용에 대한 독자의 주의력을 예민하고 활발하게 한다. 만일 직관에 기여하지 못하는 율격이 나타나면 그것은 독자에게 실망을 일으킨다. 어둠 속에서 층계를 내려오던 사람이 아직 두어 계단 남아 있다고 생각하고 성큼 내려디뎠는데, 사실은 다 내려와서 한 계단도 남아 있지 않을 때에 느끼는 불쾌감과 유사한 실망을 주는 것이다. 이병기와 이은상의 연시조는 종지법의 묘미를 살리지 못하였기 때문에 의미의 분산을 초래하고 있다. 연시조를 구성하고 있는 단위 시조들 사이에 의미의 순차관계 또는 호응관계를 요구하지 않는 경우에는, 다시 말해서 부분의 자립성이 허용되는 경우

36

에는 물론 각 수마다 종지법을 사용할 수 있다. 윤선도가 「오우가」에
서 채택한 방법은 부분의 자립성을 강조하여 독립된 단위들의 내면
적 상호 작용을 중시하는 것이었다. 이병기와 이은상의 시조에 나타
나는 문제점은 자립할 수 없는 부분에 종지법을 사용한 데 있다.

2. 현대시의 형성

시는 직관이 지닌 폭과 깊이 그리고 넓이에 섬세하게 뿌리를 내리고 있다. 그러나 직관은 혼자서 제 살을 뜯어 먹고 살 수 없다. 직관은 시인의 경험에서 양분을 취하고 시인의 시대로부터 활력을 얻는다. 우리가 자신의 부모를 선택할 수 없는 것처럼 시인도 자기의 경험을 선택할 수 없다. 시적 관습에서 세계 인식에 이르기까지, 시는 시대의 압력 아래서 자신을 형성하는 것이다. 이병기와 이은상의 시조가 일정한 성과를 획득했음에도 불구하고 나라 잃은 시대의 시적 관습은 시조의 명백한 의미와 드러난 음악에서 이탈해 있었다. 관습 안에서 활동하던 직관은 이제 관습을 사용하는 직관으로 성장하게 되었다. 그러나 시조 형식의 해체가 곧장 현대시의 성취를 보장해 주는 것은 아니었다. 김동환의 시는 큰 단위의 율격 구조와 작은 단위의 율격 구조 사이에서 방황하며 새로운 율격 형식을 모색하는 실험이었다.

북국에는 날마다 밤마다 눈이 내리느니
회색 하늘 속으로 흰 눈이 퍼부을 때마다
눈 속에 파묻히는 하얀 북조선이 보이느니.

가끔가다가 당나귀 울리는 눈보라가
막북(漠北) 강 건너로 굵은 모래를 쥐어다가
추위에 얼어 떠는 백의인의 귓불을 때리느니.

춥길래 밀리시 오신 손님을
부득이 만류도 못 하느니
봄이라고 개나리꽃 보러 온 손님을
눈 발귀에 실어 곱게 남국에 돌려보내노니.

백곰이 울고 북랑성이 눈 깜박일 때마다
제비 가는 곳 그리워하는 우리네는
서로 부둥켜안고 적성(赤星)을 손가락질하며 얼음 벌에서 춤추느니,

모닥불에 비치는 이방인의 새파란 눈알을 보면서
북국은 추워라 이 추운 밤에도
강녘에는 밀수입 마차의 지나는 소리 들리느니,
얼음장 깔리는 소리에 쇠방울 소리 잠겨지면서.

오호, 흰 눈이 내리느니 보얀 흰 눈이
북새(北塞)로 가는 이사꾼 짐짝 위에
말없이 함박눈이 잘도 내리느니.

— 「눈이 내리느니」

대체로 시조처럼 네 음보의 율격으로 구성되어 있으나 "부득이/만류도/못 하느니"는 세 음보이고, "서로/부둥켜안고/적성을/손가락질하며/얼음 벌에서/춤추느니"는 여섯 음보 또는 두 음보의 반복이다. 이것을 7-9-9음절의 세 음보로 읽으면 갑작스러운 호흡의 가속도로 인하여 율격에 파탄을 일으킨다. 규칙적 율독이 방해되는 이러한 부분을 통해서

우리는 김동환이 음악적 의미보다 진술적 의미를 더 중시하였음을 알
수 있게 된다. 시조의 종지법에 해당하는 어떠한 율격적 완결성도 보이
지 않는다. 시의 구성을 오직 진술적 의미의 흐름에 맡기고 있기 때문
이다. 이 시에는 몇 가지 부주의한 어휘사용이 눈에 띈다. 북방과 남방
을 북국과 남국이라고 하는 것은 일본에서는 가능하나 우리에게는 낯
선 표현이며, '막북의 강 건너에서'를 '막북 강 건너로'라고 한 것은 명
백한 시점의 혼란이다. 고향을 회상하고 있는 화자의 시선이 느닷없이
외몽고에서 불어오는 눈보라의 관점으로 이동하기 때문이다.

> 봄이라고 개나리꽃 보러 온 손님을
> 눈 발귀에 실어 곱게 남국에 돌려보내노니

에서는 개나리꽃을 보러 왔다가 남부 지방으로 돌아가는 손님이
바로 '봄'이므로 '봄이라고'라는 어구의 삽입은 의미의 혼란을 초래
한다. 이러한 어법의 오류만 고려하면 시의 의미는 명백하다. 지금
이 시의 화자는 고향에 있지 않다. 눈이 내릴 때마다 눈 속에 파묻히
는 고향의 모습을 추억할 뿐이다. 이 시는 추억의 강렬함에 근거하고
있다. 회상의 절실함이 시에 빠르고 거친 호흡을 부여하였고, 명백한
의미가 단순한 공간을 시대의 모습으로 확대시켰다. 도대체 공간이
란 무엇인가? 흔히 동서남북 상하로 펼쳐져 있고, 길이와 높이를 기
계적으로 잴 수 있는 장소를 공간이라고 생각하지만, 인간이 경험하
는 공간은 그러한 물리적 공간과는 다른 성격을 지니고 있다. 우리의
삶 속에서 드러나는 공간은 밀도를 달리하는 여러 부분들이 몇 겹으
로 중첩되어 있는 활동체이다. 연인과 함께하는 자리는 상담의 장소

와 전혀 다른 밀도를 지니고 있다. 주체를 중심으로 삼고 전자장처럼 물결무늬를 그리는, 여러 개의 서로 다른 에너지장이 몇 겹으로 얽혀 있는 삶의 공간은 세계와 대지, 집과 일터로 구분된다. 그러나 우리의 체험에서 집의 차원과 일터의 차원은 언제나 중복된다. 대립 속의 통일이요, 통일 속의 대립이라고 할 만한 변증법적 관계를 나타내고 있는 것이다. 집과 일터의 투쟁, 다시 말하면 세계와 대지의 투쟁 안에서 국한된 장소가 시대 전체로 확대된다. 대지를 인간화한 세계로 흡수하고 일터조차도 삶의 집으로 개척하려는 영혼의 욕망이 눈앞의 공간과 시대를 매개한다. 이 시의 전반부가 눈과 바람에 시달려 꽃 한 송이 필 수 없는 공간의 묘사라면 시의 후반부는 그 공간을 현실의 전체로 확대하는 시대 인식이다. 여기서 화자는 세 가지 행동을 제시하고 있는데, 그것은 모두 추위와 싸우는 방법이다.

1. 서로 안고 춤춘다.
2. 밀수입으로 생활한다.
3. 살길을 찾아 만주로 이주한다.

이 세 문장이 서로 중복되어 새로운 의미를 형성한다. 밀수입과 만주 이주가 몸을 비비며 추는 춤과 병치되어 추운 날씨가 냉혹한 시대로 확장되는 것이다.

새벽/하늘에/구름장/날린다//
에잇, 에잇,/어서 노 저어라/이 배야/가자.//
구름만/날리나/

내 맘도/날린다.//

돌아다/보면은/고국이/천 리런가//
에잇, 에잇,/어서 노 저어라/이 배야/가자//
온 길이/천 리나/
갈 길은/만 리다.//

산을/버렸지/정이야/버렸나//
에잇, 에잇,/어서 노 저어라/이 배야/가자//
몸은/ 흘러도/
넋이야/가겠지.//

여기는/송화강,/강물이/운다야//
에잇, 에잇,/어서 노 저어라/이 배야/가자//
강물만/우드냐/
장부도/따라 운다.//

— 「송화강 뱃노래」

    이 시를 네 음보의 율격으로 읽을 때에 한마디 한마디에 힘이 주어
져 타의로 고향을 떠난 사람의 고통스러운 결의가 두드러지게 표현된
다. '에잇, 에잇'이라는 어구도 다짐 또는 결단을 암시한다. 각 연의
마지막 네 음보를 두 행으로 나눔으로써 종지법을 고려하고 있다. 이
시는 '날린다', '흐른다', '운다'와 같은 비의지 동사와 '젓는다', '간
다', '본다', '버린다'와 같은 의지 동사의 대립 위에 구성되어 있다.

구름은 생각 없이 날리지만 화자는 스스로 배를 저어 나아간다. 그러나 곧이어 저어가는 것은 몸뿐이고 마음은 구름처럼 헤매고 있음이 드러난다. 구름은 물의 변형태이므로 여기서 강물과 하늘과 구름은 동일한 이미지의 서로 다른 모습이다. 둘째 연의 '본다'와 '간다'는 둘 다 의지 동사지만 고국이 두 동사를 반대 방향으로 작용하게 한다. 고국은 셋째 연에 와서 산과 정으로 분화된다. 산은 예로부터 땅의 이미지를 대표해 왔고, 정은 분명히 물의 이미지와 통한다. 이 시의 주제는 물과 땅의 대립에 놓여 있는 것이다. 여기서는 첫째 연과 반대로 생각 없이 '흐르는' 것이 몸이고, 고향에 흐르는 정을 찾아 '가는' 것이 넋이다. 넷째 연의 울음은 구름이 변화되어 내리는 비와 연관된다. 강물과 구름과 눈물이 서로 얽히어 고국의 인정을 감싸고 있다. '운다'는 원래 비의지 동사인데, 시의 마지막 행에 나오는 장부의 울음은 강물의 울음과 대립적으로 병치됨으로써 의지적인 행동이 된다.

1924년 5월, 《금성》에 「적성을 손가락질하며」(뒤에 「눈이 내리느니」로 개제)를 발표하여 시인으로 등단한 김동환은 1925년 3월에 「국경의 밤」을 발표하였고, 그해 12월에 「승천하는 청춘」을 발표하였다. 이 두 편의 설화시는 시에 이야기를 도입함으로써 체험의 객관화를 시도한 작품이었다. 설화시는 시의 한 갈래이지 시로 쓴 소설은 아니다. 시는 존재하는 대로 행동하고, 희곡은 행동하면서 존재하며, 존재 우위의 시와 행동 우위의 희곡을 지양하여 존재와 행동을 함께 중시하는 것이 소설이다. 마리탱에 의하면 "소설은 존재하고 행동한다."[5]

---

5) 자크 마리탱, 『시와 미와 창조적 직관』, 김태관 역, 성바오로 출판사, 1982, 431쪽.

소설의 본질은 내면세계의 변전을 통하여 격정과 사건과 운명을 커다란 전체로 확장하는 데 있다.

김동환은 이야기의 내용을 단순하게 하고 인물을 한두 사람으로 한정하였다. 사건과 사건은 연속적인 전개를 보이지 않고, 극적 효과를 고려하여 집중적으로 제시된 장면들이 비약적으로 연결되어 있다. 고양된 의식의 표출이 아니면 격앙된 어조의 대화가 작품의 대부분을 이룬다. 특히 「국경의 밤」의 제58장은 200행 전부가 대화로 구성되어 있다. 따라서 김동환의 설화시는 소설보다는 희곡에 가까운 성격을 띠고 있다고 할 수 있다. 직관의 직접적 표현인 시는 작품의 무대 지시에 사용되고, 행동으로 직관을 객관화하는 희곡은 장면구성에 사용된다. 이렇게 본다면 김동환의 의도는 설화시를 쓰려고 한 데 있지 않고 시의 영역을 넘어서 문학의 세 장르를 통합하려는 데 있었던 듯하다. 장르의 통합은 단테의 『거룩한 희극』을 통하여 14세기에, 그리고 판소리를 통하여 18세기에 달성된 적이 있었으나 그것은 곧 해체되었다. 김동환의 시도는 흥미로운 것이었지만 성공할 수는 없는 시도였다.

여기서 잠시 두 작품의 이야기를 요약해 보자. 두만강 변의 어떤 마을, 순이는 밀수입하러 떠난 남편을 염려한다(1~7). 청년 하나가 마을을 배회한다(8~11). 순이는 첫사랑의 추억에 잠긴다(12~16). 청년은 순이의 방문을 두드린다(17~27). 두 사람은 고향 산곡(山谷) 마을에서 서로 사랑했으나 여진인의 후예인 재가승(在家僧) 집안이었기 때문에 (28~46), 순이는 같은 재가승인 마을 존위(尊位)네 집으로 시집간다 (47~57). 8년 만에 만난 두 사람의 대화는 식민지 지식인의 정신적 파탄에 대한 고발과 반성으로 전개된다(58). 순이의 남편 병남은 마적의 총에 맞아 죽는다(59~62). 병남의 시신을 산곡 마을로 운구하여 매장하며 마을 사람들은 조선 땅에 묻히는 것만도 다행이라 여긴다(63~72). 「국경의 밤」의 주제는 식민주의와 봉건주의를 반대하는 데 있다. 식민주의에 대한 항의는 간접적으로 암시되어 있고 봉건주의에 대한 항의는 직접적으로 노출되어 있다. 식민주의에 대한 항거가 약한 것은 결함이라고 하겠으나 비교적 온당한 현실 인식이 작품의 구조에 긴장을 부여하고 있다.

「승천하는 청춘」은 당시의 유행 사조인 사회주의와 연애 문제를 다룬 작품이다. 흥미 본위의 연애 이야기를 현학적으로 분식하는 수법은 대중 문학에 흔히 쓰이는 장치이다. 1923년 9월에 도쿄를 중심으로 대규모의 지진과 그것에 수반되는 화재가 발생하여, 그 혼란 속에서 6,600여 명의 재일 한국인이 학살되었다. 「승천하는 청춘」은 관동 대지진 직후에 한국인 이재민 2,000여 명을 수용한 나라시노의 가병영(假兵營)에서 시작한다. 여기서 결핵으로 죽게 된 오빠를 간호하던 한 여자가 오빠의 친구와 사랑하게 된다. 오빠가 죽고 애인이 사상범 혐의로 잡혀가자 여자는 임신한 몸으로 혼자 귀국한다. 여자는 고향의 소학교에서 교편을 잡고 있다가 동료 교사와 결혼하였으나, 임신한 것이 알려져 남편에게 쫓겨난다. 고향을 떠나 여직공·침모·행랑어멈 등으로 일하며 여자는 아이와 함께 어렵게 살아간다. 그 여자의 옛 애인은 그때 서울에서 사회운동에 참가하고 있었는데, 그에게는 이 여자를 알기 전에 이미 처자가 있었다. 아이가 죽는다. 아이의 시체를 묻으러 가서 두 남녀가 다시 만나는데, 우습게도 남자가 여자의 생활을 늘 관찰해 온 것으로 되어 있다. 두 사람은 온갖 인습의 제약이 없는 나라를 찾아 손을 잡고 성당의 첨탑으로 올라간다. 「승천하는 청춘」은 「국경의 밤」의 두 배가 넘는 길이이지만, 작품의 구조는 여지없이 혼란스럽다. 이 두 작품을 견주어 보면 현실인식의 오류는 작품구조의 취약성과 통한다는 사실을 알 수 있다.

진술적 의미가 음악적 의미를 수반할 수 있을 정도로 높은 강도의 직관을 보여서, 견실한 구조를 획득한 작품은 김동환의 시 세계에서 예외적인 현상에 속한다. 초기의 2년(1924~1925) 동안에 발표한 서너 편을 제외하면 그의 작품은 상투적인 개념이 형식을 찾지 못한 채 반복되는 시 아닌 시가 대부분이다. 직관이 고갈된 시인들이 걷는 몰락의 길 가운데 하나가 세 음보의 유사 민요에 의존하는 것이다.

> A. 진달래꽃 가득 핀 약산 동대(藥山東臺)에
> 서도(西道)각시 꽃 따서 화전(花煎) 지지네
> 뻐꾸기도 흥겨워 노래 부르니
> 봄이 왔네 봄 왔네 이 강산(江山)에야
>
> — 「봄」

> B. 서울 장안엔 술집도 많다
> 불평 품은 이 느는 게지
> 아리랑 아리랑 아라리요
> 아리랑 고개를 어서 넘자
>
> — 「아리랑 고개」에서

> C. 하와이얀 기타를 타며
> 하와이에 가 볼까

I. 한국 현대시의 형성

바바이야 싸부텐 밟으며

마래(馬來)로 가 볼까

즐겁구나 즐겁구나

우리 고향(故鄕) 아세아(亞細亞)는

어디로 가나 놀이터요

어디로 가나 동무로다

— 「즐거운 우리 아세아」에서

이 세 작품의 어느 곳에서도 우리는 직관의 그림자조차 찾아볼 수 없다. A는 민요가 아니라 시인이 혼자서 공상으로 가구(假構)한 노랫가락이다. 일하는 사람들의 숨결이 나타나 있지 않은 것은 민요가 될 수 없기 때문이다. B는 실제의 민요 형태를 변형한 것이지만, 사회주의에 대한 의도적인 동조 이외에는 별다른 의미가 없다. C는 B 형태의 수정으로 일제의 남진정책에 동조하는 내용이다. 시조가 양반의 노래라면 민요는 민중의 노래라는 것이 김동환의 주장이다. 그러나 직관의 요청에 부응하지 못하는 기계적인 구성은 민중시의 요소가 되지 못한다. 아무런 개념이나 비판 없이 주워 담은 김동환의 유사 민요는 전투적 정열을 상실한 문필가의 궁핍한 정신을 보여 줄 따름이다.

우리 시의 율격은 고려시대 이전에 세 음보였다가 조선시대에 와서 네 음보로 바뀌었다. 이러한 율격의 변화는 시대적 상황의 어떠함에도 이유가 있겠고, 한 종류의 율격이 오래되면 진부해져서 흥분시키고 자극시키는 힘을 잃게 됨에도 이유가 있겠다. 시의 음악적 의미는 매우 섬세한 현상이기 때문에 간단히 말할 수 없는 것이나, 표면적으로 볼 때 세 음보와 네 음보의 적절한 혼합 형태가 현대시의 율격적 기조가 되고 있다. 말소리의 흐름을 직관에 일치시키기 위한 고려가 일정한 규칙으로 환원될 수 없을 만큼 다양한 변조를 낳고 있기는 하지만, 향가의 세 음보 율격과 시조의 네 음보 율격이 여전히 현대시의 음악적 의미 안에 흐르고 있다고 보아도 무방하다. 양주동의 시를 읽으면 그 율격이 대단히 편안하게 느껴지는데, 그것은 시의 율격이 우리가 요즈음 대하고 있는 현대시의 율격과 동일한 데 이유가 있다. 이러한 혼합 율격은 양주동의 의도적인 탐구의 결과였다.

나의 작(作)으로 재래 조선 가요의 근본적 형식인 사사조 및 시조의 기본형이 되는 삼사조, 양자의 단조로운 폐(弊)를 덜기 위하여 초기 제작(諸作)에선 흔히 칠오조를 기조로 한 것이 많고, 그 후 점차로 여러 가지 음수율을 배합하거나 병용하였으며, 혹은 이른바 내재율에 치중하여 자유시를 시험한 것도 있다. 이러한 형식적 변천이나 또는 근본적인 시형(詩形)의 무정형(無定型) 불규칙은 요컨대 시대적 영향 아님이 없고, 따라서 사회적 규범에 속하는 것이라 생각한다.6)

7·5조란 세 음보 율격의 한 종류로서 3 4 5 또는 4 3 5로 분석되는 것이 보통이나, 때로는 서정주의 「고조(古調)」에서와 같이 강세를 행의 끝에 두면 3 4 3 2 또는 4 3 3 2로 분리되어 네 음보 구조에 접근하기

---

6) 양주동, 『조선의 맥박』, 문예공론사, 1932, 4~5쪽.

도 한다.[7] 여기서 ↑는 덧소리, →는 긴 소리를 나타내는 기호로서 한 음절에 해당하는 율격 단위이다. 이 책에서는 표층 율격만 분석하였으나 율격 연구는 공행, 공음보, 공음절을 포함하는 심층 율격까지 분석해야 할 것이다.

국화꽃/피었다가/사라진/자린↑//
국화꽃/귀신이/생겨나/살고→//

여러 가지 음수율을 배합하면 자연히 시조의 네 음보와 7·5조의 세 음보가 혼합되면서 "일지춘심(一枝春心)을/〔…〕/자규(子規)야/알랴마는//"의 예에 나타나는 공음보(空音步)를 자주 활용하게 된다.[8] 율격 구조를 설계하는 데 의도적인 노력을 기울였을 뿐 아니라, 양주동은 율격의 사회적 의미에도 관심을 가지고 있었다. 양주동이 말하는 내재율이란 아마도 호흡 단위를 이미지의 흐름에 따라 크게 끊는 율격 형태를 의미하는 듯한데, 그것도 음절수의 확장을 무시하면 결국 세 음보와 네 음보의 혼합 형태로 볼 수 있다. 양주동의 시에 흔히 나타나는 두 음보 시행은 네 음보의 단순한 수정으로 해석할 수도 있고, 심층 율격의 네 음보가 표면 율격의 두 음보로 변형되었다고 해석할 수도 있다.

발자옥을/봅니다,/

---

7) 서우석, 『시와 리듬』, 문학과지성사, 1981, 117쪽.
8) 위의 책, 24쪽.

발자옥을/봅니다,//
모래 위에/또렷한/
발자옥을/봅니다.//

어느날/벗님이/밟고간/자옥,//
못뵈올/벗님이/밟고간/자옥,//
혹시나/벗님은/이/발자옥을//
다시금/밟으며/[…]/돌아오려나.//

님이야/이길로/올 리/없건만,/
님이야/정녕코/[…]/돌아온단들,//
바람이/물결이/모래를/숯어//
옛날의/자옥을/어이/찾으리.//

발자옥을/봅니다,/
발자옥을/봅니다,//
바닷가에/조그마한/
발자옥을/봅니다.//

— 「별후(別後)」

시의 극적 상황은 바닷가에서의 이별이라는 매우 낭만적인 분위기
이지만, 시의 구성이 기다림의 시간적 추이를 논리적으로 구분 짓고
있다. 모래 위에 뚜렷한 발자국을 본다고 하였으나, 둘째 연의 '어느
날'이란 시간 표시로 미루어 볼 때 두 사람이 이별한 것은 현재가 아

니다. 그렇다면 이 모래는 마음의 모래가 아닐 수 없다. 그리움은 이별을 현재의 사건으로 경험하게 한다. 내가 이별을 언제나 현재의 일로 느끼듯이 님도 나를 생각하여 돌아올지도 모른다는 기다림이 둘째 연에 나타나 있다. 나는 님을 볼 수 없지만 마음속에 뚜렷한 님의 발자국은 이별에도 불구하고 나와 님을 상호작용의 그물 속으로 묶어 넣고 있다. 셋째 연은 비평적 반작용에 의하여 둘째 연의 정서적 이미지에서 생겨난 이미지이다. 둘째 연과 셋째 연의 사이에 있는 공간에 바람과 물결이 개입한다. 끊임없이 마음의 모래를 스치고 있는 바람과 물결은 떠나간 님의 모습을 변화시킬 뿐 아니라 나의 기다림을 무화(無化)한다. 이별은 떠난 사람뿐만 아니라 보낸 사람도 타자로 변모시키는 것이다. 넷째 연은 이와 같이 서로 충돌하는 이미지들의 대립에서 빚어져 나왔기 때문에 외형상으로는 첫째 연과 비슷하지만 첫째 연과 전혀 다른 의미를 지니게 된다. 또렷한 발자국은 이제 조그맣게 변해 있다. 첫째 연이 단순한 현재라면 넷째 연은 과거와 미래를 거쳐 돌아온 현재이다. 두 음보로 시작하여 네 음보를 중간에 두고 다시 두 음보로 끝나는 율격이 시간의 변화에 적절하게 부합한다. 두 음보의 느린 속도는 현재의 완만한 경과를 나타내고 네 음보의 빠른 속도는 과거와 미래의 급속한 경과를 나타내기 때문이다. 이별의 대상을 '벗님'이라고 부름으로써 낭만적 상황으로부터 애욕의 분위기를 차단한 것은 모래와 바다의 내면화와 함께 이 시의 의미를 정신적인 면에 국한시킨다. 신체적 애욕의 소멸은 시적 인식을 평범하게 할 위험이 있으나, 단순한 주제를 부각시키는 데는 오히려 도움이 될 수도 있다. 동일한 율격을 앞뒤로 반복하는 율격 구조는 양주동의 시에 자주 나타나는 현상이다.

삶이란 무엇? 빛이며,
운동이며, 그것의 조화 —
보라, 창공에 날러가는
하얀 새 두 마리.

새는 어디로?
구름 속으로
뜰앞에 꽃 한 송이
절로 진다.

오오 죽음은 소리며,
정지며, 그것의 전율 —
들으라, 대지 우에 흩날리는
낙화의 울음을.

— 「소곡(小曲)」에서

　　작용과 반작용의 대립을 통합하면서 전개되는 양주동의 시적 특징
은 이 시의 이미지들 사이에도 잘 드러나 있다. 삶은 빛이다. 삶은
운동이다. 삶은 빛과 운동의 조화이다. 창공에 날아가는 하얀 새 두
마리가 빛과 운동의 조화를 구체화한다. '하얀'은 빛이고 '난다'는 운
동이고 '두 마리'는 조화이다. 생명이란 운동과 형성의 원리를 자기
내부에 지니고 있는 존재라는 생각이다. 그러나 존재는 자기의 한계
안에 안주할 수 없다. 둘째 연은 소멸로의 이행을 다루고 있다. 삶은
삶 자체로 독립할 수 있는 존재가 아니고 그 안에 소멸로의 계기를

내포하고 있는 것이다. 새는 구름 속으로 사라지며 꽃도 저절로 시든다. 보이는 것은 보이지 않는 것으로, 움직이는 것은 가만히 있는 것으로 변모한다. 죽음은 소리이다. 죽음은 정지이다. 죽음은 소리와 정지의 전율이다. 소리와 정지는 서로 통하는 이미지가 될 수 없다. 셋째 연의 의미는 첫째 연의 의미와 대립한다. 빛은 소리와 대립하고 운동은 정지와 대립하고 조화는 전율과 대립한다. 지나치게 의도적인 대조가 직관의 작용을 방해하는 것은 사실이지만, 비조(飛鳥)와 낙화(落花)의 대립만으로는 상식적인 의미를 넘어설 수 없기 때문에 떨어지는 소리와 떨어짐의 전율을 강조하지 않을 수 없었던 것 같다. 이러한 시적 장치들에 의해서 삶과 죽음이 서로 통하여 작용한다는 상식적인 지혜를 어느 정도 시적 인식으로 상승시킬 수 있었다. 율격 구조가 균제되어 있고 구두점의 사용이 특징적이다. 첫째 연과 셋째 연이 쉼표와 줄표와 마침표를 공통으로 가지고 있으나, 물음표는 반대로 첫째 연과 둘째 연에 나타남으로써 반복과 변이를 동시에 적용한 형식이 되었다. 이것이 또한 형식에 대한 양주동의 배려가 면밀하였음을 알려 주는 증거가 된다.

양주동은 비유의 구성에 의도적으로 고심하지는 않았다. 여기에 현대 시인으로서 그가 지닌 한계가 있었다. 그러나 우연적인 현상인지는 모르겠으나 간혹 탁월한 비유가 부분적으로 보이기도 한다.

사랑하는 그대의
가을 하늘과 같이 해맑은 눈
나의 영은 가없이 깊고 고요한 속으로

빨려가도다, 잠겨지도다.

— 「앙뉘(Ennui)」에서

이 시에서 '그대의 눈'은 일차적으로 맑은 하늘에 비유되고 있으나 그것과 반대되는 의미의 문맥과도 연관되어 있다. "가없이 깊고 고요한 속"이 연상시키는 의미 내용은 빛나는 하늘보다 어두운 바다에 적합하기 때문이다. 그대의 눈은 밝음과 어두움, 하늘과 바다라는 대립물을 통합하고 있다. 가을 하늘은 눈의 표면을 지시하고 깊은 바다는 눈의 심층을 암시한다고 보아도 무방할 듯하다. 이미지 제공어가 지니는 연상들이 작용하여 이미지 수령어의 의미를 전환시키는 문맥은 어떤 형태로 표현되었건 비유라고 볼 수 있다. 좀 더 정확히 말하면 비유는 네 가지 조건으로 규정된다.[9]

1. 이미지 수령어와 이미지 제공어가 동시에 개입되는데, 그것들은 대부분의 경우에 독립된 낱말이 아니고 여러 의미 자질들로 성립된 문맥이다.
2. 이미지 제공어가 갖는 일련의 연상을 이미지 수령어에 적용함으로써 비유가 성립된다.
3. 이미지 제공어가 문맥의 흐름을 결정함으로써 이미지 수령어의

---

9) Max Black, 『Models and Metaphors, New York: Cornell University Press, 1962, p. 44. 맥스 블랙은 이 책에서 일곱 가지 조건을 제시하였으나, 그 내용이 번거롭다고 생각되어 나는 그것을 네 가지 조건으로 줄였다. 또 시의 분석에서 은유와 직유를 구별하는 것은 중요하지 않다고 여겨지기 때문에 그가 말하는 은유의 규정을 시적인 비유 일반의 규정으로 바꾸었다.

의미가 신택되고 강조되고 억제되며, 반드시 모든 경우는 아니더라도 대개 의미의 전환이 일어난다.

4. 복잡한 비유적 문맥에서는 이차적으로 이미지 수령어가 지니는 일련의 연상이 이미지 제공어에 작용하여 이미지 제공어의 의미 전환을 일으킨다. 이때에는 이미지 수령어와 이미지 제공어가 엄밀히 구분되지 않는다. 전자장(電磁場)과 비슷한 물결무늬를 그리면서 주위로 파동쳐 나아가는 둘 이상의 문맥이 서로 연결되고 대립되며 화합하고 투쟁함으로써 새로운 방식의 의미 작용에 참가하는 것을 관찰할 수 있을 뿐이다.

특별히 은유에 대하여 언급할 때에 우리는 그것을 두 제유의 결합이라고 규정할 수 있다. '참나무'란 낱말이 제유를 구성하는 과정은 네 가지 절차를 거치게 된다.

1. 부분→전체
숲, 뜰, 문, 책상 등 참나무를 포함하는 사물이나 참나무로 된 사물.
2. 전체→부분
잎, 줄기, 도토리, 뿌리 등.
3. 특수→일반
나무, 강한 것, 큰 것 등.
4. 일반→특수
보통 참나무, 떡갈나무, 갈탕나무, 너도밤나무 등.

은유는 하나의 전체로부터 그 부분들의 하나를 거쳐 다시 그 부분을 포함하는 또 하나의 전체로 움직이거나 특수한 구성단위로부터 일반적인 부류로 나아가서는 다시 그 부류에 속하는 또 하나의 구성단위로 돌아간다. '참나무'를 통하여 다음과 같은 은유를 형성할 수 있다.10)

참나무 ┌─ 가지(부분)→가지를 지닌 어떤 것(전체)
(전체) └─ 뿌리(부분)→뿌리를 지닌 어떤 것(전체)

참나무 ┌─ 큰 사물(일반)→어떤 큰 사람 또는 큰 대상(특수)
(특수) └─ 억센 사물(일반)→어떤 억센 사람 또는 억센 대상(특수)

이러한 과정을 거쳐서 참나무는 지부(支部)를 지닌 정당을 가리키기도 하고 여러 회사를 거느리는 독과점 대기업을 가리키기도 하며, "링을 떠나는 이슬람의 참나무"라는 시적 표현으로써 권투 선수 무하마드 알리를 가리키기도 하는 것이다.

현대시는 시적 직관이 감행하는 비유적 간섭의 중요성을 예외적으로 강하게 인식하게 되었다. 조명하는 이미지의 충격에 의하여 작품의 직관적 의미를 무제한으로 증대시킬 수 있음을 인식하게 되었기 때문이다. 어떠한 개념의 매개도 없이 직관의 불꽃에 의하여 조명되

---

10) Jonathan Culler, 『Structuralist Poetics』, New York: Cornell University Press, 1978, p.181. 유종(類種) 관계인 제유는 인접 관계인 환유에 속한다고 할 수 있으나, 전통적으로 제유는 전체와 부분, 일반과 특수가 서로 다른 것을 제시하는 비유이며, 환유는 원인과 결과, 소유자와 소유물, 발명자와 발명물, 포함하는 것(잔)과 포함되는 것(술)을 서로 교환하는 비유이다.

는 비유의 문맥을 구성하여 사물들로 하여금 그 고유의 존재를 완성하게 하는 것이다. 이렇게 볼 때, 양주동의 시는 율격 구조에서는 현대시라고 할 수 있으나, 비유 구성에서는 아직 현대시의 형식을 갖추지 못하였다고 평가할 수밖에 없다.

김동명의 시에는 진술적 의미, 운율적 의미, 비유적 의미가 비교적 조화되어 있다. 우리의 현대시가 언제 시작되었는가를 정확하게 지적하기는 어렵지만, 음악을 내면화하는 데서나 비유를 구축하는 데서나 김동명의 시가 현대시에 속한다는 사실만은 어렵지 않게 판단할 수 있다. 비유의 문맥은 사물을 낯설게 하고 지각하는 데에 소요되는 시간을 증대시킨다. 지각의 과정은 그 자체가 심미적 목적이므로 지각을 곤란하게 하는 것은 지각을 쇄신하는 것이 된다. 시를 읽다 보면 우리가 보통 사용하는 문장 속에는 잘 나타나지 않는 특수한 표현이 눈에 띄게 마련이다. 문장의 문법적 형식이 어색한 것은 아님에도 불구하고 일상생활에서 주고받는 문장 속에서는 함께 나타나지 않는 낱말들이 시에서는 서로 자연스럽게 관계되어 있는 모습을 보게 된다. "의장은 토의를 쟁기질하였다"라는 문장을 대할 때 우리는 최소한 '쟁기질하였다'라는 낱말 앞에서 눈을 멈추게 되는 것이다. 이렇게 예사롭지 않은 표현이 바로 비유의 초점인 이미지 제공어이다. 비유의 문맥에서 이미지 수령어는 대개 숨어 있으므로, 비유의 초점과 상호작용하고 있는 이미지 수령어를 적절히 해석해 내지 않으면 안 된다.

1. 의장은 토의를 진행하였다: 이미지 수령어
2. 농부는 논을 쟁기질하였다: 이미지 제공어

이 두 문장의 상호작용에 의하여, 진행의 어려움과 의장의 단호함 같은 새로운 의미가 산출된다. 김동명의 시들은 비유의 구성을 해석함으로써 의미가 더 풍부해지는 작품들이라는 점에서 현대시에 속한다.

A. 내 마음은 호수요
   그대 저어 오오
   나는 그대의 흰 그림자를 안고, 옥같이
   그대의 뱃전에 부서지리다.

   — 「내 마음은」에서

B. 밤은,
   푸른 안개에 싸인 호수
   나는,
   작은 쪽배를 타고 꿈을 낚는 어부다.

   — 「밤」

C. 새벽빛이 밀물같이 뜰에 넘칠 때
   벽은 주렴(珠簾)처럼 말려 오르고…
   침대는 쪽배인 양
   기우뚱거린다.

   — 「명상」에서

A에서 배가 지나는 자리에 있는 흰 물거품은 그대의 그림자이며

Ⅰ. 한국 현대시의 형성

동시에 뱃전에 부서지는 나의 마음이다. 그대의 신체는 욕구의 대상을 초월해 있다. 내가 안은 것은 그대의 그림자에 지나지 않지만 그것만으로도 나는 사랑의 황홀함에 도취한다. 옥은 견고함과 투명함과 고귀함을 연상시킨다. 이러한 연상들이 내 사랑의 의미를 신체적인 것으로부터 정신적인 것으로 승화시킨다. 그대가 배를 저어 오고 내가 그대의 뱃전에 부서질 수 있는 것은 모두 '내 마음은 호수'라는 가설적 표현에 근거하고 있는데, 호수는 고요함·구속 없음·너그러움 등을 연상시킨다. 이러한 이중의 연상 작용에 의하여 마음의 의미가 전환된다.

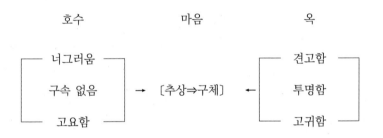

마음은 정신적 상태라는 의미로부터 전환되어 구체적 사물이 된다. 호수와 옥은 사랑의 간절함이 지니고 있는 양면을 구체화한 것이다. 사랑하는 마음은 자기를 다스리는 데는 견고하고 투명하고 고귀해야 하지만 그대에 대해서는 너그럽고 고요해야 한다. 그대가 아무런 구속 없이 살 수 있을 만큼 넉넉한 호수가 되려면 자신을 견고하고 투명하게 다지지 않을 수 없다. 김동명의 시에는 그것이 없으면 다음 문장이 성립될 수 없는 가설적인 비유 구성이 많이 나온다. B에서도 '푸른 안개'와 '호수'가 '밤'에 색채와 형태를 부여함으로써 '잠'

은 '작은 쪽배'가 되고, 나는 '꿈을 낚는 어부'가 될 수 있다.

1. 밤에 잠자면서 꿈을 꾼다.
2. 호수에 작은 배를 띄우고 고기를 낚는다.

　깊이가 결여되었기 때문에 좋은 작품이라고 할 수 없겠지만, 이 두 문맥의 상호작용이 개념을 감소시키고 직관을 증대시키는 것만은 사실이다. C는 환한 빛에 드러나 있는 침대의 모습을 묘사한 것이다. 뜰에 가득 찬 새벽빛은 벽을 뚫고 침대의 주위에 퍼진다. 빛 속에서 만물은 투명하게 되고 가볍게 된다. 정지의 상태가 운동의 상태로 바뀐다. 벽은 이미 내부와 외부를 차단하는 구실을 하지 못한다. 세계는 주저 없이 방 안으로 밀려 들어온다. 바다의 그득히 밀어닥친 물결에 떠 있는 쪽배에 누워 '나'는 위태롭게 세계를 명상한다. 생각은 세계를 비추는 빛이며 세계를 휩싸는 물이다. 그러나 생각한다는 것은 언제나 위태로운 일이다.

　　내 둥주리를 떠난
　　새 한 마리
　　또 어데로 가는고
　　이 새벽에
　　하늘가에 외로운 그림자
　　내 마음을 이끌어
　　영원에 매다.

이윽고 놀아오는 새

그 드리운 쭉지는

낯익은 바다의

비포(飛泡)에 젖고

또 보이지 않는 하늘

향기를 품기다.

내 또 부즐없이

그 발목을 더듬어 보다.

— 「생각」

새벽하늘을 떠돌며 영원을 갈구하는 새는 용감하고 아름답지만 외롭다. 고독을 인내할 수 있을 때까지 새는 하늘에 머물지만, 끝내는 둥주리로 돌아오지 않을 수 없다. 새조차도 하늘에서만 살 수는 없는 것이다. 인간은 영원과 현실, 하늘과 땅 사이에서 방황하는 작은 짐 승이다. 시의 대립 구조는 그 나름대로 견실하다. 영원을 매개로 하여 하늘과 바다가 서로 통하여 작용한다. 지상에서 영원은 물거품이나 냄새로만 존재한다. 생각이 없다면 둥주리를 떠나지도 못할 것이지만, 그렇다고 생각이 둥주리와 하늘의 대립을 극복할 수는 없는 일이다. 영원한 것은 하늘이 아니라 인간의 이러한 방황이 아닌지 모르겠다. 인간은 자신의 한계 안에서 안주할 수 없고, 한계를 넘어 나아가려고 한다. 인간은 자기의 둥주리를 초월하지 않으면 안 된다. 인간은 존재하는 한 유한하다. 그러나 유한한 인간이 자기를 부정하고 다른 유한한 인간으로 되는 과정은 무한하다. 영원이란 이러한 유한 성의 끊임없는 부정이 아니고 무엇이겠는가? 이러한 방황이 바로 인

간의 본성이다. 사물의 그리고 아마도 식물의 특권은 방황하지 않아
도 된다는 데 있을 것이다.

　　밤중에 홀로
　　수선과 마조 앉다.

　　향기와 입김을
　　서로 바꾸다.

　　생각은
　　조수(潮水)인 양 밀려와,
　　인생은
　　갈매기같이 처량쿠나.

　　여기에서 내 마음은
　　검은 물결에 싯기는 마풀 한오리.

　　아아, 수선
　　나는 네가 부끄러워.

— 「수선」

　밤중에 홀로 앉아 수선과 속삭이는 순간에 나의 입김과 수선의 향
기는 동등한 자격으로 의사를 교환한다. 누가 이러한 순간이 지복의
순간임을 의심하랴! 반성적 의식의 간섭이 배제된 황홀한 순간은 인

간에게 예외적으로, 순간적으로만 선사된다. 생각이 인간을 다시 방황하게 하는 것이다. '생각→인생→마음'의 문맥이, '조수→갈매기→마풀'의 문맥과 상호작용하여 나의 위치를 수선보다 훨씬 낮은 곳으로 옮겨 놓는다. 이러한 문맥 안에서 이미지 제공어의 연상은 극히 한정된 내용을 가지게 된다. 조수는 쓸쓸함, 갈매기는 외로움, 마풀은 피곤함을 연상시키는 정도에 그친다. 더러운 세상에 시달리며 연명하기 위해 스스로 더럽게 행동하는 나에 견주어, 자신의 향기를 굳게 지키는 수선은 훨씬 더 고귀한 존재이다. 세상의 흐름에 역행해서 투쟁한다는 것은 누구에게나 힘겨운 일이다. 그럼에도 불구하고 자기의 시를 구출하고 싶다면 시인은 세상에 항거하지 않으면 안 된다. 사물의 구체적 신비를 보존하기 위하여, 인간의 내면에 있는 중요한 의미들을 보호하기 위하여, 인간과 세계의 눈에 보이지 않는 친근 관계를 확보하기 위하여 시인은 세상의 흐름에 역행하지 않으면 안 된다. 전투적 정열의 결여로 인해서 김동명의 시는 늘 소품에 그치고 만다. 그러나 부끄러움은 자기와 세상을 부정하고 직관의 활동 영역을 마련하는 시적 근거가 된다. 김동명이 끊임없이 물의 이미지에 집착하고 있는 것도 응고되기를 애써 거부하는 현실 인식의 표시인지 모른다.

꿈에
어머님을 뵈옵다.

깨니
고향길이 일천 리

명도(冥途)는

더욱 멀어.

창밖에

가을비 나리다.

오동잎,

포구와 함께 젖다.

향수

따라 젖다.

— 「꿈에」

우리가 이 세상에서 세계와의 전적인 합일에 이르는 것은 어머니
의 품 안에 있을 때뿐이다. 어머니는 나를 3인칭으로 부르지 않는다.
어머니의 문장 속에서 아들의 이름이 나오는 부분은 문법적 형태를
무시하고 언제나 주격이다. 그러므로 나도 어머니의 모습을 객관적
으로 묘사할 수 없다. 세계를 3인칭으로, 대격으로 부르게 되면서 우
리는 어두운 현실에 얽혀든다. 현실이 아닌 꿈속에서만 세계는 다시
우리에게 자신을 열어 준다. 천리 밖에 계신 어머니는 지금 이곳에
부재로 현존하면서 세계와 우리 사이에 화해의 다리를 구축하는 근
거가 된다. 유현(幽顯)을 달리하여 천 리보다 더 먼 곳에 계실 것 같은
두려움은 그리움의 또 다른 표현이다. 가을비가 내린다. 창밖의 오동
잎이 젖는다. 천 리 밖에 있는 고향의 포구가 젖는다. 아들을 안타깝

게 그리워하는 어머니가 비가 되어 내리시는 것이다. 향수는 어머니의 사랑에 대한 나의 대답이다. 현재와 과거를 동시에 살 수 있는 향수는 닫힌 나의 마음을 눈물로 적시어 부드럽게 풀어 놓고, 세계에 대하여 자신의 마음을 열게 한다. 퇴색하지 않는 사랑만이 지상의 고문대에서 견딜 수 있도록 우리를 도와주는 영혼의 양식이다.

Ⅱ 한국 현대시의 양상

1. 전형문제

시건 소설이건, 창작의 본성에 대한 논의 가운데, 가장 흔히 이야기되는 것의 하나가 내적·외적 현실의 묘사라는 말이다. 그러나 이러한 규정 안에는 일종의 모순이 포함되어 있는 듯하다. 묘사의 대상은 구체적으로 한정되어 있어야 할 것인데, 누구도 현실이 무엇인가를 쉽게 한정할 수 없기 때문이다. 우리는 인간의 신체를 묘사할 수 있고, 신체의 기능이라고 할 수 있는 느낌과 느낌을 갈피 짓는 작용인 생각에 대하여 묘사할 수 있다. 느낌과 생각, 한마디로 넓은 의미의 지각을 묘사할 수는 있으나 인간의 지각이 곧 인간의 현실이라고는 할 수 없다. 현실에는 몸과 마음으로 구성되어 있는 제나(自我) 이외에 지각으로 포착할 수 없는 무의식이 포함되어 있기 때문이다.

현실의 묘사라는 말을 해석하는 방향에는 현실주의를 내세우는 모방 이론과 묘사주의를 내세우는 표현 이론이 있다. 모방 이론은 보편적인 형식이 현실에도 속하고 작품에도 속한다고 보아 문학과 현실의 관계를 설명하려고 한다. 작가의 손으로 만들어진 문학 작품이 현실 그대로일 수는 없다고 하더라도 작품의 형식은 어떻게든 현실의 형식에 근거해야 한다. 작가는 개별적인 재료와 보편적인 형식을 결합함으로써 특수한 작품을 형성하는 것인데, 이때에 보편적인 형식이 바로 현실의 구성 원리와 동일하다는 것이다. 현실은 그것의 구성 원리를 그것 자체 안에 지니고 있는 데 반하여 문학은 그것의 구성 원리를 밖에서 부여받는다. 작가는 머릿속에서 구상한 형식에 맞추어 재료들을 모으고 엮어 짠 다음에 손으로 써서 작품을 만든다. 작가가 창작한 작품의 형식이 현실의 형식과 같다는 것을 어떻게 알 수 있을까? 모방 이론은 개인과 사회, 정신과 세계, 존재와 당위가 분리되어 있지 않은 시대를 전제로 한다. 삶의 의미가 누구에게나 자명하게 드러나 있던 시대에는 모든 사람이 형식의 보편성을 믿을 수 있었다. 그러나 지금 우리는 공동체가 소멸한 시대, 여러 신들의 싸움터에서 살고 있다. 형식의 보편성을 믿지 못하게 된 시대에, 모방 이론은 읽을 때에 자연스럽게 느껴지는 작품이 현실을 잘 모방한 작품이라는 정도의 의미 이상을 가르쳐주지 못한다. 복합적이고 경이적인 인간의 현실은 결코 하나의 관점만을 용인하지 않는다. 현실에는 바라보는 사람의 의향에 의해 결정되는 무한한 시각의 범위가 개방되어 있다. 작가는 언제나 무한히 많은 관점이 존재하는 가운데 자신이, 하나의 관점을 선택하였음을 의식하지 않을 수 없다. 묘사의 결과로서 산출된 작품이 현실의 전체를 드러낼 수 있다는 생각은 일종의 개념 실재론이 아닌가 의심스럽다. 작품은 어디까지나 현실을 묘사하는 언어이지 현실은 아니다. 언어는 현실이 아니다. 현실의 계기는 무한하고 작품의 내용은 유한하기 때문이다. 삶은 삶에 대한 어떠한 표현보다도 더 큰 것이다. 창작을 현실의 묘사라고 하는 주장이 성립되기 위해서도 현실을 포섭하고 제거하는 표준이 해명되지 않으면 안 된다.

문학과 현실의 관계보다 문학과 현실의 대립을 강조할 때에 표현 이론이 나타난다. 표현 이론은 보편적인 형식이 아니라 인간의 정신 활동에 유의하여 작품의 성격을 설명하는 방법이다. 인간의 지성을 사변적 지성과 실천적 지성으로 나누고 다시 실천적 지성의 활동을 윤리적 활동과 기술적 활동으로 나눌 수 있는데, 기술은 인간의 선이

II 한국 현대시의 양상

아니라, 작품의 선에 관련되어 있으므로 기술 그 자체는 윤리에 의존하지 않는다. 기술이 필요에 종속되면 기능적 문학이 되고 직관에 종속되면 자족적 문학이 된다. 그런데, 정신과 세계가 분리되어 있다면 우리가 문학 작품에서 확인할 수 있는 것은 정념의 표현밖에 없다. 창조적 직관은 알기 위해서가 아니라 제작하기 위하여 정념을 수단으로 사용할 수밖에 없는 것이다. 정념은 지성의 활력 속에 수용되어 작가의 주관성을 객관적 지향성의 상태로 변하게 한다. 정념은 영혼 전체로 퍼져나가 개념으로 파악할 수 없는 사물의 특수한 양상을 영혼과 본성을 함께하는 것으로 변하게 한다. 표현 이론은 문학을 정념의 표현이라고 보면서도 정념보다는 표현을 더 중요하게 여긴다. 정념은 표현한다는 동사의 주어가 아니라 목적어이다. 묘사하는 주체와 묘사되는 대상으로부터 동시에 떨어져 나와서 주체와 대상의 사이에 펼쳐져 있는 공간을 자유롭게 부동하는 것이 정념을 표현하는 방법이다. 낭만주의자들은 이러한 태도를 반어라고 하였다.

현실과 묘사라는, 어딘가 서로 따로 놀고 있는 듯한 두 개념을 매개하기 위하여 제출된 것이 바로 전형 문제이다. 소설의 주인공들은 그들 자신의 개인적인 운명보다 더 큰 사회적·집단적 인간들의 운명을 대표하고 있으므로, 그들은 개별적인 인간인 동시에 보편적인 인간이라는 것이다. 편리하게도 사전에 보면 전형은 대표한다는 의미와 특별하다는 의미를 다 가지고 있다. 그러나 이처럼 특별하면서도 대표적인 인물 또는 상황이 현실에 실재한다고 여기는 논의에는 납득할 수 없는 점이 있다. 전형이 창작의 본성을 밝혀주는 데 유용한 개념임에는 틀림없으나, 그것이 현실에 속하는 것인가 아니면 묘사에 속하는 것인가라는 문제는 여전히 해결되어 있지 않다. 나는 전형을 현실에 실재하는 것이 아니라 현실을 묘사하는 수단으로 작가에 의하여 구성된 장치라고 생각한다. 작가는 비현실적 전형을 통하여 현실을 묘사한다. 언어학은 비현실적 전형을 현실묘사의 수단으로 사용하는 실례를 보여 준다. 같은 소리라도 실제로는 내는 사람에 따라 달리 소리 난다. 현실에는 동일한 두 개의 소리가 없다. $[a_1]$ $[a_2]$ $[a_3]$ [……] $[a_n]$과 같이 서로 다른 소리들로부터 그것들의 차이를 무시하고 비현실적 전형인 /a/를 구성해 내어 그것으로 현실 음운의 체계를 밝히는 것이 언어학의 방법이다. /a/라는 음운은 현실에 있는 소리가 아니지만 그 음운에 비추어 우리는 현실의 다양한 소리들을 변별한다. 이것은 문장의 차원에서도 마찬가지이다. 아무도 문법책에 나오는 문장처럼 말하지 않는다는 의미에서 문법책의 문장들은 비현실적이지만, 우리의 현실 언어를 기술하는 수단이 된다는 의미에서 문법책의 문장들은 전형적이다. 대표적 사례가 특별한 사례를 해명해 주고 특별한 사례가 대표적 사례를 해명해 준다는 것이 전형 문제의 중요한 점이다. 현실의 한 부분으로써 다른 부분을 해명하는 태도는 전형적인 사고라고 할 수 없다. 만일 선생이 어느 한 학생을 대표적 사례로 삼아 다른 학생들을 평가하게 된다면 대표적 사례로 인정된 그 학생에 대한 객관적 평가가 불가능하게 될 것이다. 현실을 묘사하는 수단으로서의 전형은 어디까지나 비현실적이다.

일상생활에서 누구나 사용하고 있는 전형적 사고를 계획적이고 조직적으로 확대한 것이 창작이다. 문학의 창작 과정은 여러모로 과학의 탐구 과정과 대응된다. 과학의 탐구 과정은 가설을 발견하는 심리적 단계와 가설을 체계화하는 연역적 단계와 가설을 실험하고 검증하는 귀납적 단계로 이루어져 있다. 과학적 탐구에서 가설에 해당하는 것이 창작 과정에서는 전형이다. 문학의 창작 과정은 전형을 발견하는 심리적 단계와 전형을 체계화하는 연역적 단계와 전형을 실험하고 검증하는 귀납적 단계로 이루어진다. 이 세 단계의 끊임없는 전진과 후퇴가 창작의 과정이다. 전형은 작가가 설정하는 의미의 원천이며 작가에 의하여 이루어지는 창작의 출발점이기도 하다. 전형은 일차적으로 문학의 형식에 관계되어 있다. 추리소설·성장소설·연애소설 등 장르에 대한 사전 지식 또는 전이해가 전형을 구성하는 데 영향을 끼친다. 그리고 전형은 변모하는 현실의 규범이나 가치에도 관계되어 있다. 다양한 심리적·사회적 현상과 사회의 발전에 대한 고려도 전형의 구성에 작용한다. 어떠한 현상도 독립된 것으로 분리해 놓고서는 묘사하거나 파악할 수 없으므로, 복합적인 현상들의 다양한 상호 관계는 어디선가 결합되어야 한다. 전형은 인간의 행동이 드러내는 관계들을 통합하는 수단이다. 현실의 계기들은 무한하기 때문에 전형을 구성하는 데는 포섭과 배제가 불가피하다. 목표를 축소하고 한정하지 않으면 현실의 여러 연관이 끝없이 확장되어 전형은 구성되지 못한다. 이런 의미에서 역사적 현실에 근거를 두고 있음에도 불구하고 전형은 비현실적인 것이다.

현실적 현상과 전형적 현상 사이에는 정확한 대응 관계가 성립되지 않는다. 전형은 인위적으로 구성된 것이므로 실생활에서 그것의 짝이 되는 상황을 찾을 수 없다. 전형은 기원을 고려하지 않고 관계를 고려하는 것이다. 현실의 여러 관계가 중복되는 영역, 여러 관계가 동시에 교차하는 지점이 전형의 바탕이 된다. 그러므로 전형의 구성에서 가장 방해가 되는 것은 현실의 한 국면에 집착하는 고정된 관점 또는 현실을 하나의 원리로 환원하는 단선적 시각이다. 문학에서 환원주의는 언제나 개방된 시각을 차단하여 창작을 방해한다. 예를 들어 계급투쟁을 주제로 하여 소설을 쓰는 작가가 만일 무역 제약의 문제를 제외한다면 현실의 복합성을 제대로 고려한 전형을 마련할 수 없을 것이다. 전형은 직선적 논리를 배척하고 모순되고 대립되는 관점까지 포괄하여 다각적 해석의 가능성을 언제나 보유하고 있어야 한다. 전형은 폐쇄된 영역이 아니다. 전형이 지니고 있는 이러한 모호성에 의하여 창작은 자유롭게 의미를 구현할 수 있다. 창작 과정에서 전통과 사회와 현실에 관련된 국면은 전형을 이루지만, 창작은 이러한 전형을 현실묘사의 수단으로 사용하면서도 글을 쓰면서 생겨난 여러 조건이 제시하는 새로운 내용을 그때그때 음미하고 이용하는 작업이므로, 작품과 전형의 사이에는 강한 긴장이 개입되어 있으며, 작품은 전형으로 축소될 수 없다.

우리는 전형을 현실에 대한 질문으로 볼 수도 있고 대답으로 볼 수도 있다. 아니 전형을 질문하는 대답이고 대답하는 질문이라고 생각하는 것이 차라리 옳을지 모른다. 이러한 질문과 해답의 상호작용 속에서, 전형은 개인에 의하여 구성된 것이면서도 개인을 넘어서는 의미를 지니게 된다. 문학에 대한 시대적 태도, 작품에 대한 집단적 반응이 전형에 독단이 개재되는 것을 막아준다. 전형의 처리를 둘러싸고 벌어지는 모든 행위를 창작이라고 할 때에 전형은 일종의 전략적 개념이 된다. 창작은 전형이라는 전략적 전달 수단을 사용하여 작가가 자기의 의사를 소통하는 과정이다. 전형에는 자기의 시대에 대한, 작품에 대한, 독자에 대한 작가의 기대가 포함되어 있다. 그뿐 아니라 전형에는 문학과 역사와 사회에 대한 독자의 기대도 포함되어 있다. 이러한 여러 가지 기대들이 중복되는 영역을 전형이라고 규정할 수도 있다. 전형은 이러한 기대의 영역을 재구성한 개념의 건축인 것이다. 인간은 기대에 의해서만 경험하고 관찰한다. 기대하지 않는 것을 경험하거나 관찰할 수는 없다. 이러한 기대의 영역은 이미 역사적·사회적·정치적으로 규정되어 있다. 전형은 어떠한 경우에도 정치적이고 사회적인 구속으로부터 면제될 수 없는 것이다. 전형의 개방성으로 인해서 정치적·사회적 차원이 배경으로 물러나고 운율과 비유 구성과 문체와 같은 문학적 장치들이 전경에 두드러지는 경우가 없는 것은 아니나, 그런 경우에도 정치적·사회적 차원이 완전히 배제될 수는 없다. 그런데 기대라는 목적어에 수반되는 동사는 대체로 다음의 네 가지이다.

i 기대를 충족시킨다.
ii 기대를 실망시킨다.
iii 기대를 능가한다.
iv 기대를 부정한다.

작가의 입장에서 볼 때에 작품을 완성시키는 수단인 전형은 문학적·사회적 경험의 총화이다. 그러나 독자의 입장에서 보면 전형은 집단적 가치관을 확인하거나 부정하는 일종의 도전자이다. 그러므로 우리는 독자의 기대를 충족시키는 전형은 대중 문학의 창작 수단이 되며, 독자의 기대를 능가하거나 부정하거나 실망시키는 전형이라야 순수 문학의 창작 수단이 될 수 있다고 단언해도 좋다. 기대의 실망은 독자에게 새로운 소망과 새로운 요구를 품게 한다. 자신의 기대가 충족되지 않을 때에 독자는 한편으로 그 작품에 반발하면서 다른 한

편으로는 비로소 자신의 참다운 기대가 무엇인가를 깨닫게 된다. 독자의 기대를 부정한다는 것은 독자에게 그의 기대를 수정하도록 강요하는 것이다. 독자의 기대를 넘어선다는 것은 독자가 이미 용인하고 있는 사회적·정치적 상황을 거절하는 것이다. 독자에게 비판적 각성을 일으켜 준다는 의미에서 전형은 정치적이고 사회적인 각성의 영역이다. 작가는 독자의 기대로부터 이탈되도록 전형을 구성하지 않으면 안 된다. 하나의 작품이 어느 정도 독자의 기대를 통합하고 있으며 어느 정도 독자의 기대를 벗어나 있는가 하는 문제를 우리는 실증적인 설문 조사를 통해서도 알아볼 수 있다. 동일한 전형이 대학생과 노동자에게 각각 어떻게 다르게 수용되고 있는가도 설문지로 조사할 수 있을 것이다.

전형 자체가 독자에게 하나의 질문으로 작용한다고 하였지만 독자의 질문에 대한 해답으로서만 기능하는 전형도 있다. 여러 시대를 견디고 살아남은 고전문학의 비현실적 전형들은 독자의 기대로부터 이탈하지 않으면서도 대중 문학과는 달리 현대 문학 속에 어떠한 의미와 가치를 이월시켜 주고 있다. 작가들은 자신의 자유연상에 의존하여 전형을 구성하였다고 생각하겠지만, 전형에는 시대에 따라 서로 다르게 드러나는 의미 연관 이외에 시대의 변화에도 불구하고 항구적으로 보존되는 의미 연관이 있다. 우리는 이것을 전형의 상수라고 불러도 좋을 것이다. 전형의 상수는 고전문학의 형식과 주제에 내포되어 있다. 현대 작가들에게도 전형의 상수는 창작의 기본 자료 또는 기본 전제가 된다. 창작이란 어떻게 보면 고전문학에 사용된 전형을 해석하고 비판하고 수정하는 작업, 다시 말하면 전형의 상수에 전형의 변수를 추가하는 작업이라고도 할 수 있다. 시대에 따른 전형의 변화가 단순한 수성이냐 아니면 역동적 체계 자체의 변이냐는 간단하게 말할 수 없으나 전형의 구성에서 고전적 전형의 재평가가 중요하다는 사실은 틀림이 없다. 그리고 아무리 많은 수정을 겪게 된다 하더라도 전형은 시간의 마멸에 저항하는 힘을 지니고 있다. 그러나 중세를 묘사하는 데 사용되던 전형과 현대를 묘사하는 데 사용되는 전형은 결코 동일할 수 없다. 고전문학에 사용되던 전형이 현대 문학에도 수정 없이 사용될 수는 없는 것이다. 순간순간 새로운 사건들이 과거에 첨가됨으로써 창작의 세계에는 끊임없이 질적 변혁이 일어나고 있다. 우리는 미래의 문학에 대하여 알 수 없기 때문에 창작의 본질을 추상적이고 보편적으로 논의할 수는 없다. 우리는 우리가 알고 있는 사실들에 국한하여 전형의 문제를 잠정적으로 해결할 수밖에 없다.

전형은 추가적인 창작에 의하여 변모하는 개방된 추억이다. 새로 창작되는 작품은 긍정적이든 부정적이든 항상 과거의 영향을 받고 있다. 그러나 창작은 결코 과거에 동화되는 작업이 아니다. 의식적인 선택과 수동적인 동화는 엄연히 다르다. 고전문학도 현재 전달되고 있다는 조건 아래서만 현존할 수 있으므로, 과거의 전형이 오히려 현재의 전형에 의하여 수정되고 변화된다고 생각할 수도 있을지 모른다. 과거의 전형과 현재의 전형 사이에서 일어나는 변화는 일방적인 것이 아니라 상호적인 것이다. 하나의 변화가 새로운 변화를 일으킨다. 이렇게 볼 때 전형의 구성은 과거와 현재가 서로 의미를 조정하는 작업이다. 고전문학의 전형이 지니고 있는 일반적인 의미를 약화시키고 특수한 의미를 강조함으로써 현대문학의 전형은 한 면으로는 고전적 전형의 반복이고 다른 면으로는 고전적 전형의 변조이다. 그러나 변화와 변이가 중요하다고 해서 고전문학의 전형과 현대문학의 전형 사이에 나타나는 광범위한 유사성을 간과하면 안 된다. 고전문학에 사용된 전형도 처음 나왔을 때에는, 독자의 기대로부터 이탈하는 미학적 간격을 내포하고 있었다. 시대가 바뀌면서 이러한 종류의 기대 이탈이 자명한 것이 되고 미학적 간격이 제거되었으나, 고전문학이 당대 현실을 묘사하는 수단으로 사용하던 전형은 새로운 전형 구성의 기본 자료로 여전히 남아 있다. 우리는 그것을 기념비적 전형이라고 불러도 무방할 것이다.

우리가 어느 정도 분명하게 말할 수 있는 것은 작품 안에 나타나는 인간들의 관계구조와 나날의 삶에서 경험하는 사람들의 관계구조가 그 기본 디자인으로 보아 유사하다는 사실이다. 우리의 삶은 인간과 인간의 상호작용으로 구성되어 있다. 그러나 우리는 일상생활에서 그러한 상호작용의 전형을 좀처럼 파악하지 못한다. 우리가 그러한 상호작용의 구성 원리를 파악하는 것은 시와 소설의 세계 안에서이다. 우리가 어떤 소설에서 주정하는 행동을 읽는다고 하자. 작가는 이 주정꾼을 여러모로 특별하게 묘사했을 것이다. 소설은 우리에게 '지금 여기 한 사람의 주정꾼이 있다'고 말해준다. 그러나 소설이 이야기하는 내용이 이것만은 아니다. 소설은 또한 우리에게 '이 세상에는 많은 주정꾼들이 있다'고도 말해준다. 우리는 특별한 주정꾼을 통하여 모든 주정꾼을 본다. 소설의 작중인물이 된 주정꾼은 모든 주정꾼의 대표이다. 소설 안에서 주정하는 행동은 주정 자체의 환유인 것이다. 주정하는 행동을 묘사하는 데는 주정하는 사람의 차림새와 주정하기에 적합한 무대의 묘사가 수반되어야 한다. 인간의 차림새와 행동의 무대에는 대부분의 사람들이 수긍할 만한 사회심리학적 테두

II 한국 현대시의 양상

리가 있다. 소설의 무대에는 사건에 관계되는 소도구들이 신중하게 배치되어 있다. 헝클어진 머리와 구겨진 옷 그리고 아마도 술집이 늘어서 있는 밤거리가 대충 묘사되어 있어야 할 것이다. 깨진 안경 따위의 소도구가 필요할지도 모른다. 우리가 나날의 삶 속에서 만나는 주정꾼의 차림새와 무대가 실제로 반드시 그러한 것은 아니다. 작가는 작중인물의 차림새와 무대를 대충 그런 것으로 묘사한다. '대충 그렇다'는 문장은 '실제로 그렇지 않을 수도 있다'는 문장과 통한다. 소설 안에 묘사되는 차림새와 무대는 사물을 현실의 구속에서 벗어나게 한다는 점에서 일종의 은유이다. 우리의 지각을 쇄신시키기 위하여 작가는 차림새와 무대의 사회심리학적 테두리를 변화시켜 놓을 수도 있다. 작가가 미장원에 있는 거울에 얼굴과 머리를 비추어 보지 않고 그 거울의 장식을 찬찬히 눈여겨보는 여자를 묘사하거나, 반대의 경우로서 골동품 가게에 진열되어 있는 거울 앞에서 머리를 빗고 있는 여자를 묘사했다면, 그는 미장원과 골동품 가게라는 장소의 사회심리학적 테두리를 변화시켜 놓은 것이다. 소설의 무대에 일반적인 정서가 널리 퍼져 있을 때에 우리는 그러한 작품을 분위기 소설이라고 부른다. 주정하는 행동은 여러 사람에게 서로 다른 정서를 일으킨다. 사람들은 그 주정꾼을 사랑하거나 증오하거나 무시한다. 그중에서도 쉽사리 예측할 수 있는 정서는 울며 만류하는 아내의 정서와 흥을 돋우는 친구들의 정서이다. 술을 마시면서 현실을 비판하는 발언을 했다고 할 때 친구들은 그가 자기들의 정치 의견을 알아보려는 의도에서 행동한다고 생각할 수도 있고, 그가 원래부터 비판적인 시각을 가지고 있다고 생각할 수도 있고, 그가 술자리를 계속하기 싫어서 흥을 깨뜨리고 있다고 생각할 수도 있다. 그가 "술이 좋다"라고

말했을 때에 '아마 그럴 수도 있을 것이다'라고 여기는 사람의 정서
와 '그가 정말로 술을 좋아하는 것은 아니다'라고 여기는 사람의 정
서는 현저하게 다르다.

2. 현대시의 갈래

우리는 소설의 종류를 사실소설과 서정소설과 실험소설의 세 갈래로 나눌 수 있듯이 시의 종류를 명상시와 설화시와 실험시 세 갈래로 나눌 수 있다. 시의 이 세 갈래는 독립된 세 영역이 아니라 서로 겹쳐지면서 분화되는 동일한 강의 세 지류이다. 서정시란 시의 갈래가 아니라 시의 화법에 나타나는 특징이다. 화법의 차이가 얼마나 미묘한 효과의 차이를 빚어내는가에 유의하지 않으면, 우리는 어떤 시도 제대로 분석할 수 없을 것이다. 시에 묘사된 현실은 결국 삶의 감각 경험을 나타낸다. 7세기의 「죽지랑가」와 8세기의 「기파랑가」에서 보듯이 우리 시의 전통적인 갈래 가운데서 대표적인 것은 설화시였다. 서사 무가인 「바리데기」를 제외하면 서사시로 발전한 예는 찾아볼 수 없으나, 향가에는 사실에 토대를 둔 가공의 설화가 들어 있다. 향가 중에는 남녀를 막론하고 훌륭한 행적이나 아름다운 성품 때문에 인간의 상상력에 큰 감동을 준 사람들의 이야기에서 빚어져 나온 노래가 적지 않다. 일종의 영웅 숭배 심리에 주제의 초점을 맞춘 작품 이외에도 「서동요」나 「원가(怨歌)」나 「관음가」처럼 한 폭의 그림을 보는 듯한, 극적인 작은 이야기를 포함하고 있는 작품들도 있다. 설화시의 갈래는 고려시대의 장가와 별곡, 조선시대의 가사와 사설시조, 그리고 현대의 서사 민요에 이르기까지 줄기차게 갈래로서의 생명을 지속해 왔다. 특히 가사는 16세기의 「속미인곡」과 「누항사」에 보이던 정돈된 구성이 해체되면서 점점 더 설화적 요소를 전면에 내세워, 18세기에는 외국 여행의 기록과 특수한 생활 체험의 보고까지 다루게 되었다. 현대에도 설화시의 갈래는 엄존하고 있다.

　　i 왼 마을에서도 품행 방정키로 으뜸가는 총각놈이었는데, 머리숱도 제일 짙고, 두 개 앞 이빨도 사람 좋게 큼직하고, 씨름도 할라면이사 언제나 상씨름밖에는 못하던 아주 썩 좋은 놈이었는데, 거짓말도 에누리도 영 할 줄 모르는 숫하디숫한 놈이었는데, '소x한 놈'이라는 소문이 나더니만 밤사이 어디론지 사라져 버렸다. 저의 집 그 암소의 두 뿔 사이에 봄 진달래 꽃다발을 매어 달고 다니더니, 어느 밤 무슨 어둠발엔지 그 암소하고 둘이서 그만 영영 사라져 버렸다. "사경(四更)이면 우리 소 누깔엔 참 이쁜 눈물이 고인다." 누구보고 언젠가 그러더라나. 아마 틀림없는 성인(聖人) 녀석이었을 거야. 그 발자취에서도 소똥 향내쯤 살포시 나는 틀림없는 틀림없는 성인 녀석이었을 거야.

　　　　　　　　　　　　　　　　　　 — 서정주, 「소x한 놈」

　기묘한 이야기를 담고 있는 이 설화시는 서정주의 전지 주석 서술에 의하여 전개되고 있다. 긴 첫 문장은 작중인물의 생김새와 성격을 요약해서 덧붙인다. 머리숱이 짙고 앞니가 큼직하다는 묘사는 사내답고 너그럽고 당당한 태도를 나타낸다. 화자는 직접 품행이 방정하고 사람이 좋다는 주석을 그 묘사에 덧붙인다. 기운이 세지만 상씨름만 하고 싸움을 결코 하지 않았다는 데서도 그의 너그러움이 간접적으로 전달된다. 거짓말하지 않고 에누리하지 않는 그의 행동은 순진하고 정직한 성격의 표현이다. 그에게 야릇한 소문이 나고, 그가 사라져 버렸다는 말로 첫째 문장의 요약적 제시가 끝난다. 좁은 마을에서 떠도는 소문이 얼마나 잔인하게 한 개인을 폭행할 수 있는가를 아는 사람은 시의 이 부분에서 냉혹한 현실감을 느끼게 된다. 좁은 사회에서는 터무니없는 말도 떠돌아다니다가 사실로 변한다. 둘째 문장과 셋째 문장은 첫째 문장이 요약해서 제시한 내용을 두 개의 장면으로 구체화한다. 작중인물은 암소의 두 뿔 사이에 진달래 꽃다발을 매어 달고 다녔다. 이것은 화자 자신이 목격한 장면이다. 셋째 문장은 작중인물을 아는 어떤 제3의 인물에 의하여 인용된 작중인물의 말이다. 한밤에 소의 눈에 눈물이 괴는 것을 보았다고 한 작중인물의 말에는 '이쁜'이란 수식어가 들어 있는데, 시의 화자는 "그러더라나"란 낱말로 작중인물의 말과 그 말을 전한 인물의 말을 모호하게 약화시킨다. 그러므로 셋째 문장에는 작중인물과 작중인물의 지인과 화자의 목소리가 서로 조금씩 어긋나면서 겹쳐져 있다. 자기 소를 그토록 예뻐하는 것으로 보아 그는 소하고 무슨 짓을 했을 수도 있다. 소뿔에 꽃다발은 왜 달아주며, 한밤에 소 눈은 왜 들여다보았겠느냐? 소문이 전혀 근거 없는 것은 아마 아닐지도 모른다는 마을 사람들 편에서의 다소 억지스러운 변명을 두 문장으로 된 두 장면의 자유 간접 화법이 대변해 주고 있다. 우리는 소가 행여나 탈 날까 밤낮없이 염려하고 보살피는 농민의 예사로운 생활에 대하여 잘 알면서도, 자기 소에 대한 농민의 애정이 어떠하리라는 것을 충분히 짐작하면서도, 우리 누구나가 한때 몸소 체험한 폭발적인 성욕의 횡포 또한 내심으로 인정하지 않을 수 없기 때문에 자기들의 내면에 있는 악마를 작중인물에게 투사하여 그를 희생 제물로 삼은 마을 사람들에게도 공감을 느낀다. 넷째 문장과 다섯째 문장에서 화자가 다시 개입하여 작중인물을 "성인 녀석"이라고 평가한다. 그는 우리 모두의 죄 때문에 희생된 사람이므로 성인이고, 사람에게나 짐승에게나 한결같이 정직하고 관대했기 때문에 성인이고, 누구와도 싸우지 않고 소와 함께 사라져 버렸으므로 성인이다. '녀석'이란 친근한 부름말에는 그를 비하하는 의미가 전혀 없다. 그는 우리와 전적으로 다른 성인이 아니고 우리 속에서 우리의 놀림을 받는 성인인 것이다. 인물에 대해서 이야기하는 시인의 전지 주석 서술과 시인의 음성과 인물의 음성이 겹쳐지는 자유 간접 화법은 시의 의미가 확대되는 것을 도와주고 있다고 할 수 있다.

> ii 지전(紙錢)이 불고
> 공기가 줄어서
> 숨이 가쁘듯이
> 출근하시고 나서
> 뭉클한 것이 가슴에서
> 올라오더니
> 목이 메었어요 슬퍼 마세요.
> 관 속에 잠깐 머물다가
> 불꽃 속으로 뛰어들겠어요.
> 조상군들 사이에서
> 개잠들어
> 그리시던 여인을
> 만나신 것을
> 부끄러워 마세요. 어머니를 여읜
> 아들과 딸자식이
> 미움처럼 눈물처럼
> 앞을 가릴 텐데

새 세상 보실 텐데

새 세상 보실 텐데

들먹이는 가슴이

거짓은 아니지만

시방 울지 마세요.

타는 저녁놀은

긴 베개 삼아 비고

뭉실뭉실 보듬고

도란도란 얘기하다

깨날 날까지

그럼 안녕히 계세요

이승에서도 원자탄 그늘처럼

미안하고 불안하게 살아왔는데

저승에 가도 어떻게 되겠지요.

저에게는 아니

이미 이승이 저승입니다.

박봉에 삼일장이

무슨 말씀입니까.

내일 아침 먼동이 튼들

제가 또한 누구를 위하여

유황불을 받어요.

햇살을 받어요.

— 송욱, 「서방님께」

송욱은 화자 개입을 배제하고 죽은 여자의 언어를 그대로 기술하고 있다. 이 설화시의 심리 서술은 영혼의 드라마가 되어, 독자의 공감을 유도하고 있는데 죽은 여자에게는 신체가 없으므로 심리 서술 이외의 다른 화법을 사용할 수 없었을 것이다. 공기가 줄어서 숨이 가빠질 때처럼 가슴이 답답해지더니 갑자기 목이 메어 쓰러졌다는 설명 중에 그녀는 종이돈이 불어난 것을 숨쉬기 어렵게 된 원인의 하나로 지적한다. 생산의 증가보다 지폐가 더 팽창하는 인플레이션은 평범한 주부들의 생활을 파괴한다. 그녀는 어떻게 해도 꾸려 나갈 수 없었던 살림살이의 고통을 남편에게 하소연하고 있는 것이다. 그녀는 유택 같은 것은 아예 기대하지도 않는다. 관 속에서 잠깐 머물다가 불꽃 속으로 뛰어들어 스러질 운명을 스스로 받아들이고 있다. 그녀의 귀신은 피곤에 못 이겨 잠시 잠든 남편이 꿈속에서 자기 아닌 다른 여자와 만나는 것을 본다. '개잠들어'라는 표현이 남편에 대하여 그녀가 평소에 지녔던 감정의 일단을 나타내준다. 그는 술과 여자들에 빠져서 얼마 안 되는 월급조차 제때에 가져다주지 아니하였다. "부끄러워 마세요"라는 말에는 어조로 보아 이제는 이해하겠다는 뜻이 아니라 네 버릇이 내가 죽었다고 바뀌겠느냐는 뜻이 들어 있다. 나를 그렇게나 미워하더니, 이제 어미 없는 자식들을 데리고 너 고생 좀 해보라는 빈정거림이 들어 있는 것이다. 두 번 반복되는 "새 세상 보실 텐데"는 원한과 앙심에 사무친 야유이다. 새 여자 맞는 데 방해가 되어 애들이 밉겠지. 그러나 한편 측은하기도 할 것이다. 새 장가 들어서 어디 얼마나 잘사나 보자. 네 "들먹이는 가슴"이 새장가 들 희망에 벅차서 들먹이는 건지 누가 모를 줄 아느냐? 살아서는 말할 수 없었던 온갖 포한을 남편에게 쏟아 놓으면서도 그녀의 영혼은 지금 그가 진정으로 슬퍼서 들먹이는 것을 알고 있다. 귀신들은 사당에 안착할 때까지 몸을 떠나 구천을 떠돈다. 기독교의 관점으로는 몸이 다시 부활하는 종말의 날까지 영혼들은 연옥에 머문다. 저녁놀을 베개 삼아 베기도 하고, 저녁놀을 안기도 하고 저녁놀과 이야기를 주고받기도 하겠다는 아름다운 표현에도 빈정거림이 깃들여 있다. 살아 있을 때에도 남편이 돌보지 않아서 그녀는 늘 베개를 안고 자고 베개와 이야기하고 했는데, 죽고 나니 저녁놀을 벗 삼게 되어 차라리 살아생전의 베개보다는 낫다는 반어인 것이다. 그녀는 딴 여자 보는 남편에게 방해되어 미안하고 윽박지르는 남편에게 시달려서 불안하게 살아왔다. 이승이라고 나을 것도 없고 저승이라고 못할 것도 없다는 것이 그녀의 솔직한 심정이다. "안녕히 계십시오"란 말 또한 원수같이 여기던 내가 없어졌으니 이제 잘살아 보라는 조롱이다. 그러나 시의 마무리 부분에서 그녀의 귀신은 남편에 대한 진정한 염려를 숨기지 못하고 털어놓는다. "박봉에 삼일장이 무슨 말씀입니까"라고 묻는 그녀의 심정은 자신보다 남편과 아이들의 살림살이를 더 염려하는 평소의 마음가짐이다. 한없이 미워하기도 했으나 그녀는 오직 남편을 위하여 온갖 고생을 견디고 살아왔다. 이제 밥 짓고 빨래하고 단장할 몸이 없어졌으니 지옥의 유황불이건 천국의 햇살이건 누구를 위하여 받을 것인가라고 탄식하면서 그녀의 귀신은 진정으로 남편과 함께 살지 못하게 된 것을 아쉬워하고 있는 것이다. 송욱은 죽은 여자의 1인칭 자기서술로 전통적 여인의 심리를 현대시로 형상화하였다.

    iii 물 먹는 소 목덜미에
       할머니 손이 얹혀졌다.

이 하루도

함께 지났다고,

서로 발잔등이 부었다고,

서로 적막하다고

— 김종삼, 「묵화(墨畵)」

ⅳ 1947년 봄

심야

황해도 해주의 바다

이남과 이북의 경계선 용당포

사공은 조심조심 노를 저어가고 있었다.

울음을 터뜨린 한 영아를 삼킨 곳.

스무 몇 해나 지나서도 누구나 그 수심을 모른다.

— 김종삼, 「민간인(民間人)」

「묵화」는 마침표로 끝난 문장 하나와 세 개의 쉼표가 이어져 끝
난 것 같지 않게 되어 있는 문장 하나로 구성되어 있다. 소가 물을
먹고 있었다. 할머니가 다가와 소의 목덜미에 손을 얹었다. 할머니는
소에게 "오늘 하루도 함께 일했구나. 난 너무 걸어서 발등이 부었다.
너도 발등이 부었니? 나에게는 너밖에 없단다. 쓸쓸해 못 살겠다"라
고 말했다. 김종삼은 결코 이런 화법으로 이야기하지 않는다. 그는
"할머니가 손을 얹었다"라고 말하는 대신에 "할머니 손이 얹혀졌다"
라고 말한다. 할머니의 손은 능동적 주체가 아니라 피동적 객체이다.

이 시의 첫 문장은 완벽한 객관 중립 서술이다. 이 첫째 문장을 읽으면서 우리는 여러 가지 일들을 머릿속에 그림 그려보게 된다. 왜 할머니가 농사일을 하실까? 남편은 어디에 갔을까? 아들이 하나도 없을까? 난리 통에 죽었나? 군대에 갔나? 시골이 싫어서 대처로 떠났나? 발등이 붓도록 노인 혼자서 일하는 이유는 무엇일까? 태평양 전쟁과 6·25 사변을 겪은 세대에 대한 상상과 아울러, 우리는 할머니가 쓸쓸히 소에게 이야기할 수밖에 없는 우리 시대의 매몰찬 이기주의에 대해서도 상상하게 된다. 모두가 제나밖에 모르고 제 집밖에 모르는 시대에 가장 쓸쓸한 사람들은 고아와 과부, 그리고 노인들이다. 우리들에게 집은 제 아내와 제 자식으로 구성된 공간이다. 거기에는 노인들이 깃들일 자리가 남아 있지 않다. 주택공사는 서민 아파트의 방을 세 개로 한정함으로써 노인 추방을 공식적으로 허용하였다. 김종삼은 이 모든 질문에 직접 대답하려고 하지 않는다. 그는 화자의 목소리를 할머니의 목소리로 변형하고, 할머니의 목소리를 화자의 목소리로 변형하여 두 목소리가 같이 울리게 함으로써 할머니의 쓸쓸하고 힘겨운 농사일을 묘사하는 이 설화시의 자유 간접 화법은 세 개의 이어지는 쉼표에 의하여 더욱 객관 중립 서술에 접근한다. 「민간인」은 객관 중립 서술만 사용한 설화시이다. 첫째 시절은 사건이 일어난 시간과 장소에 대해서만 서술하고 있다. 시간은 해에서 철로, 철에서 어느 하룻밤으로 좁아지고, 장소는 황해도에서 해주로, 해주에서 해주 앞바다 용당포로 좁아진다. 광복 이후, 전쟁 이전이라는 시간과 이미 가볼 수 없게 된 해주라는 장소가 무엇인가 특별한 사건을 예고하고 있는 듯하다. 용당포가 이남과 이북의 경계선이라는 데서 그러한 독자의 짐작은 더욱 구체화된다. 둘째 시연은 그때 그곳에서 일어난 사건을 서술하고 있다. 김종삼은 화자의 개입을 배제하고 하나의 사건을 객관적으로 서술한다. 왕래가 금지된 삼팔선을 몰래 넘으려던 사람들이 우는 갓난애를 물에 던졌다. 울음소리가 나지 않게 하려고 입을 막았는데 그만 질식하였을 것이고, 죽은 아기를 물에 버렸을 것이다. 사람들은 차마 그렇게 할 수는 없는 짓을 저질렀다. 그러나 우리는 그들이 왜 그렇게 할 수밖에 없었던가를 알고 있다. 우리 모두가 영아 살해의 공범이다. 김종삼은 그 장면을 "조심조심 노를 저어가고 있었다"라는 한 문장으로 압축하고, 다시는 아무 말도 더하지 않는다. 사건의 서술은 한 문장으로 모두 끝나고 "울음을 터뜨린 한 영아를 삼킨 곳"이라는 장소에 대한 객관적 설명이 나오고 스물 몇 해 뒤에 사건이 아니라 물의 깊이에 대해 이야기하는 사람들이 나올 뿐이다. 슬프다고 말할 수 있는 슬픔은 정작 슬픔이 아니다. 월북자의 가족들, 또는 월남한 이북 사람들이 통일 운동에 거리감을 느끼는 이유가 여기에 있다. 통일은 죽을 때까지 풀려고 공들여야 할 문제이지, 기간을 정하여 완수하여 제출해야 할 사무가 아니다. 통일은 야곱이 씨름하다 복숭아뼈를 다친 우리 시대의 천사이다. 어떤 의미에서 김종삼의 시 전체가 통일이란 천사와의 힘겨운 씨름이었는지도 모른다.

향가 가운데 「풍요(風謠)」, 「안민가」, 「망매가(亡妹歌)」 등의 작품에는 공덕이나 죽음에 대한 명상이 설화보다 더 중요하게 부각되어 있다. 여요 중의 단가들에도 효성이나 사랑 등의 감정이 전경에 드러나 있다. 불교의 선시(禪詩)는 모두 명상시이고 19세기에 나온 천주교와 동학의 종교 가사나 왕조말에 나온 개화 가사·우국 가사 등은 모두 관념시이다. 관념시와 명상시는 다 생각의 표현이지만 명상시의 신체적 사고가 관념시의 관념적 사고보다 직관의 고유성을 더 잘 표현한다. 시조는 자연을 노래한 것이든 인사를 노래한 것이든 그 전체를 명상시로 읽을 수 있을 것이다. 생각과 느낌이 얼크러져 있는 명상시는 보편적 사유와 개별적 감정의 복합체로서 명상시의 본질은 최고 수준의 사유가 시인의 특수한 감정에 용해되어 드러내는 보편적 개성에 있다. 풍자시·교훈시·축혼가·묘비명·뱃노래·이별가·송가 등의 명상시는 오래전부터 시의 한 갈래로 엄존해 왔다. 어떠한 생각을 주장하거나 공격하였다고 하여 나쁜 시가 되는 것은 아니다. 우리는 경건한 비유와 분방한 운율과 해학을 혼합한 명상시를 시조 가운데서 흔하게 발견할 수 있다. 시인이 그 관념을 강렬하게 느끼고, 열렬하고 진지한 감정 속에서 참신한 비유와 변화 있는 운율을 발견하기만 한다면 어떠한 생각이라도 시가 될 수 있다. 우리는 도덕적 교훈을 전하기 위하여, 신을 찬송하기 위하여, 적을 공격하기 위하여, 사람들을 웃기기 위하여, 노동자들이 더 잘 일하고 군인들이 더 잘 싸우게 하기 위하여 시를 쓸 수 있다. 명상시의 대표적 종류는 죽음을 노래하는 비가와 애가, 그리고 독자에게 느낌뿐만 아니라 생각도 전달해 주는 자연시(목가, 전원시, 산수시)를 꼽을 수 있다. 강렬한 느낌으로 표현되는 한 시대 최고 수준의 사유를 통찰이라고 한다. 명상시의 핵심은 단순한 생각이 아니라 통찰이다. 수전 랭거는 예술의 선물은 생각이 아니라 통찰이라고 했다1). 사유할 때는 생각이 전경에 있

---

1) Susan K. Langer, Philosophy in a New Key, New York:New American Library, 194
   2, p.198."Not communication but insight is the gift of music."

고 느낌은 배경에 있지만 명상할 때는 느낌이 전경에 있고 생각은 배경에 있다. 시와 명상은 관념적 사고가 아니라 신체적 사고라는 공통점을 가지고 있다. 불교에서는 머리로 생각하지 말고 아랫배로 생각하라고 가르친다. 그러나 생각하는 것은 시인의 직업이 아니다. 시인은 사상가가 아니므로 사유를 철학자나 신학자에게 빌려오지 않을 수 없다. 엘리엇의 『네 사중주』는 기독교 사상에 바탕을 둔 현대 명상시의 전형이다. 시인의 강력한 감정은 빌려온 생각을 신선한 통찰로 만든다. 우리 시의 대부분을 차지하고 있는 연가는 모두 감정으로 사유를 완전히 용해시킨 명상시이다. 연가에는 진지하고 엄숙한 관념보다는 신이 나서 사방에 물을 튀기며 장난하듯 낱말들을 가지고 즐겁게 노는 시가 많다. 황진이의 시조에서 볼 수 있듯이 연가의 기발한 비유는 대단히 감각적이다. 죽음을 노래한다고 하여 슬픔과 절망만을 표현하는 것은 아니며, 사랑을 노래한다고 하여 기쁨과 환희만을 표현하는 것은 아니다. 자연시에도 자연이 시인의 관념을 표현하는 데 필요한 하나의 배경으로 사용되는 경우도 있다. 자연을 객관적으로 묘사하는 관찰에서부터 살아 있는 자연의 질서와 정령들을 찬미하는 생명의 비전에 이르기까지 허다한 종류의 자연시들이 있다. 현대에는 도시·공장·배·기차·비행기 등이 시에 등장하게 되었는데, 이것들이 대지나 바다나 하늘 등과 함께 새로운 자연시의 소재가 될지도 모른다. 명상시는 단순하고 감각적인 정열로 관념을 흔적 없이 용해해야 한다. 시인의 감정이 시 속에 있는 불순한 것을 태워버리고 필요 없는 것을 제거하고 낱말들을 일체가 되도록 융합하지 않으면 안 된다. 명상시는 단일한 심정, 단일한 마음의 상태가 관념을 해체하여 감정의 언어로 재구성하고 사물의 단순성과 신비성을

동시에 느러내 주어아 한다. 명상시의 조용하고 단순한 표면 아래에
는 결코 분석할 수 없는 생명의 신비가 들어 있다.

　v 별도 얼어붙은 하늘

　　불 끓는 땅속에서

　　날라왔는가.

　　신(神)으로 귀신으로 더불어

　　뭇 손님을 맞이하고

　　어둠 속에 흘러간 피가 굳어서

　　태난 눈이,

　　춤추는 치마폭을

　　휘도는 소매를 따라,

　　연기에 싸인 용상(龍牀)

　　번득이는 서슬,

　　갈마드는 감옥과 자유를 굽어보면

　　가슴에 타오르는 유황 염초(焰硝) 불!

　　역사도 막바지에 다달은 이 거리에

　　날을 듯 금시에도 칠 듯한

　　활개를 추켜들고

　　아아 꿈이여!

　　금빛 장미빛 나래 깃은

　　어디 갔는가.

　　굽이굽이 흐르는 성하(聖河),

　　얼음을 깨면 눈부시게 빛나는

어느 샘물가에서

곰과 이리가 물려주던

꿀 같은 젖은?

아아 기다림이여!

태몽(胎夢) 자리에선 횃불이 되고

숲과 들을 울리던

목사(牧歌)인 네가,

허물어져 눕는 성(城)

불붙는 탑(塔)이여!

시간을 앞섰기에 모두 보았다.

가슴을 휩싸는

총알과 번갯불은

사랑하기에 아아 사랑하기에

벗어나왔다.

산하(山河)까지 사라지고

하늘만이 푸르러도

어찌 네가 해와 달을 부러워하랴?

어둠에서 어둠으로

흐느끼며 흘러가는

피눈물에 몸을 씻고,

오로지 스스로 맘을 태운

재의 더미뿐.

별도 얼어붙은 하늘

불 끓는 땅으로 더불어

외곬으로 가꿔온

불타는 꿈을

사랑을 가로막는

아아 벗지 못할 너의 탈이여!

영혼이여!

기다림으로 하여

끝내 웅얼거리는 도읍

어리석은 너의 신작로여!

— 송욱, 「남대문」

　이 시의 화자는 작중인물인 남대문을 너라고 부른다. 남대문의 경험과 심정을 속속들이 알고 있는 화자는 누구일까? 우리는 화자 또한 남대문이라고 말하지 않을 수 없다. 남대문 이외에는 그만큼 남대문에 대하여 깊이 알 수 있는 사람이 없을 것이기 때문이다. 그러므로 이 시는 남대문이 남대문에게 말하는 화자의 1인칭 자기 서술인 동시에 화자인 남대문이 주인공인 남대문에 대하여 말하는 1인칭 타자 서술이다. 작중인물인 남대문이 남대문의 나타남(偶有)이라면 화자인 남대문은 남대문의 있음(實體)이다. 남대문은 독재와 전제, 전쟁과 폭동의 시간을 타고 날아온 새이다. 그는 살상과 학살을 목격하였고 부화방탕 속에서 황궁이 불타버리고, 감옥과 자유가 갈마드는 현실을 목격하고 있다. 염려와 근심으로 활개를 쳐보려 하지만 그에게는 이미 나래 깃이 없다. 남대문은 이 나라의 태반을 상상한다. 그때 곰과 이리가 단군에게 젖을 주었다. 사람과 짐승이 어울려 살던 목가처럼 평화롭던 과거는 성이 허물어지고 탑이 불타는 현재와 대조된다. 거듭되는 전쟁과 정변의 한복판을 남대문은 평화에 대한 사랑의 힘으로 뚫고 나왔다. 남대문의 사랑은 어두운 역사의 피와 눈물로 씻기면서 더욱 견고해져서, 그의 탈은 시간을 타고 흐르나 그의 바탕은 시간을 초월한 영원과 함께 있다. 시간 속에 머물면서 시간을 넘어서는 신비! 염려와 사랑으로 애태우다가 더러운 역사의 파괴력에 의하여 남대문이 재로 돌아갈 수도 있으리라. 설령 그렇다 하더라도 남대문의 본질은 우주와 함께 불변한다. 얼어붙은 하늘, 불 끓는 땅에서 날라 온 돌 하나 나무 하나가 태초부터 가꿔온 꿈과 사랑은 남대문의 나타남이 어떠하건 변하지 않을 것이다. 남대문의 꿈은 사람과 사람, 사람과 자연 사이의 완전한 화해이다. 사람들은 새로 길을 닦고 집을 올리면서 절대적 화해가 아니라 남대문의 탈만 보존하려고 한다. 송욱은 자기 서술과 타자 서술을 혼합하여 있음과 나타남을 날카롭게 충돌시킴으로써 그릇된 방향으로 전개되는 근대사를 비판하였다.

    vi 바로크 시대 음악 들을 때마다
       팔레스트리나 들을 때마다
       그 시대 풍경 다가올 때마다
       하늘나라 다가올 때마다
       맑은 물가 다가올 때마다
       라산스카
       나 지은 죄 많아
       죽어서도
       영혼이

없으리

― 김종삼, 「라산스카」

vii 집이라곤 비인 오두막 하나밖에 없는
   초목의 나라

   새로 낳은
   한줄기의 거미줄처럼
   수변(水邊)의
   라산스카

   라산스카
   인간되었던 모진 시련 모든 추함 다 겪고서
   작대기를 짚고서

― 김종삼, 「라산스카」

viii 미구에 이른
   아침

   하늘을
   파헤치는
   스콥 소리

― 김종삼, 「라산스카」

김종삼은 「라산스카」란 제목으로는 세 편의 시를 지었다. 라산스카(Hulda Lashnska)[2]는 뉴욕에서 활약하던 미국의 소프라노 가수이다. 1893년생인 라산스카는 케임브리지 대학을 마치고 교향곡 연주회에 자주 출연하여 독일의 예술가곡(Lied)을 잘 불렀는데, 은퇴하였다가 1936년부터 무대에 복귀하여 다시 활동하였다. 우리는 그녀가 언제 죽었는지 알 수 없다. 라산스카가 복귀하여 노래하던 때에 김종삼은 일본에 있었다. 열일곱 살에서 스물세 살 사이의 가장 민감하던 시기에 김종삼은 라산스카의 노래를 들었고, 그 노래는 김종삼의 영혼에 깊은 흔적을 남겨놓은 듯하다. 많은 남자들이 모든 여자에게서 첫사랑의 흔적을 찾듯이 김종삼은 모든 음악에서 라산스카의 흔적을 찾았던 듯하다. 김종삼에게 그녀의 목소리는 하늘나라나 맑은 물가와 같은 것이었다. 바로크 음악과 팔레스트리나의 음악은 누구나 알고 있듯이 단순하고 순수한 음악이다. 단순하고 순수한 음악과 단순하고 순수한 시대에 대한 김종삼의 그리움은 첫사랑처럼 은밀하게 간직하고 있는 라산스카에 대한 그리움을 핵으로 하고 그 주위에 전자장처럼 퍼져나간다. 라산스카는 그에게 현존하는 부재이다. 라산스카는 단순하고 순수하나, 그녀를 그리워하는 나는 단순하지도 않고 순수하지도 않다. 나에게는 영혼이 없다. 하늘나라와 맑은 물가는 은총처럼 아주 드문 순간에만 잠시 다가올 뿐이다. 라산스카는 김종삼의 영혼에 찾아와 끊임없이 죄를 확인시켜 준다. 우리 모두에게 부재란 바로 죄의 별명이 아니고 무엇이란 말인가? 오래 사랑하는 사람은

---

2) 서창업 편, 『음악대사전』, 신진출판사, 1976, 272쪽.

II 한국 현대시의 양상

그 사랑의 모습을 닮게 된다. 김종삼 시의 단순과 순수는 라산스카의 선물이었다. 김종삼은 라산스카의 말년에 대해서 어느 정도 알고 있었던 것 같다. 두 번째 시는 미국의 시골에서 외롭게 살고 있는 라산스카를 보여 준다. 라산스카가 겪은 시련과 추함이 무엇인지 우리는 모른다. 김종삼은 아마 자신이 겪은 시련과 추함을 투사하여 더욱 그녀에게 집착하고 있는 성싶다. 그러나 늙고 병들어 추해졌어도 라산스카는 김종삼이 자기에게 결여되었다고 죄스러워하는 단순과 순수를 간직하고 있다. 라산스카의 모습과 라산스카의 음성이 하나의 시연 속에 중첩된다. "새로 낳은 한줄기의 거미줄"은 그녀의 목소리이고 그 목소리가 물가에 작대기를 짚고 서 있는 라산스카의 이미지에 겹쳐지는 것이다. 나는 왜 그녀처럼 모진 시련과 모든 추함을 이겨내고 단순한 노래를 순수하게 부르지 못하는가라는 한탄이 짙게 배어 있는 시이다. 세 번째 시에서 라산스카의 노래는 저절로 하늘에 이르는 것이 아니라, 하늘을 파헤치는 삽(scoop)으로 묘사된다. 그녀는 그녀가 공들여 이룩한 단순과 순수로써 아침을 만들어 내고 하늘을 담아낸다. 김종삼은 단순한 예술과 단순한 시대를 희망하였다. 그가 자신을 죄스럽게 여겼다면 그것은 그의 죄가 아니라 지저분한 우리 시대의 죄이다. 동일한 관념을 김종삼은 첫째 시에서는 1인칭 자기 서술로 둘째 시에서는 1인칭 타자 서술로 셋째 시에서는 객관 중립 서술로 표현하였다.

설화시와 명상시는 시의 전통적인 갈래인 데 비하여 20세기에 들어와 개척된 새로운 갈래의 시가 있다. 이야기하려고도 하지 않고 느낌이나 생각을 보여 주려고도 하지 않으며 어떤 심오성을 내세우려 하지도 않는 이러한 갈래의 시를 우리는 실험시라고 부를 수 있다.

우리는 설화시나 명상시로는 다룰 수 없는 어떤 진실이 있다는 사실을 부정할 수 없다.

> 서녘에서 불어오는 바람 속에는
> 오갈피 상나무와
> 개가죽 방구와
> 나의 여자의 열두 발 상무상무
>
> 노루야 암노루야 홰냥노루야
> 늬발톱에 상채기와
> 퉁숫ㅅ소리와
> 서서 우는 눈먼 사람
> 자는 관세음.
>
> 서녘에서 불어오는 바람 속에는
> 한바다의 정신ㅅ병과
> 징역 시간과
>
> — 서정주, 「서풍부(西風賦)」

낱말의 반복이 아니라 '~에는' '~와/과'의 모티프가 겨우겨우 의미의 윤곽을 붙잡아 놓고 있게 하고 있으나, 「서풍부」의 자유 직접 화법(발화되지 않은 의식의 흐름을 드러내는 내심 독백)에는 의미를 종합하고 통일하는 요인이 전혀 없다. 오갈피나무와 향나무, 개가죽과 방구(북처럼 생긴 농악기)가 하나의 복합어를 이루고 있는데 이러한 복합 명사가 가리키는 경험적 대상을 우리는 현실에서 찾아볼 수 없다. 이 시에서 낱말들은 삶의 어떤 인상을 드러내지 않는다. 습관적이고 경험적인 현실은 해체되어 있다. 전율하는 낱말들의 역동적인 긴장이 있을 뿐이고, 낱말들의 내부에 숨어 있는 힘들이 스스로 뒤섞여 이루어 내는 놀이가 있을 뿐이다. 환각적인 문체 안에서 낱말들은 스스로 말하고 관념이나 설화 없이 구축된다. 내심 독백과 자동 기술은 시 이외에 아무것도 아닌 시, 순수시의 고유한 화법이다. 명상적이고 설화적인 것이 아니라 무언가 환각적인 것, 무언가 맹목적인 것이 시의 근거가 된다. 우리는 '한바다의 정신병'이 무엇인지 알 수 없다. 그러나 바다가 정신병이 암시하는 일상적 구속으로부터의 해방을 강화해 준다고 짐작해 볼 수는 있다. 이러한 무구속성은 열두 발이나 되는 상무를 휘날리며 춤추는 여자의 모습에도 나타나 있다. 생명의 고양과 충동의 해방을 나타내는 이미지들의 사이에 뜻밖에도 '퉁수 소리'가 조용히 울린다. 요란한 농악이 그치고, "나의 여자"의 춤도 그쳤을 것이다. "서서 우는 눈먼 사람"과 "자는 관세음"이라는 정적인 이미지가 갑자기 나오는 까닭은 무엇일까? 우리는 그 이유를 뚜렷이 알 수 없다. 우리는 다만 돌연한 반대물의 긴장이 주는 충격을 말없이 수동적으로 받아들일 수 있을 뿐이다. 관음보살도 눈먼 사람의 울음소리를 듣지 못하고 그의 눈을 뜨게 할 수 없을 정도로 견고한 시대의 감옥을 우리는 그저 막연하게 추측해 볼 수 있을 따름이다.

III 한국 현대시의 전개

1. 상징(철학)과 알레고리(역사)

김창숙은 무정부주의자 유림(1894~1961)의 묘문에서 안창호와 신채호를 한국 현대 정신사의 두 축으로 설정하였다. 유림은 상해에서 돌아와 수유리에 단칸방을 세 들어 살면서 식사는 주로 산역하는 데 가서 해결하였다. 어떤 사람이 그에게 물었다. "당신이 독립운동을 했다고 하는데 안창호는 어떤 사람이요?" 그가 대답했다. "도산은 평안도 5백 년에 첫째가는 사람이다. 그가 아니었으면 우리가 일본인이 되어 이를 검게 칠할 뻔했다." "신채호는 어떤 사람이요?" "단재는 천하의 선비로서 나의 스승이다."[1]

신채호는 제국주의와 계급투쟁이 근대의 본질적 문제 상황임을 파악하고 있었고 무엇보다 그는 근대를 대중의 수량이 움직이는 사회로 이해하였다.

민중은 우리 혁명의 대본영이다.
폭력은 우리 혁명의 유일 무기이다.
우리는 민중 속에 가서 민중과 휴수하여
부절하는 폭력으로써
강도 일본의 통치를 타도하고
우리 생활에 불합리한 일체 제도를 개조하여

---

1) 김창숙, 『심산유고』, 국사편찬위원회, 1973, 262쪽. 중세 일본인은 이를 검게 칠하였다.

인류로써 인류를 압박치 못하며

사회로써 사회를 박삭케 못하는

이상적 조선을 건설할지니라.[2]

근대사회에서 문학의 직능은 개인이 자발적으로 걸려드는 의식 형
태의 그릇된 인식을 폭로하는 데 있다. 작가들은 현실을 묘사하는 형
식적 장치들을 고안하고 있는데, 그러한 형식적 장치들의 이화작용
즉 비동화작용이 의식 형태의 동화작용에 의하여 습관화된 지각 양
식을 약화시킴으로써 정치적 각성을 일으킨다. 정상적인 사회에서는
의식 형태의 폭로가 작가의 명백한 목적이 될 수 있다. 그러나 나라
잃은 시대에 일본에 점령당한 지역에서 친일의 의식 형태를 폭로하
라는 요구는 작가에게 망명과 죽음 가운데 하나를 선택하라는 요구
이외에 다른 것이 될 수 없었다. 실국 시대의 작가들은 신채호의 무
투론(武鬪論)을 일단 괄호에 묶어 놓고 창작하는 방법을 선택하였다.
소월의 시 「인종」은 안창호의 준비론을 대변하는 실력양성 선언이다.

"나아가 싸호라"가 우리에게 있을 법한 노랜가.

부질없는 선동은 우리에게 독이다. 우리는 어버이 없는 아기어든.

한갓 술에 취한 스라림의 되지 못할 억지요, 제가 저를 상하는 몸부
림이다.

footnote separator line

2) 신채호 『단재신채호전집』(하권), 형설출판사, 1975, 45~46쪽.

그리히다고, 하마한들, 어버이 없는 우리 고아들

"오레와 가와라노 가레 스스끼"지 마라!

이러한 노래 부를소냐, 안즉 우리는 우리 조선(祖先)의 노래 있고야.

거지 맘은 아니 가졌다.

다만 모든 치욕을 참으라, 굶어 죽지 않는다.

인종은 가장 큰 덕(德)이다.

최선의 반항이다.

힘을 기를 뿐.3)

    소월은 1920년에 시를 발표하기 시작하였는데, 그의 대표작은 모두 1922년에서 1925년 사이에 발표되었다. 그 시들의 운율은 단순한 율격의 미묘한 변주로 실현된다. 소월시에 자주 나타나는 7·5조 3음보의 율격을 일본에서 들어온 율격이라고 하는 견해는 오류다. "여름 하나니" "맹갈아시니" "앉앳더시니" "바람에 아니 뮐새" "님금하 알아쇼셔" "세존 일 살보리니" 같은 5음절 음보와 7음절 음보는 『용비어천가』와 『월인천강지곡』에도 자주 보이기 때문이다. 5-7-5, 17음절을 표준으로 하는 하이쿠에서 12음절이 율격 단위가 되고 그것이 3음보로 율독되는 경우는 전혀 없다. "사뿐히 즈려밟고 가시옵소서"라는 단순 문장 하나에도 미묘한 뜻 겹침이 들어있다. 가는 남

---

3) 1926년 7월 28일부터 1927년 3월 14일까지 동아일보 구성 지국을 경영한 소월은 구독자 대장에 18수의 시를 적어 놓았는데, 「인종」은 그 가운데 한 편이다. "오레와 가와라노 가레 스스끼"는 "이 몸은 강기슭의 시든 갈대"라는 유행가 「센도 코우타」의 첫 행이다.

자는 사뿐히 밟지만 밟히는 꽃은 마구 즈려밟힌다. 꽃에게는 사뿐히 밟히는 것이 곧 죽음이 되는 것이다. 사랑과 죽음을 두 축으로 움직이던 소월의 시는 『진달래꽃』의 간행 이후에 길과 돈을 두 축으로 움직이는 시로 변모한다. 「옷과 밥과 자유」에서 소원은 옷과 밥과 자유가 없는 실국시대를 비판하였다.

　소월과 동갑인 지용이 『진달래꽃』(1925)의 세계를 정련하여 시의 작품 가치를 강조하였다면 소월의 동향 후배인 백석은 『진달래꽃』 이후의 세계를 정련하여 시의 생활 가치를 강조하였다. 소월, 지용, 백석을 세 꼭짓점으로 하는 삼각형은 실국시대 한국시의 주류가 된다. 정지용시의 특색은 절제된 언어로 이미지를 형성하면서 감정을 배제하고 "꽃도/귀양사는 곳" 같이 한두 개의 날카로운 비유를 적절하게 구사하는 데 있다. 「구성동」의 이 부분을 읽는 사람은 누구나 꽃과 귀양살이가 서로 관계하면서 이미지를 만들고 있는 표현에 주의할 것이다. 백석의 시는 생활 가치를 바탕으로 삼는다. 그는 나라 잃은 시대에도 마치 자연처럼 완강하게 지속되고 있는 생활을 기록하였다. 표준어가 인위적인 언어라면 방언은 자연에 가까운 언어이다. 방언은 민들레나 들메꽃처럼 거기에 그냥 존재한다. 백석의 시 「오리 망아지 토끼」에는 아버지와 아들이 등장한다. 오리를 잡으러 논에 들어간 아버지가 빨리 오지 않자 기다리다가 부화가 난 아들은 아버지의 신과 버선과 대님을 개울에 던져버린다. 어미 따라 지나가는 망아지를 달라고 아들이 보채면 아버지는 큰 소리로 "망아지야 오너라"라고 외쳐준다. 산토끼를 잡으려고 아버지와 아들이 토끼 구멍을 막아서면 토끼는 아들의 다리 사이로 도망을 쳐 버린다. 이 세 장면은 나라 잃은 시대에도 아버지와 아들의 사랑은 변할 수 없다는 사실을 말해준다.

소월계의 위상을 실국시대 한국시의 주류로 설정한다면 소월시의 명백한 율격과 유사성의 비유에 대하여 율격이 배후에 유령처럼 숨어 있고 이미지를 주는 말과 이미지를 받는 말이 구별되지 않는 이상의 시를 실국시대 한국시의 비주류로 설정할 수 있다. 처녀작 「이상한 가역반응」에서 이상은 임의의 반지름의 원과 과거분사의 시제를 연결해 놓았다. 과거분사는 독립해서 사용할 수 없는 형식동사의 형태이고 수학에서 원도 삼각형, 사각형과 독립해서 존재할 수 없는 형태이다. 이상의 초기 일문시에는 숫자의 어미 활용, 숫자의 성태, 숫자의 질환이란 표현도 보인다. 이상은 치료해도 낫지 않는 병을 참회해도 없어지지 않는 죄에 비유하였고 나라 잃은 시대의 서울을 사멸하는 가나안에 비유하였다. 「가외가전」의 도시는 입에서 시작하여 항문에 이르는 장기들의 알레고리이다. 인간의 내장과 같이 오물로 가득 찬 도시에서 먹지 않으면 살 수 없는 입술이 화폐의 스캔들을 일으킨다. 실국시대 한국시에 한정한다면 우리는 소월계의 과잉, 이상계의 결여를 지적할 수 있을 것이다.

광복 이후 한국사회는 자본노동비율과 노동생산능률을 높여서 기술수준을 향상시키면서 대중운동과 정치행동을 북돋아 인권수준을 향상시키는 것이 중요한 문제로 제기되는 역사적 단계로 들어섰다. 국가의 연구투자가 증대하면 대학 연구소인지 국가 연구소인지 명확하게 구분할 수 없는 경우가 많이 발생할 것이고 대용량 정보가 확산되면 정보의 독점이 불가능해져서 개인 지식인지 공유 지식인지 명확하게 구분할 수 없는 경우가 많이 발생할 것이나 우파의 기술통치와 좌파의 인권정치가 대립을 그만두지는 않을 것이다. 사상사의 계보로 본다면 현대의 기술철학은 안창호의 준비론에 소급되고 현대의 인권사상은 신채호의 무투론(武鬪論)에 소급된다. 단재와 이상의 복권은 광복 이후 한국문학의 일대 사건이라고 할 수 있다. 이상의 시에 정치를 도입한 김수영과 소월의 시에 정치를 도입한 신동엽에게서 무투론의 압력을 찾아볼 수 있기 때문이다. 김수영과 신동엽이 생활가치를 중시했다면 이상의 시에 시학을 도입한 김춘수와 한국어의 가능성, 특히 운율의 가능성을 정지용보다 더 철저하게 탐색한 서정주는 작품가치를 중시했다고 할 수 있다. 광복 이후 소월과 이상은 한국시의 두 축을 형성하게 되었다. 이제는 누구도 한국시에서 소월계의 과잉과 이상계의 결여를 말할 수 없을 정도로 한국 현대시에는 열린 문학과 닫힌 문학이 공존한다.

폴커 클로츠는 연극사를 기술하는 수단으로 닫힌 연극과 열린 연극이라는 이상형을 구성하였다.

닫힌 연극과 열린 연극이라는 개념 장치는 닫힌 연극과 열린 연극의 다양한 혼합형을 서술할 수 있는 이해의 수단을 제공한다. 이것은 문학의 역사적 연구를 위한 수단이 된다. 어떠한 시대에 두 개의 기본 경향 중의 어느 하나가 자주 나타난다면 그것은 그들의 세계상에 비추어 무엇을 뜻하는가?[4]

열린 연극에서는 여러 개의 사건들이 동시에 진행된다. 사건의 진행은 직선 운동이 아니라 점형(點形)의 사건들이 어지럽게 배열된 회

---

4) Volker Klotz, Geschlossene und offene Form im Drama , Carl Hanser Verlag: München, 1969, S.15~16.

전운동이다. 목표보다 진행 자체가 더 중요하기 때문에 긴장이 종막이 아니라 과정 자체에 있다. 열린 연극의 사건 진행은 수많은 관점들에 의하여 분산된다. 열린 연극의 시간과 공간은 다양할 뿐 아니라 사건에 적극적으로 작용할 수 있는 힘을 가지고 있다. 겨드랑이의 악취까지도 공간의 일부가 되어 인물들의 생활을 적극적으로 규정한다. 닫힌 연극의 입장에서 판단한다면 열린 연극의 인물들은 미완성품이다. 그들은 정신적으로나 신체적으로나 미숙하고 취약하며 때로는 병을 앓기도 한다. 인물들은 명확한 판단이 아니라 모호한 예감에 의하여 친구도 될 수 있고 적도 될 수 있는 세계와 대립하고 있다. 장의 순서는 인과 관계를 따르지 않고 비약적인 연상에 의존하므로 장과 장 사이에는 반드시 비약이 있다. 열린 연극의 세포는 막이 아니라 장이다. 막이 분리되어 있지 않은 경우가 많고 막이 구분되어 있는 경우라도 막은 중간 결산이 아니라 진행 과정의 한 정류장이다. 상호 분리되어 있는 장들이 독자적인 태도로 서로 다른 관점을 드러낸다. 고립된 장들을 묶어주는 구도는 반복과 대조이다. 열린 연극의 인물들은 언어를 지배하지 못한다. 문장은 부분들의 병렬에 의하여 끊임없이 단절되며, 문장의 성분들은 논리적으로 관계되어 있지 않고 무의식적 연상에 의해 관계되어 있다. 열린 연극의 특색은 다성적이고 다층적인 언어에 있다. 열린 연극에서는 독백과 대화가 엄밀하게 구분되지 않는다.

클로츠의 이상형들은 조금만 변형한다면 연극사 서술에만 아니라 시사 기술에도 유용하게 사용할 수 있는 개념 장치들이다. 닫힌 형식과 열린 형식을 함께 고려하는 것은 소월계의 시와 이상계의 시가 공존하는 한국시의 현 단계를 이해하는 데 도움이 될 것이다. 그러나 닫힌 형식과 열린 형식만으로는 한국시의 과잉과 결여에 대하여 판단하기 어렵기 때문에 작품 가치와 생활 가치를 또 하나의 분류 기준으로 설정할 필요가 있다. 한국시를 생활 가치를 추구하는 닫힌 형식, 작품 가치를 추구하는 닫힌 형식, 생활 가치를 추구하는 열린 형식, 작품 가치를 추구하는 열린 형식으로 분류하여 그것들을 각각 소월 좌파와 소월 우파, 이상 좌파와 이상 우파라고 명명해 본다면, 현재 한국시에 상대적으로 결여되어 있는 소성을 판단하는 데 도움이 될 수 있을 것이다.

	생활 가치	작품 가치
닫힌 형식	신동엽	서정주
열린 형식	김수영	김춘수

발터 벤야민은 고대 그리스 비극과 이탈리아 르네상스 연극의 특성을 상징이라고 하고 17세기 독일 바로크 비애극의 특성을 알레고리라고 하였다. 그에 의하면 고대 비극의 대상은 신화이고 바로크 비애극의 대상은 역사이다. 아리스토텔레스가 "시는 역사보다 더 철학적이고 진지하다"[5]고 규정한 이래 고전수사학은 문학에서 보편적 의미를 나타내는 상징을 개별적 의미를 나타내는 알레고리보다 더 중요하게 여겨왔다. 그러나 벤야민은 문학의 철학 연관성보다 역사 연관성을 더 강조하였다. 르네상스 화가들이 높은 하늘을 그렸다면 바로크 화가들은 하늘이야 햇빛이 나건 구름이 끼건 상관하지 않고 지

---

5) 아리스토텔레스, 『수사학/시학』 천병희 역, 숲, 2017, 371쪽.

상만 바라보았다. 17세기 독일 비애극에서는 르네상스 드라마처럼 윤곽이 뚜렷한 행위를 볼 수 없다.

상징이 자연의 변용된 표정을 구원의 빛 속에서 순간적으로 드러낸다면 알레고리는 역사의 죽은 표정을 응고된 원풍경으로 눈앞에 펼쳐 놓는다. 때를 놓친 것, 고통으로 신음하는 것, 실패한 것에는 역사가 새겨져 있다. 이 모든 것들의 표정과 이 모든 것들의 잔해는 애초부터 역사에 속하는 것이다. 표현의 상징적인 자유, 형태의 고전적인 조화, 인간적인 이상 같은 것이 알레고리에는 결여되어 있다.6)

르네상스 인문주의는 상징의 총체성을 숭배했고 바로크 비애극은 알레고리의 파편성을 중시했다. 바로크 비애극은 부서진 잔해로서, 그리고 조각난 파편으로서 구상되었다. 와해되어 버려져 있는 폐허가 바로크적 창작의 가장 중요한 재료이다. "인격적인 것보다는 사물적인 것이 우선하고, 총체적인 것보다는 단편적인 것이 우선한다는 점에서 알레고리는 상징의 대극을 이룬다."7) 벤야민은 파리라는 역사의 폐허에서 파편 조각들을 넝마주이처럼 긁어모은 보들레르의 시를 알레고리로 해석하였다. 그는 자기가 속한 사회에서 편안함을 느끼지 못한 거리 산보자였다. 그는 대도시와 함께 변해가는 매음의 얼굴을 그렸고, 기계장치에 적응되어 단지 자동적으로만 자신을 표현

---

6) Walter Benjamin, Ursprung des deutschen Trauerspiels, Gesammelte Schriften B d. I /1, Suhrkamp: Frankfurt a. M., 1974, S.343.
7) Walter Benjamin, 같은 책, 362쪽.

하는 군중 속에서 경험하는 불안과 적의와 전율을 기록하였다. 벤야민은 1859년부터 시작한 오스만의 도시정비계획을 19세기 프랑스의 중요한 사건으로 기술하였다. 1830년 7월 혁명기에 4천 개 이상의 바리케이드가 도시의 사방에 고랑을 형성했다. 바리케이드를 쌓을 수 없도록 길을 넓히고 빈민들의 가옥을 거리 뒤편으로 밀어 넣어 안 보이게 하는 것이 오스만 계획의 목표였다. 시장이라는 미로에서 상품과 도박과 매음의 흐름을 따라가면서 보들레르는 부르주아로부터 떨어져 나와 떠도는 대도시의 아파치들을 현대의 영웅으로 묘사하였다. 행인에 주목하면서 동시에 경찰의 감시도 살피는 보들레르의 창녀들은 대도시의 맹수들이다. 벤야민은 보들레르 자신에게서 제2제정의 무투론자(武鬪論者) 블랑키와 통하는 영웅적인 마음가짐을 읽어낸다.

　　알레고리적 직관은 19세기에는 더 이상, 하나의 양식을 형성했던 17세기의 직관이 아니었다. …(중략)… 19세기의 알레고리가 양식으로 발전할 수 있는 힘을 지니지 못한 반면에 17세기의 알레고리는 상투적인 반복의 위험을 지니고 있었다. 상투적인 반복은 알레고리의 파괴적인 성격, 즉 파편적인 것을 강조하는 알레고리의 특성을 손상시킨다.[8]

　벤야민의 알레고리 개념에 따르면, 『삼국유사』의 신화체계에 근거한 서정주의 시는 물론이고 인도주의적 이상주의에 바탕을 둔 신동

---

8) Walter Benjamin, *Zentralpak, Gesammelte Schriften* Bd. I /2, Suhrkamp: Frankfurt a, M.,1974, S.690.

엽의 시도 상징의 공간이라고 볼 수 있으며, 김수영의 시 가운데도 「사랑의 변주곡」 계열의 시들은 역사의 알레고리라고 하기보다는 신화적 상징에 가깝다고 해야 할 듯하다. 그러나 전체적으로 판단할 때 만대에 통하는 시를 경멸하고 연대(Jahreszahle)에 얼굴을 주는 일에 몰두한 김수영은 시를 통해서 시대를 읽게 하고 시대를 통해서 시를 읽게 하는 알레고리의 시인이라고 할 수 있다.

2. 한국 현대시의 극한 이상

이상(1910~1937)은 1934년 7월 24일부터 8월 8일까지 〈조선중앙
일보〉에 「오감도」라는 제목의 시들을 연재하였다. 독자의 비난으로
중단하였지만 이상은 이 시편들을 통하여 한국 현대 실험시의 한 전
형을 보여주었다.

　　꽃이보이지않는다. 꽃이향기롭다. 향기가만개(滿開)한다. 나는거기묘
　혈(墓穴)을판다. 묘혈도보이지않는다. 보이지않는묘혈속에나는들어앉는
　다. 나는눕는다. 또꽃이향기롭다. 꽃은보이지않는다. 향기가만개한다.
　나는잊어버리고재차거기묘혈을판다. 묘혈은보이지않는다. 보이지않는
　묘혈로나는꽃을깜빡잊어버리고들어간다. 나는정말눕는다. 아아. 꽃이
　또향기롭다. 보이지도않는꽃이— 보이지도않는꽃이9).

「절벽」은 나와 꽃과 향기와 묘혈이란 네 개의 명사가 "판다" "눕
는다" "만개한다" "들어간다" "들어앉는다" "보이지 않는다" "잊어버
린다"는 일곱 개의 동사 그리고 "향기롭다"는 하나의 형용사와 엇걸
리며 단순하게 반복되고 있는 시이다. "꽃이 향기로워서 그 자리에
묘혈을 파고 들어가 눕고 싶다"는 문장에서 꽃과 묘혈에 "보이지도
않는"이라는 수식어를 얹음으로써 이상은 관념을 배제하였다. "향기

---

9) 이상, 『이상문학전집』 1, 김주현 주해, 소명출판, 205, 111~112쪽.

롭다— 판다— 들어간다— 들어앉는다— 눕는다"는 일련의 행동은 꽃과 묘혈이 보일 때만 가능하다. 작중인물은 그것이 보이지 않는다는 사실을 자꾸만 잊어버리고 일련의 행동을 무한히 반복한다. 나는 꽃이 향기롭기 때문에 향기 속에 묘혈을 판다. 보이지 않는 꽃은 일정한 거리 이상으로는 다가설 수 없는 아쉬움을 암시한다. 두 번 반복되는 "잊어버리고"는 영원히 회귀하는 무한 순환을 나타내준다. 행동의 반복은 발화되지 않은 의식류의 기록이지만 반복의 이유로 제시되는 "잊어버린다"는 일인칭 자기 서술이다.

김수영의 「풀」은 명사와 동사와 형용사의 단순한 반복을 통하여 개념으로 나타낼 수 없는 의미를 표출하고 있다는 점에서 이상의 「절벽」과 동일한 방법으로 창작된 시이다.

풀이 눕는다
비를 몰아오는 동풍에 나부껴
풀은 눕고
드디어 울었다
날이 흐려서 더 울다가
다시 누웠다

풀이 눕는다
바람보다도 더 빨리 눕는다
바람보다도 더 빨리 울고
바람보다 먼저 일어난다

날이 흐리고 풀이 눕는다
발목까지
발밑까지 눕는다
바람보다 늦게 주워도
바람보다 먼저 일어나고
바람보다 늦게 울어도
바람보다 먼저 웃는다
날이 흐리고 풀뿌리가 눕는다

　김수영의 「풀」은 풀과 비와 날과 바람이란 네 개의 명사가 "나부낀다" "눕는다" "일어난다" "운다" "웃는다"란 다섯 개의 동사 그리고 "흐리다"란 하나의 형용사와 엇걸리며 단순하게 반복되는 시이다. 다만 이 시에서는 바람과 동풍, 풀과 풀뿌리와 같은 유의어를 사용하고 "드디어" "다시" "빨리" "먼저" "늦게" 등의 부사와 "까지" "보다" 등의 토를 다양하게 활용하여 단순한 반복이 아닌 듯한 인상을 준다. 풀을 민중이라고 보는 해석은 시의 문맥과 맞지 않는다. 풀은 바람에 나부끼지만, 풀을 나부끼게 하는 바람 또한 울고 웃고 눕고 일어나는 행동을 풀과 함께 반복하고 있다. 풀은 바람보다 빨리 울고 빨리 눕기도 하고 바람보다 늦게 울고 늦게 눕기도 한다. 풀이 바람보다 먼저 일어난다는 것은 특별한 의미의 표현이 아니라 사실의 객관적인 서술로 보아야 한다. 풀은 발목까지 눕고, 발밑까지 눕고 드디어 풀뿌리가 눕는다. 발목과 발밑이란 말에서 화자의 위치를 짐작할 수 있다. 화자는 풀밭 가운데서 날과 바람과 풀을 관찰하고 그것을 객관적으로 기술한다. 객관 중립 서술은 확대해석을 차단한다. 「절벽」에서 향기와 묘혈이 조화를 이루어 내지 못하듯이 이 시에서도 바람과 풀은 일치를 이루어 내지 못한다. 눕는 데도 일어나는 데도 우는 데도 웃는 데도 그들의 사이에는 어긋남이 있다.

이상(1910~1937)은 1926년에 5년제 보성 고등보통학교를 졸업하고 경성 고등공업학교 건축과에 입학하였고 고등공업학교를 졸업하던 1929년에 조선총독부 내무국 건축과 엔지니어가 되었다. 그는 1933년, 스물세 살 때에 폐병에 걸렸고 1934년에서 1937년 사이에 대부분의 중요한 시들을 썼다. 그러나 그의 시를 그의 시답게 규정하는 특징들은 1931년과 1932년에 지은 일문시들에도 나타나 있다. 그는 《조선과 건축》이란 일본어 잡지에 스물여덟 편(1931년 7월에 「이상한 가역반응」이 포함된 6편, 같은 해 8월에 「조감도」라는 표제로 8편, 같은 해 시월에 「3차각 설계도」라는 표제로 7편, 1932년 7월에 「건축 무한 6면 각체」라는 표제로 7편)의 일문시를 발표하였다.

공업학교 출신답게 이상은 과학에 대하여 흥미를 지니고 있었다. 처녀작 「이상한 가역반응」의 모두에는

임의의 반경의 원(과거분사의 시세)
원내의 1점과 원외의 1점을 결부한 직선[10]

이라는 두 행이 나온다. 원과 과거분사를 병치한 표현에 수학을 일

---

10) 임종국 편, 『이상전집』, 문성사, 1966, 246쪽.

종의 언어로 수용한 이상의 과학 이해가 드러나 있다. x=e^{y}를 y=lnx
로 변형하고 11.5=10$^{1.0607}$을 1.0607=log11.5로 변형하는 바꿔쓰기
는 능동태를 수동태로 변형하고 직접화법을 간접화법으로 변형하는
바꿔쓰기와 동일하다. 수학에서는 어느 한 단어도 어느 한 문장도 고
립되어 나타나지 않는다. 수학에서 존재는 관계이고 있음은 걸려 있
음이다. 수학이란 결국 서로 연결되어 있는 존재들 사이의 관계들을
대응시키는 작업이다.

$$e^x = 1 + \frac{x}{1!} + \frac{x^2}{2!} + \frac{x^3}{3!} \cdots$$

$$\cos x = 1 - \frac{x^2}{2!} + \frac{x^4}{4!} - \frac{x^6}{6!} \cdots$$

$$\sin x = x - \frac{x^3}{3!} + \frac{x^5}{5!} - \frac{x^7}{7!} \cdots$$

$$e^{ix} = 1 + ix + \frac{i^2 x^2}{2!} + \frac{i^3 x^3}{3!} \cdots = \cos x + i \sin x$$

과거분사는 독립해서는 사용되지 않는 동사의 한 형태이다. 그것
은 존재동사나 소유동사와 함께 수동이나 완료의 의미를 나타낸다.
원도 과거분사처럼 독자적인 의미를 가지고 있지 않다. 원은 선을 만
나야 비로소 의미를 형성한다. 곡선상 임의의 점에서 축 위의 초점에
그은 선과 곡선 밖의 준선에 수직으로 그은 선의 비는 일정하다. 타
원은 1보다 작고 쌍곡선은 1보다 크고 포물선은 1이다. 원 안에 반지
름(=1)을 빗변으로 하는 삼각형을 그리면 원주에 닿는 꼭짓점의 좌표
(x,y) 가운데 y는 사인이 되고 x는 코사인이 된다.

「선에 관한 각서」에서 1 2 3 또는 1 2 3 4 5 6 7 8 9 0을 가로 세로로 늘어놓아 본다든지 4의 모양을 사방으로 돌려 놓아본다든지 하는 것이 다 숫자들이 고립되어 존재하는 것이 아니라는 생각을 나타내는 방법이라고 볼 수 있다. 숫자들이 사람처럼 살아서 서로 연관되어 운동하고 있기 때문에 수학은 현상과 본질의 차이를 명료하게 보여준다.

$\sin(30^0+60^0)$는

$\sin 30^0+\sin60^0$가 아니고

$\sin 30^0 \times \cos60^0+\cos 30^0 \times \sin 60^0$이다.

이상은 실용적인 계산을 천하게 여기고 수에서 조건과 패턴을 찾으려 하였다. 그는 "숫자를 대수적인 것으로 하는 것에서 숫자를 숫자적으로 하는 것에서 숫자를 숫자인 것으로 하는 것"(『이상전집』, 161쪽)으로 옮겨가는 데 흥미를 지니고 있었다. 그가 알고 싶었던 것은 "숫자의 성질"(『이상전집』, 261쪽)과 "숫자의 성태"(『이상전집』, 261쪽)와 "숫자의 어미의 활용"(『이상전집』, 161쪽)과 "1 2 3 4 5 6 7 8 9 0의 질환"(『이상전집』, 261쪽), 다시 말하면 정수론과 집합론이었다. 1932년 《조선과 건축》에 일문으로 발표하고 다시 1934년 7월 28일 자 《조선중앙일보》에 국문으로 발표한 「진단 0:1」또는 「오감도 시 제4호」는 이상이 책임 의사로서 수의 질환을 진단한 진료기록이다. 이 시에서 숫자들은 환자가 되어 의사 이상의 진찰을 받는다. 1 2 3 4 5 6 7 8 9 0이 가로 세로로 늘어선 사이사이에 개입되는 검은 점들은 수의 관계 패턴을 방해하는 불연속성을 보여준다. 이상이 결핵을 앓고 있듯이 수학은 불연속함수라는 병을 앓고 있다. 움직이는 수학, 움직이는 과학을 보며 이상은 전율하였다.

고요하게 나를 전자의 양자로 하라(『이상전집』, 255쪽)

봉건시대는 눈물이 날 만큼 그리워진다(『이상전집』, 255쪽)

운동에의 절망에 의한 탄생(『이상전집』, 255쪽)

사람은 절망하라 사람은 탄생하라 사람은 탄생하라 사람은 절망하라

(『이상전집』, 257쪽)

구름처럼 엉겨서 움직이고 있는 전자에 비하면 무게와 위치를 측정할 수 있다는 점에서 양자는 안정성을 보인다. 그러나 이상이 보기에 유클리드가 사망해 버린 현대는 척도를 잃어버린 시대일 수밖에 없다. "유클리드의 초점은 도처에서 인문의 뇌수를 마른풀과 같이 소각"(『이상전집』, 257쪽)하였으나 17세기의 과학혁명과 18세기의 산업혁명을 수행한 것은 기하학의 정신이었다. 「선에 관한 각서 5」에는 기하학의 붕괴가 자본주의의 동요를 일으킬 가능성이 암시되어 있다.

미래로 달아나서 과거를 본다. 과거로 달아나서 미래를 보는가. 미래로 달아나는 것은 과거로 달아나는 것과 동일한 것도 아니고 미래로 달아나는 것이 과거로 달아나는 것이다. 확대하는 우주를 우려하는 자여, 과거에 살으라, 광선보다도 빠르게 미래로 달아나라

사람은 다시 한번 나를 맞이한다. 사람은 더 젊은 나에게 적어도 상

봉한다. 사람은 세 번 나를 맞이한다. 사람은 젊은 나에게 적어도 상봉
한다. 사람은 적의하게 기다리라. 그리고 파우스트를 즐겨라. 메피스토
는 나에게 있는 것도 아니고 나이다.

속도를 조절하는 날에 사람은 나를 모은다. 무수한 나는 말하지 아니
한다. 무수한 과거를 경청하는 과거를 과거로 하는 것은 불원간이다.
자꾸만 반복되는 과거, 무수한 과거를 경청하는 무수한 과거, 현재는
오직 과거만을 인쇄하고 과거는 현재와 일치하는 것은 그것들의 복수
의 경우에도 구별될 수 없는 것이다[11)]

초속 10만 km로 달리는 물체 위에서 그 물체의 진행 방향으로 빛을 비
추면, 지상의 고정된 관측소에서 볼 때 그 빛은 마치 초속 20만 km
로 움직이는 것처럼 보이고 고정된 관측소에서 1초가 흐르는 동안
2/3초가 흐르는 것처럼 관측된다. 초속 30만 km로 달리는 물체 위
에서 빛을 비추면 지상의 고정된 관측소에서 볼 때 그 빛은 초속
0km로 움직이는 것처럼 보이고 움직이지 않는 관측소에서 1초가 흐
르는 동안 0초가 흐르는 것처럼 관측된다. 그렇다면 물체가 빛보다
더 빠르게 달리는 경우에 그 물체는 시간을 거슬러 과거로 가게 될
것이다. 그러나 어떤 물체가 광속을 넘어서면 그 물체의 질량이 무한
대로 증가하기 때문에 질량이 없는 빛 이외에는 초속 30만 km로 움
직일 수 없다. 아인슈타인은 로런츠 변환공식과 마이컬슨-몰리의 실

---

11) 임종국, 『이상전집』, 258쪽.

험을 결합하여 우주에 두루 통하는 보편적 척도를 개발하였다. 상대
성이론의 수학을 이해하고 있었지만 이상은 미래로 가는 것이 과거
로 가는 것이고 나라는 것이 서로 다른 시간들에 의하여 무수한 나로
분열된 것이라는 극한의 사고실험을 가정하고 발전과 낙후, 진보와
보수, 성공과 실패를 구별하는 근거에 대하여 이의를 제기했다.

「22년」은 인간의 신체 구조를 물질 형태로 기술한 작품이다. 몸
과 성을 생물학이 아니라 물질과학(물리학과 화학)의 시각으로 기술하
면서 이상은 버마재비를 잡으려다 자기가 죽을 것도 모르고 있는 『장
자』의 큰 까치 이야기에서 "날개가 커도 날지 못하고 눈이 커도 보지
못한다"[12]는 문장을 인용하였다. 하느님은 작고 뚱뚱하지만 날 수도
있고 볼 수도 있다. 나는 크고 날씬하지만 날지도 못하고 보지도 못
한다. 나는 전후좌우 어느 쪽도 제대로 살피지 못하고 종종 이익에
사로잡혀 넘어져 다치곤 한다. 오장육부를 포함한 인간의 육체는 "침
수된 축사"(『이상전집』, 217쪽)처럼 수분과 피로 가득 차 있다. 오줌을
누면서 머리에 스치는 연상의 그물을 자유 직접 화법으로 기록한
「L'URINE(뤼린)」은 산으로 바다로 섬으로 하늘로, 해수욕장에 내리
는 비로, 달걸이를 하는 여자로 발화되지 않은 의식류를 따라가 본
작품이다. 이상의 무의식 속에 흑인 마리아와 노동자들의 사보타주
가 들어 있다는 사실은 그의 시대를 이해하는 데 참고할 만한 사항이
될 수 있을 것이다. 얼굴이 검은 마리아는 아마도 기독교에서 온 이
미지가 아니라 장 콕토의 『흑인 오르페』에서 온 이미지일 것이다.

---

12) 王先謙, 『莊子集解』 外篇 「山木」, 臺北: 東大圖書股份有限公司, 1974, 181쪽.

「서팔씨의 출발」에서 且8(저팔)은 남성 생식기의 형태를 묘사한 그림이다. 且는 음경이고 8은 고환이다. 且 자는 〈또 차〉, 〈성 저〉라고 읽으므로 이 시에서는 "저팔씨"라고 읽어야 한다.(팔이 八이 아니라 8로 적혔다는 점에 비추어 나는 저팔을 구본웅의 具로 해석하는 데 찬성하지 않는다) 배꼽과 목이 반대쪽을 향한다는 발경배방(脖頸背方)은 같은 쪽을 향해야 할 것들이 다른 쪽을 보는 것처럼 부자연스러운 짓을 하고 있다는 자기 풍자로 읽어야 할 것이다(배꼽과 목이 등 쪽에 있다는 번역도 오역은 아니다). "사람의 숙명적 발광은 곤봉을 내어미는 것이어라"와 두 번이나 반복되는 "지구를 굴착하라"를 성적인 함의로 보는 것이 자연스러울 듯하고, 이상이 "윤부전지(輪不輾地: 바퀴가 땅을 구르지 않는다)"라고 쓴 『장자』「천하」 편의 윤부전지(輪不蹍地)도 바퀴의 일부분만 잠시 땅에 닿을 뿐이므로 바퀴가 땅을 밟는다고 할 수 없다는 궤변으로 인용되어 있으니 부분에 통하는 것이 전체에도 통하는 것은 아니듯이 한 사람의 수음은 두 사람의 성교가 될 수는 없다는 의미로 해석하는 것이 근리할 듯하다.

사실 저8씨는 자발적으로 발광하였다. 어느덧 저8씨의 온실에는 은화식물이 꽃을 피우고 있었다. 눈물에 젖은 감광지가 태양에 마주쳐서 희스무레하게 빛을 내었다.13)

이상은 유방을 "조를 가득 넣은 밀가루 포대"(『이상전집』, 249쪽)에

---

13) 임종국 편, 『이상전집』, 272쪽.

비유하고 성교를 "운동장의 파열과 균열"(『이상전집』, 249쪽)에 비유하
였다. 생물을 물질에 비유하는 것은 처녀를 창녀에 비유하는 것과 통
한다. "창녀보다도 더 정숙한 처녀를 원하고 있었다"(『이상전집』, 250
쪽)는 문장은 창녀처럼 관계할 수 있는 처녀를 의미하며 더 나아가서
개방성과 순수성을 통합하고 있는 여자를 의미한다. 「흥행물 천사」의
"여자는 대담하게 NU(뉘)가 되었다. 한공(汗孔)은 한공마다 형극이 되
었다. 여자는 노래 부른다는 것이 찢어지는 소리로 울었다. 북극은
종소리에 전율하였다"(『이상전집』, 230쪽). 벗은 여자의 몸 땀구멍에서
가시가 돋아나고 소름 끼치는 노랫소리와 만물을 얼어붙게 만드는
차가운 종소리가 울려 퍼지는 공간은 역시 생물이 배제된 장소이다.
여자가 불러들인 "홍도깨비 청도깨비"(『이상전집』, 231쪽)들은 "수종(水
腫) 든 펭귄"(『이상전집』, 231쪽)처럼 퉁퉁 부은 모습으로 여자 앞에서
뒤뚱거린다. 「광녀의 고백」에 나오는 에스옥(S玉) 양은 마녀처럼 웃으
면서 섹스의 과정을 냉철하게 계산한다.

 탄력강기(彈力剛氣)에 찬 온갖 표적은 모두 무용이 되고 웃음은 산산
이 부서진다. 웃는다. 파랗게 웃는다. 바늘 철교(鐵橋)와 같이 웃는다.14)

 여자는 불꽃 탄환이 벌거숭이인 채 달리고 있는 것을 본다. 발광하는
파도는 백지의 화판(花瓣)을 준다.15)

---

14) 임종국 편, 『이상전집』, 229쪽.
15) 임종국 편, 『이상전집』, 230쪽.

이상은 아무뢰즈(AMOUREUSE)를 삼각형(『이상전집』, 247, 248쪽)으로 표시하고 자신을 사각형(『이상전집』, 262쪽)이나 역삼각형(『이상전집』, 247, 248쪽)으로 표시하였다. 사각형은 곤봉의 형태이고 역삼각형은 삽의 형태일 것이다. 그들은 절름발이처럼 보조가 맞지 않는다. 그들은 부아퇴(BOITTEUX)거나 부아퇴즈(BOITTEUSE)이다. 삼각형과 역삼각형은 병렬관계를 형성하지 못한다. 국문시에서도 이상은 부부를 서로 "부축할 수 없는 절름발이"(『이상전집』, 236쪽)로 묘사하였다. 나는 크고 아내는 작으며 나는 왼쪽 다리를 절고 아내는 오른쪽 다리를 전다. "안해는 외출에서 돌아오면 방에 들어서기 전에 세수를 한다. 닮아온 여러 표정을 벗어버리려는 추행이다"(『이상전집』, 263쪽). "너는 어찌하여 네 소행을 지도에 없는 지리에 두고 화판 떨어진 줄거리 모양으로 향료와 암호만을 휴대하고 돌아왔음이냐"(『이상전집』, 238쪽). 그는 다른 남자들의 "지문이 그득한"(『이상전집』, 238쪽) 아내의 몸을 믿지 못하고 아내의 반지가 몸에 닿으면 바늘에 찔린 것처럼 고통스러워한다. 그는 "신부의 생애를 침식하는 음삼한 손찌거미"(『이상전집』, 267쪽)를 아내에게 가하기도 한다.

「1931년」이란 시에 나오는 "나의 폐가 맹장염을 앓았다"(『이상전집』, 279쪽)는 구절을 통해서 이상이 스물한 살에 결핵에 감염되었다는 사실을 알 수 있다. 스물세 살에 그는 "두 번씩이나 각혈을"(『이상전집』, 275쪽) 하였다. 불치의 병을 앓는 사람은 다시는 병들기 전과 같이 세상을 보지 못한다. 이상의 시각은 물리학적 관점으로부터 병리학적 관점으로 전환하였다. 이상은 국문시의 주제를 개인의 병리학에서 도시의 병리학으로 확대하였다.

입안에 짠맛이 돈다. 혈관으로 임리(淋漓)한 묵흔(墨痕)이 몰려 들어왔
나 보다. 참회로 벗어놓은 내 구긴 피부는 백지로 도로 오고 붓 지나간
자리에 피가 아롱져 맺혔다. 방대한 묵흔의 분류(奔流)는 온갖 합음(合音)
이리니 분간할 길이 없고 다문 입안에 그득 찬 서언(序言)이 캄캄하다.
생각하는 무력이 이윽고 입을 뻐겨 젖히지 못하니 심판받으려야 진술
할 길이 없고 익애(溺愛)에 잠기면 버언져 멸형하여 버린 전고(典故)만아
죄업이 되어 이 생리 속에 영원히 기절하려나 보다.16)

이 시의 제목인 「내부」는 병에 걸린 신체의 내부이면서 동시에 죄
지은 정신의 내부이다. 치료해도 낫지 않는 병은 참회해도 없앨 수
없는 죄와 같다. 이상은 "죄를 내어버리고 싶다. 죄를 내어던지고 싶
다"(『이상전집』, 275쪽)고 호소한다. 그는 자신을 "구원적거(久遠謫居)"
(『이상전집』, 219쪽)의 땅에 "식수되어 다시는 기동할 수 없는"(『이상전
집』, 219쪽) 한 그루 나무에 비유한다. 그의 병과 죄를 이해해 줄 수
있는 사람은 이 세상에 하나도 없다. 그는 "문을 열려고, 안 열리는
문을 열려고"(『이상전집』, 253쪽) 문고리에 매어달려 보지만 그의 가족
은 "봉한 창호 어디라도 한 군데 터놓아"(『이상전집』, 253쪽) 주려고 하
지 않는다. 「내부」의 기조가 되는 것은 압도적인 무력감이다. "기침
은 사념 위에 그냥 주저앉아서 떠든다. 기가 탁 막힌다"(『이상전집』,
254쪽). 생각도 할 수 없게 하고 말도 할 수 없게 하는 기침을 "떠든
다"는 말 아닌 다른 단어로 표현하기는 어려울 것이다. 이상은 무력

---

16) 임종국 편, 『이상전집』, 267쪽.

한 속에서도 무력감에 압도당하지 않고 무력감을 응시하고 적절한 단어를 선택하였다. "의과대학 허전한 마당에 우뚝 서서 나는 필사로 금제(禁制)를 앓는다. 논문에 출석한 억울한 촉루에는 천고에 씨명이 없는 법이다"(『이상전집』, 263쪽). 그는 거울에 비친 자신의 수염에서 "찢어진 벽지의 죽어가는 나비"(『이상전집』, 221쪽)를 본다. 벽지가 찢어지면 벽지에 그려진 나비도 죽는다. 이상은 다시 한번 자신을 물질에 비유한다. 그는 종이 나비이고 그의 죽음은 종이가 찢어지는 것에 지나지 않는다. 그의 물질적 상상력은 죽음의 허무를 응시할 수 있을 정도로 강인하였다.

죽음의 응시에서 응시하는 나는 원상이 되고 응시되는 나는 모상이 된다. 1933년 10월에 발표한 「거울」에서 원상과 모상은 서로 악수를 나누지 못하고 서로 상대방의 말을 알아듣지도 못한다. 원상은 "나는 거울 속의 나를 근심하고 진찰할 수 없으니 퍽 섭섭하오"(『이상전집』, 235쪽)라고 탄식한다. 1934년 8월에 발표한 「오감도 시 제15호」에서 원상은 "거울 속의 나를 무서워하며 떨고 있다"(『이상전집』, 223쪽). 원상과 모상은 단순한 차이가 아니라 불화를 보인다. 원상과 모상의 사이에는 "두 사람을 봉쇄한 거대한 죄"(『이상전집』, 224쪽)가 있다. 1936년 5월에 발표한 「명경」에서 모상은 거울 속으로 들어가려는 원상의 시도를 거절한다. 책의 페이지에는 앞면과 뒷면이 있지만 거울에는 넘겨서 읽을 수 있는 후면이 없다. 원상의 피곤한 세상은 모상의 조용한 세상과 영원히 격리되어 있다.

서울은 도쿄를 따라가고 도쿄는 뉴욕을 따라가는 도시의 병리학을 이상은 "ELEVATER FOR AMERICA"(『이상전집』, 273쪽)라고 명명하였다. 도시 사람들은 "개미집에 모여서 콘크리트를 먹고 산다"(『이상전집』, 273쪽). 빌딩은 "신문배달부의 무리"(『이상전집』, 273쪽)를 토해내고 백화점 옥상에는 체펠린(1838~1917)이 만든 애드벌룬이 떠 있다.

> 마르세이유의 봄에 해람(解纜)한 코티 향수가 맞이한 동양의 가을
> 쾌청의 공중에 붕유(鵬遊)하는 체트백호(Z伯號:체펠린 백작의 경비행선),
> 회충양약이라고 씌어져 있다
> 옥상정원, 원숭이를 흉내 내고 있는 마드무아젤17)

이 시의 제목인 「AU MAGASIN DE NOUVEAUTÉS(오 마가쟁 드 누보떼)」는 19세기 파리의 유행품점이다. 20세기에 들어서 아케이드가 없어지고 상점가가 백화점으로 통합되자 마가쟁 드 누보떼는 그랑 마가쟁(GRAND MAGASIN)으로 바뀌었다. 대중이 이용하는 백화점이 아니라 소수를 위한 명품점이라는 풍자가 제목 속에 들어 있다.

이상의 도시 인식은 「오감도 시 제1호」에 잘 나타나 있다. 13인의 아이들이 뛰어다닐 만큼 큰 도로는 도시 공간을 전제한다. 도로를 질주하는 아이들은 서로 다른 아이들을 무서워하고 있다. 열세 명의 아이들 하나하나가 무서워하는 아이이고 또 동시에 무섭게 하는 아이이다. 그들은 자기 입으로 무섭다고 말한다.

> 길은 막다른 골목이 적당하오(『이상전집』, 215쪽)
> 길은 뚫린 골목이라도 적당하오(『이상전집』, 215쪽)

---

17) 임종국 편, 『이상전집』, 269쪽.

13인의 아해가 도로로 질주하지 않아도 좋소(『이상전집』, 215쪽)

개별성이 무력하게 된 도시에서 만인전쟁이 전개되고 있으며 만인
전쟁의 일반적 공포 이외에 "다른 사정"(『이상전집』, 215쪽)은 문제가
되지 않는다는 판단이 위에 인용한 시행들에 나타나 있다. 공포는 한
길(STREET)과 골목(BYSTREET), 막힌 길(BLIND ALLEY)과 뚫린 길
(OPEN ALLEY)의 차이를 은폐한다. 도로와 골목을 객관적 환경과 주
관적 상황에 대응해 볼 수도 있을지 모른다. 「가외가전(街外街傳)」에는
입에서 시작하여 항문에 이르는 신체의 기관들과 도시 공간의 부분
영역들을 대응한 알레고리가 들어 있다. 인간의 내장처럼 지저분한
것들이 가득 차 있는 도시에서 "먹어야 사는 입술"(『이상전집』, 239쪽)
이 "화폐의 스캔들"(『이상전집』, 239쪽)을 일으킨다.

도시를 지배하는 것은 예수가 아니라 알 카포네이다. 카포네는 예
수가 설교하는 감람산을 통째로 떠 옮기고 네온사인으로 장식한 교
회 입구에서 입장권을 판다. "카포네가 프레장(PRESENT)으로 보내준
프록코트를 기독은 최후까지 거절하고 말았다"(『이상전집』, 225쪽). 보
기 좋은 카포네의 화폐와 보기 흉한 예수의 화폐는 다 같이 "돈이라
는 자격에서는 일보도 벗어나지 못하고 있다"(『이상전집』, 225쪽).

이상은 식민지 특권층의 계몽적 자유주의를 경멸하였으나 사회주
의를 좋아하지도 않았다. "로자 룩셈부르크의 목상을 닮은 막냇누
이"(『이상전집』, 275쪽)를 특별히 사랑한 것을 보면 그가 로자 룩셈부르
크에게 관심이 있었고 그녀가 죽은 후에는 그녀의 목상에도 흥미를
느끼고 있었다는 것을 알 수 있다. 그러나 "지구의 위에 곤두섰다는
이유로 나는 제3 국제당원들에게 뭇매를 맞았다"(『이상전집』, 280쪽)는

131

문장을 보면 그에게는 인터내셔널에 참여할 의사가 없었다는 것을
알 수 있다.

> 늙은 의원과 늙은 교수가 번차례로 강연한다
> 〈무엇이 무엇과 와야만 하느냐〉
> 이들의 상판은 개개 이들의 선배 상판을 닮았다
> 오유(烏有)된 역 구내에 화물차가 우뚝하다18)

　이상은 나라 잃은 시대의 서울에서 "사멸의 가나안"(『이상전집』, 245
쪽)을 보았다. "도시의 붕락은 아 ― 풍설(風說)보다 빠르다"(『이상전집』,
245쪽) "여기는 어느 나라의 데스마스크다"(『이상전집』, 268쪽). 죽기 직
전에 이상은 도쿄에서 김기림에게 편지를 보냈다. "나는 참 도쿄가
이따위 비속 그것과 같은 시로모노(代物)인 줄은 그래도 몰랐소. 그래
도 뭐이 있겠거니 했더니 과연 속 빈 강정 그것이오"(『이상전집』, 206
쪽). 나라 잃은 시대에 서울만이 아니라 도쿄 자체가 폐허라는 것을
인식한 시인으로는 오직 이상이 있을 뿐이다.

---

18) 임종국 편, 『이상전집』, 245쪽.

3. 소월 우파 서정주

서정주는 20세기 전반기의 우리 시를 1834년에서 1918년까지의 개화 계몽시와 1919년에서 1925년까지의 낭만시, 1925년에서 1934년까지의 계급주의 시와 1931년에서 1942년까지의 순수시 및 주지시로 나누고, 순수시를 다시 김영랑 등의 협의적인 것과 이른바 삼가시인의 자연파 시와 자신이 중심이 된 생명파 시로 나누었다.[19]

서정주 자신이 동인의 한 사람으로서 1936년에 발간한 《시인부락》에 대하여 그는 "질주(疾走)하고 저돌(猪突)하고 향수(鄕愁)하고 원시회귀(原始回歸)하는 시인들의 한 떼"[20]라고 표현하였다. 과연 그의 첫 시집, 『화사집』에는 심한 몸부림의 흔적이 뚜렷이 나타나 있다.

따서 먹으면 자는 듯이 죽는다는
붉은 꽃밭 새이 길이 있어

아편(鴉片) 먹은 듯 취해 나자빠진
능구렁이 같은 등어릿길로,
님은 달아나며 나를 부르고……

강(强)한 향기로 흐르는 코피

19) 서정주, 『서정주 문학전집 II』, 일지사, 1972, 126쪽.
20) 같은 책, 135쪽.

두 손에 받으며 나는 쫓느니

밤처럼 고요한 끓는 대낮에
우리 둘이는 왼몸이 달어……

—「대낮」

　이 시는 초기 서정주 시의 특성을 많이 반영하고 있다. 2·3·4음절이 불규칙하게 반복되며, 행마다 두 개의 음보로 되어 있고, 둘째 연이 변화를 위하여 3행인 이외에는 다른 연들 전부가 2행으로 되어 있다. 이 시에는 엄밀한 의미에서의 운은 없으나 각 연의 첫째 행 후반부에 나타나는 '는', '진', '는', '낮' 등의 'ㄴ' 소리가 그 비슷한 효과를 내고 있다. 공행(空行)의 위치도 적절하다.
　잠자는 것과 죽는 것은 오래전부터 하나의 상징으로서 동의어였다. 여기서 '자는 듯이'란 말은 '편안히'라는 의미도 포함하고 있는 듯이 보이지만 그것은 하나의 희망일 뿐이고, 정작 죽음은 징그럽고 추한 것이라는 뜻을 둘째 연은 제시하고 있다. 그러므로 첫 번째 쓰인 공행은 대조를 더욱 또렷하게 하는 효과가 있다. '달아나며 부르고' 쫓아가는 것은 앞 두 부분의 죽음의 이미지에 길항하는 새로운 이미지로서, 생명의 활동을 가리킨다. 먹으면 죽는다는 꽃의 향기에 코피가 흐른다는 말은 깊은 의미를 지닌다. 피는 원래 생명의 상징인 것이다. 마지막 부분의 밤과 낮의 대조가 또한 적절한 것은 이 시의 주제가 생명과 죽음의 대립에 놓여 있기 때문이다. 아니, 온몸을 불태우는 포옹이란 사건 설정을 생각하면, 사랑과 죽음의 대립이라고 해야 옳을 듯하다. '능구렁이 같은 등어릿길'이란 이미지는 『화사집』

의 서시인 「화사(花蛇)」의 이미지와 서로 통한다.

사향(麝香) 박하(薄荷)의 뒤안길이다.
아름다운 배암……
을마나 크다란 슬픔으로 태어났기에, 저리도 징그라운 몸뚱아리냐
— 「화사(花蛇)」에서

이것을 보면, 배암이란 것은 시인과 동일시하여도 좋은 이미지임을 알 수 있다. 배암 이외에도 『화사집』에는 노루·개구리·머구리·사슴·불벌 등이 나오는데, "웃음 웃는 짐승 속으로" 뛰어가자는 그의 말에서 알 수 있듯이 이것들은 모두 격렬한 성적 심상을 위한 표현이다. 고려 속요와 이상 시의 몇 편을 제외하면, 우리 시에서 서정주의 시만큼 성적인 심상을 다루는 데 능란한 작품은 없을 듯하다. 땅에 누워 배암 같은 계집은 "땀 흘려 어지러운 나를" 엎어뜨리며(「맥하(麥夏)」), 가시내는 울타리를 마구 자빠뜨리며, 콩밭 속으로 달아나면서 "오라고 오라고 오라고만" 한다(「입맞춤」). 광복 직후에 나온 시집 『귀촉도』 가운데 서정주가 광복 이전에 집필한 것이라고 하는 시들을 보면, 성적 심상이 적어진 한편에 '문둥이'와 '바다'가 보여주는 병과 방황의 느낌은 그대로 계속된다. "바보야 하이연 밈드레가 피었다/네 눈썹을 적시우는 용천의 하늘 밑에/히히 바보야 히히 우습다"는 「밈드레꽃」은 태도가 훨씬 가벼워졌고 희화화되었지만, 『화사집』의 "해와 하늘빛이/문둥이는 서러워//보리밭에 달 뜨면/애기 하나 먹고,//꽃처럼 붉은 울음을 밤새 울었다"라는 「문둥이」의 태도와 같은 것이다. 더욱 절망적으로 어두워지기는 했지만, 「만주에서」

의 "참 이것은 너무 많은 하늘입니다. 내가 달린들 어데를 가겠습니까. 홍포(紅布)와 같이 미치기는 쉬웁습니다. 몇천 년을, 오오 몇천 년을 혼자서 놀고 온 사람들이겠습니까"라는 태도는 "애비를 잊어버려/에미를 잊어버려/형제와 친척과 동무를 잊어버려,/마지막 네 계집을 잊어버려,/아라스카로 가라 아니 아라비아로 가라 아니 아메리카로 가라/아니 아프리카로 가라 아니 침몰하라 침몰하라 침몰하라!"는 「바다」의 태도와 근원에서 동일하다.

여기서 우리는 몇 가지 면에서 그의 초기 시에 나타난 현상을 해석할 필요를 느낀다. 그의 초기 시가 제시하는 성적 심상과 병과 방황은 도대체 어떻게 해서 나타난 것인가? 우리는 이러한 사실을 아주 일반적으로 해석할 수 있다. 스무 살이란 나이는 매우 난처한 시기다. 20대의 청년은 무엇이건 마음만 먹으면 못 할 것이 없다는 희망에 부풀어 있으나, 한 개인의 사회적 평가는 언제나 그의 장인정신에 대응하는 것이기 때문에 객관적인 자기 확인을 얻을 도리가 없다. 직업을 통하여 개인은 사회에서 자리 잡을 수 있는 것이다. 게다가 20대의 청년은 심한 성적 충동에 사로잡혀 있게 마련이다. 이러한 시각을 두고 그의 시적 특성을 해석해도 틀리지 않을 것이다. 「자화상」이란 시의 후반부는 사실을 좀 더 상세하게 해명해 준다.

스물세 햇 동안 나를 키운 건 팔할이 바람이다.
세상은 가도가도 부끄럽기만 하드라.
어떤 이는 내 눈에서 죄인을 읽고 가고
어떤 이는 내 입에서 천치를 읽고 가나,
나는 아무것도 뉘우치진 않을란다.

찬란히 틔어 오는 어느 아침에도

이마 우에 얹힌 시의 이슬에는

몇 방울의 피가 언제나 섞여 있어

볕이거나 그늘이거나 혓바닥 늘어뜨린

병든 수캐마냥 헐떡거리며 나는 왔다.

— 「자화상」에서

    인용된 부분에서 은유를 통한 첫째 행의 이미지는 허무감을 전달
하기에 충분히 암시적이고 함축적인 표현이다. 서정주의 시 가운데
에서 비교적 지시적이고 산문적이라고 할 수 있는 이 시에서도 표현
은 결코 단순하지 않다. 다음 행의 '부끄럽다'는 말은 자신을 죄인 혹
은 천치로 규정하는 타인에 의해 작중화자의 내심에서 일어나는 감
정이고, 뉘우친다는 행위는 작중화자에게 그 타인들이 강제하는 것
이다. 이 부분의 마지막 행은 타인의 강제에 항복하지 않겠다는 작중
화자의 굳센 결의를 표명하고 있다. 더욱이 이 시의 후반은 '찬란한
아침'과 '이마 위에 시 짓느라 맺힌 땀'과 '몇 방울의 피'를 연관시켜
작시의 고통과 행복을 이미지로 형성하면서, 모든 고난과 역경을 넘
어 작시의 도를 지켜왔다고 진술하는데, 비록 과거 시상이지만 암시
하는 의미는 미래에의 결의다.

푸른 나무 그늘의 네 거름길 우에서

내가 붉으스럼한 얼굴을 하고

앞을 볼 때는 앞을 볼 때는

내 나체의 에레미야서

비로봉상(毘盧峰上)의 강간사건들.

미친 하눌에서는
미친 오피이리아의 노래소리 들리고

원수여. 너를 찾아가는 길의
쬐그만 이 휴식

나의 미열(微熱)을 가리우는 구름이 있어
새파라니 새파라니 흘러가다가
해와 함께 저므러서 네집에 들리리라.

       — 「도화도화(桃花桃花)」

 1인칭 자기 서술의 이 연가에서 사랑의 관념은 우선 신체의 갈망
으로 표현되어 있다. "네 거름길"이란 아마도 "너를 찾아가는 길"과
동일한 의미일 것이다. 푸른 나무 그늘에 비추어 나의 붉은 얼굴은
더욱 붉게 느껴진다. 애욕의 불에 타고 있는 얼굴이다. 작중인물인
이 화자의 앞을 보는 시선은 온통 육체적 갈망으로 인해서 전율하고
있다. 첫째 시절의 자기 서술이 둘째 시절과 셋째 시절에서 내심 독
백으로 바뀌는 것은 점점 더 강렬해져서 착란에 이르는 갈망의 심화
에 대응하는 표현이다. 예레미야는 이스라엘의 파멸을 예언하였고
그가 지은 「예레미야서」는 온통 불길한 저주로 가득 차 있다. 작중인
물은 이 극렬한 애욕이 끝내 그의 알몸을 파괴하지 않을까 두려워한
다. 그러나 그는 애욕의 갈망을 멈추지 못하고 비로봉 꼭대기에서 벌

어지는 강간 사건들을 상상한다. 그것도 한 남자가 한 여자를 강간하는 장면이 아니라 여러 남자가 여러 여자를 한자리에서 강간하는 장면이다. 애욕의 시선 앞에서는 세상 전체가 미친 것처럼 요동한다. 아버지와 애인 사이에서 방황하다 미친 오필리아의 웃음소리가 이 장면에 등장하는 것도 자연스럽다. 그녀는 애욕에 정직하게 따르지 못하였기 때문에, 아버지의 요구에 따라 애욕을 거절하였기 때문에 미쳤다. 예레미야는 애욕을 따르면 파멸한다고 경고하고 오필리아는 애욕을 억누르면 미친다고 경고한다. 서로 반대되는 두 사람의 경고 사이에서 작중인물의 신체는 방향을 찾지 못하고 방황하고 있다. 그는 연인을 원수라고 부른다. 사랑은 파멸과 광기를 수반할 수밖에 없기 때문이다. 극도의 번민과 방황 속에서 그는 기적적으로 '쬐그만 휴식'을 발견한다. 휴식이 애욕의 열기를 가라앉히자 그는 비로소 사방을 둘러볼 수 있는 여유를 가지게 되고, 흐르는 구름 그림자가 남은 미열을 서늘하게 가려주는 것을 느낀다. 그는 구름처럼 흐르다가 저물 때에 그녀에게 들르는 것이 자연스러운 행동임을 깨닫는다. "붉으스럼한 얼굴"로 갈 것이 아니라 "새파라니" 흘러가다가 "해와 함께 저므러서" 그녀를 만나겠다는 깨달음은 사랑을 애욕보다 더 큰 갈망으로 변형해 놓은 것이다. 신체의 성욕은 연인을 원수로 만드나, 의존심과 적개심으로 뒤얽힌 성욕을 넘어서서 평상심으로 나아갈 때에야 연인과의 자연스러운 사랑이 가능하다는 통찰이 감각적으로 표현되어 있다.

이 시들을 통하여 우리는 서정주의 초기시가 정상적인 인간관계를 불가능하게 하는 욕망의 편력에 기인함을 알 수 있고, 동시에 작시에 골몰함으로써 시라는 언어예술의 형식이 유한한 노동체계를 넘쳐흐르는 그러한 무한 욕망을 한정하여 생활을 파탄시키지 않게 해 주었을 것이라고 추측할 수 있다. 이렇게 볼 때, 광복 이후 서정주 시의 변모는 갈 길과 할 일을 확고하게 선택함으로써 사회 내에서 주체의 위치에 대한 고뇌에서 벗어날 수 있었다는 점에 그 원인이 있을 것이다. 이 무렵 얻은 그의 '쬐그만 이 휴식'(「도화도화」)이 얼마나 커다란 결과를 초래하고 말 것인가에 대해서는 아마 자신도 전혀 짐작하지 못했을 터다.

> 누님
> 눈물겨웁습니다.
>
> 이, 우물물같이 고이는 푸름 속에
> 다소곳이 젖어 있는 붉고 흰 목화꽃은,
> 누님
> 누님이 피우셨는지요?
>
> 퉁기면 울릴 듯한 가을의 푸르름엔
> 바윗돌도 모다 바스라져 내리는데……
>
> 저, 마약과 같은 봄을 지내여서
> 저, 무지(無知)한 여름을 지내여서
> 질갱이풀 지슴길을 오르내리며
> 허리 굽흐리고 피우셨는지요?
>
> — 「목화」

「목화」에서는 벌써 초기의 동물적인 격정이 말끔히 가셔져 있다. 목화꽃에 기대어 꽃을 키운 한 여인을 이야기하고 있지만, 문제는 우선 목화라는 요염하지도 초라하지도 않으며, 더욱이 인간에게 실용적이고, 늘 인간 가까이에 있는 식물의 은유를 통해 나타나는 '누님'의 이미지다. 바윗돌도 바스러져 내릴 듯 푸른 가을에 피어 있는 목화꽃은 바로 일정한 세월의 신고를 겪고, 이제 성숙해 있는 누님에 대한 사랑의 표현이다. 신체의 충동을 주로 노래하던 초기시에서는 찾아볼 수 없는 현상으로서 '누님'이란 말에 의해 한 여자에게서 암시될 수 있는 모든 성적인 상상의 범위를 단절시키고 있다는 점도 주의할 필요가 있다. 마지막 네 행은 마약과 무지가 암시하는 열정과 도취를 누님도 겪었다는 사실을 암시하면서, 다시 '질경이풀', '구부리고' 등의 어사가 지니는 태도로 그러한 시기는 보잘것없고 고통스러운 것임을 말하고 있다. 여기서 우리는 이 마지막 부분이 그 앞의 모든 부분과 날카롭게 대조되고 있음을 알 수 있다. 격정과 고뇌의 세월이 대수롭지 않다는 것은 지금 누님의 경지가 매우 대견하다는 자랑을 함축하고 있기 때문이다. 이 시는 상당히 직접적인 방법으로 작시 과정을 토로하고 있다고 보이는데, 「목화」보다 조금 뒤에 씌어진 「국화 옆에서」는 이러한 성숙의 단계가 인사의 전반에 미치는 것으로 되어 있다.

> 그립고 아쉬움에 가슴 조이든
> 머언 먼 젊음의 뒤안길에서
> 인제는 돌아와 거울 앞에 선
> 내 누님같이 생긴 꽃이여
>
> — 「국화 옆에서」에서

「목화」의 근원 심상이 다시 한번 반복되는 이 시는 격정과 고뇌를 '그립고 아쉬움에 가슴 죄던 머언 젊음의 뒤안길'이라고 표현한다. 「국화 옆에서」의 특성은 후기 시에서 뚜렷해질, 불교의 인연관에 토대를 두고 있다는 사실에 있다. 운행우시(雲行雨施)라는 말대로 한 송이의 국화는 소쩍새와 천둥과 무서리와 작중화자인 '나'와의 깊은 인연에 따르는 과보로서 이승에 출현했다는 것이다. 이 시기 그의 시는 초기 시에 나타나는 이성 간의 신체적인 도취에서 벗어나 정신의 보편적인 친화를 삶의 목표로 제시한다.

청산이 그 무릎 아래 지란(芝蘭)을 기르듯
우리는 우리 새끼들을 기를 수밖엔 없다.

목숨이 가다가다 농울쳐 휘어드는
오후의 때가 오거든
내외들이여 그대들도
더러는 앉고
더러는 차라리 그 곁에 누어라

지어미는 지애비를 물끄러미 우러러보고
지애비는 지어미의 이마라도 짚어라

— 「무등(無等)을 보며」에서

「무등을 보며」의 인용 부분 가운데 첫 행만이 비유에 의한 이미지를 지니고, 그 밖엔 모두 단순한 진술에 의한 것이지만, 둘째 연

첫 햇의 '목숨이 가다가다 농울쳐 휘어드는 /오후'가 상징이 되어 시의 의미를 평범하지 않게 하고 있다. 작중화자의 태도도 자비로운 윗사람이 자기의 아랫사람에게 하듯 사랑스런 어조다.

그런가 하면 「골목」은 위와 똑같은 태도로 빈곤과 소외를 노래하면서 거의 직설적인 목소리로 내면의 사랑을 부르짖고 있다.

> 이 골목은 금시라도 날러갈 듯이
> 구석구석 쓸쓸함이 물밀듯 사무쳐서,
> 바람 불면 흔들리는 오막살이뿐이다.
>
> 장돌뱅이 팔만이와 복동이의 사는 골목
> 내, 늙도록 이 골목을 사랑하고
> 이 골목에서 살다 가리라
>
> ─ 「골목」에서

이러한 종류의 시는 이 시기에 무척 많이 발견된다. '아리땁고 향기로운 처녀들'을 노래한 「이월」이나 어린애들이 말을 배우고 익히는 모습을 노래한 「무제」나 어린이에게 결코 설움을 보이지 말고 가까운 별과 오래된 종소리를 들려주라고 권유하는 「상리과원(上里果園)」 같은 시들이 그것이다. 동족상잔의 비극을 거치고 나서 이러한 자비심은 민족적 단위로 확대된다.

> 기러기같이
> 서리 묻은 섯달의 기러기같이

하늘의 어름짱 가슴으로 깨치며
내 한평생을 울고 가려 했더니

무어라 이 강물은 다시 풀리어
이 햇빛이 이 물결을 내게 주는가
저 멈둘레나 쑥니풀 같은 것들
또 한번 고개 숙여 보라 함인가

황토 언덕
꽃상여
떼과부의 무리들
여기 서서 또 한번 바래보라 함인가

— 「풀리는 한강가에서」에서

　「풀리는 한강가에서」라는 시는 우리에게 모든 슬픔을 견디며 살아 나갈 수밖에 없다는 체념 속에서도 생명은 다시 자기의 활동을 시작한다는 사실을 확인하게 된다. 민들레, 쑥 이파리가 지니는 밝음과 상여, 과부가 지니는 어두움의 대조가 역시 생명의 큰 순환 속에 하나가 되어, 지아비를 잃고도 살아 나가고 있는 생명에의 경건한 외경으로 융화된다. '같이', '짱', '깨치' 같은 소리들이 주는 딱딱한 느낌이 전쟁의 고통에도 파괴되지 않는 생명의 강인함을 말하는 어조에 부합한다. 작중화자의 슬픔을 강조하는 효과를 줄 뿐 아니라, 작중인물들이 커다란 슬픔을 힘겹게 짓누르고 있다는 느낌을 강화하고 있기 때문이다.

1961년에 간행된 시집 『신라초』의 서시 노릇을 하고 있는 「선덕여왕의 말씀」에는 서정주의 사회관과 인간관이 집약되어 있다. 인간적인 요소가 그리워 차마 해탈하지 못하고 욕계(欲界)의 제2천인 33천에 머물며 평생 그토록 사랑하던 신라 사람들에게 호소하는 여왕의 말씀을 통해 서정주가 이상으로 생각하는 인간의 모습이 드러난다. 그것은 깊이 사랑할 줄 아는 사람이다. 진정한 사랑은 서라벌 천년의 지혜가 가꾼 국법보다 더 소중하다는 것이다. 사상보다 정서를 우위에 놓는 서정주의 면모가 약여하다. 한편 그가 선덕여왕의 말씀에 기대어 제시하는 이상적인 사회의 질서는 인간성을 왜곡시키지 않고 상부상조하는 공감과 인정의 사회이며, 가장 충실한 남자에게 사회의 지도권을 맡기는 사회이다.

> 피 예 있으니, 피 예 있으니
> 너무들 인색치 말고
> 있는 사람은 병약자한테 시량(柴糧)도 더러 노느고
> 홀어미 홀아비들도 더러 찾아 외로코
> 첨성대 위엔 첨성대 위엔 그중 실한 사내를 놔라
>
> — 「선덕여왕의 말씀」에서

이러한 사회관을 보충하는 내용으로 서정주는 장인정신(匠人精神)을 주장하는데, 그가 말하는 장인정신은 주로 시에 목숨을 걸고 공을 들이겠다는 결의로 표출된다.

> 노래가 낫기는 그중 나아도

구름까지 갔다간 되돌아오고,

네 발굽을 쳐 달려간 말은

바닷가에 가 멎어버렸다.

활로 잡은 山돼지, 매로 잡은 산새들에도

이제는 벌써 입맛을 잃었다.

꽃아. 아침마다 개벽(開闢)하는 꽃아.

네가 좋기는 제일 좋아도,

물낯바닥에 얼굴이나 비취는

헤엄도 모르는 아이와 같이

나는 네 닫힌 문에 기대섰을 뿐이다.

문 열어라 꽃아. 문 열어라 꽃아.

벼락과 해일(海溢)만이 길일지라도

문 열어라 꽃아. 문 열어라 꽃아.

—「꽃밭의 독백」

　　서정주는 이 시를 박혁거세의 어머니 사소(娑蘇)가 처녀로 잉태하여
산으로 신선 수행을 떠나기 전, 그녀의 집 꽃밭에서 하는 독백으로
서술하였다. 그렇게 보면 이 시의 화법은 자기 서술이 아니라 인물시
각의 심리 서술이 된다. 작중인물은 이 세상의 모든 일에서 더는 나
아갈 수 없는 한계를 체험하였다. 노래로 대표되는 예술과 학문도 구
름까지 갔다가 되돌아오는, 유한하고 상대적인 세계이다. 네 발굽을
쳐 달려간 말은 인간의 욕망과 의지, 애욕과 전쟁을 의미하는데 그것
도 바닷가에 가서는 멈출 수밖에 없다. 영웅과 가인도 늙음은 면할
수 없으며, 애욕과 전쟁의 성취라는 것 자체가 허무한 것이다. 활로

잡은 산돼지와 매로 잡은 산새는 재산과 지위를 의미한다. 자아란 신체와 정신으로 구성되어 있다고 생각하고 인간은 신체를 단련하고 정신을 훈련하여 일정한 자아 이상에 도달하려고 애쓴다. 정신이란 요컨대 느낌과 생각이고 느낌은 신체의 한 기능이며, 생각은 느낌을 갈피 짓는 능력이므로 자아 이상은 결국 신체와 연관되어 있다. 자아 이상은 그 자신이 그것이 무엇인가를 알고 있는 것이며, 타자들도 그것이 무엇이라고 헤아릴 수 있는 것이다. 무엇을 규정하는 행동은 그것이 무엇 이외에 다른 것이 아니라고 부정하는 행동이다. 작중인물은 자기에게 내재하는 무한과 영원에 견주어 자아 이상이 너무도 협소하다고 느낀다. 지식을 넘어서야 진리가 드러나고 제나를 벗어나야 절대가 열린다는 사실을 확인한 사소는 한 송이 꽃에서 진리와 절대를 발견하며 나날의 삶이 곧 신선수행이라는 것을 통찰한다. '개벽'이란 낱말은 그녀가 우주와 꽃을 동일한 세계로 파악하고 있음을 알려준다. 그러나 그 절대의 세계는 그녀에게 폐쇄되어 있다. 헤엄을 모르는 아이가 물을 겁내어 수면에 얼굴이나 비치고 있듯이 그녀는 진리 앞에서 비틀거린다. 그것을 하느님이라고 하건, 혁명이라고 하건 내재하는 진리들을 찾는 여행은 벼락과 해일을 견뎌내는 고행이 아닐 수 없다. 심연을 보고도 그녀는 용기가 헌앙하여 절규한다. "문 열어라 꽃아. 문 열어라 꽃아" 이 시의 인물 시각 서술은 사소만이 아니라 문제의 근원에 침잠하기 이전의 마르크스나 프로이트에게도 해당되는 화법일 것이다.

초기시에서 대개 작시에 적용되던 장인정신이 후기시에서는 인간의 생활 전체로 확대되어 평범한 사람들 모두가 실천하고 있는 일상이 보편적 진리가 된다. 「진영이 아재 화상(畵像)」이란 시에서 그는 진영이 아저씨의 쟁기질 솜씨를 예쁜 계집애가 배를 먹어가는 모양과 비교하고 있고, 「꽃밭의 독백」에서는 벼락이 치고 해일이 넘쳐 와도 옴짝 않고 "문 열어라 꽃아, 문 열어라 꽃아" 하는 절규를 쉬지 않으며 절대를 향하여 육박하는 한 여인의 모습을 보여준다. 이렇게 볼 때 우리는 그 사회관의 표면적인 완벽성을 부정할 수 없다. 불교에서는 보시와 지계와 인욕과 정진을 말하지만 노동자가 됐든 경영자가 됐든 우리는 누구나 일상생활에서 시계인진(施戒認進)을 실천하고 있다. 식당 주인이 음식을 만드는 것도 타인에 대한 보시라고 할 수 있다. 그 일에 정신을 집중하는 것이 사마타(止)이고 자기 마음을 살피며 욕심의 발동을 알아차리는 것이 위파사나(觀)이다. 모든 사람이 매일 어느 정도는 정신집중과 관찰명상을 수행하고 있다. 그러나 또한 우리가 여기서 언급하고 넘어가지 않을 수 없는 것은 그의 사회관의 매우 안타까운 한계다.

거의 모든 시는 사랑을 말하고 증오를 말하지 않는다. 만일 특정 남녀에 대한 미움을 노래하는 시가 있다면 그것은 작시의 심리와 괴리되어 충분한 형상화를 달성할 수 없을 것이다. 그렇지만 하나의 사회를 깊이 인식하면, 거기에는 반드시 모순이 있다는 것을 발견하게 된다. 그것은 '있어야 할' 사회 상태를 추구하는 사람들과 '이미 있는' 사회 상태에 만족하는 사람들의 갈등이다. 우리는 전자를 대중이라고 부르는데, 대중의 사고가 단순히 부정적인 것이 아님은 그들의 건전하고 싱싱한 익살과 웃음을 보면 알 수 있다. 대중이 부정하는 것은 이미 있는 사회 상태일 뿐이고, 인생과 생명에 대해서는 무조건 강력하게 긍정하고 있으며, 어떠한 사회 상태에 대하여 부정하는 것도 결국 그 생명에 대한 긍정에서 자연스럽게 도출되고 있는 것이다. 아도

르노는 민주주의를 대중의 수량적 범주(die quantitative Kategorie der Masse)라고 규정하였다.[21] 그렇다면 서정주가 제시하는 사회질서도 결국은 없을 것을 없애려는 대중과 함께 투쟁함으로써만 이룩될 수 있을 것이다.

서정주는 일찍이 불교전문학교를 졸업했고, 또 얼마간 산사 유랑을 경험했다. 아마 이 무렵 불교의 영향을 받았던 것으로 생각되는데, 그의 후기 시는 시인 자신이 불교의 절대적인 영향 아래 제작되었음을 고백하고 있다. 『신라초』의 후기에서는 "이 시집의 제2부에선 그 소위 인연이란 것이 중대"하였다고 말하였고, 시집 『동천』의 후기에서는 "불교에서 배운 특수한 은유법의 매력에 크게 힘입었음을 여기 고백하여 대성 석가모니께 다시 한번 감사를 표한다"고 말하였다. 「어느 날 밤」이라는 시는 그의 인연 사상을 극명히 드러낸다.

> 오늘 밤은 딴 내객은 없고,
> 초저녁부터
> 금강산 후박꽃나무가 하나 찾어와
> 내 가족의 방에
> 하이옇게 피어 앉어 있다.

---

21) Theodor Adorno, Ästhetische Theorie, Frankfurt am Main: Suhrkamp, 1970, S.357.

이 꽃은 내게 몇 촌 벌이 되는지
집을 떠난 것은 언제쩍인지
하필에 왜 이 밤을 골라 찾어 왔는지
그런 건 아무리 해도 생각이 안 나나
오랜만에 돌아온 식구의 얼굴로
초저녁부터
내 가족의 방에 끼어 들어와 앉어 있다.

— 「어느 날 밤」

후박꽃나무는 문맥으로 보아 과거 서정주가 금강산에 갔을 때 보고 잊어버렸던 것이다. 아무도 찾아오지 않는 초저녁에 그것이 갑자기 머리에 떠올라 없어지지 않고 있는 것이다. '가족의 방'이란 말은 그 후박꽃나무가 가족의 하나처럼 생각된다는 것이며, 그 많은 나무 중에 하필이면 후박꽃나무가 생각나느냐 하는 의문에 대해서 서정주는 인연이란 말로 대답하고 있다. 그러나 다음 부분을 보면 인연의 근거에 대해서는 아직 알 수 없다는 심정을 고백한다. 서정주는 시 세계에서 인연 사상은 몇 가지 장점을 가지고 있다. 「연꽃 만나고 가는 바람같이」의 연꽃이나, 「모란꽃 피는 오후」의 모란이나, 「여자의 손톱의 분홍 속에서는」의 여자의 손톱이나, 「내가 돌이 되면」의 돌이나, 「산골 속 햇볕」의 햇볕이나, 「고대적 시간」의 시간이나, 「여수(旅愁)」의 바람 같은 일체의 사물의 깊은 의미를 부여할 수 있고, 인간의 좁은 테두리를 벗어나서 그것들을 사랑할 수 있게 하는 것이다. 「여수」란 시에서는 다음과 같이 노래하고 있다.

별아, 별아, 해, 달아, 별아, 별들아,

바다들이 닳아서 하늘 가며는

차돌같이 닳아서 하늘 가며는

해와 달이 되는가, 별이 되는가

— 「여수」에서

　'아'와 '가', '는'과 '는'의 운을 맞추며, 2음절·3음절의 짧은 단어
가 반복되고 있다. 바닷물이 증발하여 하늘에 가면 별이 되고 해가
되고 달이 되며, 별은 다시 닳아서 돌이 되고 돌은 부서져 가루가 되
었다가 다시 모여 사람이 된다. 만물의 상즉상입(相卽相入)을 노래하는
이 부분에서 우리는 시인의 매우 기뻐하는 태도를 엿볼 수 있다. 서
정주는 이러한 우주의 비밀을 깨치고 나서 안심입명(安心立命)한 듯하
다. 석류가 열리면, 전세에 혈기로 청혼했던 공주의 화신이라고 노래
하며(「석류개문(石榴開門)」), 새 옷을 입고 또 하루를 살 수 있는 것은
'내가 거짓말 안 한 단 하나의 처녀귀신' 덕택이라고 한다(「내가 또
유랑해 가게 하는 것은」). 불교에서는 인연 그것도 초탈해야 하는 것이라
고 보아서 전생의 무명(無名: 모름)이 행(行: 꿈적임)을 낳고, 행이 식(識:
앎)을 낳고, 식이 명색(名色: 두루뭉수리)을 낳으며, 명색이 현생의 육입
(六入: 몸)을 낳고, 육입이 촉(觸: 걸림)을 낳고, 촉이 수(受: 받음)를 낳고,
수가 애(愛: 싫음)를 낳으며, 애가 취(取: 잡음)를 낳고, 취가 유(有: 있음)
를 낳고, 유가 내생의 생(生: 목숨)을 낳고, 생이 노사(老死: 죽음)를 낳는
다는 열두 인연을 그 과정으로 제시한다. 무명이란 말하자면 일체의
고통을 일으키는 원인으로서 온 우주가 어두움에 가득 차 있다는 것
이다. "애초부터 천국의 사랑으로서 사랑하여 사랑한 건 아니었었다"

라고 아내에게 슬픈 태도로 하소연하는 「쑥국새 타령」이나 「근교(近郊)의 이녕(泥濘) 속에서」를 보면 서정주가 무명연기설을 신앙하고 있다는 것을 알 수 있다.

> 흙탕물 빛깔은
> 세수 않고 병 들었던 날의 네 눈썹 빛깔 같다만,
> 이것은 썩은 뼈다귀와 살가루와 피바랜 물의 반죽,
> 기술가! 기술가!
> 이것은 일생 동안 심줄을 훈련했던 것이다.
> 사환이었던 것, 좀도둑이었던 것, 거지였던 것!
> 이것은 일생 동안 눈치를 훈련했던 것이다.
> 안잠자기였던 것, 창부였던 것, 창부였던 것!
> 이것은 시방도 내가 참여하면 반드시
> 묻거나 튀어박이는 기교를 가졌다.
>
>   ― 「근교의 이녕 속에서」에서

이승의 어두움을 썩은 뼈와 살과 물로 나타내고, 노동자와 사환·좀도둑·거지·안잠자기·창부를 동원해서 일체감을 토로하는, 이러한 정서의 폭은 기실 우리 시인에게서는 매우 희귀한 예다. 이러한 어두운 이승을 걷는 기술로서 서정주가 마련해 가진 것은 인간에 너무 집착하는 태도에 대한 반대다.

> 내 각시는 이미 물도 피도 아니라
> 마지막 꽃밭 증발하여 괴인

시퍼렇디시퍼런 한 마지기 이내!

— 「두 향나무 사이」에서

시인은 물도 피도 아니고, 꽃밭이 세월에 의해 소멸되어 새로 생성된 한 두락쯤 되는 황혼을 자기의 아내로 삼는다. 이러한 충격적인 이미지가 「무제」에서는 '마지막 이별하는 내외같이' 안쓰럽지만, 인간적인 집착에서 벗어나 우주적인 조화와 리듬과 하나가 될 결심을 보여준다.

피여, 피여
모든 이별 다 하였거든
박사가 된 피여
인제는 산그늘 지는 어느 시골 네 갈림길
마지막 이별하는 내외같이

피여
홍역 같은 이 붉은 빛깔과
물의 연합에서도 헤어지자

— 「무제」에서

서정주의 여섯 번째 시집 『질마재 신화』에는 45편의 설화시가 실려 있는데 인연 사상이 현실의 인간관계, 특히 유년의 가족 관계에 밀착해 있는 이 시들은 금색계(金色界)의 저 건너에까지 시적 상상력을 동원했던 데 대한 일종의 반작용이다. 육체의 극한까지 밀고 나갔던 데 대한 반작용이 산하일지(山下日誌) 등 윤리적 차원의 획득이었다면, 제행무상, 제법무아의 법공(法空)과 아공(我空)의 인식을 거쳐 열반적정의 탐색이란 상상력의 긴 방황 끝에 서정주는 다시 욕망이 여전히 약동하는 삼십삼천 부근으로 회귀하였다. 시인으로서 서정주의 장점은 초기의 '애비는 종이었다'라는 신분적 소외의 파악 이래 범속한 도덕을 무시할 수 있었다는 면에도 있었는데, 이것이 그가 불교의 절대적인 영향을 받고 있으면서도 끝내 '도덕을 먹고 사는 벌레'로 떨어지지 않은 이유라고 여겨진다. 그러나 능소대립(能所對立)을 떠나 도달해야 할 곳이 무색(無色)의 서방정토라야 하겠는가? 서정주는 아무것도 아닌 사람들이 그 무엇이 되어 가는 역사를 믿지 않는다. 역사는 어떤 사람만 사람답게 사는 세상에서 모든 사람이 사람답게 사는 세상으로 바뀌는 과정이다. 시인은 아무것도 아닌 것이 어떤 것으로 바뀌는 사건에 충실해야 한다. 차방시불토(此方是佛土)라는 견지에서는 본지풍광이 따로 없다. 불교의 근본 전제는 일체개고(一切皆苦)이고, 현대식 용어로 말한다면 고통의 심리학이라고나 할 것이다. 내고통의 자각이 일체중생의 고통에 대한 자각으로 심화되면서, 나날의 노동이 인류를 위한 제사가 되고, 중생무변서원도(衆生無邊誓願度)의 기도가 된다. 서정주의 시를 읽으면서 아까운 것은 후기로 갈수록 고통을 자각하는 정도가 점점 희박해진다는 사실이다. 저만 앎을 버리고 대중과 함께 대중 속에서 고통을 겪으면서도 혼자 잘 노는 것이 불교 수행의 핵심이다. 질마재 마을의 신화는 훤칠하게 역사의 미래를 열어놓는 시는 아니지만, 지금 이곳이 불토라는 통찰을 보여주는 설화시라고 할 수 있을 것이다. 어렸을 때 잃어버린 신발과, 외가의 잘 닦인 마루, 학질을 앓으며 엎드려 있던 바위와 복숭아잎, 눈들 영감이 자시는 마른 명태와 또 눈들 영감의 아들이 예사롭지 않은 인연의 줄을 끌면서 얽혀 있는 것이다. 그러나 인연의 신비는 현재의 안주를 의미하는 것이 아니다. 인연은 역사적 현재의 객관적 가능성을 인식하는 미래의 추동력이다. 불교의 관계론은 무아론이고 무아(無我)의 무 자는 없음이라는 명사가 아니라 지우고 비운다는 동사이다. 제나를 빈나로 바꾸는 실천이 세상을 불토로 바꾸는 참여가 된다는 뜻이다. 이 시들을 정지용의 산문시와 비교하면 매우 재미있는 차이점이 밝혀진다. 정지용 시에는 의미의 확대와 비판이 가능한 뜻 겹침이 들어 있다. 아래 시에서 어미 찾는 송아지는 민족적 상황과 겹친다.

첫 새끼를 낳노라고 암소가 몹시 혼이 났다. 얼결에 산길 백 리를 돌아 서귀포로 달아났다. 물도 마르기 전에 어미를 여힌 송아지는 움매애 움매애 울었다. 말을 보고도 등산객을 보고도 마구 매여 달렸다. 우리 새끼들도 모색이 다른 어미한테 맡길 것을 나는 울었다.[22]

― 「백록담」에서

그러나 서정주의 설화시들에는 의미의 확대를 가능하게 하는 뜻 겹침이 잘 보이는 곳에 나와 있지 않다. 「내가 여름 학질에 여러 직 앓아 영 못쓰게 되면」과 같이 바위에 벌거벗고 엎드려서 등에 붙인 복숭아 잎이 떨어지지 않으면 학질이 낫는다고 민간 신앙을 소박하

---

[22] 정지용, 『백록담』, 백양당, 1946, 16쪽.

게 진술하고 있거나, 「눈들 영감의 마른 명태」에서와 같이 노인이 이 빠진 입술로 마른 명태를 먹는 것이 이상해 보인다는 느낌을 신화라는 말을 사용해서 과장되게 이야기하고 있을 뿐이다. 특히 이 시에 삽입된 "이것도 아마 이 하늘 밑에서는 거의 없는 일일 테니 불가불할 수 없이 신화의 일종이겠습죠?" 하는 작가 개입은 시 전체 의미에 기능적으로 작용하지 못할 뿐 아니라, 오히려 효과를 크게 떨어뜨리고 있다. 산문시와 설화시는 특별히 어조의 통일을 요구하는 시의 갈래들이기 때문이다.

4. 소월 좌파 신동엽

1960년대까지 한국 사회는 나폴레옹 3세 시절의 프랑스처럼 농민과 노동자와 자본가의 어느 한쪽도 주도권을 잡을 수 없는 제세력의 교차 상태에 근거한 시저식 독재체제로 통치되고 있었다. 중공업이 없던 시대에 자본가와 중간계급의 행태는 차별적 속성을 드러내지 못하였다. 이 시대를 대표하는 시인 신동엽(1930~1969)의 시에 대하여 김준오는 대화적 성격과 대조적 이미지, 직설적 어조와 비유적 문채 등의 형식적 특성이 거시적 상상력과 전경인(全耕人) 사상이란 내용적 특성과 상응한다는 사실을 해명하였다.

반봉건, 반외세의 참여시를 생산한 신동엽의 모습은 오 척 단구임에도 불구하고 우리의 눈에는 언제나 거인처럼 느껴진다. 이것은 그의 시 세계에 나타나는 거시적 관점 때문만은 아니다. 그는 우리의 왜소해진 모습을 비춰주는 거울로 지금 여기에 서 있다. 그는 시사적 긍지에 앞서 인간적 긍지를 갖게 하는 시인으로 현존한다.23)

나는 한국의 현대시를 소월과 이상을 중심으로 삼아 소월 좌파와 소월 우파, 이상 좌파와 이상 우파로 구분하고 신동엽을 소월 좌파의 대표 시인으로 규정하였다. 신동엽은 한국의 현대시를 역사감각파,

---

23) 김준오, 『신동엽』, 건국대 출판부, 1997, 5쪽.

순수서정파, 현대감각파, 언어세공파로 구분하였다. 신동엽의 관심은 역사감각을 향하고 있었다. "공동체적 상황을 역사감각으로 감수받은 언어가 즉 시라고 할 때, 오늘처럼 조국과 민족이 그리고 인간이 굶주리고 학대받고 외침되어 울부짖고 있을 때, 어떻게 해서 찡그림 속의 살 아픈 언어가 아니 나올 수 있을 것인가."(『신동엽 전집』, 창작과 비평사, 1989, 379쪽). 그는 순수서정파와 현대감각파를 향토시와 콜라시라고 부르며 경멸했지만 현대시에서 발레리, 예이츠 등의 순수서정과 엘리엇, 네루다, 엘뤼아르 등의 현대감각을 무시할 수는 없는 일이다. 구태여 구분한다면 보들레르도 현대감각파라고 할 수 있을 것이다. 신동엽 자신도 서정주와 김수영의 시에 향토시나 콜라시로만 볼 수 없는 면이 있다는 것을 인정하였다.

몇몇의 비평가는 S씨에게 신라의 하늘을 노래하는 것은 현대에 대한 반역이어니 오늘의 전쟁, 오늘의 기계문명을 노래해 보라고 거의 강요하다시피 대들었지만, 그것은 마치 계룡산 산중에서 70 평생을 보낸 상투 튼 할아버지에게 "당신도 현대에 살고 있으니 미국식으로 재즈 음악에 취미를 붙여 보시오"라고 요구하는 것과 별다름 없는 무리한 강매였었던 것이다. 내 생각으론 S씨는 S씨대로의 사회적·역사적 영토색이 칠해진 사상성이 그분의 체질 속을 흐르고 있을 것이기 때문에, 이미 장년기를 넘어선 그분에게 자기 천성 이외의 어떤 음색을 요구한다는 것은 옳지 못한 일이다. 아마 세상의 모더니스트들이 총동원하여 비평의 화살이 아니라 더 가혹한 폭력을 앞장세워 본다 할지라도 그분에게 시도(詩道)상의 가면무도는 기대할 수 없을 것이다.[24]

김수영, 그의 육성이 왕성하게 울려 퍼지던 1950년대부터 1968년 6월까지 근 20년간, 아시아의 한반도는 오직 그의 목소리에 의해 쓸쓸함을 면할 수 있었다. 그는 말장난을 미워했다. 말장난은 부패한 소비성 문화 위에 기생하는 기생벌레라고 생각했다. 그는 기존 질서에 아첨하는 문화를 꾸짖었다. 창조만이 본질이라고 굳게 믿었다. 그래서 육성으로, 아랫배에서부터 울려 나오는 그 거칠고 육중한 육성으로, 피와 살을 내갈겼다. 그의 육성이 묻어 떨어지는 곳에 사상의 꽃이 피었다. 예지의 칼날이 번득였다. 그리고 태백의 지맥 속에서 솟는 싱싱한 분수가 무지개를 그었다.[25]

신동엽은 김춘수로 대표되는 언어세공파를 싫어하였다. 서양시의 문법미학을 모방하는 맹목기능자들이라고 생각했기 때문이었다. 신동엽에게 시의 언어는 어디까지나 정신을 전달하는 수단이었다. 그가 평생토록 일관되게 추구한 시 정신은 민주주의였다. 시민민주주의와 민중민주주의, 다시 말하면 자유민주주의와 사회평등주의를 구별하고 이윤율과 복지기금을 측정하기 위해서는 계급의식의 형성과정을 분석해야 하겠지만 한국 사회에서 계급의식을 말할 수 있는 것은 1970년 11월 13일의 전태일 사건 이후라고 보아야 할 것이다. 이날의 『동아일보』 기사에 의하면 인천 미가가 한 가마(80kg)당 8,000원이었는데, 평화시장의 급여 수준은 월 삼사천 원 정도이었다. 1960년대로 한정한다면 민주주의는 보편적 계몽주의로 남한 사회에 작용하였다. 민주주의의 바탕이 되는 계몽주의는 해방 후 10여

---

24) 『신동엽 전집』, 창작과비평사, 1980, 374쪽.
25) 『신동엽 전집』, 389쪽.

4. 소월 좌파 신동엽

년 동안 사회 전반에 확산되어 있었다. 당시에 고등학교 1학년 교과서로 가장 많이 채택되던 『정치와 사회』(일조각, 1961)에서 유진오는 민주주의를 세 가지 원칙으로 정의하였다.

1. 의견의 차이를 용인한다.
2. 타협하고 양보한다.
3. 다수결을 따른다.

당시에 문교부 번역도서의 한 권으로 나와 대학생들에게 많이 읽히던 어니스트 바커의 『민주주의론』(김상협 역, 문교부, 1960)의 서문에는 민주주의가 "선을 추구하는 사람들의 의사소통 과정"이라고 정의되어 있었다. 선을 추구한다는 것은 멀리는 완전성을 추구한다는 것이며 가깝게는 더 좋은 생활을 추구한다는 것이다. 완전성의 추구는 좋은 삶과 나쁜 삶의 차이를 전제하는데, 좋은 삶과 나쁜 삶을 구별하려면 먼저 현실의 구조를 총체적으로 인지해야 한다. 그러므로 선에는 가능성과 생성변화의 개념이 포함되어 있다고 할 수 있다. 민주주의가 추구하는 공동선은 이성적 질서를 요구하며 이성적 질서는 법률을 강제할 수 있는 국가를 요구한다. 국가는 질서를 유지하는 권력기관이면서 동시에 공동선을 실현하는 도구장치이다(국가가 지배계급을 응집하여 자본주의를 보호하는 도구장치라는 생각은 1990년대 이후에 일반화되었다). 이러한 계몽주의가 『사상계』를 통하여 전 국민의 상식이 되었고 함석헌의 전통적 도덕주의가 계몽의 불에 기름을 더했다. 이용희의 『정치와 정치사상』(일조각, 1958)은 시민계급의 욕구와 노동계급의 욕구가 자유민주주의와 사회평등주의로 분화될 수밖에 없다는 사실을 알려주었다. 신동엽이 1960년대에 노래한 민주주의는 지금 읽어도 낡았다는 느낌이 들지 않는다.

    스칸디나비아라든가 뭐라구 하는 고장에서는 아름다운 석양 대통령이라고 하는 직업을 가진 아저씨가 꽃 리본 단 딸아이의 손 이끌고 백화점 거리 칫솔 사러 나오신단다. 탄광 퇴근하는 광부들의 작업복 뒷주머니마다엔 기름 묻은 책 하이데거 러셀 헤밍웨이 장자 휴가 여행 떠나는 국무총리 서울역 삼등 대합실 매표구 앞을 뙤약볕 흡쓰며 줄지어 서 있을 때 그걸 본 서울역장 기쁘시겠소라는 인사 한마디 남길 뿐 평화스러이 자기 사무실 문 열고 들어가더란다. 남해에서 북강까지 넘실대는 물결 동해에서 서해까지 팔랑대는 꽃밭 땅에서 하늘로 치솟는 무지갯빛 분수 이름은 잊었지만 뭐라군가 불리우는 그 중립국에선 하나에서 백까지가 다 대학 나온 농민들 트럭을 두 대씩이나 가지고 대리석 별장에서 산다지만 대통령 이름은 잘 몰라도 새 이름 꽃 이름 지휘자 이름 극작가 이름은 훤하더란다. 애당초 어느 쪽 패거리에도 총 쏘는 야만엔 가담치 않기로 작정한 그 지성 그래서 어린이들이 사람 죽이는 시늉을 아니하고도 아름다운 놀이 꽃동산처럼 풍요로운 나라, 억만금을 준대도 싫었다 우리네 포도밭은 사람 상처 내는 미사일 기지도 탱크 기지도 들어올 수 없소 끝끝내 사나이 나라 배짱 지킨 국민들, 반도의 달밤 무너진 성터 가의 입맞춤이며 푸짐한 타작 소리 춤 사색뿐 하늘로 가는 길가엔 황톳빛 노을 물든 석양 대통령이라고 하는 직함을 가진 신사가 자전거 꽁무니에 막걸릿병을 싣고 삼십 리 시골길 시인의 집을 놀러 가더란다.[26]

---

26) 『신동엽 전집』, 「산문시1」, 398-399쪽.

계몽주의적 이성이 선거와 투표의 규칙을 위반한 정권을 심판하였다. 도덕적인 수사를 제거하고 나면 민주주의는 대중의 수량에 의존하는 정치제도이다. 성질·관계·양상 같은 수량 이외의 범주들은 고려의 대상에서 제외된다. 이승만 시절에도 정권은 암묵적인 수량을 전제하고 대중은 명시적 수량을 전제하였다는 차이는 있으나 양쪽이 모두 대중의 수량을 근거로 내세웠다. 다음 정권에서는 아예 규칙 자체를 불공정하게 바꾸어 규칙에 대한 이의를 법으로 억압하였다. 대중의 수량이라는 범주를 인정하지 않는 정권은 예외 없이 온갖 정치적 반동과 결탁하게 된다. 관료제도는 관료주의로 경화되고 군사제도는 군사주의로 타락한다. 민주주의가 사회 혼란의 원인이 되는 경우도 있을 것이다. 그러나 모든 혼란에는 창조성이 내재한다. 1960년대에서 1980년대 사이에 혼란을 두려워하여 민주주의에 반대한 정권은 사회의 창조성 자체를 말살하였다. 신동엽은 한국 근대사의 중심선을 민주주의에 두었다.

1894년 3월
우리는
우리의, 가슴 처음
만져보고, 그 힘에
놀라,
몸뚱이, 알맹이 채 발라,
내던졌느니라.
많은 피 흘렸느니라.

1919년 3월
우리는
우리 가슴 성장하고 있음 증명하기 위하여
팔을 걷고, 얼굴
닦아보았느니라.
덜 많은 피 흘렸느니라.

1960년 4월
우리는
우리 넘치는 가슴덩이 흔들어
우리의 역사밭
쟁취했느니라.
적은 피 보았느니라.
왜였을까, 그리고 놓쳤느니라.

그러나 이제 오리라,
갈고 다듬은 우리들의
푸담한 슬기와 자비가
피 한 방울 흘리지 않고
우리 세상 쟁취해서
반도 하늘 높이 나부낄 평화.[27]

---

27) 『금강』 후화 2, 『신동엽 전집』, 301~302쪽.

제임스 프레이저의 『황금가지』에 따르면 태초 이래 인류의 가장 큰 숙제는 신의 죽음과 부활, 다시 말하면 최고 집권자의 교체였다. 늙은 왕은 죽어야 하고, 죽어서 젊은 왕으로 소생해야 했다. 애급 사람들은 겨울마다 흙으로 만든 오시리스와 아도니스의 허수아비를 깨어서 밭에 뿌리고 봄이 오면 그 신들의 시체에서 싹이 튼다고 믿었다. 부여에서도 가뭄이 들면 왕을 죽여 그 시체를 잘게 나누어 밭에 묻었다. 최고 집권자의 정상적인 교체와 사람을 죽이는 대신 표를 죽이는 보통선거는 우주의 질서를 보존하는 하나의 방법이었다. 선거가 제대로 치러질 수 없게 된 유신체제는 사실상 내전의 시작이었다. 표의 죽음이 왕의 죽음을 상징적으로 대체할 수 없게 되자 실제로 왕이 살해되었다. 사표의 수량으로 승부를 결정할 수 없을 때, 대중은 다른 대안이 없으므로 폭력에 의존할 수밖에 없었다. 광주 학살은 유신체제의 연장선에 놓여 있는, 유신체제의 한 귀결이었다. 그러나 보통선거가 일단 일상의 관행이 되자마자 그것은 선을 추구하는 사람들의 목표가 아니라 이익을 추구하는 사람들의 의사를 결정하는 경로가 되었다. 유권자의 과반수가 투표하고 투표한 사람의 과반수가 찬성하여 대표자를 뽑은 경우에 그 선거는 유권자의 4분의 3을 사표로 만든다. 25퍼센트가 찬성한 사람이 전체를 대표할 수 있다는 것은 다른 방법이 없으므로 용인할 수밖에 없다고 하더라도 불만의 여지를 포함하고 있다고 하지 않을 수 없다. 한국에서 선거와 투표는 비용과 수익의 척도에 따라 계산되는 교환 행위가 되었다. 후보 득표수와 정당 득표수, 정당 후보수와 정당 의석수는 모두 시장의 가격기구에 의해 결정된다. 총투표수와 총의석수의 관계도 수요와 공급의 관계에 대응한다. 정당이 독점적일 수도 있고 복점적일 수도 있고 과점

적일 수도 있는 시장에 후보자들을 공급한다. 시장에 공급된 후보자들은 이번에는 표의 수요자들이 된다. 후보자들은 비용의 지출을 승리할 수 있는 최소한도의 득표 수준으로 낮추려 하고, 유권자들은 자기들의 표가 그들에게 가져다주는 이득을 조금이라도 더 높이려 한다. 말하자면 선거란 득표를 극대화하려는 후보자들과 효용을 극대화하려는 유권자들 사이에서 거래되는 표 매매가 된 것이다. 선거란 사람을 죽이는 대신에 표를 죽이는 내전의 한 형식이므로 이익의 추구가 일반화된 현실에서 불법적인 돈 잔치 선거를 피할 길은 아마 없을 것이다. 1960년대에서 1980년대 사이의 30년 동안에 한국의 민주주의는 선의 추구로부터 이익의 추구로 바뀌었다. 어떤 의미에서는 이러한 변화를 정상화라고 부를 수도 있을지 모른다.

1950년대에 남한에서 마르크스주의는 완전히 소멸하였고 케인스주의는 아직 일반적으로 보급되지 않았다. 당시의 경제학 개론들은 일본어책에서 발췌하여 마르크스주의와 케인스주의를 서투르게 취사선택한 내용으로 되어 있었다. 오역투성이였지만 1956년에 케인스의 『일반이론』(김두희 역, 민중서관)이 번역되면서 1960년대부터 신고전파의 한계분석 경제학이 대학의 경제학 강의를 독점하기 시작하였다. 그러나 그 무렵에도 청계천 고서점 여기저기에 띄엄띄엄 남아 있던 전석담 역, 『자본론』(마르크스, 서울출판사, 1947~1948)이나 전원배 역, 『반뒤링론』(엥겔스, 대성출판사, 1948) 등을 몰래 뒤적이면서 혼자 힘으로 남한의 현실을 주류 경제학과 다르게 분석해 보려고 하던 대학생들이 있었다. 1960년대의 남한에는 방직 공장과 고무신공장 이외에 이렇다 할 공장이 없었다. 일본과의 국교를 정상화한 대가로 돈을 받아 사회간접자본에 대한 투자를 시작했으나 당시의 학생들이

지적했듯이 일본이 독도 영유를 주장해도 당당하게 반박하지 못하는 굴욕적인 대일관계를 만들어 내고 말았다. 학생들과 교수들이 한일협정을 반대하던 1964년에 한국의 대중은 제국주의를 주제로 삼기 시작하였다.

> 순이가 빨아준 와이샤쓰를 입고
> 어제 의정부를 떠난 백인 병사는
> 오늘 밤, 사해 가의
> 이스라엘 선술집서,
> 주인집 가난한 처녀에게
> 팁을 주고
>
> 아시아와 유럽
> 이곳저곳에서
> 탱크 부대는 지금
> 밥을 짓고 있을 것이다.28)

남한은 경공업부터 건설하였고 북한은 중공업부터 건설하였다. 남한에서 중화학 공장들이 가동되어 수익을 내기 시작한 1980년대 초까지 북한의 1인당 국민소득은 늘 남한을 앞질렀다. 노동자 · 농민 · 도시빈민의 시각에서 북한의 주체사상을 수용한 학생운동 그룹이 형

---

28) 「풍경」 부분, 『신동엽 전집』, 183쪽.

성된 것도 이 무렵이었다. 중공업은 막대한 투자를 필요로 하며 공장이 건설되어 가동될 때까지 긴 시간이 소요된다. 동원 가능한 저축을 모두 중공업에 투자하고 그것이 가동되기를 기다리는 동안에 남한 사회는 극심한 불경기에 휩싸였다. 부마사태와 1980년의 광주를 겪고 나서도 군사정권이 유지된 것은 중공업이 그때 가서 이익을 내기 시작했기 때문이었다. 남한 사회는 어찌 되었든 중공업과 경공업이 서로 기계와 돈을 주고받는 산업체계를 형성하게 되었다. 중공업은 경공업에 기계를 팔아 받은 돈으로 임금을 지급하고 경공업은 중공업에 돈을 치르고 산 기계를 돌려 제품을 만든다. 제철, 조선, 자동차, 전자 등 수출을 주도하는 산업도 어느 정도 자리를 잡았다. 반면에 북한은 중공업을 남한보다 먼저 건설하였으나 경공업에 투자를 하지 않았으므로 1980년대에 이르러서도 중공업과 경공업이 서로 주고받을 수 있는 산업체계를 형성하지 못했다. 경공업이 지체되므로 돈이 돌지 않아 30년 동안에 중공업은 고철이 되다시피 하였다. 경공업이 취약하면 자연히 암시장이 확대된다. 암시장이 공식시장을 포위하여 공식시장이 무력해지면 결국 산업체계가 붕괴될 것이다. 북한으로서는 암시장을 공식시장으로 인정하고 경공업을 일으키는 것 이외에 선택의 길이 없게 되었다. 이데올로기에 대한 비판을 자제하고 교류와 왕래도 급격하게 확대하지 않으면서 남북한과 미국, 러시아, 일본, 중국의 한국인들이 형성한 배달민족공동시장의 점차적인 확대를 통하여 중공업과 경공업의 재생산체계가 북한 안에 자리 잡을 수 있을 때까지 기다리는 것이 통일로 가는 방법이 될 것이다.

1970년대에 한국이 중공업 중심의 근대사회가 되고 도시화율이 급격히 증대하자 자본-노동 비율과 생산능률지수가 사회문제의 핵

167

4. 소월 좌파 신동엽

심에 등장하게 되었다. 황석영의 「객지」와 조세희의 『난장이가 쏘아올린 작은 공』이 나온 것이 이 무렵이다. 이제 남한의 시민들은 추상적인 보편도덕의 문제가 아니라 구체적인 계급투쟁의 문제에 직면하게 되었다. 계급투쟁에 대하여 남한의 시민들이 보여준 태도는 상당한 정도로 관대한 것이었다고 평가할 만하다. 자본-노동 비율(capital-labor ratio)은 어느 일정한 시기의 기술수준을 나타내는 동시에 그 시기의 좌파-우파 비율을 나타낸다. 자본-노동 비율이란 자본과 노동력이 결합하여 상품을 생산하는 과정에서 다량의 노동력에 대하여 다량의 생산수단이 나타내는 비례관계의 지수이다. 특히 상품으로 전환되는 과정에서 노동력과 비교하여 생산수단이 증가하는 정도를 나타내는 지수를 자본의 유기적 구성이라고 한다. 노동자 1인이 사용하는 기계의 양이 증가하면 기술수준이 변화하고 그에 따라 기계를 소유한 자본가와 기계를 사용하는 노동자의 계급투쟁도 변화한다. 자본가와 노동자에게 계급투쟁은 일상생활의 한 조건이다. 노동자는 단결하여 실질임금을 높이려고 하고 경영간부들은 노동자의 요구를 제한하여 이윤율을 높이려고 한다. 사회변혁을 내세우는 지식인은 계급투쟁을 사실보다 과장하고 노사화합을 내세우는 정치가는 계급투쟁을 사실보다 축소한다. 저임금에 의존하던 시대로부터 기술혁신에 의존하는 시대로 전환하지 않으면 사회의 유지조차 곤란하게 된다는 사실을 남한 사회는 IMF를 거치면서 힘들게 학습하였다. 계급투쟁 또한 쉽게 원리로 환원할 수 없는 사실이므로 자의적인 판단을 피해야 한다는 것을 배우는 데에도 많은 시간이 걸렸다.

자본-노동 비율은 경영간부에게 기술혁신의 지표가 되고 노동자에

세 계급투쟁의 지표가 된다. 자본-노동 비율은 자본가의 독단이나 노동자의 독단이 통하지 않는다는 의미에서 관계의 범주이다. 노동생산 능률은 노동자 1인당 생산량의 변화이다. 마르크스는 생산능률지수를 잉여가치율(rate of surplus value)이라고 하였다. 생산성의 변화는 물론 통계수치로 표시할 수 있는 것이지만, 생산량 또는 1인당 판매고의 변화는 노동환경의 작업 분위기에 좌우된다. 공장이든 사무실이든 사람들이 일에 보람을 느낄 수 있으면 그곳에서 일하는 사람들의 생산능률은 증대된다. 노동자들이 "이곳을 버리고 어디로 가랴"라고 말하게 하는 일터는 좋은 직장이라고 할 만하다. 노동생산능률의 증대는 이윤율 증가의 전제가 된다. 이윤율이 계속해서 하락하면 회사가 쓰러지고 나라가 무너진다. 중세 사회는 기술이 정체된 채 조세만 증가하여 멸망하였고 구소련은 기술혁신이 가능하였으나 노동생산능률이 계속해서 하락하여 멸망하였다. 그러므로 측정할 수 있는 자본-노동 비율보다 측정할 수 없는 작업 분위기가 더 중요하다고 할 수 있다. 1980년대에 들어서면 한국 사회도 여러 하위체계가 상대적 자율성을 발휘하게 되었다. 군부건 재벌이건 어느 한 집단이 사회 전체를 통제하기 어려울 정도로 사회 구성이 복잡하게 된 것이다.

경제의 과정이란 소득이 투자로 변형되었다가 소비를 매개로 하여 소득으로 돌아오고, 소득이 소비로 변형되었다가 투자를 매개로 하여 소득으로 돌아오는 순환과정이다. 그런데 기계와 임금과 이윤의 상호작용이 바로 생산활동이므로, 경제의 과정을 이윤의 일부가 추가 기계와 추가 임금으로 변형되어 생산의 확대를 형성하는 사건으로 기술할 수도 있다. 이렇게 보면 투자란 추가 기계와 추가 임금 이외의 다른 것이 아니며, 소비란 임금과 추가 임금 이외의 다른 것이 아니다. 노동자의 임금만이 아니라 이윤 중에서 자본가의 소비에 충당되는 부분도 소비에 속하지만 그것은 노동자의 임금만큼 중요한 역할을 담당하지 못한다. 결국 경제의 과정은 투자와 소비에 의하여 결정되고 투자와 소비는 그것들의 공통요소인 추가 임금에 의하여 결정된다. 중공업과 경공업이 기계와 화폐를 주고받는 경우에 중공업 부문은 경공업 부문에 기계를 팔고 경공업 부문은 중공업 부문에게서 기계를 산다. 경공업이 중공업으로부터 받은 기계와 중공업이 경공업으로부터 받은 화폐(중공업 부문의 임금과 이윤)가 균형을 이루어야 산업체계의 재생산과정이 안정을 이룬다. 그러나 기술수준이 끊임없이 변화하므로 중공업 부문과 경공업 부문이 주고받는 관계가 조화로운 체계를 형성하기 어려우며 그것들의 균형 상태를 예측하는 것은 불가능하다. 잉여가치가 발생하기 이전의 자본-노동 비율과 잉여가치가 발생한 이후의 자본-노동 비율이 동일한 시기에 섞여 있기 때문에 중공업 부문과 경공업 부문의 균형 조건에는 항상 어긋남이 있다. 어느 개인이나 어느 집단이 아무리 노력하더라도 근대사회의 이 어긋난 사개를 바로잡을 수는 없다. 이 어긋남은 근대사회의 운명적 조건이다. 누구도 조정할 수 없는 경기의 상승과 하강에 직면하여 모든 사람이 부도와 실업의 불안에 시달릴 수밖에 없다. 동요와 위기를 일상생활의 한 과정으로 겪음으로써 시민들은 두려움 속에서 신중하게 행동하지 않을 수 없다. 교통으로, 보건으로, 교육으로, 여성으로 확대되는 대중운동이 국가권력과 독점자본의 균질효과에 맞서 끊임없이 차이를 생산해 냄으로써 사회의 복지기금을 증가시킬 수 있으나, 복지기금의 증가는 이윤율이 떨어지는 경향을 가속화하기 쉽다. 이익의 자유로운 추구를 허용하는 사회의 규칙이 약자들의 이익을 훼손힐 때 공동선을 지키기 위하여 강자들의 거짓 합리성에 대해 투쟁해야 한다. 그러나 파이를 그대로 둔 채 이렇게 저렇게 나누는 방법만 바꾼다면 구소련처럼 강자와 약자가 공멸하게 될 것이다. 1960년대에서 1980년대에 이르는 30년 동안에 한국의 시민들은 이윤율의 상승이 사회의 기본전제라는 잔인한 운명을 인식하게 되었다. 의료문제도, 교육문제도, 주택문제도 사회운동을 통하여 어느 정도 해결할 수 있다는 사실을 경험하였으나, 다른 한편으로 파이를 크게 하지 않으면 어떠한 사회문제도 해결할 수 없다는 사실도 경험하였다.

이윤율을 중요하게 고려한다고 하여 반드시 우파가 되는 것은 아니다. 선택의 여지를 갖지 못한 사람들이 존재하는 한 좌파의 할 일은 남아 있다. 우파는 최악의 상태를 방치하기 때문이다. 좌파란 최악의 상태를 어떻게 해보려는 실험을 포기하지 않는 사람이다.

1960년대에서 1980년대에 이르는 사이에 국가자본주의의 이데올로기는 세계자본주의의 이데올로기로 변화하였다. 이데올로기는 모든 현상에 답을 제공할 수 있는 전체 지향을 특징으로 한다. 이데올로기는 진정한 물음을 용납하지 않는다. 이데올로기는 선험적 대답의 한계를 발견하게 하는 문제 제기의 가능성을 차단한다. 1960년대에서 1980년대까지 한국의 대중은 잊어버릴 수도 없고 벗어날 수도 없는 문제를 가지고 있었으나 민주화가 성취되자마자 대중은 문제를 밀어내고 문제를 모르는 체하기 시작하였다. 신동엽은 1960년대에 이미 이러한 사태를 예견하였다.

불성실한 시대에 살면서

우리들은,

비지 먹은 돼지처럼

눈은 반쯤 감고, 오늘을

맹물 속에서 떠 산다.

도둑질

약탈, 정권만능

노동착취,

부정이 분수없이 자유로운

버려진 시대

반도의 등을 덮은 철조망

논밭 위 심어놓은 타국의 기지.

그걸 보고도

우리들은, 꿀 먹은 벙어리

눈은 반쯤 감고, 월급의

행복에 젖어

하루를[29)]

　한국 사회는 전쟁 이후에 프티 부르주아로 시작한 사회이었다. 한

---

29) 『금강』 13장, 『신동엽 전집』, 183쪽.

국에는 부르주아가 애초에 없었다. 전통적인 예절과 교양은 붕괴되었고 시민 사회의 예절과 교양은 확립되지 않은 상태에서 시민들은 타자에 대한 불신과 두려움 때문에 모든 것을 남과 비교하고 자기의 이익이 남보다 더 나을 수도 있었다는 분노와 후회에 휩싸여 있었다. 경제적 토대가 없는 중개업이 성행하여 시민들의 삶이 중개인의 사생활처럼 변하였고 비생산적 직업들이 위확장증적으로 팽창하여 시민들의 사적 영역은 거래의 대상이 모호한 상업의 형태로 변하였다. 사회 전반에 걸쳐서 생산이 판매에 종속되는 현상이 심화된 것이다. 화폐가치가 사물의 척도가 됨에 따라 인간의 관계구조도 고객과 고객의 관계로 변화하였다. 서로 상대방을 고객으로 친절하게 대하지만 실제로는 대체 가능하고 어떻게 되어도 상관없는 객체로 취급하였다. 인간관계는 주면 반드시 되받아야 하고 되도록 받는 것보다 덜 주려고 해야 하는 거래관계가 되었다. 무력하고 고독한 개인이 차가운 익명의 시장에서 추상적 노동시간으로 환원되었다. 부를 획득한 사람은 자신을 객관정신의 체현자이고 보편원칙의 구현자라고 착각하였다. 그러나 비합리적 체계의 불안정한 변이 속에서 부는 우연의 일시적 선물에 지나지 않는다. 대자본은 연봉을 조정하기만 하면 어떤 인간이라도 다른 어떤 인간과 교환할 수 있다고 생각하였다. 돈에 대한 고려는 사적이고 은밀한 영역에까지 그 흔적을 남겼다. 경영간부의 사업정신이 노동계급의 의식에까지 침투하여 보편적 모델로 작용하였다. 기술수준이 높아질수록 노동자의 주관적인 계급 소속감은 점점 더 흐려졌다. 노동자들은 자신이 프롤레타리아임을 알지 못하게 되었고 노동자들 스스로 프롤레타리아의 시민화를 당연한 현상으로 받아들이게 되었다. 투자와 투기를 구별할 수 없으므로 삶과 도박도 구별할 수 없게 되었다. 불완전 경쟁 시장은 자유의 환상만 퍼뜨릴 뿐, 유통과 분배를 왜곡하는 비합리성을 포함하고 있다. 자유는 구체적인 선택의 여지로 존재하지 않고 다만 자유에 대한 말로 나타날 뿐이다. 시장에서는 대기업의 활동만이 자유로웠으나, 대기업도 강대국의 환경 제약에 순응하지 않을 수 없었다. 세계화의 이데올로기는 부분적 이익을 보편적 이익으로 정당화하려는 노력조차 보여주지 않았다. 가계부채와 국가부채의 증대로 장기침체가 예상되는 데도 의미 없는 투기에 헌신하는 사람들은 목적 없는 열정 자체에서 삶의 보람을 찾고 있다. 신동엽은 「시인정신론」에서 이러한 사회를 차수성(次數性) 세계라고 하였다. 본래 차수는 지수를 보태어 나온 수를 가리키는 수학 용어이지만 신동엽은 차수성 세계를 차례와 순서가 인간의 운수를 결정하는 세계라는 의미로 사용하였다. 힘 있는 자에게 붙어서 줄을 잘 서야 성공하고 미국에 빨리 갔다 와야 출세하는 경쟁 사회가 바로 차수성 세계이다. "모든 것은 상품화해 가고 있다. 이러한 광기성은 시공의 경과와 함께 배가 득세하여 세계를 대대적으로 변혁시킬 것이다. 세계는 맹목기능자의 천지로 변하고 말았다. 눈도 코도 귀도 없이 이들 맹목기능자는 인정과 주인과 자신을 때려 눕혔고 핸들 없는 자동차와 같이 앞뒤로 쏘다니며 부수고 살라 먹고 눈깔 땡감을 하고 있다. 하다 지치면 뚱딴지같이 의미 없는 물건을 만들어도 보고 울고불고 하고 있는 것이다"(『신동엽 전집』, 368쪽). 차수성 세계를 자세히 관찰하면 차수성 세계의 모순이 극복되고 대립이 통일되어 이룩되는 원수성(原數性) 세계의 모습이 그려진다. 그러므로 원수성 세계는 과거이면서 미래이다. 다시 말하면 인류의 오래된 미래라고 할 수 있다. 신동엽은 이 오래된 미래를 현재 속에 실현하는 일을 시인의 사명이라고 규정하고 원수성을 살려내는 시인들의 작업공간을 귀수성 세계라고 하였다. "차수성 세계가 건축해 놓은 기성관념을 철저히 파괴하는 정신혁명을 수행해 놓지 않고서는 그의 이야기와 그의 정신이 대지 위에 깊숙이 기록될 순 없을 것이다. 지상에 얽혀 있는 모든 국경선은 그의 주위에서 걷혀져 나갈 것이다. 그는 인간의 모든 원초적 가능성과 귀수적 가능성을 한 몸에 지닌 전경인임으로 해서 고도에 외로이 흘러 떨어져 살아가는 한이 있더라도 문명기구 속의 부속품들처럼 곤경에 빠지진 않을 것이다."(『신동엽 전집』, 373쪽)

창작은 다르게 생각하는 사람들의 자유를 지키는 일이다. 수량의 범주가 지배하는 사회에서 질적 차이를 보존하는 것은 자유의 실천이 된다. 사람들은 자신의 차이를 인정해달라고 요구하지만 다른 사람의 차이를 참지 못한다. 대통령과 거대야당의 동거는 대통령과 거대여당의 동거보다 타협과 양보의 정치를 실현하는 데 유리한 환경이 된다. 차이의 정치를 배우는 것은 한국인이 치러야 할 마지막 정치교육이 될 것이다. 특정한 방향의 발전만 허용하는 사회에서 다른 방향을 지향하는 것은 자신을 자신의 바깥으로 나갈 수 있게 함으로써 자신을 변화하게 하는 것이다. 남에게 순응하던 나는 파괴되고 남들과 다른 내가 탄생한다. 차이에는 언제나 파괴의 두려움과 탄생의 기쁨이 있다. 신동엽은 차수성 세계를 껍데기라고 불렀다.

껍데기는 가라.
사월도 알맹이만 남고
껍데기는 가라.

껍데기는 가라.

동학년 곰나루의, 그 아우성만 살고

껍데기는 가라.

그리하여, 다시

껍데기는 가라.

이곳에선, 두 가슴과 그곳까지 내논

아사달과 아사녀가

중립의 초례청 앞에 서서

부끄럼 빛내며

맞절할지니

껍데기는 가라.

한라에서 백두까지

향그러운 흙가슴만 남고

그, 모오든 쇠붙이는 가라.[30]

    1894년의 동학농민봉기와 1960년의 4·19혁명은 다 같이 귀수성 세계에서 일어난 사건들이었다. 여기서 중립은 바로 통일이고 평화이다. 신동엽은 남과 북의 정치적 통일보다 껍데기는 버리고 속알, 알몸, 알맹이로 사는 것이 더 중요하다고 말한다. 알맹이란 무엇인

---

30) 「껍데기는 가라」, 『신동엽 전집』, 183쪽.

가. 그것은 가난한 사람들의 아주 작은 소원들 속에 들어있는 가장 보편적인 미래이다. 세계시장을 지배하는 기술을 개발하겠다는 재벌들의 소원은 과거에 갇혀 있다. 기술혁신을 결정하는 요인이 과거의 경쟁체제이기 때문이다. 전쟁이 그치기를 바라고, 아이가 학교 가는 날을 기다리고, 다친 아이가 병원 갈 수 있는 세상을 희망하는 아프가니스탄 여자들의 소원 속에는 다른 미래에 대한 꿈이 들어 있다. 그 꿈이야말로 오래된 미래이다. 그러므로 신동엽은 차수성 세계의 부정을 노래하는 시 「아니요」에서

> 세계의
> 지붕 혼자 바람 마시며
> 차마, 옷 입은 도시 계집 사랑했을리야[31]

라고 단언했다. 자기가 서 있는 자리를 세계의 지붕이라고 말하는 것은 자기가 있는 곳이 거룩한 곳이라는 역사 인식을 표현한 것이다. 세계의 온갖 문제들이 집약되어 있는 곳에서 알몸으로 국제적 차별과 억압을 폐지할 해방의 바람을 마시고 있는 사람들은 옷 입은 도시 여자를 외면할 수밖에 없다. 옷은 본질이 아니라 장식이고 있음이 아니라 나타남이기 때문이다. 알맹이는 도시 여자들의 부화한 꾸밈을 버릴 때 비로소 실천할 수 있는 역사적 현재의 가능성이다. 알맹이는 껍데기를 몰아낸 후에야 비로소 나타난다. 나와 역사가 하나 되는 이

---

31) 『신동엽 전집』, 31쪽.

가능성을 한국 사람들은 오래전부터 얼이라고 불러왔다. 것과 얼은 구별되지만 또한 분리할 수 없이 얽혀 있다. 얼은 구심운동을 하고 것은 원심운동을 한다. 얼은 총체성을 통일성으로 구성하고 것은 통일성을 총체성으로 분화한다. 한국어로 얼은 속알이 되기도 하고 길이 되기도 한다. 한국인의 사유체계에서 존재의 의미는 얼을 향할 때에만 드러난다. 신동엽이 믿은 알맹이 민주주의는 얼을 지키려는 '몸부림'[32]에 근거한다. 껍데기란 무엇인가? 그것은 알맹이를 더럽히는 무의미한 파편들의 더미이다. 그 파편 조각들은 공간 속에 존재하나 의미 있는 공간을 형성하지 못하고 시간 속에서 운동 하나 의미 있는 시간을 형성하지 못한다. 말하자면 그것들은 진리와 무관하다. 알맹이는 껍데기를 제거하고 해체하여 진리를 드러낸다. 알맹이는 내면적인 존재이면서 동시에 보편적인 존재이다. 얼의 보편성 때문에 나는 누구인가라는 질문은 나는 어디에 있는가 라는 질문과 통하게 되며 다시 그대들은 어디에 있는가 라는 질문과 통하게 된다. 타인에 대한 관심으로 인해서 알맹이는 우리로 하여금 언제나 새롭게 보편적인 사랑을 발견하게 하는 힘이 된다. 두 존재가 사랑에 근거하여 개별성을 교환할 때 그들은 중단 없는 변화 속에서 서로 상대방에 의하여 재창조된다. 우리는 신동엽의 시에 등장하는 아사녀와 아사달을 여자와 남자로 볼 수 있고 남한과 북한으로 볼 수도 있다. 신동엽은 단순한 민주제도가 아니라 민주주의의 철학이 필요하다고 생각했다. 우리말로는 문학과 역사와 철학이 모두 이야기이다. 내가 겪은

---

32) 『금강』 20장, 『신동엽 전집』, 258쪽.

이야기는 수필이 되고 우리가 겪은 이야기는 역사가 되며 지어낸 이야기는 소설이 된다. 철학은 이야기의 이야기이다. 역사에 대하여 이야기하면 역사철학이 되는 것이다. 의미의 보편성에서 역사철학은 역사보다 한 단계 심화된 차원에서 움직인다. 안중근 의사는 역사적 사명을 자각하고 이토 히로부미를 죽인 후에 자신의 역사철학을 『동양평화론』으로 제시하였다. 우리는 안중근 의사를 신동엽이 말하는 알맹이 민주주의의 전형으로 삼을 수 있다. 한국의 민주주의에 필요한 것은 대중으로 하여금 안중근 의사와 같은 행동의 강도를 체득하게 할 수 있는 민주주의 철학이다. 신동엽은 민주주의의 역사와 철학을 『금강』이란 노래로 통일하였다. 한국의 민주주의가 필요로 하는 것은 지금 여기서 항상 새롭게 쇄신되는 우리 시대의 『금강』이다.

5. 이상 우파 김춘수

김기림의 『시론』은 한국 현대시사의 전환점에 놓여 있는 책이다. 아직도 많은 시인들이 이 책을 참조하여 이 책과 일정한 거리를 조정하면서 자신의 시론을 마련하고 있는 듯하다. 김기림의 논리를 부정함으로써 자기 세계를 형성한 시인들의 경우는 또 그것대로 살펴볼 필요가 있겠으나, 우리가 여기서 검토해 보고자 하는 것은 여러모로 김기림의 논리 위에서 전개되고 있다고 생각되는 김춘수의 경우다. 김춘수는 김기림의 논리를 철저하고 일관되게 밀고 나가 김기림보다 훨씬 먼 곳까지 나아갔다. 김기림이 지니고 있었던 절충주의의 요소를 배제함으로써 김춘수는 한국 현대시사 안에 자기의 자리를 명확하게 설정할 수 있었다. 그러나 그에 비례해서 김기림의 논리가 애써 가리고 있었던 결함들이 김춘수의 시에 더 분명하게 드러나게 되었다.

시를 언어의 섬세한 조작이라고 규정했다는 점에서 김기림의 시론은 이제 와서 돌아보면 대단히 평범한 전제에 입각하고 있는 듯하다. "말의 음으로서의 가치, 시각적 영상, 의미의 가치, 이 여러 가지 가치의 상호작용에 의한 전체적 효과를 의식하고 일종의 건축학적 설계"[33)에 토대하여 시를 짓는 것은 시 자체의 오래된 관습이지, 전혀 새로운 주장이 아니다. 김기림의 시론이 제기하는 문제는 시를 언어

---

33) 김기림, 『시론』, 백양당, 1947, 63쪽.

의 조직이라고 정의한 데 있는 것이 아니라, 그 언어를 시대의 언어라고 규정한 데에 있는 것이다.

　　오장환 씨의 「헌사」의 세계는 「와사등(瓦斯燈)」의 세계와는 대척적으로 시각적 이미지보다도 청각적 이미지에 차 있는 것을 본다. 회화라기보다는 차라리 음악의 세계다. 희랍적 명확에 대한 게르만적 방탕이고 카오스다. 「와사등」보다는 몇 층 더 어둡고 캄캄한 심연이다. 그것보다도 훨씬 더 젊어서 따라서 격렬하게 움직이는 세계다. 오씨의 특이성은 이렇게 현대인의 정신적 심연을 가장 깊이 체험하고 그것에 적응한 형상을 주었다는 점에 있다.[34]

　　이 인용문에서 김기림은 현대인의 정신을 "어둡고 캄캄한 심연" "격렬하게 움직이는 세계"라고 표현하고, 한마디로 카오스라고 하였다. 김광균은 이러한 혼돈을 견디기 위하여 명확한 시각 영상을 만들어 놓고 거기에 의존한 데 반해서 오장환은 혼돈을 있는 그대로 드러내려고 했다는 것이다. 김기림은 두 사람의 우열을 가려내려 하지 않고, 시대에 대한 두 사람의 태도를 밝혀내려 하였다. "단순한 기법의 종합은 여전히 일방적인 형식주의"[35]라는 경고로 미루어 짐작할 수 있듯이 김기림은 언제나 기교주의와 형식주의를 좋지 않은 어감으로 사용하였다. 그가 보기에 시의 원천은 이미 정해져 있는 기교나 형식이 아니라 일상의 회화다. "물결과 범선의 행진과 이 끝에야 기마행

---

34) 같은 책, 94쪽.
35) 같은 책, 152쪽.

렬을 묘사할 정도를 넘지 못하던 전대의 리듬과는 딴판으로 기차와 비행기와 공장의 소음(騷音) 군중의 규환(叫喚)을 반사시킨 회화의 내재적 리듬"36)을 발견하고 창조하는 데 현대시의 사명이 있다는 것이다. 범선과 기마행렬의 속도를 기차와 비행기의 속도에 견준 것은 피상적인 비교에 지나지 않는 것이지만, 공장의 소음과 군중의 규환을 지적한 김기림의 시각은 주목할 만하다. 김기림이 시대의 언어라고 할 때, 그것은 주로 노동자와 군중의 언어를 가리킨다. 자신의 시에는 군중 체험이 전혀 나타나 있지 않음에도 그가 전개한 방향으로 그의 논리를 확장하면 그러한 결론을 피할 수 없다. 그러므로 '회화의 내재적 리듬'이란 것도 노동자와 군중의 언어에 내재한 리듬이다.

　　조만간 시인은 그들이 구하는 말을 찾아서 가두로 또 노동의 일터로 갈 것은 피하지 못할 일이다. 거기서 오고 가는 말은 살아서 뛰고 있는 탄력과 생기에 찬 말인 까닭이다. 가두와 격렬한 노동의 일터의 말에서 새로운 문체를 조직한다는 것은 이윽고 오늘의 시인 내지 내일의 시인의 즐거운 의무일 것이다.37)

일견해서 과격하게조차 보이는 김기림의 언어관이 창작이나 비평에 구체화되려면, 그러한 언어관에 상응하는 현실 인식의 토대를 구축해 놓아야 했다. 그러나, 실제 김기림은 군중 속에서 개인이 겪는 충격도 체험하지 못하였고 기계 가운데서 노동자가 겪는 경험도 제

---

36) 같은 책, 75쪽.
37) 같은 책, 244쪽.

대로 이해하고 있지 않았다. 김기림의 비평은 시의 가치를 언어의 효과에서 찾으려 했던 전기와 그것을 시대의 보편성에 찾으려 했던 후기로 나뉜다.

한 시인의 경력은 동(動)하는 역사 속에서 끊임없이 확대되고 높아가는 한 시대의 가치 의식을 체현하여 그것을 발전시켜 가는 한 특수한 정신사에 틀림없다. 여기 시가 보편성을 가지는 계기가 있다. 다시 말하면 시란 가치의 형성이고, 뿐만 아니라 그것은 좁은 개성의 울타리를 넘어서 한 시대의 보편적인 문화에 늘 다리를 걸쳐 놓고 있는 것이다.38)

개인과 역사가 만나는 자리를 중시하였음에도 김기림은 어느새 슬그머니 역사를 정신의 역사로, 시대를 보편적인 문화로 바꿔놓고 있다. 노동자와 군중의 언어에서 시의 활력을 길어내야 한다는 현실 인식의 싹은 어디론가 사라지고, 김기림은 문화와 정신의 나라를 향하여 급격하게 선회한다. 이성적 원리에 따라 현실을 바꿀 수 있다는 믿음이 없을 때, 인간은 흔히 정신과 문화의 왕국으로 도피하게 된다. 그러므로 이때 김기림이 말하는 역사는 식민지 사회의 구체적인 생산관계가 아니다. 1930년대의 한국에서 민족 문제와 계급 문제를 배제하고 성립될 수 있는 보편적 문화란 무엇이었을까? 우리는 여기서 김기림이 역사라는 명사 앞에 부가한 '동(動)하는'이란 수식어에

---

38) 같은 책, 90쪽.

5. 이상 우파 김춘수

주의할 필요가 있다. 김기림은 어째서 '노동하는'이라고 쓰거나 '운동하는'이라고 쓰지 않고 그냥 '동하는'이라고 썼을까? 그는 역사 자체에 방향이나 가치가 있다고 생각하지 않았다. 역사는 가치와 무관하게 움직이고 동요하고 변화할 뿐이다. 다만 역사 안에는 가치 있는 무엇이 있고, 그 무엇을 확대하고 높여가는 것이 시인의 일이다. 아마도 그는 이렇게 생각하였던 듯하다. 한 시대의 사회 구조를 중첩 결정하고 있는 경제 층위와 정치 층위와 의식 형태의 층위를 모두 제거하고 나면, 현실은 깊이와 부피를 잃어버리고, 하나의 점으로 축소될 수밖에 없다.

> 개념의 정당한 내포에 있어서 현실이라 함은 주관까지를 포함한 객관의 어떠한 공간적 · 시간적 일점을 의미한다. 현실은 시간적으로 부단히 어떠한 일점에서 다른 일점에로 동요하고 있다. 예술에 있어서 어떠한 현실의 단편이 구상화되었을 때 그것은 벌써 현실 이전이다. 거기는 고정된 역사와 인생의 단편이 있을 따름이다. 다만 상대적 의미에서 이렇게 부단히 추이하고 있는 현실을 여실히 포착할 수 있는 주관은 역시 움직이고 있는 주관이 아니면 아니 된다. 그러므로 끊임없이 움직이는 시의 정신을 제외한 시의 기술 문제란 단독으로 세울 수 없는 일이다.[39]

김기림은 현실을 계급과 계급의 얽힘으로 보지도 않고 상품과 상

---

39) 같은 책, 105쪽.

품의 짜임으로 보지도 않았다. 식민지라는 현실이 얼마나 견고한 구조 체계인가를 알지 못하였기 때문에, 그는 현실의 변화를 세계 자체의 변화가 아니라 점의 동요라고 생각하게 되었다. 김기림은 '개념의 정당한 내포'라고 하였으나, 위의 인용문에는 아무런 규정이 내포되어 있지 않다. 유클리드에 따르면 점은 부피를 가질 수 없는 것인데, 점에다 어떻게 공간과 시간을 부가할 수 있을 것이며, 또 유클리드는 점의 움직임을 선이라 하였는데, 움직이는 점이 어떻게 그대로 점으로 남아 있을 수 있을 것인가? 결국 김기림은 예술이 현실의 전형성을 드러낼 수 있다는 사실까지 부인하고 말았다. 예술은 현실의 단편을 구상화할 수 있을 뿐인데, 그렇게 구상화된 현실의 단편조차도 고정되어 있다는 의미에서 이미 현실이 아니라는 것이다. 움직이는 객관이라는 소박실재론(素朴實在論)과 움직이는 주관이라는 유아론(唯我論)이 납득할 만하게 결합될 수 있는 방법은 없다. 객관을 구성하는 의식 일반, 곧 객관적이고 보편적인 의식의 구성 능력을 가정하는 관념론의 고민에도 못 미치는 주관 또는 시의 정신이란, 논리가 아니라 하나의 의견에 지나지 않는다. 이 인용문은 논리의 전개가 아니라 어디론가 부지런히 나아가자는 호소 또는 다짐의 기록이다. 가치 있는 무엇, 다시 말하면 문화의 보편적 가치가 바로 김기림이 향해서 나아가려고 한 목표였다. 기존 질서를 부정하지 않고 얻을 수 있는 보편 가치란 어떠한 것일까? 김기림은 현대의 보편 가치를 과학 이외의 다른 데서는 발견할 수 없었다.

질서는 오지 신학적인, 형이상학적인 선사(先史) 이래의 낡은 전통에 선 세계상의 인생 태도를 버리고, 그 뒤에 과학 위에 선 새 세계상을

세우고 그것에 알맞는 인생 태도를 새 모럴로서 파악함으로써만 얻을
수 있었던 것이다.[40)]

김기림은 기존의 생산 체계와 권력 구조를 부정하는 대신 낡은 전
통을 부정하였다. 그러한 부정의 근거가 되는 것은 다름 아닌 과학이
다. 그는 심지어 "한 권의 미학이나 시학을 읽느니보다는 한 권의 아
인슈타인이나 에딩턴을 읽는 것이 시인에게 얼마나 더 유용한 교양
이 될는지 모른다"[41)]고 젊은 시인에게 권고하기조차 하였다. 이 말에
서 우리가 유의해야 할 것은 과학이 실험과 수식의 영역을 넘어서 세
계상과 인생 태도의 영역으로 확장되어 있다는 사실이다. 인용문의
동사는 과거 시형으로 되어 있다. 김기림이 보기에 과학적 세계상과
과학적 인생 태도는 이미 이루어져 있는 현대의 성과였던 것이다. 우
리는 여기서 과학과 모럴과 예술의 관계라는 매우 풀기 힘든 문제에
봉착하게 된다. 과학적 세계상과 과학적 인생 태도라는 것이 가능할
것이며, 과학에 토대한 모럴이 성립될 수 있을 것인가? 그리고 과학
이 과연 시인에게 유용한 교양이 될 수 있을 것인가?

실험과 수식은 세계상 또는 인생 태도에 적용될 수 없다. 실험에는
합리적이지 않은 요소들을 모두 배제해 놓은 인공적 환경이 필요하
다. 모든 혼란을 철저히 제거한 환경에서 수행된다는 의미에서 실험
은 순수한 정관(靜觀)과 일치하는 행동이다. 과학에서 실험과 결합되
는 수식은 자연의 단순한 질서에 대한 믿음으로부터 유래하는 일종

---

40) 같은 책, 90쪽.
41) 같은 책, 41쪽.

의 기호 체계인데, 그것의 본질은 현상의 양적 환원에 있다. 과학이 객관적 관계를 탐구한다고 할 때, 그 관계는 어디까지나 성질의 차이에 따르는 관계가 아니라 분량의 비교와 대조에 따르는 관계다. 그러므로 과학적 세계상 또는 과학적인 인생 태도란 실험과 수식에 근거하는 삶이 아니라, 세계를 합리적으로 인식하겠다는 삶의 자세를 가리키는 것으로 이해해야 할 것이다. 대개 우리가 합리적 인식이라고 하는 것은 감각에 주어진 경험 내용을 논리적으로 이해하는 행동과 관계되어 있다. 우리는 합리적 인식을 논리적 이해력과 떼어서 생각할 수 없다. 이미 우리에게 주어져 있는 세계의 일부가 감각 경험으로 변하여 우리에게 들어와 있을 때 비로소 그러한 감각 경험의 성질과 분량과 관계와 양식을 이해하는 논리가 거기에 적용될 수 있다. 경험에 앞서서 그 자체로 존재하는 세계에는 논리적 이해력이 침투할 수 없는 것이다. 합리적 인생 태도는 세계 자체를 논리적으로 이해하려 하지만 세계 자체는 어디까지나 논리적 이해력을 넘어서 있다. 논리적 이해력을 감각 경험의 피안에 적용하려고 하자마자, 그러한 세계상과 인생 태도는 소박한 독단론으로 타락하게 된다. 세계의 일부에 대한 개념 구성을 아무리 모아보아도 그것으로 세계 자체의 인식에 도달할 수는 없을 것이다. 개별 과학들은 논리적인 개념 체계로 구성할 수 없는 것은 무엇이나 자기 영역이 아니라 하여 방치한다. 과학의 세계란 방법론에 맞추어 순화된 일종의 폐쇄 체계다. 사실들은 과학 안에서 이미 수학적 방법에 의해 길들여져 있다. 개별 과학들은 그것들 나름으로 사실의 완강함에 대하여 이해하고 있지만, 완강한 사실들은 현실의 본질적인 개념 체계와 관련되지 못하고 과학이 방법적으로 요구하는 부분 체계와 관련될 뿐이다. 그러므로

5. 이상 우파 김춘수

개별 과학자들은 감각 경험의 외부에 주어져 있는 세계를 이해할 수 없는 우연으로 취급하거나 아니면 부분 체계에만 해당되는 논리를 자의로 확대하여 현실 전체에 적용하는 수밖에 없다. 한쪽으로 가면 허무주의에 부딪히고, 다른 쪽으로 가면 독단주의에 부딪히게 되는 딜레마에서 벗어날 수 없는 것이다. 근대 과학의 논리적 이해력은 이해의 대상에 개입하려 하지 않기 때문에 이해는 단순한 정관적 관조 행위에 국한된다. 과학적 이해란 우리의 간섭 없이 성립되어 있는 필연적 객관성을 정관하는 행동이다. 근대 과학은 인간과 인간의 관계까지도 물건과 물건의 관계처럼 다룸으로써 자연법칙의 수준으로 전락한, 불변의 사회질서라는 환상을 널리 퍼뜨리고 있다. 근대 과학은 주체의 개입 없이 작용하는 법칙들의 체계를 구성해 놓은 것이다. 비역사적 직접성에 사로잡혀 있는 근대 과학은 사실들의 역사적 성격을 고려하지 않고 현재의 사회질서를 영원한 자연법칙으로 받아들인다. 근대 과학은 인간의 심리마저 계산할 수 있는 개념으로 환원시킨다. 인간도 저항할 수 없는 법칙에 내맡겨져 있는 객체로 묘사되는 것이다.

이러한 정관적 이해에 대응하는 것이 형식적 논리다. 냉혹한 필연성이 인간의 심리까지 지배하는 처지에서 윤리는 순수하고 공허한 내부 공간으로 축소되지 않을 수 없다. 윤리는 세계에 대한 인간의 행동을 문제 삼지 않고 인간의 자기 자신에 대한 행동만을 문제 삼는다. 윤리적으로 행동하는 개인적 주체에게만 통하는 격률들이 낯선 현실과 무관하게 구성된다. 윤리는 현실의 개념 체계와 현실의 객관적 가능성, 다시 말하면 현실의 변화 가능성을 모두 배제하고 오직 나와 나의 관계로 한정된다. 법칙의 냉혹한 필연과 개인의 순수한 자유는 화해할 수 없는 요지부동의 분열과 대립을 드러낸다. 과학적 인생 태도는 새 모럴을 구성하는 행위라기보다는 차라리 윤리를 어둡고 공허한 영역으로 규정하는 행동에 접근한다.

과학의 지배 아래에 있는 근대 사회는 이러한 이원성을 조화시키기 위하여 예술에 지나치게 큰 의미를 부여했다. 예술 작품 안에서는 재료와 형식, 필연과 자유가 구체적으로 통일되어 있다고 생각했기 때문이다. 화해할 수 없는 분열과 대립을 해결하는 원리가 예술 작품 안에 내재되어 있다는 것이다. 실러에 의하면 "미의 문제는 정치의 문제나 자유의 문제를 해결하기 위해서 인간이 반드시 지나가야 할 길"42)이다. 실러는 예술을 올바른 인생 태도와 동일한 낱말로 사용하였다.

아름다움 또는 미적인 통일성을 향유할 때에는 질료와 형식, 수동과 능동의 현실적인 결합과 교환이 즉각적으로 일어나기 때문에 우리들의 두 본성이 모순 없이 양립할 수 있고 무한한 존재의 실현성(Ausfürbarkeit)과 가장 고상한 인간성의 가능성(Möglichkeit)이 유한한 현실에서 성취될 수 있다는 사실이 실제로 증명된다.43)

그러나 우리는 실러에게 무슨 근거로 예술의 원리를 세계의 원리로 확장하였는가를 묻지 않을 수 없다. 조화와 균형이라는 예술의 역

---

42) 고창범, 『쉴러의 문학과 미학』, 서울대학교 출판부, 1986, 225쪽.
43) Friedrich Schiller, On the Aesthetic Education of Man(English and German Fa-cing), trans. Elizabeth M. Wilkinson and L. A. Willoughby, London: Oxford University Press, 1967, p.189. 스물다섯 번째 편지.

할을 과장하면 할수록 이번에는 거꾸로 과학의 논리적 이해력이 존립할 수 없게 되며, 이원성을 넘어서려는 인생 태도는 신비주의에 귀속되는 위험을 회피할 수 없게 된다. 세계 자체가 예술의 원리에 따라 형성되어 있지 않은 터에, 도대체 어떻게 예술이 조화의 역할을 담당할 수 있겠는가? 이것은 정관적 관조의 문제가 아니라 역사적 실천의 문제다.

대부분의 예술가들은 실러와는 반대 방향을 택하여 예술의 영역을 극도로 축소함으로써 이렇듯 난처한 질문과 마주치지 않을 수 있는 방향으로 나아갔다. 그들은 예술 작품을 예술 작품으로 만드는 최소한의 예술성 이외의 모든 것을 예술의 영역에서 배제하였다. 그들은 할 말이 전혀 없는 예술 작품을 만들려고 시도하였다. 주어져 있는 세계와 현실의 기존 질서를 그대로 방치하고, 예술로부터 일체의 의미를 제거하려는 그들의 창작 태도는 수학적 개념 구성과 유사한 견고함을 특징으로 한다. 예술 작품은 이제 내용 없는 형식, 하나의 텅 빈 구조가 되었다. 이러한 현상은 특별히 예외적인 것이 아니라 논리적 이해력을 일관되게 관철시킬 때 나타나는, 과학적인 인생 태도의 필연적 귀결이다.

김춘수의 시적 여정은 가벼운 이야기 또는 단순한 관념을 감정의 언어로 재구성하는 방법들의 모색에서 시작하여 이야기와 관념을 제거하고 언어 구조에 대한 감수성만으로 시를 형성하는 방법들의 탐색에 이르는 편력이었다. 김춘수는 김기림의 모호한 절충주의를 깨뜨리고 김기림 자신의 논리를 거의 더 나갈 수 없는 지점에까지 밀고 나갔다. 김기림은 과학적 세계상을 하나의 지식으로 가정할 수밖에 없었으나, 시대의 변모에 의해 김춘수는 과학적 세계상에 내재한 분열과 이원성을 경험으로 받아들여 창작의 전제로 삼을 수 있었다. 시적 여정을 출발할 무렵 이미 김춘수는 감상이 내비치지 않도록, 조심스럽게 언어의 건축을 설계하였다. 낱말은 서로서로 다른 낱말의 울림을 강화해 주고 있으며, 시행 하나하나도 그 자체로서 자립하면서 동시에 다른 시행의 의미에 의존하고 있다. 분석을 견뎌낼 수 없는 작품이 하나도 없다고 단언해도 무방할 만큼 김춘수의 시들은 견고한 구조를 가지고 있다. 몇 편의 작품들을 분석하면서 김춘수의 여행을 따라가 보자.44)

어쩌다 바람이라도 와 흔들면
울타리는
슬픈 소리로 울었다.

맨드라미, 나팔꽃, 봉숭아 같은 것
철마다 피곤
소리없이 져 버렸다.

차운 한겨울에도
외롭게 햇살은
청석(靑石) 섬돌 위에서
낮잠을 졸다 갔다.

---

44) 인용 작품은 모두 『김춘수 시전집』(현대문학, 2004)에 의존하였다.

할일없이 세월은 흘러만 가고
꿈결같이 사람들은
살다 죽었다.

— 「부재」

이 시에는 시골 사람들이 조용하게 살아가는 이야기가 담겨 있다.
사건의 전개는 주로 동사에 의존하고 있는데, 동사들은 서로 중복되
어 커다란 원을 그리고 있다.

1. 바람이 울타리를 흔든다.
2. 울타리가 운다.
3. 꽃들이 피고 진다.
4. 햇살이 졸다 간다.
5. 세월이 흘러간다.
6. 사람들이 살다 죽는다.

여기서, '꽃들이 피고 진다'와 '햇살이 졸다 간다'와 '사람들이 살
다 죽는다'는 동일한 의미로 중복되어 있다. '세월이 흘러간다'는 맨
드라미·나팔꽃·복숭아가 피고 지는 봄부터 가을까지, 그리고 꽃들
이 지고 난 후에 찾아온 '차운 한겨울'까지의 시간적 진전을 보여주
는 듯도 하지만, 둘째 시절의 '철마다'가 드러내는 것처럼 세월은 직
선이 아니라 원형으로 순환하는 것이다. 이러한 동사들 앞에 놓여 있
는 부사와 형용사는 살아가는 이야기를 해석하는 김춘수의 태도와
연관되어 있다. 꽃들은 '소리없이' 지고, 햇살은 '외롭게' 졸다 가고,

세월은 '하릴없이' 흘러가고, 사람들은 '꿈결같이' 살다 죽는다. 소리 없이 외롭게 꿈결같이 현존한다는 것은 이 시의 제목이 가르쳐주는 대로 부재(不在)와 같은 것이 아닌가? 현존과 부재의 순환은 하릴없는 것, 다시 말하면 어쩔 도리가 없는 것이다. '할일없이'라는 부사는 이 시에 나오는 나머지 부사와 형용사들을 한데 묶고 있다.

「부재」의 셋째 시절에는 부드러운 햇살과 견고한 청석 섬돌이 대조되어 있다. 청석 섬돌은 햇살과 대립되는 데 그치지 않고, 살다 죽는 사람, 흘러가는 세월, 피고 지는 꽃들과도 대립된다. 다른 시행들은 3음보로 진행되는데, 유독 셋째 시절의 시행들만이 2음보로 구성되어 있다. 이 부분의 의미는 시간의 진행 또는 순환이 아니라 순환과 정지의 대립에 연관되어 있기 때문이다. 대립의 표현에는 3음보보다 2음보가 적절하다고 할 수 있다. 우리는 여기서 울타리가 슬픈 소리로 우는 이유를 짐작할 수 있다. 현존과 부재가 서로 통하여 작용하고 있다는 사실이 혹시 어떤 사람에게는 황홀한 깨달음의 계기를 마련해줄 수 있을지 모르지만, 대부분의 평범한 사람들은 그것을 비극적인 사건으로 인식할 것이다. 이 시에 담겨 있는 이야기는 소설의 소재가 될 수 없는 사소한 내용이다. 김춘수는 이처럼 사소한 이야기를 통하여 삶의 비극적 인식을 형상화해 놓았다. 그러나 김춘수는 한 편의 소설이 될 만한 사건들을 빠른 속도의 운율로 압축해 놓기도 한다.

> 등골뼈와 등골뼈를 맞대고
> 당신과 내가 돌아누우면
> 아데넷 사람 플라톤이 생각난다.

잃어버린 유년, 잃어버린 사금파리 한쪽을 찾아서
당신과 나는 어느 이데아 어느 에로스의 들창문을
기웃거려야 하나,
보이지 않는 것의 깊이와 함께
보이지 않는 것의 무게와 함께
육신의 밤과 정신의 밤을 허우적거리다가
결국은 돌아와서 당신과 나는
한 시간이나 두 시간 피곤한 잠이나마
잠을 자야 하지 않을까,
당신과 내가 돌아누우면
등골뼈와 등골뼈를 가르는
오열과도 같고, 잃어버린 하늘
잃어버린 바다와 잃어버린 작년의 여름과도 같은
용기가 있다면 그것을 참고 견뎌야 하나
참고 견뎌야 하나, 결국은 돌아와서
한 시간이나 두 시간 내 품에
꾸겨져서 부끄러운 얼굴을 묻고
피곤한 잠을 당신이 잠들 때,

— 「타령조 8」

시의 배경에는 플라톤의 『향연』에 나오는 이야기가 깔려 있다. 『향연』에서 아리스토파네스는 남자와 여자 또는 남자와 남자가 서로 사랑하게 된 것은 원래 하나였던 몸이 두 쪽으로 쪼개졌기 때문이라고 하였다. 예전 사람들은 팔과 다리가 각각 넷이었고 하나의 머리에 반대 방향으로 두 개의 얼굴이 있었으며, 귀가 넷이고 음부가 둘이었다는 것이다. 두 개의 음부가 모두 남자거나 여자인 사람도 있었고, 남성과 여성의 음부를 하나씩 가지고 있는 사람도 있었다. 그들은 무서운 힘과 야심을 억제하지 못하고 신들과 싸우려 하다가 제우스에 의해 두 동강 났다. 이 아리스토파네스의 사랑 이야기에 대하여 소크라테스는 만티네이아의 부인 디오티마의 말을 이끌어 굳세고 간교한 에로스의 본성을 해명하였다. 아프로디테가 출생했을 때 신들이 잔치를 베풀었는데, 교지(巧知)의 신 메티스의 아들인 풍요의 신 포로스가 일찍 취하여 잠든 사이에 빈곤의 신 페니아가 그 곁에 누워 에로스를 잉태하였다. 에로스는 어머니를 닮아 언제나 궁핍에 시달린다. 신발도 없고 집도 없이 땅바닥에 누워 늘 문간이나 길가에서 잔다. 그러나 아버지를 닮은 데도 있는 그는 용감하고 열렬했으며 온 생애를 통하여 애지자(愛知者)였고, 또 놀라운 마술사, 독약 제조사, 궤변가였다. 에로스는 아프로디테의 수종자로서 본성상 아름다움을 사랑하는 자다.

김춘수는 두 이야기를 플라톤의 철학에 연결 짓는다. 플라톤의 공간 철학은 변화하는, 감각의 대상들을 불완전한 현상세계에 속하는 것으로 보고 오직 불변의 이데아만을 본체 세계의 진리라고 하였다. 이데아는 '본다'는 의미의 동사인 '이데인'의 동명사다. 이데아란 결국 마음의 눈으로 본 완전한 형식인 것이다. 육신의 눈으로 볼 수 있는 삼각형들을 많이 관찰하고 그것들이 겹쳐져서 형성하는 삼각형의 성질을 추상해 보아도 삼각형의 구성 원리는 해명되지 않는다. 육신의 눈에 보이는 삼각형들을 괄호로 묶고 비본질적인 모든 것을 배제해 놓은 후에야 마음의 눈은 삼각형의 구성 원리(피타고라스의 정리)를

195

발견할 수 있게 된다. 육신의 눈으로 보는 삼각형은 불완전한 삼각형이지만 정신의 눈으로 보는 삼각형은 완전한 삼각형이다. 육신의 눈이 바라보는 아름다움은 불완전한 아름다움이지만 정신의 눈이 바라보는 아름다움은 완전한 아름다움이다. 이데아란 언제나 전적으로 단순한 형식으로서 인간 정신의 본질 안에 숨어 있는 세계(공간)의 구성 원리이다. 변화해 마지않는 현상세계, 즉 감각의 간섭을 이겨내고 정신 안에서 진리의 수학적 구조를 되살려내는 것이 바로 에로스의 일이다. 김춘수는 '보이지 않는 것의 깊이', '보이지 않는 것의 무게'라는 말로 이데아, 진리의 숨은 건축을 지적한다. 불완전한 감각의 세계를 육신의 밤이라고 부른 것도 납득할 수 있다. 그러나 완전한 빛의 실체, 비밀의 구조를 찾는 작업이 어째서 정신의 '밤'일까? 여기서 이 시의 이야기는 플라톤과 작별하고 새로운 사건을 전면에 세운다.

무대에 남편과 아내가 등을 대고 누워 있다. 두 사람의 육신은 나란히 누워 있으나, 그들의 정신은 각각 긴 여행을 떠난다. 플라톤의 여행은 이데아를 상기하기 위한 편력이었다. 그러나 김춘수의 여행은 잃어버린 시간을 찾기 위한 편력이다. 김춘수는 다섯 개의 이미지로 잃어버린 시간을 표현하고 있다.

1. 잃어버린 유년.
2. 잃어버린 사금파리 한쪽.
3. 잃어버린 하늘.
4. 잃어버린 바다.
5. 잃어버린 작년의 여름.

이 다섯 개의 이미지를 모아보면 잃어버린 것의 정체가 밝혀진다. 그것은 남성과 여성으로 분화되기 이전에 지니고 있었던 유년의 순수다. 사금파리와 바다와 하늘은 유년의 티 없는 감수성에 한결같이 평등하고 절대적인 현존으로 작용한다. 유년 시절에는 순수 지각이 일상생활의 중심이었다. 그러나 그 순수 지각을 다시 찾으러 떠나는 성인의 편력은 고통스럽기 짝이 없다. 인간은 이 세상에서 누구나 총체성을 상실하고 온전한 자신의 반쪽으로 존재할 수밖에 없기 때문이다. '정신의 밤'에서 '밤'은 아무리 애써도 도달할 수 없는 정신의 한계를 의미한다.

저도 모르게 겪은 유년의 상실이 기실은 '등골뼈와 등골뼈를 가르는' 고통이었음을 김춘수는 새삼스럽게 깨닫는다. 성년식을 제대로 겪어낸 것이 자랑스러운 일이 아님을 깨닫는 것이다. 그러므로 여기서의 오열은 성년식을 치르는 과정에서 터져 나온 울음이 아니고 성년의 회상 속에 숨어 있는 울음이다. '작년의 여름'이 어떠한 사건을 가리키는지는 자세히 알 수 없으나, 순수 지각의 순간이 희귀한 축복으로서 성년에게도 드리워질 때가 있으리라는 사실을 짐작하기는 그다지 어려운 일이 아니다.

「타령조 8」의 이야기는 플라톤의 철학과 전혀 다른 방향에서 종결된다. 김춘수는 영원한 편력이 가능하다고 생각하지 않는다. 시의 화자는 "들창문을 기웃거리고, 어둠 속에서 허우적거리다가 결국은 돌아온다." 정신의 편력은 끝이 나고 두 육체는 다시 서로 가슴을 마주 대고 잠이 든다. 정신의 편력에는 용기와 인내가 필요한데, 화자는 용기에도 인내에도 자신이 없다고 고백한다. 신체의 건강에 대한 염려와 보람 없는 고통에 대한 회의가 계속해서 정신의 편력을 방해

197

한다. "한 시간이나 두 시간 피곤한 잠이나마 잠을 자야 하지 않을 까"라는 시구와 "참고 견뎌야 하나, 참고 견뎌야 하나"라는 시구가 우리에게 그러한 사정을 알려준다. 순수 지각은 끝내 획득할 수 없는 보물로 남아 있다. 이야기는 체념과 포기로 끝난다. 그러나 시의 마지막에 찍힌 쉼표는 체념과 포기를 거절하고 있다. 체념은 끝이 아니고 새로운 편력의 시작이 된다. 유년과 성년, 정신과 육신, 편력과 포기는 이 시 속에서 강한 긴장을 띠고 대립되어 있다. 김춘수의 치열한 반성은 어느 쪽의 우위도 허용하지 않는다.

1
죽음은 갈 것이다.
어딘가 거기
초록의 샘터에
빛 뿌리며 섰는 황금의 나무……

죽음은 갈 것이다.
바람도 나무도 잠든
고요한 한밤에
죽음이 가고 있는 경건한 발소리를
너는 들을 것이다.

2
죽음은 다시
돌아올 것이다.

가을 어느 날

네가 걷고 있는 잎 진 가로수 곁을

돌아오는 죽음의

풋풋하고 의젓한 무명의 그 얼굴……

죽음은 너를 향하여

미지의 제 손을 흔들 것이다.

죽음은

네 속에서 다시

숨 쉬며 자라갈 것이다.

— 「죽음」

「죽음」의 시절들은 각각 네 행, 다섯 행, 여덟 행, 세 행으로 구성되어 있다. 각 시절의 첫 줄은 '죽음은'이란 낱말을 포함하고 있다. '죽음은 갈 것이다'라는 문장이 두 번 반복되다가 '죽음은 다시'라는 어구로 분화되고 마지막 시절의 첫 줄에는 '죽음은'이란 낱말만 남아 있다. 첫째 시절을 제외한 나머지 세 시절이 '것이다'라는 서술어로 끝난다. 첫째 시절의 끝과 셋째 시절의 가운데에 있는 말없음표가 '황금의 나무'와 '무명의 그 얼굴'을 결속시켜 준다.

나무는 땅속 깊이 뿌리를 내리어 물을 빨아올리고, 빨아올린 물을 잎과 가지 사이로 하늘 높이 뿜어낸다. 생명의 근원이고 안식의 터전인 '초록의 샘터'에서 샘물을 마시며 나무는 나날이 견고하게 성장한다. '빛'은 하늘에서 내려오는 것인데, 이 시에서는 반대로 나무가 빛을 하늘로 뿌린다. 그러므로 '황금'은 견고한 나무의 둥치이면서 동시에 나무가 뿜어내는 찬란한 빛이다. 죽음은 하늘과 땅을 매개하는 중개자로서, 속된 일상의 핵심에 유일하게 남아 있는, 신성한 존재다. 신성한 죽음의 발소리가 경건하게 들린다는 것도 자연스럽다. 죽음이 자기의 올바른 모습을 드러내는 시간, 죽음이 자신의 고향으로 돌아가는 시간에는 바람도 나무도 잠이 든다. 세속의 잡다한 소음을 가라앉히지 않으면 신성한 소리를 들을 수 없기 때문이다. 화자가 그것의 발소리를 듣는다고 한 이 죽음은 화자 자신이 아니라 타인의 죽음일 것이다. 그러나 타인의 죽음은 곧 화자 자신의 죽음이 되어 화자에게로 돌아온다. 죽음은 모든 사람을 인간의 본질에 묶어준다. 김춘수는 인간의 본질을 이름 붙일 수 없는 모습이라고 표현한다. 이름은 인간의 본질에 속하는 것이 아니라 인간의 현상에 속하는 것이라는 생각이다.

가을 어느 날
네가 걷고 있는 잎 진 가로수 곁을
돌아오는 죽음의
풋풋하고 의젓한 무명의 그 얼굴……

이 시행들은 릴케의 영향을 분명하게 드러내고 있으나, 김춘수는 릴케와는 반대로 죽음을 '무명의 얼굴'이라고 부른다. 릴케는 죽음을 한 사람 한 사람에게 고유한 것으로 묘사하였다. 누구나 어느 누구와도 다른 저 자신의 죽음을 완성하려고 애써야 한다고 릴케는 노래하였다. 각자에게 고유한 죽음을 완성시키는 일과 모든 사람의 바탕이 되는 죽음을 완성시키는 일은 같은 것이 아니다.

「죽음」에서 나의 죽음은 죽음 자체와 대립하고 있다. 죽음과 삶이 하나로 통하여 작용하므로, 죽음이 삶 속에 있듯이 삶도 죽음 속에 있다는, 어디선가 많이 들어본 이야기가 릴케처럼 절실하게 들리지 않는 이유도 아마 여기서 말미암을 것이다. 단독자의 시선을 배제하고 죽음을 이야기한다는 것은 쉽사리 납득할 수 없는 일이다. 이 시에서는 죽음이 주체로 나타나고 화자는 객체로 나타나 있다. 이러한 주객 교체에 의해 죽음은 개인의 외부에 있는 존재가 된다. 김춘수는 릴케를 떠나서 무명의 죽음이 황금의 나무로 변모한다는 새로운 관념을 만들어 내었다. 황금의 나무에 가득 차 있는 빛과 물, 다시 말하면 죽음의 빛과 샘이 인간을 너그럽고 의젓하게 살 수 있도록 도와준다는 생각이다. 내가 나의 죽음에 빛을 주는 것이 아니라, 만인에게 공통된 미지의 죽음이 나의 삶에 빛을 준다는 김춘수의 생각은 릴케의 생각과는 반대이지만 그것 나름으로 흥미 있는 의미를 지니고 있다.

저녁 한동안 가난한 시민들의
살과 피를 데워주고
밥상머리에
된장찌개도 데워주고
아버지가 식후에 석간을 읽는 동안
아들이 식후에
이웃집 라디오를 엿듣는 동안
연탄가스는 가만가만히
주라기의 지층으로 내려간다.
그날 밤

가난한 서울의 시민들은

꿈에 볼 것이다.

날개에 산홋빛 발톱을 달고

앞다리에 세 개나 새끼 공룡의

손금의 손을 달고

서양 어느 학자가

Archaeopteryx라 불렀다는

주라기의 새와 같은 새가 한 마리

연탄가스에 그을린 서울의 겨울의

제일 낮은 지붕 위에

내려와 앉는 것을,

— 「겨울밤의 꿈」

이 시는 두 개의 문장으로 구성되어 있는데, 둘째 문장은 도치되어 있다. '새가 내려와 앉는 것을 볼 것이다'라는 문장을 도치할 경우에 '볼 것이다, 새가 내려와 앉는 것을'과 같이 쉼표를 가운데 찍는 것이 예사로운 방법이나 김춘수는 쉼표와 마침표를 바꾸어 달았다. 이러 한 구두점의 교체가 특별한 효과를 낸다고는 생각되지 않는다. 그러 나 첫째 문장에서 두 번 반복되는 '주고'와 '동안'은 적절하게 시간의 경과를 단락 지어주고 있다.

막이 열릴 때 무대에 전개되는 장면은 겨울 저녁, 한방에 모여 앉 아 있는 어느 가난한 가족의 모습이다. 추운 날씨에 일터에서 돌아온 그들은 언 몸을 녹이고 따뜻한 식사를 마쳤다. 아버지는 신문을 보고 아들은 이웃집의 라디오를 엿듣는다. 가난한 시민들의 행복한 한때다 아늑하고 평온한 분위기가 이 가족을 감싸고 있다. 살과 피, 그리고 된장찌개는 모두 가난한 시민의 목숨과 관계되는 낱말들이다. 목숨이 꼭 필요로 하는, 단순하고 소박한 밥과 집이 조용히 어울려 있는, 조화로운 장면이다. 아들이 '이웃집 라디오를 엿듣게' 되는 것은 라디오도 없는 '가난한' 집이기 때문이라고 볼 수도 있으나, 가난한 집들이 다닥다닥 붙어 있어서 들려오는 내용이 우연히 아들의 흥미를 끌었기 때문이라고 보는 것이 좋을 듯하다. 비록 가난하더라도 조화는 행복을 마련해 준다.

이들은 의식하고 있지 않을 터지만, 가난한 생활 속에서 이루어지는 최소한의 조화에는 보이지 않는 연탄가스가 제법 큰 몫을 거들고 있다. 연탄가스는 정성을 다해 위로 올라가 가난한 시민들의 살과 피를 데워주고 된장찌개도 데워준다. 노동에 지친 시민들이 쉬는 동안, 할 일을 마친 연탄가스도 더 이상 날아오르지 않고 내려간다. 연탄가스는 1억 6천만 년 전의 쥐라기까지 내려간다. 가만히 가만히 아무도 모르게, 아무도 놀라지 않게 행여 다칠세라 자기의 고향으로 돌아가 쉬는 것이다.

가난한 시민들에게 연탄가스의 하강 운동이 상승 운동보다 더 큰 축복이 된다. 연탄가스는 쥐라기의 지층으로 내려가 그곳에 화석으로 굳어 있는 아르카이옵테릭스를 깨워낸다. 밤이 와서 이제 자기의 일은 마쳤으니 시조새에게 다음 일을 부탁하는 것이다. 이번에는 아르카이옵테릭스가 쥐라기의 지층으로부터 날아오른다. 시조새의 모습은 화석에 나타난 그대로다. 까마귀만 한 크기에 머리는 작고 눈이 크며 날개의 앞 끝에는 세 개의 발가락이 있고 날카로운 발톱을 가지고 있다. 김춘수는 시조새의 모습에서 그로테스크한 요소를 제거하

5. 이상 우파 김춘수

고 그것을 귀엽고 찬란하고 아름다운 형태로 변형시켰다.

시조새의 몸은 산호와 순금으로 이루어져 있다. 산호를 깨끗하고 맑게 내비친다는 의미로, 순금을 빛나고 불변한다는 의미로 받아들여도 무방할 것이다. 여기에 새끼 공룡이 주는 귀여운 느낌을 첨가할 수 있다. 아르카이옵테릭스의 상승은 연탄가스처럼 완만하지 않다. 시조새는 급격하게 날아오른다. 쥐라기의 지층에서 바로 자기 옆에 나란히 앉아 있던 연탄의 자취를 찾아 '서울의 겨울의'의 제일 낮은 지붕을 찾아가서 가난한 시민의 꿈을 지켜주는 것이다.

연탄가스의 상승과 하강은 시조새의 상승과 하강에 대응된다. 상식적으로 생각할 때 현실과 꿈은 서로 대립되는 속성을 지니는 것이나, 이 시에서는 현실과 꿈이 사이좋게 어울려 공존하고 있다. 주라기의 지층에서 연탄과 시조새의 사이가 좋았던 것처럼, 가난한 시민들은 신문과 순금의 사이에서도 최소한의 조화를 획득해 낸다. 잿빛 현실과 찬란한 꿈의 분열을 극복해 내는 것이다. 둘째 문장에서 낱말들의 통합에 크게 기여하는 요소는 소리의 결이다. /səul/ /simin/ /sanho/ /sekɛ/ /sɛkki/ /son/ /sɜ/ 등의 낱말에 반복되는 /s/ 소리가 의미의 결속을 강화하며, /səul/과 /kjəul/에 나타나는 /əul/ 소리가 주제의 표출에 일정하게 기여한다. 수없이 반복되는 /r/ 소리와 /l/ 소리도 시조새의 날아오르는 율동을 부각시켜 준다.

쉰 살이 되는 1972년까지 김춘수는 조그만 이야기와 단일한 관념의 표출에 적합한 형태와 심상을 모색해 왔다. 그는 시를 육안으로 볼 수 있는 형태와 심안으로 볼 수 있는 심상의 결합이라고 생각하였다. 그러한 모색의 결과가 1959년에 나온 『한국 현대시 형태론』과 1971년에 나온 『시론— 시의 이해』는 시의 이미지에 대하여 집중적으로 검토한 저서다. 이 책에는 관념을 말하기 위하여 도구로 쓰이는 심상과 심상 그 자체를 위한 심상이 구별되어 있는데, 이후로부터 김춘수는 점차 후자로의 편향을 드러내게 된다. 1976년에 나온 『의미와 무의미』는 이야기와 관념을 배제하고 나도 남아 있는 시의 본질, 시를 시가 되게 하는 그 무엇에 대한 탐구의 기록이다.

시가 통속소설의 줄거리처럼 도입부에서 전개부로 전개해 가다가 절정에서 대단원으로 끝을 맺는 정서적인 순서를 밟게 되면 그 자체 여간 따분하지가 않다. 또 어떤 진실을 위하여는 그런 따위의 허구가 뜻이 없는 것이 되기도 한다. 허구란 실은 그것을 만드는 사람의 관념의 틀에 지나지 않는다. 관념이 필요하지 않을 때 허구는 당연히 자취를 감춰야 한다.45)

김춘수는 이야기나 관념이 끼어들 수 없는, 어떤 진실이 있다고 믿는다. 도덕·정치·경제 등이 경험할 수 없는 언어만의 특수 영역이 있다는 것이다. 김춘수는 현실과 시, 의미와 무의미의 차원을 의도적으로 분리하려고 한다. 우리가 앞에서 살펴보았듯이 이것은 근대 사회의 과학적 인생 태도에 내재한 분열을 그대로 수용하는 태도다. 사실에 있어서 김춘수는 현실 자체의 논리를 받아들였을 뿐이다. 현실과 시를 분리한 것은 김춘수가 아니다. 현실의 냉혹한 구조가 김춘수에게 현실과 시를 분리하도록 강요한 것이다.

---

45) 김춘수, 『김춘수 전집 II』, 문장사, 1982, 397쪽.

계수나무 한 나무

토끼 한 마리

돛단배에 실려 인도양을 가고 있다.

석류꽃이 만발하고, 마주 보면 슬픔도

금은의 소리를 낸다.

멀리 덧없이 멀리

명왕성까지 갔다가 오는

금은의 소리를 낸다.

— 김춘수, 「보름달」

「보름달」은 집중적인 반성의 시간에 나타나는 순수 지각을 표현하고 있다. 견고한 문체가 낱말들을 단단하게 응결시켜 독자적인 공간을 드러내 준다. 이것은 스스로 완결된 정적 공간이다. 이 시에 나타나 있는 자연은 우리가 경험할 수 있는, 어떤 장면이 아니다. 마치 한 폭의 추상화처럼 구성과 문체에 집중하는 정신 이외에 다른 아무것도 나타나 있지 않다. 섬세하고 반짝거리는 그늘을 마련하기 위하여 시인은 대상에의 몰입을 엄격하게 차단하고 있다. 시인의 엄격한 조각술에 의해, 시는 스스로 표현하고 스스로 서 있는 문체 자체, 다시 말하면 완전한 건축이 된다. 「보름달」의 언어는 아무런 메시지도 전달하지 않는다. 언어는 현실과의 관계를 망각하고 스스로 울리는 음악이 된다. 언어 자체가 언어의 목적이 되어, 내용은 소멸하고 현실과의 관계를 차단한 문체가 자기 참조에만 의존하여 스스로 자신의 정체를 확인한다. 머릿속 표상들 가운데 일부가 관심과 직관을 통하여 머릿속에 현상으로 나타나면 그렇게 나타난 현상을 명상이나 설화의 형태로 기록하면 시가 된다는 일반적 작시법을 김춘수는 거부한다. 관념과 설화에서 해방된 절대적 표현 공간의 전면에 나와 있는 것은 양식과 문체에 대한, 열렬한 탐색뿐이다. 문체에 대한 이러한 의지, 양식에 대한 이러한 믿음은 어디서 오는 것일까?

> 내 눈에 역사=이데올로기=폭력의 3각 관계가 비치게 되면서부터 나는 도피주의자가 되어가고 있었다. 왜 나는 싸우려 하지 않았던가? 나에게는 역사 · 이데올로기 · 폭력 등이 거역할 수 없는 숙명처럼 다가왔다.[46]

모든 의식 형태가 즉시 그것에 반대되는 의식 형태를 부르고, 의식 형태마다 폭력이 되는 역사를 보면서 김춘수는 정지하지 않으면 역사와 함께 쓰러진다고 생각한 듯하다. 아리스토텔레스의 형이상학에 의하면, 신은 질료를 지니지 않은 순수 형식이고 움직이지 않는 엔텔레케이아이다. 김춘수는 어딘지 모르게 달려 나가는 역사 대신 조용히 서 있는 아리스토텔레스의 순수 형식을 섬기기로 결의한 듯하다. 움직임이 없는 완결된 미학의 세계에서 스스로 회전하는 형식에만 도취되는 그의 시적 공간은 현실의 체험이 아니라, 어떻게도 할 수 없다는 의미에서 근원적인 과거의 회상으로 가득 차 있다. 우리가 희망하고 추구하는 사물이 아니라 우리 안에 이미 결정되어 있는 사물들에 질서를 부여하는 것이 김춘수의 시다. 자취도 남기지 않고 모든

---

46) 같은 책, 574쪽.

것을 파괴하는 역사의 폭력에 견뎌낼 수 있는 형식을 창조하기 위하여 그는 결코 행동하지 말라는 격률을 자신에게 부과하고 자신 안에 없어질 줄 모르고 타오르는 숨은 꿈을 따라간다. 이 꿈이 역사와는 다른 영역에서 시간과 공간을 통합해 준다. 「보름달」에서 계수나무와 토끼는 지구에도 달에도, 그리고 그 밖의 어느 곳에도 없는 계수나무와 토끼다. 그러므로 돛단배는 물론 달이 아니다. 인도양과 명왕성은 현실의 시간과 공간을 부정하기 위하여 도입된 무대장치다. '멀리 덧없이 멀리'라는 부사도 현실과 역사를 부정하고 있다. 시간이 부정되고 공간이 해체된 꿈이 순수 공간과 석류꽃이 피어 있다. 역사와 현실이 소멸된 순수 형식 안에서 개인의 슬픔은 금과 은으로 변한다.

바다 밑에는
달도 없고 별도 없더라.
바다 밑에는
항문과 질과
그런 것들의 새끼들과
하나님이 한 분만 계시더라.
바다 밑에서도 해가 지고
해가 져도, 너무 어두워서
밤이 오지 않더라.
하나님은 이미
눈도 없어지고 코도 없어졌더라.
흔적도 없더라.

— 「해파리」

Ⅲ 한국 현대시의 전개

「해파리」에는 바다 밑 세계에 대한, 어떠한 정보도 들어 있지 않다. 이 시의 언어는 스스로 말하고 스스로 울린다. 듣는 이 없는 독백이다. 이 시에서 우리가 받는 것은 '없더라', '않더라', '없어졌더라'의 반복이 주는 부정과 분리와 고독과 고립의 느낌이지만, 이러한 느낌조차도 확실하지 않다. 지시 대상에서 분리되어 있기 때문에 낱말들은 가지적(可知的) 의미를 전달하지 않는다. 항문과 질이 온전한 동물로서 독립하여 새끼들을 데리고 있다. 하나님의 눈과 코는 어째서 흔적조차 없어졌을까? 별도 없고 달도 없는데 어떻게 해가 질 수 있을까? 경험적으로 보면 해도 별의 하나가 아닌가?

현실적인 경험과의 관계를 완전히 끊어놓았기 때문에 시행 하나하나가 우리를 당황하게 한다. 밤과 어두움이 서로 대립되는 의미로 사용되고 있다. 이 시에 나오는 명사들은 모두 그 정체를 알 수 없는 미지의 것으로 변형되어 있다. 변형이야말로 바로 이 시의 주제다. 바다 밑의 무한한 침묵 가운데서 이루어지는 변화와 소멸은 환상적이고 기괴한 그림처럼 경험적 현실을 떠나 사물의 윤곽을 흐트러뜨린다.

'없다'라는 형용사의 반복은 무(無)를 암시하지만, 그 불안한 무의 복판에 하나님의 존재가 깃들여 있다. 정상적인 언어 감각으로는 파악할 수 없는 대립과 차이의 놀이에 토대하여, 낱말들이 서로 뒤섞여 공명하고 조명하면서 관념의 접근을 완전히 차단하고 봉쇄한다. 「해파리」 안에 정말로 없는 것은 달과 별, 하나님의 눈과 코가 아니라 설화와 관념이다. 무대가 되는 바다 밑은 관념이 텅 비어 있는 세계다. 시는 이제 인간의 현실에 직접 관계하지 않는다. 인간은 말할 수 있으나 아무것도 볼 수 없다. 보는 것은 인간이 아니라 해파리다. 인간은 해파리가 본 것을 말할 뿐이다. 인간과 동물, 생물과 무생물의 차별이 소멸한 세계에서 인간은 결코 우주의 중심이 아니다. 해파리가 말하지 못하는 것처럼 인간은 보지 못한다. 인간의 우주가 해체된 대신 우주는 평등한 사물들의 거처가 된다. 중심이 소멸하면 공간이 새롭게 태어나는 것이다.

김춘수는 지혜에 대하여 말하는 법이 없다. 나라 잃은 시대에 태어나 6·25를 겪고 마산에서 3·15 부정 선거를 목격한 그는 역사 안에서 지혜를 찾아낼 수 없었다. 김춘수의 시가 구축해 놓은 성과는 진리를 포기한 데서 오는, 좌절의 아름다움이다. 관념과 설화가 무력해진 시대에 또 하나의 관념이나 설화를 마련하려고 하지 않고, 지혜와 진리가 텅 비어버린 영역에서 끝내 견디어 낸 김춘수의 강인한 정신은 우리가 우리 시대에서 만날 수 있는, 엄격한 장인정신의 하나다. 놀라운 집중력으로 사물을 포용할 수 있는 김춘수의 시에서 우리는 오히려 역설적으로 관념이나 설화가 침투할 수 없을 만큼 깊은 곳에서 흘러나오는 영혼의 기도를 들을 수 있다.

그러나 어떠한 변형과 왜곡에도 불구하고 주어진 사실들의 질서는 완강하게 존속된다. 변형과 왜곡에 의해 김춘수는 현실을 아무런 연관도 없는 부분들로 해체해 놓았지만, 이것은 그 자신의 독특한 시간이 아니라 근대 과학의 논리적 이해력에 애초부터 내재되어 있던 비합리적 간격이다. 추상적 형식들의 계산 가능한 관계만을 문제 삼는 논리적 이해력은 방법 자체의 한계로 인해서 이 공허한 암흑의 공간을 방치할 수밖에 없다.

주어진 감각 경험의 영역 안에 갇혀서 본다면 역사는 언제나 이데올로기이고 폭력일 것이다. 인간을 역사의 객체라고만 생각하기 때문에 김춘수는 역사의 피안에서 독자적 공간을 이룩하려 하지 않을 수 없게 된다. 어째서 그는 인간을 역사적 사건의 객체이면서 동시에 주체라고 생각하지 못한 것일까? 우리 자신이 우리 역사의 뿌리가 아니라면, 문화와 자연의 구별조차 쓸데없는 노릇이 될 것이다.

현재를 우리 자신의 역사로 파악할 때에야 우리는 비로소 기존 질서의 불투명한 경직성을 극복할 수 있다. 인간의 역사 인식은 항상 현재의 인식이고 현재의 객관적 가능성에 대한 인식이다. 기존의 지식으로는 식별할 수 없지만 현재에는 다른 미래를 선택하도록 우리를 강제하는 보편적 필연성이 내재되어 있다. 사물들의 질서와 결합, 사회 계급들과 국가 권력의 대립과 연합을 역사적 생성으로 파악하는 경우에만 사실들의 의미와 기능을 인식할 수 있다는 점에서 근원적인 역사는 구체적이다. 이성과 감성, 형식과 재료, 이론과 실천, 자유와 필연의 대립을 끌어올리는 동시에 눌러 내림으로써 인간의 행동을 역사적 사건으로 파악하는 경우에만 항상 새롭게 쇄신되고 있는 현실의 방향과 동태를 인식할 수 있다는 점에서 근원적인 역사는 보편적이다. 현재의 객관적 가능성을 실현하는 행동은 역사를 역사 자체에서 읽어내며, 역사를 역사 자체로부터 형성하는 행동이다. 우리 시는 김춘수의 탁월한 성취를 한국 현대시사의 한 봉우리로 존중하면서, 한 걸음 더 나아가 근원적인 역사로 들어서야 할 단계에 와 있다.

6. 이상 좌파 김수영

김수영에 대한 독자의 인상은 아마 한결같지 않을 것이다. 광복 이후 최고의 시인으로 보는 사람이 있는가 하면, 흐트러진 작품을 쓰는 시인으로 여기는 사람도 있을 듯하다. 그를 삶의 사표(師表)로 모시는 사람이 있는가 하면, 경박한 좌파 시인으로 취급하는 사람도 있을 것이고, 단순한 술꾼으로 생각하는 사람도 혹 있을지 모른다.

김수영의 시와 수필이 간직한 참다운 의미와 한계는 앞으로 계속해서 분석되어야 할 것이다. 그러나 몇 편의 작품에서 받은 주관적 인상에 기대어 자의적으로 논평하는 태도는 어떤 경우에도 정당화될 수 없다. 해석의 결과는 긍정적 평가에 이르거나 부정적 평가에 이르거나 상관없으나, 논지의 전개는 납득할 만한 구체적 증거에 따르지 않으면 안 된다. 한때 서양문학에 견주어 우리 작품을 홀시하던 데 대한 반작용 때문인지, 요즈음은 지나치게 너그러운 평가가 흔히 보이는데, 긍정적인 평가라고 하여 반드시 좋은 것은 아니다. 작품과 그 이외의 모든 자료를 정확하게 검토하고, 해석과 평가의 기준을 분명하게 제시하는 일이 필요할 뿐이다.

한 시인의 작품은 창(窓)이 없이 고립되어 있는 단자(單子)가 아니라 그 시인의 다른 작품들과 연관되어 있는 그물의 한 매듭이다. 한 편 한 편의 시를 면밀히 분석하는 작업은 물론 필요하지만, 개별 작품의 세부구조에 집착하면 문학적 상상력의 본질을 놓치게 된다. 한 시인의 작품들은 생물학의 종(種)·속(屬)·문(門)과 유사한 관계의 체계를 이루고 있다. 그리고 어떤 시인을 당대의 문학사적 맥락 속에서만 이해하려고 하다 보면 큰 시인을 억지로 작게 만들어 A니 B니 범주 속에 가두어 버리기 쉽다. 문학 연구에서 가장 중요한 것은 한 시인의 전 작품을 하나의 작품처럼 상호 연관 지어 분석하는 일인데, 이것은 거꾸로 좋은 시인과 그렇지 못한 시인을 가르는 기준이 되기도 한다. 작품 전체가 하나의 동적 체계를 구성할 수 있는 시인은 대체로 주목할 만한 시인이라고 간주해도 무방하다. 이렇게 작품 전체에 내재하는 비밀의 건축을 해명하기 위해서는 시뿐 아니라 산문도 자세히 분석해 보아야 한다. 산문에는 상상력의 움직임이 시보다 훨씬 평이한 수준으로 드러나 있기 때문이다.

김수영 문학의 특색은 첫째, 정직성에 있다. 그는 자신의 생각과 느낌과 생활을 숨기지 않는다. 문학에서 정직한 태도란 자칫하면 애처로운 고백체에 떨어지기 쉬우나 김수영의 정직성은 매우 당당한 목소리로 등장한다. 이 당당함의 근거를 살펴보는 것은 여러 가지로 유익할 듯하다. 작품으로부터 시인의 얼굴을 숨기는 방법에도 나름의 장점이 없는 것은 아니다. 그러나 이른바 비개성적 태도는 시인의 생활을 응고시킬 염려가 있다. 시와 시인을 분리하는 이유는 작품 자체의 자율성을 지키려는 데 있겠지만, 시인 자신은 가만히 있고 시만 변화시키려는 노력은 구두선(口頭禪)에 그치거나 초월적 신앙에 이르거나 두 길 중의 어느 하나로 귀착되기 쉽다. 자신을 변화시키려는 사람은 먼저 그 자신에게 충실해야 한다. 김수영이 성에 대해서 쓴 시 세 편을 읽어 보면 그가 어느 정도로 자신에게 정직했는가를 알 수 있다. 「사치」의 화자는 시골에 가서 집을 얻어 잠시 머물면서 나들이를 하고 들어와 아내의 발목에 자꾸 눈이 가서 "문명된 아내에게 실력을" 보이려고 우선 발을 씻고 아내에게 "길고 긴 오늘 밤에 나의

사치를 받기 위하여 어서어서 불을 *끄자*"고 말한다. 「여편네의 방에
와서」는 아내와 기거를 같이하면서 소년이 된 화자가 자신의 성기를
어린놈이라고 부르며 자기를 속이지 않으니 그 자신과 아내와 그의
남근이 서로 잘 이해하게 되었다는 내용의 시이다.

> 어린놈 너야
> 네가 성을 내지 않게 해 주마
> 네가 무어라고 보채더라도
> 나는 너와 함께 성을 내지 않는 소년[47)]

김수영은 시에서 아내에 대한 불만도 거침없이 토로하였다. 「피아
노」에는 피아노를 들여놓고 "시를 쓰니 음악도 잘 알 게 아니냐고"
한 곡 쳐 보라고 남편을 조롱하는 아내가 나오고 피아노 소리의 위협
때문에 아무 생각도 못 하고 벙어리가 된 남편이 나온다. 「의자가 많
아서 걸린다」에서 화자는 의자와 테이블과 노리다케(일본 식기 브랜드)
반상 세트와 미제 도자기 스탠드 때문에 자유롭게 운신할 수 없는 관
청같이 된 집을 한탄한다. 아내 때문에 집이 빈 자리가 없는 답답한
공간이 되었다는 것이다. 「세계일주」는 그대와 나의 대화로 구성된
시인데 그대는 세계일주를 하고 싶어 하는 나이고 나는 세계일주를
할 필요가 없다고 생각하는 나이다. 세계일주를 못 하는 자신에게 화
가 나서

---

47) 5~8행, 『김수영전집』1, 민음사, 2018, 234쪽.

ㅗ 분풀이로 어리서은 나는 술을 마시고

창문을 부수고 여편네를 때리고

지옥의 시까지 썼지만[48]

결국은 "모든 세계일주가 잘못된 출발"이라는 것을 알게 된다. 「만용에게」에서 화자는 양계를 애써 해봐야 일하는 만용이 학비 빼면 남는 게 없다는 아내의 잔소리를 무시하고 속으로 "어디 마음대로 화를 내어 보려무나"라고 하면서 아내에게 지지 않겠다고 스스로 다짐한다. 「죄와 벌」은 사람들 앞에서 우산대로 아내를 때리고 들어와서 밤이라도 혹시 누가 알아본 사람이 있을까 걱정하다가 종이우산을 가지고 오지 않은 것을 후회한다는 시이다. 김수영은 세상으로부터 이탈할 수 있는 모든 길을 스스로 차단하고 오직 시만을 절대적인 사랑과 동의어로 사용했다. 시를 바꾸기 위하여 김수영은 자신을 변모시킬 수밖에 없었다. 그는 말로써 삶에 침투하려고 하지 않고, 오히려 삶 자체로써 말에 침투하려고 하였다. 변모는 언제나 어떤 상태로부터 다른 상태로 바뀌는 것이므로, 이때 현재의 상태가 명확히 밝혀지지 않으면 안주와 변신이 구별되지 않는다. 자신의 현 위치와 현재 자신이 관계하고 있는 삶의 테두리를 규정하는 방법으로 김수영은 정직성을 선택하였다. 시의 방법으로까지 구체화된 것이기 때문에 그의 방법적 정직성은 그만큼 명료하고 또 그만큼 면밀할 수 있었다. 어떤 사태를 규정하는 행동은 곧 그 사태를 부정하고 비판하는 행동

---

48) 2연 6~7행, 『김수영전집』, 372쪽.

에 연결된다. 규정한다는 행동이 곧 그것을 넘어서서 나아가는 행동이 될 수 있다. 자기에게 속한 모든 것을 정직하게 드러냄으로써 비로소 자기비판과 자기부정이 가능하게 된다. 정직성은 변신의 근거이고, 동시에 변혁에 대한 믿음의 토대이다. 가차 없고 주도한 정직성에 있어서 김수영만큼 철저한 시인은 많지 않다.

둘째, 김수영 문학의 특색은 현실을 인식하는 주체적 시각에 있다. 「가까이할 수 없는 서적」「아메리카 타임지(誌)」「엔카운터지(誌)」「VOGUE야」 같은 시들을 통하여 우리는 김수영이 영어로 된 책을 늘 가깝게 대하고 있었다는 것을 알 수 있다. 김수영의 시대에는 미군 부대에서 흘러나온 책들이 고서점에 깔려서 지금 생각하는 것보다는 상당히 많은 영어책을 구할 수 있었다. 그리고 조후쿠 고등예비학교와 미즈시나 하루키 연극연구소에서 공부하고 만주국 지린(吉林)의 연극 무대에서 일본어로 연기를 할 수 있었으니 일본어는 김수영에게 모국어나 마찬가지였을 것이다. 그의 시에 일본어 투 한자어가 자주 보이는데 이것은 물론 잘못된 언어사용이라 하겠지만 이중언어(한국어와 일본어) 사용자인 그로서는 오히려 자연스러운 어휘 선택이었다고 할 수 있다. 김수영은 일본어책을 철저하게 뜯어 읽음으로써 주체적인 시각을 확보하였다. 하이데거의 『릴케론(Wozu Dichter?)』을 일본어로 욀 수 있을 만큼 읽었다고 하는데, 김수영은 다른 책의 경우에도 책의 밑바닥이 보일 때까지 읽어 그 책을 뚫고 넘어설 수 있었던 것 같다. 김수영은 서양의 문학이론에 대한 열등감을 전혀 지니고 있지 않았다. 그는 한국에 살고 있는 자신의 생활을 무엇보다 중요하게 여겼고 한국에서 한국인으로 사는 데 필요한 것은 가리지 않고 흡수하였으나 결코 삶의 자리를 떠나서 공허한 이론에 귀를 기울이지 않았다. 그가 입버릇처럼 말하는 시다운 시는 형식주의적인 관점과 현실주의적인 관점을 함께 용인하는 개념이다. 현실로 보면 현실이 시의 전부이고, 형식으로 보면 형식이 시의 전부라는 것이다. 김수영은 형식의 변모에 헌신하는 생활도 그것이 철저하기만 하다면 결국 그 생활 자체의 전신(轉身)에 이를 수 있다고 생각했다. 그러나 김수영 자신은 형식주의자가 아니라 현실주의자였다. 「미역국」에서 그는 "자칭 예술파 시인들이 아무리 우리의 능변을 욕해도— 이것이 환희인 걸 어떻게 하랴"라고 고백하였다. 이미지의 긴장이라는 문학용어를 김수영은 생활방식에도 적용하였다. 어떤 의미에서는 영미의 분석비평을 생활 원리로 심화시킴으로써 분석비평의 한계를 훨씬 뛰어넘은 시인으로 그를 평가할 수도 있다. 이미지에 힘이 맺혀 있지 않다는 말을 삶에 진정성이 결여되어 있다는 의미로 사용하는 경우가 자주 보이기 때문이다. 양계를 하고, 빛놀이를 하고, 연애를 하고, 아들을 가르치고, 친구와 술을 마시고, 값싼 번역 일을 하는 따위의 일상생활이 하나도 빠짐없이 시와 수필에 나오는 사실도 주의할 만하다. 이러한 사건들이 독자에게 하찮은 것으로 받아들여지지 않는 이유는 그것들이 역사적 현실에 뿌리박고 있다는 데 있다. 자신의 삶을 직시하는 것 하나만으로 그는 작품 속에 현실과 역사와 세계를 포괄할 수 있었다. 일반적으로 시는 진술과 비유로 구성되고 쉽게 이해할 수 있는 진술들 사이에 신선한 비유가 들어가서 시의 눈 노릇을 하는 것이 시의 보편적인 형식이라고 할 수 있다. 그런데 비유의 자리에 진술을 놓고 진술의 자리에 요설(饒舌)을 늘어놓음으로써 다른 시 같으면 평범한 진술이라고 해야 할 말이 시의 눈으로서 빛을 내도록 구성하는 것이 김수영의 작시법이다. 앞부분의 네 연을 가득 채우고 있는 허튼 말들 끝에 나오는 다섯째 연의 할 말이 다섯 연으로 구성된 「아픈 몸이」란 시의 눈이 된다. 신이 찢어지고 추위에 온몸이 언 채로 베레모를 쓴 사람이 골목을 지나간다. 늙지도 젊지도 않은 나이의 그는 자기 발소리에서 절망의 소리를 듣고 마차를 끄는 말의 발소리에서도 절망의 소리를 느낀다. 교회와 병원이 있어도 1961개의 썩어가는 탑이 곰팡내를 풍기는데, 그 탑에는 어쩌면 4,294개의 구슬이 간직되어 있는지도 모른다. 이런 종잡을 수 없는 요설들을 듣다가 독자들은 갑자기 의미가 분명하게 드러나는 진술을 만나게 되고 이 평범한 진술이 다시는 잊을 수 없는 진리처럼 뇌리에 새겨지는 것을 느끼게 된다.

아픈 몸이
아프지 않을 때까지 가자
온갖 식구와 온갖 친구와
온갖 적들과 함께
적들의 적들과 함께
무한한 연습과 함께[49]

「봄밤」은 반대로 첫 연에 할 말이 들어있고 나머지 두 연에는 허튼 말이 들어있다. 마음이 한없이 풀어지고 꿈이 달의 행로를 회전하고 기적소리가 슬프게 울고 벌레가 눈을 뜨지 않고 땅속을 기고 천만인

49) 『김수영전집』, 258쪽.

이 재앙과 불행을 반복하며 생활하고, 청춘은 격투에서 해방되지 못한다는 것은 허튼 말이다. 그 허튼 말 속에는 시인에게 영감(靈感)은 아들과 같은 것인데 절제할 줄 모르는 시인은 영감을 얻을 수 없다는 진술이 섞여 있다. 그러므로 허튼 말에는 요설과 진술이 섞여 있다고 해야 할 것이다. 그러나 김수영 시의 눈이 되는 진술은 허튼 말이 섞이지 않은 할 말이다.

> 애타도록 마음에 서둘지 말라
> 강물 위에 떨어진 불빛처럼
> 혁혁한 업적을 바라지 말라
> 개가 울고 종이 들리고 달이 떠도
> 너는 조금도 당황하지 말라
> 술에서 깨어난 무거운 몸이여
> 오오 봄이여50)

　시의 현실주의와 시의 형식주의를 다 같이 용인하면서 그것들보다 더 깊고 더 가까운 데 있는 역사로 눈을 돌린 김수영은 우리 시대의 근본 문제로 곧장 나아간다. 신과 신이 싸우고 있는 분단시대, 자본주의자도 될 수 없고 공산주의자도 될 수 없는 김수영은 자본주의와 공산주의 이외에 또 하나의 다른 원리를 설정해 보려고 시도하지 않는다. 그는 술과 시를 통하여 원리 없이 빈곤과 싸우고 억압에 대항

---

50) 『김수영전집』, 154쪽.

한다. 김수영은 조직의 논리를 따르지 않고 주관적인 감정과 상상의 자발성을 따른다. 보편성을 내세우는 이론과 순수성을 앞세우는 예술은 결국 억압적 질서의 대리자가 되며, 객관성을 주장하는 체계와 완벽성을 내세우는 조직은 삶의 경험을 외면하는 기계의 옹호자가 된다고 보기 때문에 그는 빈틈없는 개념의 건축을 바라지 않고, 개념의 정의 자체를 거부하고 원리에 어떤 것을 환원하는 일에서 벗어난다. 그의 교육과정과 성장과정으로 미루어 짐작해 볼 때 김수영은 마르크스나 프로이트를 읽지 않았을 것이다. 「전향기」에서 보듯이 그는 일본의 진보적 지식인들에 대해서 잘 알고 있었고 「라디오계(界)」에서 보듯이 그는 일본어 방송과 이북 방송을 들으며 국제정세를 파악하였다. 그의 귀에는 이북 방송이 엉성하고 조악하게 들렸고 일본어 방송의 "달콤한 억양이 금덩어리 같았다" 「나가타 겐지로」는 1960년의 북송에 자발적으로 참여한 재일교포 가수 김영길의 이야기를 다룬 시이고 「연꽃」은 사회주의에 대한 호감을 표출한 시이다. 1960년대의 일본에는 사회주의와 북한에 대한 긍정적인 평가가 널리 퍼져 있었다. 그러므로 김수영의 좌파적 상상력에 그 나름의 고유성이 표출되어 있다고 할 수는 없을 것이다. 문제는 그의 정치 의견이 아니라 시대에 뒤떨어지지 않으려고 끊임없이 분투한 김수영의 정신적 편력에 있다. 「백의(白蟻)」는 현대기계문명에 대한 김수영의 철학을 표현한 시이다. 흰개미처럼 모르는 사이에 삶의 구석구석에 스며들어 있는 기계를 인식하고 김수영은 현대가 일용할 양식뿐 아니라 일용할 기계가 필요한 시대라는 것을 새삼스럽게 확인한다. 한국인에게 기계는 거리에 있거나 집에 있거나 편안한 물건이 아니다. 세계의 도처에 두루 확산되는 기계에는 일정한 소유주가 없다. 기계는 뇌신보다 사납고 뮤즈보다 부드럽다. 기계는 남미의 면공업자를 위하여 천을 자기도 하고 미국 나이아가라강 변에서 터널을 파기도 한다. 기계는 그리스의 철학, 특히 피타고라스학파에서 유래하였다. 고대인은 기계에서 균형과 조화를 보았고 19세기 유럽인들은 기계에서 여유를 보았다. 한국에 들어온 기계는 어딘가 고아 같이 겉도는 것 같았으나 날마다 신문잡지에 광고가 실리면서 드디어는 일반인의 집속에까지 들어오게 되었다. 화자의 누이는 기계를 싫어하는 오빠를 어머니보다 더 완고하다고 비판하였고 화자의 친구들은 기계와 화해한 그를 시인이 아니라고 비판하였다. 기계는 그리스인을 어머니로 가진 미국의 산물이라고 할 수 있는데 기계를 기계답게 다루려면 정신상으로 그리스가 미국으로부터 독립해야 한다. 미국이라는 장사치의 국가에는 순수한 과학기술문명이 성립할 수 없기 때문이다. 경제학의 중요성을 인식하지 못하고 경제를 무시하다가 미국에 예속된 것이 기계의 비극이다. 김수영은 그리스 문명에 근거하는 순수과학의 부활은 이제 연극에서나 가능할 것이라고 생각하지만 일용할 기계에 대하여 본격적으로 생각해 보았다는 것이 김수영 시의 현대성을 증명하는 것이다.

어떤 원리에도 의존하지 않고 전진하는 행동을 그는 나무아미타불의 기적이라고도 하였다. 자신의 한 걸음에 세계의 운명이 달려있다고도 말하고 있다. 뒤를 돌아보지 않는 것, 앞으로 나아가는 것, 이러한 행동은 실제로 어떻게 가능한가? 김수영은 도처에서 사회의 금기에 부딪히고 자유의 부재를 절규한다. 물고기는 운동할 때에만 물의 저항을 느끼듯이 앞으로 나아가려고 하지 않는 사람은 자유의 가치를 인식하지 못한다. 김수영은 우리 시대에 내재하는 허위와 모순을 극명하게 드러낸다. 모든 논리와 모든 언어가 이지러진 전체의 일부를 이루면서 허위로 전락한 사태에 대한 쉼 없는 거절이 김수영의 생활이었다고 해도 지나친 말은 아니다. 자신의 생활이 자유를 향한 싸움으로 구성되어야 있어야 한다는 믿음 위에서 그의 시는 일종의 전황 보고가 된다. 형식과 현실, 사유와 공유의 구별을 넘어서는 자유는 생활파 시인 김수영에게 변신의 유일한 근거로 작용한다. 안주와 정체는 자유를 필요로 하지 않는다. 사실에 있어서 성숙이라는 낱말에 부합되는 변모를 김수영만큼 뚜렷하게 성취한 시인은 드물다. 의심은 믿음으로 바뀌었고, 반성은 사랑으로 변하였다. 전진의 근원인 자유는 전진의 목표인 사랑과 분리할 수 없는 것이 되었다. 사랑과 같이 어떻게 보면 이미 닳아빠진 낱말을 신선하고 태연하게 말할 수 있다는 것도 다소 놀라운 일이다. 김수영의 글에 간혹 나타나는 이 낱말은 마치 오랜 수도의 끝판에 얻은 해탈처럼 독자의 정신을 맑게 한다.

> 아들아 너에게 광신을 가르치기 위한 것이 아니다
> 사랑을 알 때까지 자라라
> 인류의 종언의 날에
> 너의 술을 다 마시고 난 날에
> 미대륙에서 석유가 고갈되는 날에
> 그렇게 먼 날까지 가기 전에 너의 가슴에
> 새겨둘 말을 너는 도시의 피로에서
> 배울 거다
> 이 단단한 고요함을 배울 거다

복사씨가 사랑으로 만들어진 것이 아닌가 하고
의심할 거다!
복사씨와 살구씨가
한번은 이렇게
사랑에 미쳐 날뛸 날이 올 거다!51)

　　김수영에게 사랑에 미쳐 날뛰는 마음은 광신이 아니라, 단단하고
고요한 행동과 관련되어 있다. 사랑은 복사씨를 형성하는 우주의 질
서이면서 동시에 도시의 피로 속에서 배워야 알 수 있고, 오래 자라
야 알 수 있는 인간이 가치다. 사랑은 어디까지나 현세의 과업이지
피안의 간여할 바가 아니다. 술을 다 마시고 난 날이 인간의 죽음을
의미한다면, 석유가 고갈되는 날은 서구의 종말을 암시한다. 그리고
사랑은 죽기 전에, 종말이 오기 전에 알고 얻고 지녀야 할 삶의 핵심
이다. 이러한 시각에는 복숭아씨의 알맹이를 도인(桃仁)이라 하고 살
구씨의 알맹이를 행인(杏仁)이라 하는 동양사상과 통하는 점이 있다.
맹자는 '인자하다는 것은 사람답다는 것이다(仁者人也)'라고 하지 않았
던가. 김수영의 시는 서구적 교양의 기반 위에서 한 정직한 인간이
수행한 성숙과정을 보여줄 뿐 아니라, 자기의 생활 현실을 투철하게
포섭하면서 살아온 평범한 시민이 달성한 보편적 지혜의 수준까지도
보여준다.
　　많은 경우에 시인은 정상적인 사회인보다 열등한 사람으로 생각되

---

51) 「사랑의 변주곡」 제6연, 『김수영전집』, 360쪽.

어왔다. 무엇인가 정상적인 생활을 할 수 없기 때문에 시를 쓴다는 것이다. 올바른 아들이요, 우수한 학생이라면 누가 구태여 시 같은 것을 쓰면서 살 것인가. 이렇게 대다수의 사람들은 생각하는 것이다. 그런데 김수영이 시인으로서의 생활을 시작할 때 쓴 몇몇 시는 역시 이러한 식의 발상을 보여주고 있다.

> 남의 일하는 곳에 와서 아무 목적 없이 앉았으면 어떻게 하리
> 남의 일하는 모양이 내가 일하고 있는 것보다 더 밝고 깨끗하고 아름
> 다웁게 보이면 어떻게 하리
> 일한다는 의미가 없어져도 좋다는 듯이 구수한 벗이 있는 곳
> 너는 나와 함께 못난 놈이면서도 못난 놈 아닌데
> 쓸데없는 도면 위에 글씨만 박고 있으면 어떻게 하리
> 엄숙하지 않은 일을 하는 곳에 사는 친구를 찾아왔다[52]

그의 초기 시 가운데 하나인 「사무실」은 시인과 사회인, 시작과 생활의 상호 소외를 자세히 보여주고 있다. 생활이란 도면 위에 글자만 박고 있는 시작(詩作)에 비하면 엄숙하지 않은 일이며, 시작보다는 더 밝고 깨끗하고 아름답게 보이는 것이다. 또한 그것에 비해서 시작이란 첫째 행의 "어떻게 하리"란 부정적인 어조로 보아서 목적이 있어야 하는 일이며 의미를 따지는 일인 것이다. '청록파'에 정면으로 반대하고 나온 '신시론' 동인의 영향 아래 그의 시는 산문에 가까이 다

---

52) 「사무실」 1~6행, 『김수영전집』, 87쪽.

가가고 있으나, 그의 훌륭한 시가 거의 다 그렇듯이 초기의 이 시 역시 드러나지 않는 섬세한 의미의 함축이, 평범한 산문으로부터 충분한 거리를 두고 생활과 시의 긴장을 심화하고 있다. 고독과 회피조차 그동안 일어나는 모든 사회적 변동에 대한 승낙으로서의 사회적 의사 표시가 되고 있는 현대의 특징을 그는 거의 직감적으로 깨닫고 있었으며, 시를 쓴다는 일을 사회나 생활과 동떨어진 다른 어떤 것, 보들레르식으로 말하면 천상적인 '이데와 맺은 구원의 길' 같은 것으로 생각할 수 없었던 것이다. 그러나 그가 사회와 자신의 관계에 대한, 정확한 인식 위에서 긍정과 부정의 합일에 도달하게 되는 것은 퍽 뒤의 일이고, 그도 처음에는 사회의 흐름과는 좀 떨어진 곳에 시작을 두고 있었던 것은 틀림없다.

> 가야만 하는 사람의 이별을 기다리는 것처럼
> 생활은 열도(熱度)를 측량할 수 없고
> 나의 노래는 물방울처럼
> 땅속으로 향하여 들어갈 것
> 애정지둔53)

감당해 낼 수 없는 생활에 대해서 시라는 것은 가냘프고, 그리고 곧 소멸할 운명의 것이다. 시라는 것은 아무래도 생활을 버텨낼 수 있는 그 무엇은 아니다. 모든 사람이 하나의 노동을 택하고 있는 것

---

53) 「애정지둔(愛情遲鈍)」 마지막 5행, 『김수영전집』, 61쪽.

이지만 김수영은 자기의 시작을 그 가운데 하나로 넣기를 거부하고 있다. 「가옥찬가」란 시에서는 자기를 노동을 소유하고 있지 않은 사람으로서 선언한다.

목사여 정치가여 상인이여 노동자여
실직자여 방랑자여
그리고 나와 같은 집 없는 걸인이여
집이 여기에 있다고 외쳐라[54]

그는 약하고 못난 자신을 느끼는 것과 비례해서 자기와 같이 약하고 못난 사람들에 대한 참을 수 없는 공감과 연민을 깨닫는다. 「영교일(靈交日)」은 굵은 밧줄 밑에 뒹구는 구렁이처럼 괴로워하는 젊은 사나이의 눈초리를 보면서 느끼는 분격과 조소와 회한을 노래하고 있다. 그러나 그는 이상의 뒤를 따르기에는 자신과 사회에 대하여 너무나 공정한 눈을 가지고 있었고, 더구나 그에게는 의지할 수 있는 가족이 있었다.

제각각 자기 생각에 빠져있으면서
그래도 조금이나 부자연한 곳이 없는
이 가족의 조화와 통일을
나는 무엇이라고 불러야 할 것이냐[55]

---

54) 제6연, 『김수영전집』, 181쪽.
55) 「나의 가족」 제8연, 『김수영전집』, 103쪽.

「나의 가족」에서 노래하는 것을 들으면, 이것은 거의 그가 바라는 이상적인 사회질서, 즉 건전하고 정상적인 인간과 인간, 집단과 십난의 관계를 말하고 있는 것같이 보이기도 한다. 이 가족의 조화와 통일을 그가 사랑이라고 불렀을 때 그는 사회에 의한 소외자로서 부정된 자신을 다시 부정하여 이 사회에 자기의 숨결을 내뿜을 수 있는 교두보를 확립하고 있는 것이다. 이때 그의 시의 발전적인 변화를 가능하게 할 수 있었던 몇 가지 싹을 발견할 수 있으니, 하나는 번개와 같이 떨어지는 물방울은 취할 순간조차 마음에 두지 않고 나태와 안정을 뒤집어 놓은 듯이 높이도 폭도 없이 떨어진다는 「폭포」와 석간에 폭풍경보를 보고 배를 타고 가는 사람을 "습관에서가 아니라 염려하고" 3년 전에 심은 버드나무의 악마 같은 그림자가 뿜는 아우성 소리를 들으며 집과 문명을 새삼스럽게 즐거워하고 또 비판한다는 「가옥찬가」다. 두 편의 시 모두 어떤 구체적인 생활의 방향이나 의미를 규정하고 있는 것은 아니지만, 아직 확립 이전의 단계에 있기 때문에 더욱 그의 시의 바탕을 알 수 있게 하는 무엇을 가지고 있다.

규정할 수 없는 물결이
무엇을 향하여 떨어진다는 의미도 없이
계절과 주야를 가리지 않고
고매한 정신처럼 쉴 사이 없이 떨어진다

금잔화도 인가도 보이지 않는 밤이 되면
폭포는 곧은 소리를 내며 떨어진다

곧은 소리는 소리이다
곧은 소리는 곧은
소리를 부른다56)

'고매한 정신처럼'이란 직접적인 이미지 이외에도 인가 앞에 금잔화란 말이 리듬을 살리며 이미지를 환기하고 있고, 곧은 소리가 사람의 개입을 배제하면서 묘하게 스스로 울리는 반향과 같은 이미지를 산출하고 있는 이 시는 이미지의 아름다운 교향악이다. 그러나 현실적인 사람이 배제되고 있다는 의미에서 이때의 고매한 정신은 행동으로 구체화될 수 없는 하나의 각오 내지는 의견에 불과하게 된다. 그 폭포는 낮이 아니라 은폐와 차단의 느낌을 주는 밤이 되어야 곧은 소리를 낸다고 하지 않는가. 「가옥찬가」 역시 마찬가지다. 그에게 집은 자연에서 입은 상처를 치료해 주는 병원이요, 자연과의 투쟁과 애정을 재생산하는 공장이요, 자연의 공격을 막아주는 피난처이며 벌거벗어도 탓하는 사람이 없는 자유의 천지다. 그러나 이러한 생각은 사회와 자신을 근본적으로 규제하고 있는 상황에 대한 배려를 일체 도외시하고 있다는 점에서 집 혹은 가정에 대한 올바른 인식이라고 할 수 없다. 그리하여 그가 가족 이외의 관계에서 발견하는 사랑은 "어둠에서 불빛으로 넘어가는/그 찰나에 꺼졌다 살아"나는(「사랑」) 불안하고 순간적인 것이거나, "먼지 앉은 석경 너머로" 움직이는(「파밭 가에서」) 묵은 사랑이 된다. 목표와 근거가 확실하지 못

---

56) 「폭포」 2~4연, 『김수영전집』, 128쪽.

할 때 그의 삶은 순간적인 것에서 비정상적인 안식을 요구하고 과거의 회상에서 쉽게 헤어나지 못하는 것이다. 이러한 상태에 있는 시인에게 이른바 '순수'라는 말의 유혹이 매우 컸으리라는 것은 짐작하기 어렵지 않다. 그의 대표작이라고 지칭되는 「눈」은 이러한 사정을 확실하게 해 준다.

눈은 살아 있다
떨어진 눈은 살아 있다
마당 위에 떨어진 눈은 살아 있다

기침을 하자
젊은 시인이여 기침을 하자
눈 위에 대고 기침을 하자
눈더러 보라고 마음 놓고 마음 놓고
기침을 하자

눈은 살아 있다
죽음을 잊어버린 영혼과 육체를 위하여
눈은 새벽이 지나도록 살아 있다

기침을 하자
젊은 시인이여 기침을 하자
눈을 바라보며
밤새도록 고인 가슴의 가래라도

마음껏 뱉자[57]

느린 호흡의 간결한 짧은 행과 빠른 호흡의 긴장된 긴 행을 교차시
키면서 '기침', '가래침', '눈'이 점층적으로 강조되어 나가는 이 시에
서, 눈은 마당으로 상징되는 사회에 떨어진 것이요, 그것은 세상의
영혼과 육체에게 죽음을 일깨우기 위하여 있는 것이다. 이러한 눈은
흔히 말하는 순수거나 하여튼 그 비슷한 것이라고 할 수밖에 없다.
여기에 대해서 시는 기침이나 가래침 같은 것, 하얗고 고운 눈보다
지저분한 어떤 것으로 상징되고 있다. 어떤 순수한 무엇에 대하여 생
활과 시는 같이 저급한 위치에 있지만 여기서 시인 김수영이 문제 삼
고 있는 것은 주로 시와 순수의 관계다.

자유당 정권 타도라는 과업을 혁신적인 정치가나 양심적인 기업가
에 앞장서서 학생과 대중이 수행해 냈다는 사실은 송욱이나 민재식
과 마찬가지로 김수영에게서도 그의 시적 변혁을 감행하게 강요한
하나의 중요한 계기가 된 듯하다.

활자는 반짝거리면서 하늘 아래에서
간간이
자유를 말하는데
나의 영(靈)은 죽어있는 것이 아니냐[58]

---

57) 「눈」 전문, 『김수영전집』, 148쪽.
58) 「사령(死靈)」 제1연, 『김수영전집』, 178쪽.

4·19 바로 전해의 동요 속에서 김수영은 자유를 체득했고 그의 생활의 근거와 목표가 된 이 자유가 그의 시에 빠른 탄력성을 주었던 것 같다. 느릿느릿 괴롭게 흔들리던 시행은 그때부터 기관차와 같이 달려 나가고 멈춤이 없이 넘어가고 뚫고 나가는 것이 되었다. 활자·하늘·자유·영·죽음, 하나의 단어가 그다음 단어로 넘어가기까지 수행되는 투쟁과 모험을 보라. 이것은 하나의 상승이요 비약이다. 활자는 자유를 말하지만 자유는 말하는 것이 아니라 실천하는 것이다. 자유를 실천하지 못하는 나에게는 활자를 포함한 모든 것이 마음에 들지 않는다. 그러므로 이 시의 3연과 4연에서 화자는 활자를 그대라고 부르며 이렇게 말한다.

> 모두 다 마음에 들지 않아라
> 이 황혼도 저 돌벽 아래 잡초도
> 담장의 푸른 페인트빛도
> 저 고요함도 이 고요함도
>
> 그대의 정의도 우리들의 섬세도
> 행동이 죽음에서 나오는
> 이 욕된 교외에서는
> 어제도 오늘도 내일도 마음에 들지 않아라

활자는 반짝거리면서 자유를 노래할 수 있지만 우리들은 죽음을 각오한 행동을 통해서만 그것을 말할 수 있다. 죽음과 자유의 그늘 아래 김수영이 부정하고 있는 범위의 광대함을 생각하라. 황혼, 잡초, 페인트

빛, 고요함, 정의, 섬세, 오늘, 내일. 그러나 이러한 부정의 행위 속에서 그는 자기 자신에 대한 강력한 긍정을 확인하게 된다. 사회에 의해 부정된 개인은 주체적 결단에 의하여 다시 부정된다. 김수영은 자신의 삶의 목표와 근원을 캐어냈고 그것이 그의 삶을 완강한 것으로 확립했던 것이다. 「사령」보다 두 해 전에 씌어진 「봄밤」이란 시에서 김수영은 모든 감상적인 것, 모든 환상적인 것, 모든 소시민적인 원한과 앙심과 영웅심, 자기도취와 자기기만을 부정한다. 자신과 자신의 행동을 촉발하는 상황에 대한 사실 그대로의 파악, 그리고 거기서 오는 절제와 침착과 여유가 4·19를 맞을 준비를 하고 있었던 것이다. 그에게 4·19는 자유와 폭력, 희망과 절망이 고양되는 놀라운 진리의 계시였던 것 같다. 커다란 기쁨 속에서 그는 누차에 걸쳐서 전체 대중이 충실하고 탁월한 어떤 삶을 향한 보편적 투쟁에 견결히 참여할 것을 노래한다(「하······ 그림자가 없다」). 그러나 자유를 위해 전신전령으로 노력하는 것도 인간이지만, 반대로 그 자유를 짓밟고 억누르는 것도 역시 무슨 귀신이나 추상적인 이념이 아닌 인간이라는 의미에서 그러한 가정은 근거가 위태할지 모른다. 김수영이 4·19 순국학도 위령제에 부친 「기도」란 시는 이러한 사실에 직면한 그의 결의를 보여주고 있다. 배암·쐐기·쥐·삵괭이·진드기·악어·표범·승냥이·늑대·고슴도치·여우·수리·빈대들을 대하듯이 관계해야 하는 사람들이 있다. 그는 이러한 사람들과의 관계를 싸움이라고 부른다. 여기에 반해서 시를 쓰고, 꽃을 꺾고, 자는 아이의 고운 숨소리를 듣고, 죽은 옛 연인을 찾고, 잃어버린 길을 다시 찾는 마음은 공동으로 싸우는 사람 사이의 관계다. 어째서 자유에는 피의 냄새가 섞여 있는가, 혁명은 왜 고독한 것인가를 알겠다고 김수영이 「푸른 하늘을」이란 시에서 노래하고 있는 것도 이러한 인간들의 사회적 관계

구조에 대한 체험의 심화에서 우러나온 것이라고 볼 수 있다.

그러나 4·19의 결과는 우리 모두가 잘 알고 있듯이 이렇게 긍정적인 것만은 아니었다. 그것은 실망과 실의와 혼란과 실패를 함께 초래했다. 이 무렵 김수영은 자유의 어려움과 절실함을 동시에 체험한다. 자유는 완강한 '나'와 함께 있지만, 동시에 그것은 완강한 '우리'와 함께 있는 것이었다. 이것을 바꾸어 말해서 역사의 발견이라고 불러도 좋을지 모른다.

> 혁명은 안 되고 나는 방만 바꾸어 버렸다
> 나는 인제 녹슬은 펜과 뼈와 광기—
> 실망의 가벼움을 재산으로 삼을 줄 안다
> 이 가벼움 혹시나 역사일지도 모르는
> 이 가벼움을 나는 나의 재산으로 삼았다59)

피상적으로 보면 나는 펜과 뼈와 광기같이 보잘것없는 것이고, 혁명 후의 우리 사회는 그전의 사회나 마찬가지지만, 바로 이 마찬가지인 사회가 발전하고 있는 역사라는 것이다. 그의 시가 가장 원숙한 경지에 이르렀을 때에도 김수영은 자기를 한 사람의 자각적 대중으로 의식하고 있으며, 따라서 그는 표면적으로 보아 이 사회를 움직이고 있다고 보이는 특수층에 대해서는 항상 약간의 거리를 지니고 있었던 것 같다. 우주시대의 마이크로웨이브에 탄 원효대사의 민활성, 바늘 끝에 묻은

---

59) 「그 방을 생각하며」 제3연, 『김수영전집』, 219쪽.

죄와 먼지, 그리고 모방을 노래하면서 시작되는 「원효대사」란 시는 그 후반부의 지루하고 혼란된 반복이 주는 분노의 어조로 보아 대중의 의식을 잠재우고 농촌에 소비 풍조를 팽창시키는 미디어를 죄와 먼지 그리고 모방이란 이름으로 처단하고 있는 것이다. 한편 정치가나 기업가에 대한 비판의 기준을 김수영은 '사랑'이라고 부르는데, 아마 이 말은 그에게 정직하고 관대한 삶과 같은 뜻으로 사용되고 있는 듯하다. 「이혼취소」에서 그는 "마음속에 있는 탐욕을 기르기보다는 요람에 있는 아기를 죽이는 것이 낫다(Sooner murder an infant in its cradle than nurse unacted desire)"는 블레이크의 시구를 인용하고 있다.

> 이것을 지금 완성했다 아내여 우리는 이겼다
> 우리는 블레이크의 시를 완성했다 우리는
> 이제 차디찬 사람들을 경멸할 수 있다
> 어제 국회의장 공관의 칵텔 파티에 참석한
> 천사 같은 여류작가의 냉철한 지성적인
> 눈동자는 거짓말이다
> 그 눈동자는 피를 흘리고 있지 않다
> 선이 아닌 모든 것은 악이다 신의 지대에는
>
> 중립이 없다
> 아내여 화해하자 그대가 흘린 피에 나도
> 참가하게 해 다오 그러기 위해서만
> 이혼을 취소하자60)

그러나 그의 모든 사회적 투쟁이 언제나 자기 자신과의 투쟁과 함께 수행된다는 데에 시인 김수영의 탁월성이 있다. 손에는 무기운 보따리를 들고, 기침을 하면서, 집에는 차압을 해온 파일 오버가 있는데도 배자 위에 얄따란 검정 오버를 입고 빚쟁이와 싸우다 나오는 길에 흘린 침 자국을 바라보면서 "돈을 받기 전에 죽으라"라고 소시민적 이기심을 고발하는 「네 얼굴은」이나, 그의 절창 가운데 하나인 「어느 날 고궁을 나오면서」를 보면, 김수영에게 자기 자신과의 투쟁이 얼마나 처절할 정도로까지 전개되고 있었던가 하는 것을 확실히 알 수 있다. 이 사회의 지배층과의 싸움이 언제나 같은 대중끼리의 싸움으로 끝나고 마는 것을 "떨어지는 은행나무잎도 내가 밟고 가는 가시밭"이라고 통렬하게 비판하고 있는 김수영은, 그러나 이러한 자기가 적어도 역사의 방향에서는 벗어나 있지 않다는 시인으로서의 확신을 가지고 있었다. 그가 「Vogue야」란 시에서 유행의 세계에 스크린을 친 죄, 아이들의 눈을 막은 죄를 말하고 있는 것도 역시 시인으로서의 역사 감각의 일단을 보이는 것이지만, 「말」이라는 시도 역시 "나무뿌리가 좀더 깊이 겨울을 향해 가라앉았다"라는 구절이 포함한 이미지가 보여주듯이 김수영 자신의 역사 감각의 확대를 표현하는 것이며, "그래도 우리는 삼십 대보다는 약간 젊어졌다"라는 「미역국」 역시 미역국이 상징하는 실패를 통하여 역사 내부로 침투할 수 있었다는 가장 올바르고 값진 자기 긍정이다. 정직하고 관대한 삶을 가로막는 모든 세력에 대항하는 그의 이러한 '사랑'이 가장 깊어지고

---

60) 제4연, 『김수영전집』, 332쪽.

뜨거워졌을 때 그는 튼튼한 개인, 튼튼한 대중과 동시에 튼튼한 역사를 획득하게 된다.

> 전통은 아무리 더러운 전통이라도 좋다 나는 광화문
> 네거리에서 시구문의 진창을 연상하고 인환(寅煥)네
> 처갓집 옆의 지금은 매립한 개울에서 아낙네들이
> 양잿물 솥에 불을 지피며 빨래하던 시절을 생각하고
> 이 우울한 시대를 패러다이스처럼 생각한다
> 버드 비숍 여사를 안 뒤부터는 썩어빠진 대한민국이
> 괴롭지 않다 오히려 황송하다 역사는 아무리
> 더러운 역사라도 좋다
> 진창은 아무리 더러운 진창이라도 좋다
> 나에게 놋주발보다 더 쨍쨍 울리는 추억이
> 있는 한 인간은 영원하고 사랑도 그렇다[61]

이 시의 다음 부분에 이어서 나오는 진보주의자 · 사회주의자 · 통일 · 중립 · 은밀 · 심오 · 학구 · 체면 · 인습 · 동양척식회사 · 일본영사관 · 대한민국관리 · 미국에 대한 신랄한 공격은 바로 국제 관계에서 자기의 자리를 버텨내지 못하고 다른 나라에 말려들고 마는 허약한 정부와 공정하지 못한 관리, 매판적인 기업가, 감상적인 지식인에 대한 사형선고다.

---

61) 「거대한 뿌리」 제3연, 『김수영전집』, 299쪽.

김수영은 자신이 그 일부로 편입되어 있는 사회구성원리로서의 자본주의를 온몸으로 통과하면서 살아남기가 너무 어렵다는 것을 설감하고 삶의 고통을 경감시켜 줄 수 있는 다른 미래를 희망하였다. 그러나 그것은 어디까지나 모두 말하게 하고 나중에 갈피 짓는 다성정치(多聲政治)를 전제로 하는 방향이었다. 우리는 천박한 진보주의자·사회주의자·통일·중립을 비판하는 「거대한 뿌리」 이외에 「세계일주」란 시를 통해서도 남의 입을 막고 혼자 말하는 단성정치(單聲政治)에 대한 김수영의 증오를 알 수 있다.

> 지금 나는 21개국의 정수리에
> 사랑의 깃발을 꽂는다
> 그대의 눈에도 보이도록 꽂는다
> 그대가 봉변을 당한 식인종의 나라에도
> 그대가 납치를 당할 뻔한 공산국가에도
> 보이도록62)

이것은 물론 세계 일주를 하고 싶어 하는 나에게 발 운동 열심히 하는 것보다는 제 땅에서 사랑을 훈련하는 것이 낫다고 반박하는 또 하나의 내가 하는 말이지만 자유를 생명과 동의어로 사용하는 김수영의 정치 노선을 우리는 자유사회주의라고 명명할 수 있을 것이다. 「김일성 만세」는 김일성의 정치 모델을 옹호하는 시가 아니라 김일

---

62) 3연 1~6행, 『김수영전집』, 372쪽.

성주의자까지도 허용하는 다성정치(多聲政治)를 옹호하는 시이다. 민주주의자란 모두 말하게 한 다음에 갈피 짓는 사람이고 독재자는 듣지 않고 말하는 사람이다.

결국 그의 시와 생활도 역시 많은 훌륭한 시인의 그것과 마찬가지로 '사랑하는 싸움'의 성실한 수행이었음을 알 수 있다. "욕망이여 입을 열어라/그 속에서 사랑을 발견하겠다"라고 시작되는 그의 유고 「사랑의 변주곡」은 건강한 인간, 건강한 시민, 건강한 역사를 위한, 다시 말하면 행복한 세계를 위한 그의 이러한 싸움이 '사랑'이라는 말 속에 얼마나 깊이 심화되어 있었던가를 극명하게 보여준다. 언젠가 김수영은 소설을 쓰듯이 시를 쓴다고 말했다. 이 말은 풍요한 삶의 전체에 자기의 시적 투쟁을 참가시키겠다는, 따라서 이른바 미(美)라는 이름 아래 생활의 폭을 좁히고 결과적으로 미 자체의 목을 조르는 우리 시 대부분에 대한 반대로 이해되어야 할 것이다. 김수영의 시를 볼 때마다 털털거리고 나아가는 트랙터를 대하고 있는 듯한 느낌을 받는다. 험한 자갈밭이나 거친 풀밭을 가리지 않고 트랙터는 앞으로 나아갔고, 그리고 김수영은 그 엔진을 끄지 않은 채 죽었다.

Ⅳ. 한용운의 시와 불교

1. 한용운을 읽는 이유

한국의 현대시를 개척하는 데 기여한 분은 많으나 그 초창기의 업적이 시대의 마멸을 견디고 오늘에도 시문학의 척도로서 작용하는 경우는 많지 않다. 만해 한용운은 시대의 제약을 넘어서 한국의 청년들에게 애독되는 현재형의 시인이다. 그의 시는 현대의 한 고전이 되었으며, 그의 사상은 현대불교의 이정표가 되었다. 한 줌의 의심도 남기지 않은 그의 지조는 방황하는 현대인에게 스승의 참다운 의미를 되돌아보게 한다. 『님의 침묵』의 「군말」에서 한용운은 석가의 님은 중생이고 그 자신의 님은 "해 저문 벌판에서 돌아가는 길을 잃고 헤매는 어린 양"이라고 밝혔다. 그가 진정으로 한국의 청년들을 사랑하였기 때문에 한국의 젊은이들도 시대를 초월하여 그의 시를 사랑하는 것이다. 이러한 현상이야말로 사랑의 위대한 신비가 아닐 수 없다. 그는 "타고 남은 재가 다시 기름이 됩니다./그칠 줄 모르고 타는 나의 가슴은 누구의 밤을 지키는 약한 등불입니까"라고 노래하였다. 그의 시에서 우리는 마르지 않는 사랑의 원천이 되는 생명의 모태를 느낄 수 있다. 이 치열한 사랑의 화력을 망각한다면 강직한 기개, 고고한 절조, 비타협적 투쟁, 불의에 대한 증오 등 한용운의 인품을 형용하는 말들은 모두 한낱 장식적 수사가 되고 말 것이다. 나라 잃은 시대의 현실을 직시하고 한용운은 근대성이 무엇보다 중요한 문제라는 사실을 절실하게 인식하였다. 그가 평생토록 교육을 중시하고 조직을 모색한 이유가 여기에 있다. 말년의 만당(卍黨) 사건 같은 것은 그가 구상한 조직의 전형적인 예가 된다. 이익을 앞세우는 조직이 아니라 공동의 이념에 근거한 자기희생적 조직이라야 일제와 싸울 수 있다는 것이 그의 신념이었다. 3 · 1운동에도, 신간회에도 그는 자진해서 참가하였다. 그러나 일본 학자들의 견해를 수용한 당대의 지식인들과는 달리 그는 근대성의 방향을 전통의 광맥 속에서 탐색하였다. 그는 제국주의의 논리로 제국주의에 맞서는 것보다 불교의 고전이 가르치는 인류 보편의 원칙에 근거하여 제국주의를 초극하는 것이 옳다고 믿었다. 항상 현실불교, 대중불교를 주장하였으나 한용운은 임제선의 종풍을 확고하게 지켰다. 참선이란 마지막에 가면 누구나 보게 되는 인간 의식의 막다른 골목을 지금 보는 것이다. 더 내려갈 수 없는 밑바닥에 처한 마음가짐과 일상의 잔다란 일에 공들이는 몸가짐이 천하에 무엇도 두려울 것이 없는 행동을 가능하게 한다. 천진(天眞)이 군함과 포대를 티끌로 만든다. 그러므로 그의 이른바 불교 사회주의는 불교와 사회주의를 결합하겠다는 것이 아니라 나라 잃은 시대에 원효의 정신을 살려내겠다는 것이었다. 한용운이 돌아간 지 80년이 넘었어도 전통과 현대, 이론과 실천, 미학과 윤리학은 여전히 따로 놀며 우리의 현실을 어지럽게 하고 있다. 혼미한 현실에서 나아갈 방향을 상실했다고 느낄 때마다 우리는 한용운의 시를 다시 읽어야 한다. 우리 자신의 마음속에서 숨 쉬고 있는, 님에의 하염없는 그리움을 확인하기 위하여, 그리고 한용운이 피와 땀으로 공들인 바른 나라를 이룩하기 위하여. 한용운의 님은 다름 아닌 우리 자신이었기 때문에.

　나라 잃은 시대에 시인들은 누구나 있어야 할 어떤 것의 결여를 절감하면서 시를 쓰지 않을 수 없었다. 결여의 내용을 국권과 민권으로 명확하게 규정한 시인은 많지 않았으나 시인들은 세상이 정도에서

벗어나 있고 자기가 깃들일 자리를 상실했다는 망연한 공허감에서
벗어날 수 없었다. 세계가 개인의 감정 속에 침투하여 그 시대에는
누구도 사회와 무관한 고독한 개인의 자유를 향유할 수 없었다. 일제
로부터의 거리두기는 모든 개인에게 선택과 결단의 문제로 제시되어
있었다. 일본으로부터 거리를 두어야 한다는 의식과 일본을 따라가
야 한다는 의식은 20세기 내내 우리나라 사람들을 괴롭힌 아포리아
였다. 일본으로부터 독립하려면 일본처럼 근대화되어야 한다는 데에
반대하는 사람은 없었다. 일본은 미운 나라이지만 동시에 배워야 할
나라였다. 원수에게 배우는 고통을 조금이라도 줄이기 위하여 시인
들은 일본에서 영시와 불시를 배웠다. 나라 잃은 시대 내내 일본문학
을 전공한 시인이 한 사람도 없다는 사실이 우리나라 시인들의 고뇌
를 짐작하게 한다. 그러므로 나라 잃은 시대의 시인들은 일본으로부
터 거리를 두기 위해서 우리 것을 지켜야 하고 일본을 따라가기 위해
서 우리 것을 부정해야 한다는 모순 가운데 있었다. 최남선에게 일본
으로부터의 거리두기는 조선주의로, 일본을 따라가기는 신시로 나타
났다. 최남선은 '어수(語數)가 자유로운 신시'를 쓰고자 했으나 실제로
그가 쓴 시들은 3·4조, 3·4음보의 정형률을 유지하고 있었다.

김억은 1918년 주간으로 발행된 『태서문예신보』에 유럽의 근대
시를 번역하여 발표하였다. 그는 정확한 번역이라고는 할 수 없으나
일본어와 에스페란토어와 영어, 불어를 대조하고 시의 주제보다 시
의 정조와 분위기를 살리기 위하여 감각과 정서를 강조하는 어휘를
선택함으로써 한국 현대시의 형성에 큰 영향을 미쳤다. 김억은
1923년에 베를렌의 시 21편, 구르몽의 시 20편, 보들레르의 시 7
편, 예이츠의 시 7편, 포르의 시 6편을 번역하여 번역 시집 『오뇌의

무도』를 내었고 이어서 타고르의 시를 번역하여 세 권의 번역시집 『기탄자리』 『신월(新月)』 『원정(園丁)』을 발간하였다. 『원정』의 속표지 에는 "Rabindranath Tagore, La Gardenisto: Traduckita el anglo de verda E. Kim"이라는 에스페란토어가 씌어 있다. 후에 김억은 『개벽』에 에스페란토어 강좌를 연재하기도 하였다. 'Gardenisto'란 영어로 번역된 타고르의 시를 우리말로 옮긴 번역 시집의 속표지에 김억이 적어놓은 에스페란토어이다. 「타골의 시 GARDENISTO를 읽고」라는 한용운의 시 제목에서 우리는 한용운 이 김억의 번역 시집을 통해서 타고르의 시를 읽었다는 사실을 알 수 있다. 『오뇌의 무도』가 없었다면 『진달래꽃』이 나오지 못했을 것 이고, 『원정』이 없었다면 『님의 침묵』이 나오지 못했을 것이라고 말 해도 지나친 판단이 아니다.

최남선은 『소년』에 게재된 '신체시가 대모집'이란 광고에서 '광명, 순결, 강건'을 신시의 주제로 요구했다. 주요한의 「채석장」과 남궁벽 의 「대지의 찬(讚)」은 이러한 건강한 의지를 표현한 시이다. 주요한은 새 길을 여는 의지와 신념과 힘을 찬양하였고, 남궁벽은 육체와 생명, 꽃과 별이 하나가 되는 자연을 찬양하였다. 애원성과 수심가의 가락 이 짙게 깔린 김동환의 시도 퇴폐적인 풍조를 비판한다는 점에서는 건강한 정서를 지향하고 있다고 할 수 있다. 그러나 1920년대 한국 시는 순결한 개인과 타락한 사회라는 이분법에 의거하여 대체로 절망 과 퇴폐의 분위기에 잠겨 있었다. 황석우는 저만 아는 몽환을 생경하 고 난해하게 표현하였고, 오상순은 속악한 현실을 부정하는 고독하고 예외적인 개인의 고독을 옹호하였고, 박종화는 현실도피의 유일한 방 법으로 죽음을 화려하게 장식하였고, 박영희는 현실뿐 아니라 환상

Ⅳ. 한용운의 시와 불교

속에도 여전히 남아 있는 생의 고통을 탄식하였다. 1920년대 한국 시의 성과는 이들의 도피주의를 극복하는 방향에서 성취되었다. 도피주의를 넘어서기 위하여 홍사용은 향토성과 토속성을 강조하였고, 이상화는 식민지의 궁핍을 강조하였고, 이장희는 감각적 이미지를 강조하였다. 김소월과 한용운은 1920년대 한국 시의 참담한 방황과 모색 속에서 단련된 시인들이었다. 김소월의 시의 슬픔과 한은 나라 잃은 시대의 보편적 정서를 나타낸 것이었다. 「진달래꽃」에는 떠나버린 님에 대한 집착이 강하게 표출되어 있다. 이 시에는 미련과 자책, 원망과 갈등의 감정이 숨겨져 있다. "고이 보낸다"는 말 속에는 다시 돌아와 주기만을 기대하는 끈질긴 희원(希願)이 들어 있다. 님은 떠났으나 나는 그를 끝끝내 포기할 수 없다는 집념과 님은 이미 떠났으니 그를 포기해야 한다는 절망이 김소월의 시 속에 공존한다.

한용운의 시에는 밝음과 어둠, 죽음과 삶, 세속과 열반이 서로 통하여 작용하고 있다. 한용운은 현실의 이 두 측면을 뗄 수 없이 결합시켰다. 그는 이기적인 세속을 거부하고 형식적인 열반을 부정하였다. 한용운의 시에 나타난 사랑을 우리는 한 남자와 한 여자의 사랑으로 읽어도 무방하다. 한용운은 신체와 신체의 사랑을 부정하지 않았다. 육체성이 해탈의 근거가 된다. 사랑을 알 수 있게 하는 것은 님의 마음이 아니고 님의 수건에 수놓는 바늘이라는 구절이 「사랑의 존재」에 나온다. 한용운은 역사를 초월과 동일한 의미로 사용하였다. 현실을 직시할 때 역사는 찌그러지고 비틀어진 모습으로 나타난다. 님은 살아서 움직이는 구체적 진리, 즉 역사적 인간이다. 님의 역사 속의 가변체이므로 이별도 역사 속의 가변체이다. 이별은 이별하고 있는 두 사람을 끊임없이 변화시킨다. 이별이 중요한 것은 이별이란 상황이 인간을 변호하게 하고 재생하게 하기 때문이다. 두 사람은 이별 속에서도 함께 전진한다. 한용운은 우리에게 공들인다는 말의 의미를 되살려 준다. 사랑하는 사람은 님의 고통을 자기 고통으로 여기고 님이 잘되도록 온갖 정성을 기울인다. 사랑하는 사람에게는 복종하는 것이 오히려 기쁨이 된다. 사랑하는 사람에게 헌신하는 것은 정조를 지키기 위해서가 아니라 다만 사랑하기 때문이다. 한용운은 사랑의 기쁨뿐 아니라 사랑의 고통도 노래하였다.

아아 불(佛)이냐 마(魔)냐, 인생이 띠끌이냐 꿈이 황금(黃金)이냐 적은 새여, 바람에 흔들리는 약한 가지에서 잠자는 적은 새여

「 ? 」라는 제목의 이 시는 이별에 직면한 사람들의 불안을 보여준다. 그러나 한용운은 군함과 포대와 칼을 직시함으로써 회의와 불안을 넘어서 사랑을 회복한다. 한용운의 사랑은 죽음을 통하여 재생하는 불사조다.

현대시를 공부하기 위하여 우리는 정지용과 백석과 이상, 그리고 서정주와 김춘수와 김수영을 찾는다. 현대시를 공부하기 위하여 한용운을 찾는 사람은 거의 없을 것이다. 한용운은 시인이라고 부르기에는 너무나 위대한 인간이었다. 한용운은 신채호와 함께 한국 근대 사상사의 중심에 위치하고 있다. 우리가 한용운을 읽어야 하는 이유는 20세기 한국사상의 업적을 정리하고 21세기 한국사상의 방향을 새롭게 설정하려는 데 있다. 그리고 무엇보다 이제는 사라진 대인의 풍모를 엿보고 우리의 왜소한 모습을 반성하기 위해서 우리는 한용운의 시를 읽어야 한다.

2. 한용운의 삶

한용운은 1879년 8월 29일(음력 7월 12일) 충청남도 홍성군 결성면 성곡리(당시는 홍주군 주북면 옥동)에서 청주 한씨 응준과 온양 방씨의 차남으로 태어났다. 아명은 유천(裕天)이었다. 어려서는 집안이 넉넉하였으나 아버지와 형이 일찍 돌아간 후로 가세가 기울었다. 1884(고종 21, 갑신)년에 서당에 들어가 1896(고종 33, 건양1, 병신)년까지 한학을 배웠다. 1892년에 천안 전씨와 결혼했고 1904년에 아들 보국을 낳았다. 1896년에 입산하여 설악산 오세암에서 머슴(불목한: 負木)으로 일하다가 1905(을사)년 1월 26일에 강원도 인제군 백담사에 가서 김연곡 스님을 스승 삼아 불문에 귀의하였다. 백담사의 불교강원 강사가 한용운이 대필한 편지를 보고 승려되기를 권유하였다. 한용운이 승려가 된 이유에 대해 우리가 알 수 있는 자료는 『삼천리』 1933년 9월호에 게재된 「시베리아를 거쳐 서울로」란 글에서 읽을 수 있는 술회뿐이다.

인생이란 덧없는 것이 아닌가. 밤낮 근근자자(勤勤孜孜)하다가 생명이 가면 무엇이 남는가. 명예인가, 부귀인가. 모두가 아쉬운 것 아닌가. 결국 모든 것이 공이 되고 무색(無色)하고 무형한 것이 되어버리지 않는가. 나의 회의는 점점 커져갔다. 나는 이 회의 때문에 머리가 끝없이 혼란하여짐을 깨달았다. 예라 인생이란 무엇인지 그것부터 알고 일하자[1]

---

1) 『한용운 전집』 1권, 255쪽.

동학이 척왜양창의(斥倭洋倡義)를 내세운 것은 1893(고종 30)년 보은
집회 때였고, 전봉준·김개남·손화중이 "민은 나라의 근본이다. 근
본이 약해지면 나라도 약해지는 것이다"란 창의문을 산포하고 궐기
하였다가 공주와 태인에서 일본군과 합세한 관군에게 패한 것이
1894(갑오)년이었다. 의병은 1895(고종 32, 을미)년부터 있었으나 민긍
호·허위·이인영·이강년의 지휘하에 조직을 갖춘 것은 군대가 해
산된 1907(융희 1)년 이후였다. 한용운이 참가했다면 동학 농민군이
라기보다는 의병에 가담했을 가능성이 더 많다. 일본공사 미우라(三浦
梧樓)가 왕후를 살해한 을미사변 직후에 유인석·이소응·이춘영 등
의 무력항쟁이 전개되었다. 그의 입산 동기를 동학이나 의병과 연관
지을 수 있는 증거는 아직 충분하지 않다.

1903년에 세계여행을 계획하고 탁발하며 원산을 거쳐 블라디보스
토크로 건너갔다가 친일파인 일진회 회원으로 오인 받아 한국 청년
들에게 곤욕을 치르고 돌아와 석왕사에 있었다.

1904년에는 잠시 고향에 가 있었고 1905년에 승려가 된 후, 안중
근 의사의 장거(壯擧)가 있던 1908년에 한용운은 일본에 가서 5~6개
월을 머물렀다. 이때 최린과 처음 만났다. 『한용운전집』 제1권에 일
본에서 지은 20수의 한시가 포함되어 있는 것으로 미루어 한용운이
일본에 갔던 것은 틀림없는 사실이라고 추정할 수 있다. 바칸(馬關: 시
모노세키[下關]의 옛 이름), 미야지마(宮島), 닛코(日光), 도쿄(東光), 교토(京
都) 등의 지명이 나오고 아사다(淺田), 치코(智光) 등의 인명이 나온다.
그는 일본의 아름다운 경치를 보고 "도원의 이슬비 속에 있는 듯(恰似
桃園烟雨裡)"하다고 감탄하며 "한잔의 술을 마시고 하늘가에 이른 듯(一
壺春酒到天邊)" 기뻐했다. 아사다 교수에게는 "참선에 몰두하는 태도를

칭찬하고(春山何日到靑嵐)", 치코 선사에게는 "마음을 알아주는(故人只許
心長)"데 대하여 감사를 표했다. 「가을밤에 빗소리를 듣는디(秋夜聽雨有
感)」란 시에서는 다음과 같이 읊고 있다.

영웅도 못 배우고 신선도 못 배운 채
국화와 맺은 맹세만 저버렸구나
가을밤 등불 아래 보니
흰머리만 무성한데
쓸쓸히 내리는 빗소리에
헛되이 보낸 서른 해를 한탄한다

不學英雄不學仙
寒盟虛負黃花緣
靑燈華髮秋無數
蕭雨雨聲三十年

조동종(曹洞宗) 대학에 가서는 '백옥 같은 선심(禪心如白玉)'을 느끼고
'경쇠소리에 지는 꽃잎(花落磬聲高)'을 음미한다. 고향을 그리워하고 편
지를 기다리는 심정은 곳곳에 토로하였으나 민족문제에 대해서는 조
금도 언급하지 아니하였다. 시에 민족문제가 담겨 있어야 하는 것은
아니고 한시의 짧은 형식으로는 그것이 쉬운 일도 아닐 것이다. 다만
우리는 몇 가지 질문을 제기해 볼 수 있다.
한용운은 무슨 비용으로 일본의 명승지를 적지 않게 여행하고 누
구의 소개로 일본의 승려나 불교계 대학의 교수와 친분을 맺을 수 있

었을까? "아녀자들이 전하기를 이 산속에 별유천지가 있다 한다(試聞 兒女爭相傳 報道此中別有天)"는 구절로 미루어 본다면 한용운은 일본어를 알았던 것 같은데 그는 어디서 어떻게 일본어를 배웠을까? 이러한 질 문에 대답할 수 있는 증거도 충분하지 않다.

1908(무신)년 3월 6일에 전국 사찰 대표 52인이 동대문 밖 원흥사 에 모여 원종(圓宗) 종무원을 설립하고 친일 승려 이회광(李晦光)을 종 정으로 추대하였다. 한용운은 박한영(朴漢永)과 함께 임제종을 세워 원종에 반대하였다. 이때 한용운은 호남의 청년 승려들을 규합하였 는데, 이러한 불교청년운동은 1920년의 조선불교청년회, 1922년의 불교유신회, 1931년의 조선불교청년동맹으로 이어져서 1937년까지 근 30년간 지속되었다. 이회광은 1910(융희 4, 명치 43)년 8월 29일 나라가 망한 후 일본에 가서 조동종과 연합하는 조약을 체결하였다. 조약에는 원종 종무원의 고문을 조동종 종무원에 위촉하고 조동종에 서 파견하는 포교사들에게 원종 승려의 교육을 위탁하며 그들에게 숙소 등의 편리를 제공한다는 내용이 포함되어 있었다. 1910년 9월 에 황현이 자결하자 한용운은 황현을 추모하는 시를 지었다.

정의의 길에 나아가
태연히 길이 나라에 보답하고
한번 죽으매
시들지 않는 꽃이 만고에 항상 새롭구나
다하지 못한 한 남겨두지 않아도
그대의 정성 위로하려 스스로 나설 사람 끊이지 않으리

IV. 한용운의 시와 불교

就義從容永報國
一暝萬古劫花新
莫留不盡泉坮恨
大慰苦忠自有人

　　1910년 총독부는 조선사찰령을 반포하여 주지의 임면과 재산의
처분에 행정당국의 승인을 받도록 규정하였다. 본사 주지는 신청서
에 수행 이력서를 첨부하여 총독의 인가를 받고 말사 주지는 같은
절차에 따라 도장관의 인가를 받게 했다. 부정한 행위가 있거나 직
무를 게을리할 때에는 인가를 취소하고 1주일 이내에 사찰에서 퇴
거하도록 했다. 토지, 삼림, 건물, 불상, 석물, 고문서, 고서화, 기타
귀중품은 주지가 된 후 5개월 이내에 총독에게 목록을 제출하고 그
것들의 처분에 대해서는 총독의 허가를 받게 하였다. 이 규정을 위
반하면 2년 이하의 징역 또는 500원 이하의 벌금에 처하도록 했다.
한용운은 승려와 재산은 조선 불교의 공유물이므로 31본산을 결속
하는 총본산의 규제를 받아야 한다고 주장하고 사찰령에 반대하였
다. 그는 미국, 프랑스, 이탈리아 등 24개국의 헌법을 예로 들어 정
치와 종교의 분립을 총독부에 요구하였다. 1911년 가을에 중국의
동북 3성에서 김동삼·신채호·이시영·이동녕·박은식 등과 독립
의 길을 논의하고 환인현(桓仁縣)의 동창(東昌)학교, 흥경현(興京縣)의
흥동(興東)학교 등의 독립군 훈련장을 방문하였다. 만주 회인현(懷仁
縣) 소야하(小也河) 황야중에서 정탐하러 온 자로 독립군에게 오인되
어 4발의 저격을 받고 수술 후 달포 만에 회복되었으나 탄환을 모
두 꺼내지 못하여 평생 체머리를 흔들게 되었다. 저격을 받고 쓰러

져 정신을 잃었을 때 한용운은 관세음보살의 말을 듣는 체험을 하였다.

어느 가을날이었다. 만주에서도 무섭게 두메인 어떤 산촌에서 자고 오는데 나를 배행한다고 2, 3인의 청년이 따라나섰다. 그들은 모두 연기 20 내외의 장년인 조선 청년들이며 모습이나 성명은 모두 잊었다. 길이 차차 산골로 들어서 백주에도 하늘이 보이지 아니하였다. 길이라고는 풀 사이라 나무꾼들이 다니던 길같이 보일락 말락 하였다. 이러자 해는 흐리고 수풀 속은 별안간 황혼 때가 된 것같이 캄캄하였다. 이때다! 뒤에서 따라오던 청년 한 명이 별안간 총을 놓았다. 아니 그때 나는 총을 놓았는지 무엇을 놓았는지 몰랐다. 다만 땅 소리가 나자 귓가가 선뜻하였다. 두 번째 땅 소리 한방을 또 놓는데 이때 나는 그들을 돌아다보며 그들의 잘못을 호령하려 하였다. 그리하여 여러 말로 목청껏 질러 꾸짖었다. 그러나 어찌한 일이냐. 성대가 끊어졌는지 혀가 굳었는지 내 맘으로는 할 말을 모두 하였는데 하나도 말은 되지 아니하였다. 모깃소리 같은 말소리도 내지 못하였다. 피는 댓줄기같이 뻗치었다. 그제야 몹시 아픈 줄을 느끼었다.2)

귀국하여 백담사에 승적을 두고 서울에 있는 불교학원에서 가르쳤다. 1913년에 불교서관에서 『조선불교유신론』을 간행하였다. 석가상 하나만 남기고 염불당, 나한전, 시왕전, 칠성당 등을 모두 폐지하

---

2) 『한용운전집』 1권, 251~252쪽.

고 의식을 간소화하여 하루 한 차례의 예불만 하도록 하며 승려의 결혼을 허용하여 인간을 위한 불교를 만들자는 것이 그 요지였다. 한용운은 교리와 경전과 제도와 재산을 모두 대중화하자고 주장하였다. 사진과 영화와 매스컴을 활용하고 승려의 인도 유학을 추진하자는 의견도 제시하였다.

1914년에 고려대장경을 열독(閱讀)하고 『불교대전』(범어사)을 편찬하였다. 마음과 물질[法], 부처님과 믿음, 업과 인연, 무상과 번뇌, 윤회와 열반 등의 기본 교리를 요약하고 학문, 예절, 위생, 가정, 사회, 국가에 관한 구절들을 경전에서 발췌했다. 1917년 12월 3일 밤 오세암(五歲庵)에서 참선하다가 의정(疑情)을 풀었다. 대부분의 승려들이 참구하는 무(無)자 화두("개에게도 불성이 있습니까?" "무")가 아니라 한용운은 일(一)자 화두("만사는 하나로 돌아간다. 하나는 어디로 돌아가는가")를 참구하였다. "하나"가 목에 걸린 가시가 되어 자나 깨나 잠시도 편할 수 없게 괴롭히는 것을 참구한다고 하며 어느 날 그 가시가 빠져나와 뱃속으로 들어가거나 입 밖으로 나오는 것을 의정이 풀렸다고 한다.

이르는 곳 어디나 고향 아니랴
어찌 나그네 시름 속에 길이 머물리
한 소리 크게 질러 우주를 뒤흔드니
흰 눈 속에 복사꽃이 잎마다 붉구나

男兒到處是故鄉
幾人長在客愁中
一聲喝破三千界

한용운은 이 시에 "만사는 하나로 돌아가지 않는다. 하나는 식별할 수 없는 만사를 파악하기 위하여 인간이 만든 관념이다. 그러므로 하나는 어디로 돌아가지 않는다. 하나가 없다는 것을 깨달을 때 비로소 만사에 철저하게 된다"라는 통찰을 담으려고 했을 것이다. 이 해에 한용운의 설법을 들은 만화(萬花) 스님이 "한 입으로 온 바다를 다 마셨다(一口沒盡萬海水)"고 그의 깨달음을 인증하였다. 이후로 한용운은 만해를 그의 호로 삼았다. 1914년에 시작됐던 제1차 세계대전이 1918년 11월에 끝났다. 한용운은 계동 43번지에서 종합 월간지 『유심』을 창간하였으나 3호로 폐간되었다. 미국 대통령 윌슨이 세계평화에 관한 14개조의 의견서를 발표하였다. 그 안에는 민족자결의 원칙이 포함되어 있었다. 이미 혁명 직후에 소련도 「제민족의 권리 선언」을 발표한 바 있었다. 1919년 1월 12일에 고종이 붕어하였고 한용운은 그해 3월에 민족 대표 33인의 한 사람으로 3 · 1운동에 참여하였다. 당시의 총독부 통계에 의하면 천도교도가 40만, 불교도가 30만, 기독교도가 20만, 유림이 10만이었다.

최린 · 송진우 · 현상윤 · 최남선 · 이승훈 · 한용운 등은 종교단체의 연합으로 거사하기로 하고 유림과 접촉하였다가 거부되자 천도교 · 불교 · 기독교가 연합하고 보성전문 · 연희전문 · 경성의전 등의 학생을 동원하기로 계획하였다. 거사일은 고종 황제의 인산(因山) 이틀 전인 3월 1일 정오로 결정하였다. 1920년 8월 9일 경성 지방법원 제1형사부에서 공소불수리 판결을 받고 3년 동안 수감되었다. 민족 대표들 가운데 3년 징역을 언도받은 사람은 손병희 · 최린 · 권동진 · 오세창·이종일·이승훈·함태영·한용운 등 8명이었다. 일본은 평화적인 시위에 경찰뿐 아니라 육·해군까지 동원하였다. 46,948명이 체포되었고 7,509명이 살해되었으며 15,961명이 상해 입었고 민가 715채, 교회 47채, 학교 2채가 헐리고 불탔다. 한용운은 옥중에서 변호사를 대지 말고 사식을 취하지 말고 보석을 요구하지 말자는 투쟁원칙을 동지들에게 제시하였다.

1919년 7월 10일에 일인 검사의 청구에 응하여 한용운은 「조선독립에 대한 감상의 개요」를 제출하였다. 한용운은 자유와 평화를 인간의 본성으로 규정하고 평화의 정신을 평등으로 규정하였다. 자유의 침략은 야만이 되고, 평화의 위압은 굴욕이 되므로 야만과 굴욕에서 벗어나려면 독립, 자존의 길을 걸어야 한다는 것이 그의 주장이었다. 총독부의 정책을 무력압박 네 글자로 요약하고 한용운은 총독이 좋은 정치를 편다 하더라도 독립, 자존의 원칙에 어긋나므로 용인할 수 없다고 결론을 지었다.

1923(다이쇼 12, 계해)년에 도쿄 대지진으로 4만 5천 명의 한국인이 학살되었다. 1925(을축)년에 『님의 침묵』을 탈고하고 1926년에 동안(同安) 선사가 지은 『십현담』을 주석하여 법보회(法寶會)에서 간행하였다. 1927년에 안재홍, 신석우, 백관수, 이상재, 김병로, 홍명희, 조병옥, 허헌 등과 언론인, 기독교인, 민족주의자, 사회주의자 3천 명이 발기인이 된 신간회를 결성하고 중앙집행위원 겸 경성지회장이 되어 광주학생운동과 여성운동단체 근우회(槿友會)의 활동을 지원하였다. 기회주의를 부인하고 정치적·경제적 각성을 촉진하는 민족단일당으로 출범한 신간회는 200여 지회와 2만 명의 회원을 가지고 있었다.

한용운은 이시영·신채호·정인보·홍명희 등과 가깝게 교유했으며 신채호의 비문을 썼다. 1930년에 권상로가 주간하던 월간지 《불교》를 인수하였다. 1933년에 유씨와 재혼하여 1934년에 딸 영숙을 낳았다. 1935년에 「흑풍」(《조선일보》), 1936년에 「후회」(《조선중앙일보》), 1937년에 「박명」(《조선일보》)을 신문에 연재하고 1939년에 「삼국지」(《조선일보》)를 번역·연재하여 얼마간의 원고료로 생활하였다. 소설로는 이외에 유고로 남아 있는 「죽음」이 있다. 「죽음」에는 종로 경찰서 유치장의 내부 구조가 자세히 묘사되어 있다. 3·1운동 당시 종로경찰서에 감금되어 있었던 한용운의 체험이 기록되어 있는 작품으로 볼 수 있다. 「박명」은 연재하다 중단한 「후회」를 완성한 작품이고 「삼국지」 또한 연재하다 중단한 번역 소설이다.

"탕" 하는 폭음으로 시작하는 「죽음」은 상해의 혁명단체를 돕다가 경찰서에 붙잡혀 자살한 한학자 최 선생의 딸 영옥의 이야기이다. 그녀는 경성신문사 편집국장 정성렬의 구혼을 거절하고 보성전문학교 중퇴생 김종철과 연애한다. 정성렬이 신문에, 정혼하고도 다른 남자와 결혼하려 한다고 영옥을 무고하자 김종철은 신문사에 폭탄을 던지고 자수하여 2년 징역에 5년 집행유예의 판결을 받는다. 종철의 친구 상훈이 정성렬의 사주를 받고 종철에게 유학을 권유하여 미국에서 독살한다. 성렬이 상훈에게 보내는 편지를 중간에서 뜯어본 영옥은 사실을 알고 성렬을 한강으로 유인하여 독살하고 자신도 한강에 투신한다.

「흑풍」은 소작인의 아들로 태어나 미국 유학을 하고 혁명에 가담하는 왕한의 이야기이다. 지주 은석이 논을 떼겠다고 협박하여 소작인 서순보의 딸 영애를 첩으로 삼는다. 순보의 아들 왕한은 상해에서

막노동으로 살아가다 고향에 돌아와 영애의 약혼자였던 상철과 함께 은석의 딸을 납치하여 은석에게 7천 원을 빼앗는다. 권총과 단도를 구입하고 상해의 부자 장지성을 죽이고 거액의 돈을 강탈하여 빈민굴에 기부한다. 왕한은 창순과 결혼하여 사랑에 취하나 아내가 왕한의 혁명운동에 방해가 되지 않겠다고 자살하자 혁명을 계속하고자 무창으로 떠난다. 왕한을 사모하던 봉순은 왕한에게 아내가 있음을 알고 폐병 든 부자와 결혼하였다가 그가 죽자 재산 전부를 혁명운동에 바친다. 이 소설에서 창순은 여자도 경제권과 참정권을 가져야 하고 남자도 정조를 지켜야 하며 결혼과 이혼을 남녀 모두 자유롭게 해야 한다고 주장한다.

「박명」은 천애의 고아 순영의 이야기이다. 어머니가 돌아가고 계모의 학대를 받던 중 아버지마저 돌아가자 순영은 친구 운옥의 말만 믿고 송씨에게 이끌려 서울로 떠난다. 원산에서 물에 빠진 그녀를 대철이 구해준다. 인천의 색주가에 있다가 대철을 만나 보은한다는 일념에 모은 돈 전부를 그에게 준다. 그와 결혼하나 금광에 미친 그는 계속 돈을 요구하고 돈 많은 술집 여자가 나타났다고 이혼을 강요한다. 아들 수복이 죽은 후에 대철이 아편쟁이가 되어 돌아온다. 순영은 할 수 있는 데까지 그를 돌보다가 돈이 떨어지자 구걸을 하여 그에게 약을 대준다. 대철이 죄를 고백하고 죽는다. 순영은 불문에 귀의한다.

1938(무인)년 말 일송(一松) 김동삼이 서대문 형무소에서 옥사하자 한용운은 시신을 성북동 심우장에 옮기고 장례를 치렀다. 1939(기묘)년에 경남 사천군 다솔사에서 회갑연을 열었다. 이 무렵에 『유마경』을 강의하고 『유마힐소설경강의(維摩詰所說經講義)』를 저술하였다.

1944(갑신)년 5월 9일 향년 65세에 뇌졸중으로 별세하여 망우리 공동묘지에 안장하였다. 한용운은 걷기를 좋아하였고 동네 노인들과 한담하기를 즐겼다.

3. 한용운과 그의 작품론

한용운 연구는 그 분량이 너무 많아 전체를 통관하기가 불가능하므로 여기서는 비교문학적 고찰, 님의 정체에 대한 규정, 이별의 의미에 대한 해석, 사상연구, 대비연구 등의 다섯 분야를 선택하여 대표적인 논문을 개관하겠다.

1) 비교문학적 고찰─ 한용운과 타고르

김윤식은 「한국 신문학에 있어서의 타골의 영향에 대하여」(『진단학보』 32호, 1969)에서 한용운의 시와 타고르의 시를 비교하였다. 김윤식은 서구의 근대시를 긴장된 시로 보고 한국의 고전시를 이완된 시로 보았다. 1920년대의 한국 시는 서구의 긴장된 시를 수용하는 데 실패하였으나 한용운은 타고르 시의 번역본을 읽고 산문시형을 선택함으로써 시형의 구속에서 자유로운 위치를 확보하여 상대적으로 성공한 작품을 내놓을 수 있었다는 것이 김윤식의 견해이다. 타고르는 여왕의 꽃밭을 지키는 원정의 기쁨을 노래하고 세계의 근원적 밝음을 묘사하였다. 그러나 한용운은 김억의 번역시집만 읽고 그것을 타고르 시의 전부라고 간주하고 타고르를 비판하였다. 타고르의 사상 자체를 몰각하고 타고르의 시 전체를 통해서 타고르의 본질을 파악하지 못했다는 점에서 한용운의 타고르 비판은 보편성을 띠지 못하였다.

타고르의 시는 종교와 생활의 일치에서 솟아 나온 영적 기쁨으로 가득 차 있는 데 반하여 한용운의 시는 민족의 염원이라는 시국적인 내용에 국한되어 있고 지나친 자학에 빠져 있다. 민족의식이라는 단일개념은 복합개념의 다각적 해석을 본질로 하는 시의 특성에 맞지 않는다. 한용운이 시를 버리고 소설, 번역 등 산문으로 넘어간 이유가 여기에 있다. 타고르의 시는 시대와 사회를 초월하여 보편성을 획득할 수 있었으나 한용운은 당시의 시대와 상황을 초월할 수 없었다. 김윤식은 한용운이 구사한 산문시의 리듬도 타고르의 번역시를 모방한 것이고 의식적으로 필연적인 고뇌를 통하여 스스로 발견한 것이 아니므로 특수성을 넘어서지 못하였다고 평가하였다. 요컨대 시의 자각이 결여되어 있었다는 것이 한용운의 한계라는 판단이다.

김용직은 「한국 현대시에 미친 타고르의 영향」(『아세아 연구』 41호, 1971)에서 한국 현대시의 타고르 수용을 통시적으로 고찰하였다. 김용직은 진학문, 한용운, 김억, 『창조』 동인, 『금성』 동인, 박용철 등을 구체적인 자료와 함께 타고르의 소개자로 제시하였다. 한용운에 해당되는 부분만 요약하면 다음과 같다.

한용운은 그가 창간한 잡지 《유심》에 타고르의 시 「Sadhana」를 「생의 실현」이라는 제목으로 번역하였다. 「타골의 시 Gardenisto를 읽고」는 한용운이 김억의 번역 시집을 읽었다는 증거가 되는 작품이다. 타고르의 시와 한용운의 시는 님에게 바치는 노래이고 『원정』과 『님의 침묵』의 마지막 시는 독자를 향한 호소이다. 비슷한 어구의 유사한 이미지는 모방의 결과일 수도 있고 불교와 힌두교의 사상적 일치를 보여주는 내용일 수도 있다는 것이 해석이다.

김용직은 내용적 측면의 영향과 형식적 측면의 영향이 서로 연관을 맺고 있는 양상에 주목하였다. 김용직은 이러한 타고르의 영향을 긍정적으로 평가하였다. 1920년대의 한국 시인들은 건강하지 못한 내용을 안이한 형식으로 표현하고 있었다. 내용 없는 퇴폐적 시이들이 여성적 감상을 반복하고 있었다. 그러나 『님의 침묵』에는 감상과 퇴폐가 없으며 안이한 형식 실험도 없다. 한용운은 타고르의 영향으로 깊이 있는 미의 세계를 구축할 수 있었다는 것이 김용직의 결론이다.

박건명은 「『님의 침묵』과 『원정』의 비교연구」(『우리문학연구』 8집, 1991)에서 타고르와 한용운의 유사점과 차이점을 분석하였다. 한용운은 타고르의 시를 읽고 불교와 힌두교에 내재하는 우주관과 세계관, 인간관과 자연관의 유사성을 인식하였기 때문에 타고르의 시를 수용하였다는 것이 박건명의 전제이다. 이들 두 종교는 차별과 분별을 부정하고 무소유의 신비주의에 기반을 둔 영원과 초월의 공간을 추구한다. 두 시집에 나타나는 주체와 구조의 유사성은 쉽게 드러난다. 사랑하는 대상이 동일하며 연작이라는 구성방식도 동일하다. 그러나 『님의 침묵』은 이별로 시작하고 『원정』은 만남으로 시작한다. 타고르의 우주중심적 사유는 범아일여(梵我一如), 브라흐만으로의 귀일을 목표로 추구하므로 시대상황을 간과하였으나 한용운의 대승불교적 사유는 중생구제를 목표로 추구하므로 시대상황을 간과할 수 없었다. 주제, 어구, 표현, 모티프는 유사하나 타고르의 긍정적 세계 인식과 한용운의 부정적 세계 인식은 차이를 보인다. 『원정』은 신의 은총이 가득 찬 세계이고 『님의 침묵』은 모순과 불합리로 가득 찬 세계이다. 타고르는 대자의식(對自意識)을 주제로 삼았고 한용운은 대타의식(代他意識)을 주제로 삼았다. 한용운의 타고르 수용은 모방적 접근이라는 비판을 면할 수 없겠으나 시적 인식에서 한용운은 타고르로부터의 거리를 유지했으므로 그의 독자적 가치를 인정해야 한다.

2) 님의 정체

김학동은 「만해 한용운론」(『한국 근대시인 연구』, 일조각, 1974)에서 『님의 침묵』 전편을 통해 열광·갈망·존숭·절규·호소의 대상이 되는 님의 정체를 밝히는 것이 한용운 연구의 핵심과제라고 규정하였다. 황진이의 시조나 고려가요 「가시리」에 나타난 님은 애인 또는 연인이고, 정철(鄭澈)이나 정서(鄭敍)의 작품에 나타난 님은 임금이며, 고려가요 「사모곡」에 나타난 님은 부모이다. 어떤 경우에나 님은 나에게 최고의 가치를 가지고 있는 대상이다. 님에게는 나를 움직이는 추동력이 있다. 한용운의 님은 조국·민족·중생·불타·애인·친구 등에 두루 해당하는 복합적 성격을 가지고 있다. 관능적 호소력과 초월적 의미와 형이상학적 사유가 중첩되어 있다는 것이 『님의 침묵』의 특색이다. 님은 읽는 사람에 따라 달라지는 다양성을 함유하고 있으나, 결국은 하나의 생명적 근원으로 귀일된다고 보아야 한다는 것이 김학동의 의견이다. 한용운은 부재하는 님을 사랑의 힘으로 존재하게 하였다. 님의 존재가 생명의 근거였기 때문이다. 님은 생명의 대상일 뿐 아니라 시의 대상이 되기도 한다. 김학동은 이러한 생명적 대상을 불교적 의미로 해석하였다. 세속적이고 관능적이기조차 한 사랑의 노래는 마음속에서 보내지 아니한 님의 의해서 불교적 인연설과 초월적 해탈론을 포함한 선시(禪詩)가 된다.

한용운은 님이 떠나버린 무와 불의 세계, 즉 공(空)에서 님이 전 생명의 근원으로 현존하는 진여(眞如)의 세계, 즉 묘유(妙有)를 발견하였다. 한용운은 유무의 상대성을 초월한 절대무와 진공의 경지에 도달하였다. 시공을 초월한 님은 무와 불의 세계까지 긍정하는 진여로 존재한다. 『님의 침묵』의 주제는 님과의 하나 됨에 있다. 한용운은 불타와 중생을 위하는 길이 조국과 민족을 위하는 길이라고 생각하였다. 한용운은 불교적인 님을 가장 중요하게 생각하였다. 조국과 민족, 애인과 친구는 불타와 중생 속에 포함될 수 있다고 믿었기 때문이다. 불타와 중생을 위해서 살면 조국, 민족, 애인, 친구가 다 생명을 얻을 수 있다고 확신했던 것이다.

김흥규는 「님의 소재와 진정한 역사」(『창작과비평』, 1917. 여름)에서 『중론』과 『유마경』을 통하여 님의 정체를 해명하였다. 김흥규는 먼저 중도의 원리를 현대적으로 해석하였다. 수행의 차원에서 볼 때 중도는 쾌락에 몰두하는 태도와 무익한 고행을 일삼는 태도를 부정하는 실천의 방법이다. 개념의 차원에서 볼 때 중도는 사물과 삶이 불변하는 실체라는 생각과 전혀 존재하지 않는 허무라는 생각을 부정하는 인식의 방법이다. 인도의 불교학자 나가르주나는 생멸(生滅), 단상(斷常), 일이(一異), 출래(出來)의 네 극단을 부정함으로써 세계가 실체도 아니고 허무도 아니라는 통찰을 논증하였다. 사물들과 사실들은 일정한 원인과 조건에 따라 생겨나고 변화하고 사라진다는 연기설이 『중론』의 바탕이다. 『중론』은 관계론이면서 동시에 본질론이다.

김흥규에 의하면 『님의 침묵』에 나타난 역사는 유도 아니고 무도 아니다. 사물과 현상은 독립하여 자존하는 실체가 아니지만 그렇다고 하여 완전한 공허로 부인될 수 있는 허무도 아니다. 역사는 완전한 성취가 불가능한 변천 과정이나, 역사를 떠나 존재하는 어떠한 실재도 없다는 점에서 참된 가치를 향한 운동의 유일한 근거이다. 역사 안의 사실들은 불완전하고 비영속적이나 역사 밖에서는 아무런 가치도 생산되지 않는다.

김흥규는 「당신을 보았습니다」를 불교적 사유에 기반을 두되 세속의 노작(勞作)을 부인하지 않는 시로 해석하였다. 님은 님을 갈구하는 자의 끊임없는 기대와 모색의 실천 속에서 불완전한 모습으로 나타난다. 님은 완성된 모습으로 이 세계 안에 존재하지 않는다. 님은 우리와 더불어 있는 듯이 보일 때에도 완전하게 머물러 있지 않으며 우리를 떠나 있는 듯이 보일 때에도 아주 떠나버리지 않는다. 김흥규는 "만나지 않은 것도 님이 아니요, 이별이 없는 것도 님이 아닙니다"라는 구절에서 끊임없이 떠나가고 돌아오는 과정 안에 있는 영원한 가능성으로서의 님을 찾아내었다.

김흥규는 다음에 『유마경』의 주제를 현대적으로 해석하였다. 소승적 소극주의를 부정하고 세속적 삶을 긍정하는 것이 『유마경』의 주제이다. 욕망에 사로잡혀 미혹을 거듭하는 범부가 깨달음의 씨앗이라는 것이다. 김흥규에 의하면 「타골의 시를 읽고」는 번뇌가 가득한 중생의 삶이야말로 여래의 씨앗이라는 『유마경』의 주제와 통하는 시이다. 중생의 삶을 버리고 영원을 노래하는 것은 백골에 입 맞추는 것과 같이 부질없는 일이다. 영원이 아니라 현재를 선택하여 고통으로 이어지는 어두움이야말로 이루어져야 할 가치를 획득할 수 있는 가장 확실한 터전임을 인식해야 한다.

김흥규는 「복종(服從)」의 주제도 복종할 대상을 가지지 않은 채 개체적 자아 속에 갇혀 있는 사람들의 자유에 대한 부정으로 해석하였다. 고립된 개체의 불안한 자유, '떠 있음'으로서의 자유는 어둠의 근원이 될 뿐이다. 고립된 불확정성으로서의 자유가 아니라 있어야 할 세계에 대한 필연성의 자각으로서의 자유를 통하여 우리 모두가 피할 수 없는 역사적 연대의 고리 안에 있다는 사실을 깨달아야 한다는 것이다. 김흥규는 형식적 혼돈과 절망적 탄식에 치우쳐 있던 한국 현대시에 초월적 구조를 부여한 것을 한용운의 시사적 업적이라고 평가하였다.

3) 이별의 의미

오세영은 「침묵하는 님의 역설」(『한국현대시연구』, 민중서관, 1977)에서 이별을 가아(假我)와 무아(無我)의 관계로 해석하였다. 『님의 침묵』은 님에 대한 동경, 후회, 미련, 슬픔, 기쁨 등을 표현하는 사랑의 헌가이다. 오세영은 그것이 세속적인 사랑이 아니라는 데 역설이 존재한다고 보았다. 오세영에 의하면 한용운의 시는 깨달은 자의 시가 아니라 깨달음을 얻기 위해 구도하는 자의 시이다. 한용운의 조국도 역사적 현실로서의 조국이 아니라 구도하는 방법으로서의 조국이다. 이별도 결국은 마음에 내재한 가아와 무아의 관계이다. 참다운 존재인 무아가 되기 위해서는 가아를 버릴 수밖에 없기 때문에 이별을 해야 하나 그 이별은 참다운 해탈로 인도하기 때문에 미의 창조이다. 불교의 존재론이 투영되어 있으므로 익숙하게 읽히나 관념의 독백으로 끝나는 시들이 많은 것이 한용운의 결점이다. 불교의 존재론이 투영되어 있다 하더라도 서정주의 시는 객관적 상관물을 통하여 역설이 구체화되어 있으므로 미학적으로 성공할 수 있었다.

오세영은 「님의 침묵(沈默)」과 「알 수 없어요」를 높이 평가하면서 그 성공의 이유를 관념적 표현의 배제와 사물화된 언어에서 찾았다. 오세영은 한용운의 시를 침묵하는 님의 역설로 해석하였고 님과 침묵을 그 역설을 푸는 두 열쇠로 이용하였다. 침묵은 무를 거쳐 공에 이르는 무소설(無所說)을 의미한다. 역설은 세속적 사랑과 종교적 사랑 사이에, 가아와 무아 사이에 나타난다. 결국 한용운이 갈망하는 주체와 객체의 동일성 자체가 역설이 된다는 것이 오세영의 결론이다.

김현은 「한용운에 관한 세 편의 글」(『문학과 유토피아』, 문학과지성사, 1980)에서 한용운의 시를 이별의 미학으로 해석하였다. 김현은 동서 고전시에 나타난 이별과 한용운 시에 나타난 이별에서 가을날의 낙엽이 어떻게 다루어지는가를 찾아보았다. 월명사, 단테, 호메로스, 베르길리우스는 모두 죽음과 이별을 떨어지는 낙엽에 비유하였다. 삶과 죽음을 가장 뚜렷하게 주기적으로 보여주는 것이 식물이기 때문에 죽음은 자주 식물을 통해서 형상화되었다. 나뭇잎이 떨어지는 것을 막을 길이 없듯이 이별과 죽음 또한 막을 길이 없다. 한용운은 가을과 낙엽을 이별과 결부시키는 한편, 이별의 배경에 저녁놀을 배치하였다. "붉은 놀을 밟는 서산에 지는 해"는 이별의 배경으로 적합하다. 「알 수 없어요」에는 가을, 낙엽, 시내, 저녁놀이 함께 자리 잡고 있다. 월명사는 서방정토에서 다시 만날 날을 기다리지만 한용운은 떠남이 진짜 떠남이라면 떠남이 아니라고 믿는다.

김현은 월명사와 한용운의 사이에 황진이가 있었기 때문에 한용운이 월명사보다 더 나아갈 수 있었다고 해석하였다. 황진이는 기녀의 자유분방하고 정열적인 사랑으로써 몸은 이별하되 마음은 이별하지 않는다는 이별의 변증법을 완성하였다. 황진이는 님에게 사랑을 구걸하지 않고 이별 속에서도 님의 사랑을 확인하고 마음을 제 속으로 다시 끌어들인다. 김현은 황진이의 자신 있고 풍요로운 마음을 불교적 차원에서 수용한 것이 한용운의 시라고 해석하였다. 사랑은 이별

266

후의 침묵 속에 있다. 이별은 오히려 님의 사랑을 확인할 수 있게 한다. 침묵은 님과의 사랑을 참된 사랑으로 만드는 비밀이다. 이별과 동일시되는 사랑은 비밀과 동일시되는 사랑이다. 님이 없어도 사랑을 느낄 수 있다는 문장은 조국이 없어도 조국을 느낄 수 있다는 문장으로, 또 형태가 없어도 견성(見性)할 수 있다는 문장으로 확대된다. 이별이 있어야 사랑이 있다는 문장은 역설이다. 그러나 그것은 만남을 강조하기 위한 수사법이다. 김현은 한용운의 시에서 불교와 현대시의 접점을 발견하였다. 말로써 붙잡을 수 없는 것을 말로 붙잡아야 한다는 역설적 태도는 현대시의 요체이면서 동시에 선(禪)의 요체이다.

박민수는 「현실초월의 형이상적 상상력」(『현대시의 사회시학적 연구』, 느티나무, 1989)에서 이별을 둘러싼 주제소(主題素)들을 분류하였다. 박민수는 첫 시 「님의 침묵」에서 "님이 떠났으나 나는 님을 보내지 않았다"는 현실 인식과 현실에 대한 형이상학적 반응을 주제소로 설정하고 이러한 주제소의 전환과 확대가 시집 전체의 내용이 된다고 해석하였다. 끝 시 「사랑의 끝판」은 님을 만남으로써 갈등이 해소되는 상태로서 시집 전체를 마무리하는 시이다. 박민수는 첫 시와 끝 시를 제외한 86편 가운데 연작으로 간주하기 어려운 「금강산(金剛山)」 「논개(論介)의 애인(愛人)이 되야서 그의 묘(廟)에」 「계월향(桂月香)에게」를 뺀 83편의 시에서 주제소의 전환과 확대를 찾아내었다. '님의 떠남-님을 보내지 아니함-새로운 만남을 믿음'은 '현실인식-형이상학적 초극의지-초극된 상황의 지향'에 대응한다. 나는 님의 떠남으로 인하여 심한 내적 갈등을 겪는다. 나는 님의 떠남으로 발생되는 갈등을 극복하는 방법으로 님의 떠남을 마음속으로 부인하고 님을 절대 가치로 형상화하여 부재를 존재로 전환시키고자 한다. 나는 형이상학적 신념을 통해 님과의 만남을 실현한다. 박민수는 이러한 만남을 환상적 상상력 속에서의 극적 체험이라고 해석하였다.

4) 불교적 사상의 표현

김우창은 「한용운의 소설」(『문학과지성』, 1974. 가을)에서 한용운의 소설에 나타난 선험적 추상성을 비판하였다. 김우창은 한용운의 양면성을 지적하면서 전통적인 것과 근대적인 것이 시에는 통합되어 있으나 소설에서는 분열되어 있다는 사실을 지적하였다. 한용운의 시적 사고는 부정 정신으로 이어지는 도덕적 상상력이고 그것이 한용운으로 하여금 근대정신의 시발을 이루는 시인이 되게 하였다. 한편으로 한용운은 전통에 뿌리를 내리고 있는 시인이기도 하다. 달변, 역설, 대구들을 빠른 속도로 다루어 내는 전통적 수사의 에너지는 시의 설득력을 형성하고 있으나 동일한 문체 특징이 소설에서는 현대적인 산문 문체의 요구조건을 충족시키지 못함으로써 설득력을 상실하였다.

김우창은 한용운의 부정적 의지를 수구 정신의 한 근대적 표현으로 해석하였다. 그는 한용운의 시의 바탕이 되는 불교철학에는 근본적인 보수성이 내재되어 있는 것이 아닌가라는 질문을 제기하였다. 부정은 그 안에 모순을 포함하고 있다. 부정이 내포하는 긍정의 계기에는 선험적이고 보수적인 것과 경험적이고 혁명적인 것이 있다. 불교의 부정은 초시간적 진실을 전제하는데, 그 진실은 부정작용의 끝에 오는 것이 아니라 본래부터 선험적으로 주어진 것이다. 불교의 부정은 반현세주의로 인하여 어떠한 도덕 질서에도 영합할 수 있는 소지를 가지고 있다. 김우창은 한용운의 소설에 잠복해 있는 복고 성향을 지적하였다. 한용운은 항상 선험적으로 규정된 도덕규범의 테두리 안에서만 인간관계를 생각하였다.

『흑풍』은 혁명을 주제로 다루었으나 혁명을 의협적인 행위의 연속으로, 또는 왕조교체의 정권적 사변으로 묘사하는 데 그쳤다. 제도의 재조정과 사회관계의 재정립에 대해서는 언급조차 하지 않았다. 김우창이 보기에 한용운에게는 근본적으로 혁명을 이해할 수 있는 준비가 되어 있지 않았다. 『박명』 역시 사회적인 차원이 결여되어 있기 때문에 계층관계 속에서 이루어진 짓눌린 계급의 위치와 그것이 한 여인의 감정에 대하여 작용하는 영향관계가 드러나 있지 않다. 김우창은 복수·배신·보은 등을 오직 도덕적인 테두리 안에서 파악하고 인간이나 사물을 좋든 나쁘든 한 가지로만 결정하는 한용운의 한계를 비판하였다. 한용운의 행동의지는 선험적 도덕에서 나오며 내면이 부재하는 도덕적 자동주의는 도식적 추상성을 벗어나지 못한다는 것이 김우창의 결론이다.

최원규는 「만해 시의 불교적 성향」(『현대시학』, 1977.8~11)에서 같은 해에 발간된 『십현담 주해』와 『님의 침묵』을 비교하였다. 최원규는 당나라 시대의 선어록인 『십현담』을 구성하는 한 장 한 장의 주제가 한용운 시의 주제와 통한다고 해석하였다. 심인(心印)의 주제인 '심본무체 이상절적(心本無體 離相絶跡)'은 「당신의 마음」에서 조의(祖意)의 주제인 진공묘유(眞空妙有)는 「나룻배와 행인(行人)」에서 찾을 수 있다. 현기(玄機)의 주제인 능통자재(能通自在)는 「하나가 되야 주서요」에 보이고 연교(演教)의 주제인 불즉중생(佛卽衆生)은 「당신이 아니더면」에 나타난다. 달본(達本)의 주제인 묘체는 「님의 얼골」에서 볼 수 있다. 그 밖의 회기(廻機)의 주제인 깨달음은 「비」에, 일색(一色)의 주제인 견성은 「달을 보며」에 보인다.

5) 다른 시인들과의 대비연구

조동일은 「김소월·이상화·한용운의 님」(『문학과지성』, 1976. 여름)에서 김소월의 「님에게」, 이상화의 「나의 침실로」, 한용운의 「님의 침묵」을 대비하였다. 김소월은 틀에 박혀 있는 상태의 머뭇거림을 표현하기 위하여 4행 3연의 형태를 취하였고, 이상화는 조급한 호소를 표현하기 위해 2행 12연의 형태를 취하였으며, 한용운은 깊고 끈덕진 생각을 표현하기 위하여 10행 1연의 행태를 취하였다. 조동일은 「님의 침묵」을 10구체 향가의 형식과 통한다고 해석하였다. 감탄구로 시작하는 9행에서 전환되어 10행에서 생각이 완결되는 10행시의 형식은 10구체 향가의 재현이라는 것이 조동일의 견해이다. 다만 향가의 작자는 생각이 쉽게 실현될 수 있다고 믿었으나 한용운은 진통을 겪어야 생각이 실현된다고 믿었으므로 생각의 기복과 연결을 나타내기 위하여 행을 길게 하지 않을 수 없었다. 4행 3연의 대립적 조화는 머뭇거림을 표현하는 효과적인 방법이다. 조급한 호소는 많은 연을 요구한다.

조동일은 「님의 침묵」을 두 부분으로 나누어 해석하였다. 1~5행은 외면에서 내면으로, 밝음에서 어두움으로 이행하고 6~10행은 내면에서 외면으로, 어두움에서 밝음으로 이행한다고 본 것이다. 조동일은 「님에게」와 「나의 침실로」에는 「님의 침묵」의 전반부 내용만 들어

270

있다고 보았다. 김소월과 이상화는 님이 갔기 때문에 님과의 관계가 단절되었다고 생각하였고, 한용운은 갔으므로 올 수 있고 헤어졌으므로 만날 수 있다고 생각하였다. 조동일에 의하면 절망이 절망이라고 하는 것은 사실의 한 측면에 지나지 않고 절망은 곧 희망이라고 하는 것이 사실의 온전한 모습이라는 믿음이 한용운 시의 주제가 된다.

이인복은 『죽음의식을 통해 본 소월과 만해』(숙명여대 출판부, 1979)에서 김소월과 한용운의 시를 형식과 내용, 양면으로 분석하였다. 많은 시인들이 외국의 시 경향을 무비판적으로 도입하던 시기에 김소월은 민요조에 근거하되 시행과 자수의 변조를 가능하게 한 음보율격을 창안하였고 한용운은 역사의식을 표현하기 위하여 문답 형식에 유사한 산문율조를 창안하였다. 김소월의 표현기법은 아이러니의 수사학이고 한용운의 표현기법은 패러독스의 수사학이다. 김소월은 아이러니를 통해 자신의 감정을 즉자적으로 민중에게 이입하였고 한용운은 패러독스를 통해 자신의 사상을 대자적으로 민중에게 이입하였다. 이인복은 김소월의 님을 과거의 님, 개인의 님, 미학적 님으로 해석하고 한용운의 님을 초시간적 님, 사회적 님, 종교적 님으로 해석하였다. 이인복에 의하면 김소월과 한용운의 거리는 죽음을 운명으로 받아들이는 무종교인과 죽음을 넘어서 재회가 기약된다고 믿는 종교인의 거리이다. 김소월은 죽음을 동반자적 감정으로 미화하였으나 그러한 태도에는 체념이 수반된다. 한용운은 죽음을 이별로 치환함으로써 그것을 기다림과 희망의 원천으로 받아들였다. 김소월은 죽음을 미학적 개념으로 파악한 정한의 시인이고 한용운은 죽음을 열반의 길잡이로 노래한 구도의 시인이라는 것이 이인복의 결론이다.

김현자는 『시와 상상력의 구조』(문학과 지성사, 1982)에서 김소월과 한용운의 시적 이미지를 대비하였다. 김소월의 상상력은 운동과 정지, 방황과 정착 사이에서 머뭇거리는 데 반해 한용운의 상상력은 생성-단절-재생의 원환을 그리며 전진한다. 김소월의 상상력은 어두움을 향하고 한용운의 상상력은 빛을 향한다. 공간적 거리의식에 의하여 사물의 수평적 흐름을 나타내는 정태적 이미지가 김소월 시의 중심이 되고 시간적 초월의식에 의하여 사물의 수직적 흐름을 나타내는 동태적 이미지가 한용운 시의 중심이 된다. 김소월은 이미지를 액체화함으로써 소멸과 불귀를 표현하고 한용운은 이미지를 고체화함으로써 불멸과 회귀를 표현한다.

　　김소월은 슬픔에 끝없이 젖어 듦으로써 슬픔을 초월하려는 태도를 보여준다. 세계는 그의 시에서 감미로운 슬픔 속에 용해되어 있다. 한용운은 눈물조차 수정 같은 고체로 변형하여 세계의 대립구조를 초월하는 역사적 계기로 작용하게 한다. 김소월 시에 나타나는 사물들은 장애에 직면하거나 내면적 장애를 포함하고 있으나 한용운 시에 나타나는 사물들은 생성과 단절을 반복하며 끊임없이 연속하여 움직인다.

4. 『님의 침묵』의 현상학

　요즈음 많은 사람이 시조에 대하여 흥미를 느끼지 못하는 이유는 대부분의 시조가 단일한 주제의 평범한 반복이라는 인상을 주는 데 있는 듯하다. 우리는 시조뿐 아니라 고려시대나 조선시대의 한시에서도 이러한 단조로운 인상을 받는다. 그러나 현대시의 영역에 들어서면 김소월 · 한용운 · 서정주와 같이 시조나 한시의 주제에 의존하고 있는 경우에도 우리는 그들이 시에서 주제의 다양한 변주를 느끼게 된다.

　지금 우리의 관심은 시조와 한시의 주제가 현대시에서 구체적으로 어떻게 변주되는가를 알아보는 데 있다. 어째서 19세기 이전의 우리 사회에서는 그러한 변주의 폭이 좁을 수밖에 없었고, 20세기에 와서야 변주의 폭이 확대된 것일까? 그리고 시가 다양해졌다는 사실만으로 20세기의 우리 사회가 19세기 이전의 우리 사회보다 더 좋은 사회라고 말할 수 있을까? 우리는 이러한 질문에 쉽게 대답할 수 없다. 한국 시문학사를 대충 통독해 본 사람이라면 누구나 느끼는 것이지만, 19세기 이전의 시는 주로 긍정의 표현에 치중하고 있었던 데 반하여 20세기 이후의 시는 주로 부정의 표현에 공을 들이고 있다. 이러한 사실을 거칠게 확대하여 19세기 이전의 우리 문화를 긍정의 문화라 부르고, 20세기 이후의 우리 문화를 부정의 문화라고 불러도 무방할지 모른다. 부정은 부정해야 할 대상의 현존을 전제로 하며, 부정해야 할 대상은 긍정해야 할 대상의 현존을 전제로 한다. 여러 가지 변모에도 불구하고 부정의 의미는 근원적인 긍정의 빛 속에서만 밝혀질 수 있을 것이다. 그러므로 여기서 우리가 해명해야 할 문제는 긍정의 필연성을 지닌 시대와 부정의 필연성을 지닌 시대의 독자적 개별성은 어떠한 것인가 하는 질문, 그리고 긍정의 필연성과 부정의 필연성을 매개하는 내재적 상호 침투의 개념은 어떠한 것인가라는 질문과 연관되어 있다.

19세기 이전의 사람들은 세계를 하나의 열린 체계로 파악하고 있었을 뿐 아니라, 그들이 살던 사회에도 개인의 특수성을 허용할 만한 여유가 깃들여 있었다. 사람만이 아니라 사물조차도 살아 있는 유기체로서 인간과 함께 어울려 세계의 역동적 질서를 형성하고 있던 시대를 상상해 보라. 그것이 현실이 아니라 상상이라 하더라도 세계를 학교라고 상상하는 시대와, 세계를 전장이라고 상상하는 시대는 서로 다른 인식소(認識素) 체계를 드러낸다.

오래 꿈꾸는 사람은 꿈의 모습을 닮는다. 꿈에도 현실을 추동하는 힘이 있는 것이다. 그러나 우리의 시대는 개인에게 사회의 경제체계가 분담하는 역할 이외에는 아무것도 허용하지 않는다. 개인의 개별성은 사회적인 일탈의 특징이 되었다. 무명(無名)의 사회체계가 개인들을 관리하고 조작하는 시대에는 사물들이 죽은 무기물 또는 하나의 원료가 될 뿐 아니라 사람도 죽은 물건으로 변형된다. 이러한 시대에서 개인의 특수성은 무의식 속에 보존될 수밖에 없다. 모든 사람이 기계의 부품처럼 조각되는데도 불구하고 모든 사람이 개별적 자율성의 환상을 포기하지 않는다. 우리 시대의 문학이 사회 전체의 획일성에 정면으로 반대하지 않을 수 없는 이유가 바로 여기에 있다. 개별적 자율성이 허용되는 시대에는 모든 사람이 자기의 세계를 열린 체계로서 받아들인다. 그러한 시대에는 우주의 역동적 조화가 개인의 내면에까지 침투되어 있기 때문에 개별성은 문젯거리가 되지 못한다. 그들은 세계의 구성활동인 기운과 세계의 구성 원리인 이치를 직접 수용하면서 살 수 있다.

그러나 모든 사람을 체계의 부품으로 변형시키는 우리의 시대는 개별적 자율성을 허용하지 않는 닫힌 체계에 근거하고 있기 때문에, 모든 사람에게 개별성이 문젯거리로 등장한다. 어떻게 보면 우리 시대의 예술은 개별성을 위한 개별성— 이른바 추상적 개별성— 에 사로잡혀 온갖 일탈을 예술의 이름으로 변호하는 데 급급하지나 않은가 하는 생각이 들 정도이다. 개인의 참다운 자율성이란 열린 체계 안에서만 가능한 것이므로 닫힌 체계를 부정하지 않은 채 자율적 개별성을 확보할 수는 없을 터이다. 부정만이 닫힌 체계와 열린 체계를 매개해 줄 수 있다. 부정을 통하여 우리 시대의 닫힌 체계는 열린 체계로의 객관적 가능성을 확인하고, 그러한 객관적 가능성의 실현을 우리 시대의 구체적 보편성으로 확보할 수 있다. 현대시는 부정의 변주에 의해서만 시조와 한시의 주제에 접근할 수 있는 것이다.

1) 닫힌 체계와 열린 체계

이어 내려온 것들 가운데 좋은 것이 전통이라면, 우리의 전통은 열린 체계와 동의어라고 할 수 있다. 전통의 시각에서 볼 때 우주도 하나의 열린 체계이고 사회도 하나의 열린 체계이다. 이 세계의 모든 사물과 사건들은 떼어낼 수 없이 얽혀 하나의 커다란 질서를 이루고 있다. 인간과 사물은 다 같이 도(道)의 한 부분으로 존립하는데, 여기서는 부분과 부분이 상호 작용하고 상호 의존할 뿐 아니라 부분과 전체도 상호 작용하고 상호 의존한다. 상호 작용과 상호 의존은 인간과 사물의 본성이다.

열린 체계는 부분의 자립성과 전체의 통일성을 동시에 보존한다. 현실에 실제로 있는 것은 부분들과 부분들의 관계들뿐이다. 전체는 부분들의 관계들을 하나로 파악하기 위하여 인간이 구성한 현실 인식의 수단이다. 부분들의 관계들이 쇄신되면 전체는 부분들의 변화에 따라 새롭게 확장된다. 그러므로 전체는 닫힌 체계가 아니라 잠시도 쉬지 않고 변화하는 열린 체계이다. 상호 침투와 상호 관통이 소멸되는 순간에 부분은 자립성을 상실하고 추상적인 개별체가 되며, 전체는 통일성을 상실하고 억압적인 집합체가 된다. 우리는 열린 체계에서 주체와 객체를 구별할 수 없다. 주체와 객체, 의식과 사물은 하나의 열린 체계 안에서 상호 침투하여 우주 또는 사회라는 그물을 형성해 나가는 역동적인 힘들이다. 열린 체계에 전적으로 참여하는 인간의 생활을 장자는 좌망(坐忘)이라고 하였다. 좌망이란 "자기의 신체나 손발의 존재를 잊어버리고, 눈이나 귀의 움직임을 멈추며, 형체가 있는 육체를 떠나고 마음의 지각을 버려서 모든 차별을 넘어 도(道)와 하나가 되는 것"[3]이다.

부분의 자립성과 전체의 통일성을 함께 보존하기 위하여 열린 체계는 대립적인 것들의 상대적 성질을 특별히 강조한다. 음과 양은 개별적인 불변체가 아니라 상호 침투하여 도의 세계를 형성하는 상대적인 사건 또는 과정이다. 열린 체계 안에서 대립적인 것은 상보적인 것이다.

3) 王夫之, 『莊子解』, 台北: 里仁書局, 1984, 69쪽.

이것은 곧 저것이 되고 저것은 곧 이것이 된다. 저것은 저것대로 한 시(是)와 비(非)요, 이것은 이것대로 한 시와 비다. 저섯과 이섯은 과연 있는 것인가, 아니면 없는 것인가? 저것과 이것을 갈라 세울 수 없는 것이 도(道)의 중심이다. 도의 중심에 이르러야 비로소 둥근 고리의 한 복판을 얻어서 무궁한 변화에 응할 수 있게 된다.[4]

장자는 한마디로 "어째서 옳다는 것은 존중하고 그르다는 것은 무시하는가?"[5]라고 질문하였다. 이러한 태도는 하늘을 존중하면서 땅을 무시하고 음을 존중하면서 양을 무시함과 같이 어리석은 짓이라는 것이다. 만물의 상호 의존을 강조하는 관점에서 보면 시간과 공간도 독립된 실체가 될 수 없다. 우리는 시간이 없는 공간이나 공간이 없는 시간을 상상하지 못한다. 불교에서는 일찍부터 순간순간 계속해서 흘러가는 시간이 아니라 공존하는 사물들 속에 머물러 있는 시간을 말하였고, 사물의 터전으로서 정지해 있는 공간이 아니라 상호 침투하여 열린 체계를 구성하는 역동적인 공간을 말하였다. 원효는 『큰 수레 믿음 일으키는 글』의 풀이에서 공간이 독립된 실체처럼 석화되는 현상을 열린 체계가 닫힌 체계로 변형되는 과정의 한 단계로 해석하였다. 세상에 가득한 폭력에 직면하여 우리는 무명(無明)의 강력한 작용을 인식하지 않을 수 없다. 이 무명의 작용이 주관과 객관을 분리하고, 시간과 공간을 분리한다. 이 과정을 『큰 수레 믿음 일으키는 글』의 저자인 아슈바고샤(馬鳴)는 무명의 활동〔業相〕에 의하여 주

---

4) 위의 책, p.17.
5) 위의 책, p.142.

관[轉相]과 객관[現象]이 분리되는 사건으로 해석하였다. "경계상(境界相)이라는 것은 곧 객관이니 앞의 주관에 의하여 공간을 나타낸다. 주관이 사물을 마치 개별체인 것처럼 분별하기 때문에 공간이 허망하게 나타난다고 말한다."[6]

이어서 아슈바고샤는 의식[相續相]·집착[執取相]·개념[計名相]·행동[造業相]·고통[受報相] 등의 전개에 대하여 논의하였으나, 이러한 과정에서 원효가 특별히 유의한 것은 주관과 객관, 시간과 공간의 분리 현상이었다. 공간을 불변의 실체로 여기고, 시간을 순간의 연속체로 여기는 데에 닫힌 체계의 성립 근거가 있다고 생각했기 때문이었다. 원효는 열린 체계를 개별화된 공간과 구별하기 위하여 공(空)이라고 불렀다.

그렇다. 저 대승(大乘)의 본체됨은 쓸쓸히 비어 있고 고요하며, 맑고 깊고 아득하다. 아득하고 또 아득하지만 어찌 만물의 바깥으로 나가랴. 사물들의 밖은 아니지만 다섯 눈(肉眼·天眼·慧眼·法眼·佛眼)으로도 그 몸을 볼 수 없다. 말 속에 있기는 하지만 주제와 의미와 수사에 막힘이 없고, 즐겁게 듣고 이해하도록 하는 데 막힘이 없는 네 가지 말솜씨로도 그 모습을 이야기할 수는 없다.

그 크다는 것을 말하고자 하면 그 안이 없는 가장 작은 데까지 들어가 남김이 없게 된다. 그 작다는 것을 말하고자 하면 그 밖이 없는 가장 큰 것까지 두루 싸고도 나머지가 있게 된다. 그것을 유쪽으로 끌어다가

---

6) 境界相者 卽是現相, 依前轉相能現境界. 故言能見故境界妄現. 元曉, 『大乘起信論疏記會本』, 海印寺: 僧伽學院, 1983, 卷3, 張9a.

Ⅳ. 한용운의 시와 불교

유라고 부르려 하다 보면 모두가 한결같이 그것을 써서 비어 있다. 그
것을 무에서 잡으려 하다 보면 만물이 그것을 타고 태어난다.[7]

대승의 본체됨, 즉 열린 체계를 시각적 형태로 묘사하거나 정언명
제(定言命題)로 규정할 수는 없다. 작은 것과 큰 것이 언제나 상호 관통
하고 있기 때문이다. 우리는 열린 체계에서 부분의 자립성을 무시하
고 전체의 통일성에 대해서만 말할 수도 없고, 전체의 통일성을 무시
하고 부분의 자립성에 대해서만 말할 수도 없다. 그것은 시각과 언어
에 의하여 파악할 수 있는 존재가 아니다. 그러나 그것은 사물과 인
간의 바깥에 있는 비존재도 아니다. 원효는 열린 체계를 설명하면서
매우 중요한 대목에 두 번이나 '비어 있다'라는 낱말을 사용하였다.
이 낱말이 들어 있는 문맥을 통하여 우리는 이 말이 어떠한 의미로
사용되었는가를 짐작할 수 있다. 첫째 문맥에서 '비어 있다'는 '고요
하다', '아득하다', '맑고 깊다' 등의 형용사들과 동격으로 병렬되어
있다. 둘째 문맥 안에서는 "모두가 한결같이 그것을 써서 비어 있다"
라는 문장과 "만물이 그것을 타고 태어난다"라는 문장이 동일한 의미
작용을 분담하고 있다.

공은 사물이 아니고 형태가 아니지만, 모든 사물과 모든 형태의 근
거로 작용한다. 공은 사물을 바로 그 사물로 되게 하고 인간을 바로
그 인간으로 되게 한다. 사물은 공에 근거하여 사물답게 되고 인간은

---

7) 然! 夫大乘之爲體也, 蕭焉空寂, 湛爾沖玄, 玄之又玄之, 豈出萬像之表 寂之又寂之, 猶在百家之
談, 非像表也, 五眼不能見其軀, 在言裏也, 四辯不能談其狀, 欲言大矣, 入無內而莫遺, 欲言微
矣, 苞無外而有餘, 引之於有, 一如用之而空, 獲之於無, 萬物乘之而生. 위의 책, 卷1, 張1ab.

4. 『님의 침묵』의 현상학

공에 근거하여 인간답게 되는 것이다. 원효는 공과 끊임없는 창조를 동의어로 사용하였다. 사물과 형태는 언어에 의하여 구분되어 있다. 공은 언어 이전의 세계이다. 공은 언어의 구분을 괄호에 넣음으로써 창조를 가능하게 한다. 열린 체계는 끊임없는 창조의 과정이다. 열린 체계 안에서는 부분과 부분의 관계, 부분과 전체의 관계가 쉬지 않고 변화하므로, 열린 체계 자체도 영원히 살아서 진동하고 변화한다.

공이란 바로 열린 체계의 이러한 우주적 무도(舞蹈) 이외에 다른 것이 아니다. 인간과 사물은 열린 체계의 창조적 과정 안에서 하나의 실체가 아니라 하나의 사건으로, 다시 말하면 변형과 변화의 작용으로 생생하게 현존한다. 그렇다고 해서 사물과 인간이 변화의 흐름 속에서 가뭇없이 사라지는 것은 아니다. 우주적 무도는 변화와 함께 변화의 질서를 드러낸다. 열린 체계를 형성하고 있는 사건들은 변화하는 흐름 속에 있으면서 동시에 반복되는 질서 속에 있다. 사물과 인간의 창조적 활동은 나날이 새로운 사건이다. 그러나 그 사건들은 세계의 구성원리에 근거하여 상호 의존하고 상호 침투한다.

『주역』은 열린 체계를 구성활동과 구성원리로 해명하였다.

A. 도의 됨됨은 자주 옮기는 것이다. 변화하고 움직여 가만히 있지 않으며, 우주를 두루 흘러 다닌다. 올라갔다 내려갔다 일정함이 없고, 억셈과 여림이 서로 바뀌어 요점을 잡을 수가 없다. 오직 변화하는 데로 가는 것이다.[8]

----

8) 程頤, 『易程傳』, 台北: 文津出版社, 1987, 625쪽.

Ⅳ. 한용운의 시와 불교

B. 도에는 변화와 운동이 있다. 그래서 효(爻)라고 한다. 효에는 등급
이 있다. 그래서 사물이라 한다. 사물들은 서로 섞이어 있다. 그래시 무
늬라 한다.[9]

A는 구성활동을 강조하는 단락이고, B는 구성원리를 강조하는 단
락이다. 열린 체계는 변화하고 운동한다, '효'라는 낱말 자체가 변화
하는 선을 의미한다. 이어진 선, 즉 양효와 끊어진 선, 즉 음효의 상
호 작용에 의하여 6효가 생성된다. 여섯 개의 효가 상호 의존하여 64
괘를 형성하면, 효들 사이의 등급이 나타난다. 효들은 열린 체계를
구성하는 사물과 인간의 자율성을 드러낸다. 사물들 그리고 인간들
은 구성원리에 따라 상호 침투한다 "사물들은 서로 섞이어 있다. 그
래서 무늬라 한다(物相雜, 故曰文)"란 문장에서 '무늬'는 다름 아닌 구성
원리를 가리킨다. 구성원리는 부분의 자립성을 보존하는 전체의 통
일성에 관련되어 있다. 꿋꿋함을 나타내는 하늘이 움직임을 나타내
는 벼락 위에 놓이면, 뜻밖에 속임수를 버리고 고통을 조용히 받아들
이는 무망(无妄)괘가 된다. 하나하나의 효와 하나하나의 괘는 모두 구
성활동이면서 동시에 구성원리이다. 열린 체계의 우주적 무도가 보
여주는 것도 이와 동일한 구성활동과 구성원리이다.

퇴계는 변화의 흐름을 기운이라고 하고 변화의 원리를 이치라고
하였다. 기운이라는 낱말은 글자 그대로 극히 미세한 기체이다. 이
기체의 흐름은 압축되어 액체 또는 고체가 될 수 있다. 액체와 고체

---

9) 위의 책, 629쪽.

의 내부에서도 기운의 흐름은 변화를 계속하기 때문에 액체와 고체 또한 본질적인 면에서는 기체로 보아야 한다. 우리가 들이쉬고 내쉬는 숨결도 기운이다. 인간뿐 아니라 모든 유기체의 내부는 기운으로 가득 차 있다. 기운의 운동이 막히면 그 유기체는 병들고 죽게 된다. 더 나아가서 퇴계는 사람의 마음에 차 있는 넓고 굳고 맑고 올바른 정신도 기운이라고 하였다. 이러한 기운의 율동적 운동이 질서와 조화를 상실하게 되면 인간은 도덕적으로 타락한다. 퇴계는 기운을 변화의 흐름으로 보아 "옮겨 오가는 그 변화에는 끝이 없다"[10]고 하였다. 이(理)라는 낱말은 옥의 결을 의미한다. 결에는 무늬 또는 구성원리(design)란 뜻이 포함되어 있다. 이치는 기운의 운동을 바로 그러한 기운의 운동으로 규정해 준다. 부분의 자립성과 전체의 통일성이 양립할 수 있도록 열린 체계를 보존해 주는 구성원리가 바로 이치인 것이다. 변화의 흐름 속에서도 구성활동은 구성원리의 역동적인 조화에 근거하여 부분은 부분대로, 전체는 전체대로 각각 제자리를 벗어나지 않을 수 있다.

이 이치에는 사물과 자기가 없고 내부와 외부가 없고, 부분도 없고, 형태도 없다. 바야흐로 그것이 고요해지면, 혼연히 모든 것을 갖추어 한 근본이 된다. 이치에는 원래 마음에 있다든가 사물에 있다든가 하는 구별이 없다.[11]

---

10) "推來推去 其變無窮", 『李退溪全集』 下卷, 退溪學硏究院, 1975, 330쪽.
11) 此理無物我, 無內外, 無分段, 無方體, 方其靜也, 渾然全具, 是爲一本, 固無在心在物之分, 위의 책, p.326.

Ⅳ. 한용운의 시와 불교

사물과 인간은 독립된 실체가 아니라 이치의 세계, 즉 열린 체계의 역동적 무도에 함께 참여하는 과정이다. 열린 체세 안에서 변화하는 모든 것들은 다른 모든 것들과 상호 침투하고 있기 때문에 그 중의 어느 것도 독립된 실체가 되지 못한다. 그러나 실체가 아니라 과정이라는 말이 중요하지 않음을 뜻하는 것은 아니다. 불변하는 실체라는 고정 관념을 깨뜨림으로써 우리는 오히려 인간의 마음을 열린 체계에 적극적으로 참여하는 하나의 사건으로 파악하게 된다. 『화엄경』의 「입법계품」은 부분이 곧 전체이고, 전체가 곧 부분인 열린 체계의 모습을 우리의 머릿속에 아름답게 그려준다. 부분의 자립성이 전체의 통일성을 포섭하고 전체의 통일성이 부분의 자립성을 포섭하는 열린 체계는 상호 작용과 상호 침투에 의하여 형성된 그물이다. 열린 체계 안에서 부분은 전체에 포함되어 있을 뿐 아니라 전체를 포함하고 있기도 하다. 『화엄경』은 열린 체계를 도리천(忉利天)의 제석궁에 걸린 인다라망(因陀羅網)에 비유한다.[12]

이 그물을 구성하는 보석 구슬들은 모두 자기 속에 타자를 투영하고 타자 속에 자기를 투영한다. 하나하나의 보석 구슬들 속에는 보석 그물 전체의 모습이 반영되어 있다. 제석궁의 보석 그물은 우주 또는 사회의 열린 체계에서 부분과 전체가 상호 침투하는 과정을 해명하는 비유이다. 부분의 자립성과 전체의 통일성이 상호 침투하기 때문에,

하나하나의 티끌들 가운데

----

12) 陳義孝, 『佛學常見詞彙』, 台北: 文津出版社, 1988, 157쪽.

온갖 모양의 보배 구름이 솟아나

모든 세계들을 가득 채운다.13)

    공간 중의 사물은 독립된 존재를 가지고 있지 않다. 그것들은 전체 안에 있는 부분들로서만 존재하는 것이다. 한 사물을 다른 사물, 즉 환경과 연관해서 보지 않고 고립적으로 볼 때, 우리는 그 사물의 본질을 파괴하게 된다. 각 사물은 사물의 입장에서 볼 때에만 어떤 것으로 존재한다. 예를 들어 A와 B와 C를 공간 중의 물체라고 하면, B는 A의 입장에서 볼 때 한 양상을 가지고 있고 C 역시 그렇고 B와 C의 관계 역시 그러하다. A에 의해 드러나는 B의 양상이 A의 본질이다. 요컨대 전체적 연관 속에서 각 사물은 다른 모든 사물을 반영한다. 이 전체적 연관 속에서의 상호 반영을 떠나서 사물 자체를 말함은 사유의 추상에 불과한 것이다. 「입계법품」의 주인공 선재(善財)는 53명의 스승들을 찾아가서 진리를 묻는다.

    덕운비구(德雲比丘: Meghashri)

    해운비구(海雲比丘: Sagaramegha)

    선주비구(善住比丘: Supratishthita)

    미가장자(彌伽長者: Megha)

    해탈장자(解脫長者: Muktaka)

    해당비구(海幢比丘: Saradhvaja)

---

13) 一一微塵中, 出一切寶形像雲, 充滿十方一切世界.『大方廣佛華嚴經』, 香港: 佛經流通處, 1939, 張1785b.

휴사청신녀(休捨清信女: Asha)

비목선인(毘目仙人: Bhishmottaranirghosha)

승열바라문(勝熱婆羅門: Jayoshmayatana)

자행동녀(慈行童女: Maitrayani)

선견비구(善見比丘: Sudarshana)

자재주동자(自在住童子: Indriyeshvara)

구족청신녀(具足清信女: Prabhuta)

명지거사(明智居士: Vidvan)

법보주라장자(法寶周羅長者: Ratnachuda)

보안장자(普眼長者: Samantanetra)

무염족왕(無厭足王: Anala)

대광왕(大光王: Mahaprabha)

부동청신녀(不動清信女: Achala)

변행외도(徧行外道: Sarvagamin)

청련화향장자(青蓮華香長者: Utpalabhuti)

바시라사공(婆施羅沙工: Vaira)

무상승장자(無上勝長者: Jayottama)

사자분신비구니(師子奮迅比丘尼: Sinhavijurmbhita)

바수밀다여인(婆須密多女人: Vasumitra)

안주거사(安住居士: Veshthila)

관세음보살(觀世音菩薩: Avalokiteshvara)

정취보살(正趣菩薩: Ananyagamin)

대천신(大天神: Mahadeva)

안주지신(安住地神: Sthavara)

바산바연저야신(婆珊婆演底夜神: Vasanti)

보덕정광야신(普德淨光夜神: Samantagambhirashrivimalaprabha)

희목관찰중생야신(喜目觀察夜神: Pramuditanayanajagadvirocana)

보구중생묘덕야신(普求衆生妙德夜神: Samantasattvatranojahshri)

적정음해야신(寂靜音海夜神: Prashantarutasagaravati)

수호일체성증장야신(守護一切城增長夜神: Sarvanagararakshasambhavatejahs
-ri)

개부수화야신(開敷樹華夜神: Savavrikshapraphullanasukhasamvasa)

원용광명수호중생야신(願勇光明守護衆生夜身: Sarvajagadrakshapranidhan
-aviryaprabha)

묘덕원만신(妙德圓滿神: Sutejomandalartishri)

구파여인(瞿波女人: Gopa)

마야부인(摩耶夫人: Maya)

천주광왕녀(天主光王女: Surendrabha)

변우동자(徧友童子: Vishvamitra)

선지중예동자(善知衆藝童子: Shilpabhijna)

현승청신녀(賢勝淸信女: Bhadrottama)

견고해탈장자(堅固解脫長者: Muktasara)

묘월장자(妙月長者: Suchandra)

무승군장자(無勝軍長者: Ajitasena)

최적정바라문(最寂靜婆羅門: Shivaragra)

덕생동자와 유덕동녀(德生童子, 有德童女: Shrisambhava, Shrimati)

미륵보살(彌勒菩薩: Maitreya)

문수사리보살(文殊師利菩薩: Manjushri)

IV. 한용운의 시와 불교

보현보살(普賢菩薩: Samantabhadra)

　자재주동자는 수학자이고 선지중예동자는 언어학자이고 구족청신
녀는 요리사이고 바시라는 뱃사공이고 보안장자는 의사이고 바수밀
다는 창녀이다. 자재주동자와 변우동자와 선지중예동자와 덕생동자
는 소년이고 자행동녀와 천주광왕녀와 유덕동녀는 소녀이다. 무염족
과 대광은 왕이고 마야부인은 왕비이고 승열과 최적정은 바라문이고
변행은 이교도이다. 덕운·해운·해당·선주·선견은 남자 승려이고
사자분신은 여자 승려이며 미가·해탈·명지·청련화향·묘월·법보
주라·무상승·무승군·견고해탈·안주는 남자 신도이고 휴사·구족
·부동·현승은 여자 신도이다. 비목은 신선이고 대천신과 안주지신
은 남신이고 바산바연저·보덕정광·희목관찰중생·보구중생묘덕·
적정음해·수호일체성·개부수화·원용광명수호중생·묘덕원만·구
파는 여신(night godess)이고 정취·미륵·문수·보현·관세음은 보살
이다. 선재는 만나는 모든 인간과 신을 스승으로 삼고 자기를 찾는
여행을 끝까지 포기하지 않는다.
　지상의 적멸도량(寂滅道場)·보광법당(普光法堂)·서다림(逝多林)과 천
상의　도리천(忉利天)·야마천(夜摩天)·도솔천(兜率天)·타화자재천(他化
自在天) 등 일곱 장소에서 전개되는 『화엄경』은 무대 자체가 우주의
열린 체계에 상응한다. 「입법계품」에서 선재는 목숨을 걸고 온 세상
을 여행하면서 진리에 대하여 질문한다. 여행 중에 그는 존재들의 본
성을 체득하고 부분도 소중하고 전체도 소중하며 순간도 소중하고
영원도 소중하다는 사실을 알게 된다. 관념의 조작만 그친다면 본질
의 통일과 현상의 차별이 확연히 구분되지 않는 진리를 터득할 수 있

다. 선재가 미륵보살의 안내를 받아 들어간 건물은 비로자나의 우주, 즉 열린 체계의 상징이다.

　선재가 보니 누각은 무한히 넓고 커서 마치 허공과 같았다. 뭇 보석들이 마당의 흙을 구성하고 있었고 무수한 창들과 난간들도 금·은·유리·산호·파리(玻璃)·마노·차거(硨磲)로 이루어져 있었다. 헤아릴 수 없는 깃발과 깃대와 천개들로 꾸며져 있었고, 수많은 보석 목걸이와 머리 장식이 띠처럼 드리워져 있었다. 셀 수 없는 큰 사자 깃대와 반달 모양의 보석 조각상들과 온갖 고귀한 비단들, 그리고 하늘 갓과 비단옷들을 늘어놓고 무한히 많은 보배 그물들이 그 위를 덮고 있었다. 무수한 금방울들이 저절로 미묘한 소리를 울려내고, 한량없는 보배꽃과 보석 구름과 숱한 아름다운 향운들이 결 고운 금가루를 비처럼 흩뿌리면서 지극히 미묘한 광명을 무한히 내뿜어 세계를 두루 비추고 있었다. 온갖 종류의 새들이 우아하고 조화로운 소리로 노래하고 있었고 무수한 청련화(utpala)와 홍련화(padma)와 백련화(pundarika)들이 무한한 빛을 내어 세계를 두루 비추고 있었다. 누각 안에는 백천의 아름다운 누각들이 갖추어져 있어서 서로 막히거나 거리끼지 아니하고 단정히 배열되어 장엄하게 조화를 이루고 있는데 하나하나의 누각이 또한 위에서 말한 것과 똑같이 아름다웠다.14)

---

14) 爾時 菩財觀察, 樓觀廣大無量, 猶如虛空. 衆寶爲地, 有阿僧祇窓牖 卻敵欄楯七寶合成. 阿僧祇幡幢蓋莊嚴, 阿僧祇寶繯絡垂帶, 阿僧祇大獅子幢 半月寶像諸寶繪綵, 又阿僧祇天冠寶衣而以莊嚴, 阿僧祇寶網羅覆其上. 阿僧祇金鈴自然演出微妙音聲, 又雨無量寶華鬘雲諸妙香雲, 雨阿僧祇細末金屑, 放阿僧祇勝妙光明, 普照一切. 有阿僧祇異類衆鳥 出和雅音. 雨阿僧祇優鉢羅, 鉢曇摩, 分陀利華, 出亦阿僧祇摩尼寶光普照一切. 於樓觀內, 具有百千諸妙樓觀. 不相障礙. 莊校嚴飾, 亦如上說. 위의 책, 張1769ab, 阿僧祇는 10의 56승이고 無量은 10의 68승이다.

『화엄경』의 본문은 열린 체계를 넓고 큰 건물에 비유하고 있다. 허공과 같이 넓은 집이 무한히 들어 있지만, 서로 설리거나 어긋나지 않는다. 하나하나의 집들은 다른 모든 집들과 완전히 조화되어 있고 그 집들 전부가 그것들이 들어 있는 집과도 완전히 조화되어 있다. 부분의 자립성과 전체의 통일성이 함께 보존되며 함께 변화하는 가운데 끊임없이 새로운 사건이 일어나는 우주적 조화를 『화엄경』은 더할 나위 없이 아름다운 사건으로 묘사하고 있는 것이다. 『화엄경』은 이러한 열린 체계가 사물과 인간의 근거로서 현존하고 있음을 가르쳐준다.

인간은 끊임없는 자기 교육을 통하여 사회의 열린 체계에 참여해야 한다. "하늘이 분부한 것이 본성이고, 본성에 따르는 것이 도이고, 도를 닦는 것이 교육이다."15) 『중용』은 열린 체계를 인간의 관점에서 기술하고 있다. 사회의 질서는 본질적으로 우주의 조화와 동일하다. 인간의 본성은 인간을 인간답게 함으로써 열린 체계의 근거가 된다. 인간의 본성이란 결국 원효가 말하는 공 또는 퇴계가 말하는 이치와 같은 뜻을 지닌 낱말이다. 사물과 인간이 애초부터 열린 체계 안에 있는 것이라면, 그것들은 자기의 근거를 자기 안에 갖추고 움직이는 하나의 사건, 하나의 과정일 수밖에 없다. 이러한 사건들이 옮기고 바뀌면서 서로 어울리는 과정을 도라고 하는 것이다. 도는 변화의 흐름인 동시에 변화의 원리이다.

『중용』은 도의 세계에 스스로 참여하는 일을 교육이라고 했다. 따

---

15) 朱熹, 『四書章句集註』, 濟南: 山東省出版總社, 1988, 「中庸」張1b.

라서 여기서 말하는 교육은 자기 교육이다. 인간이 외부에 있는 대상을 분석하여 이해하는 교육이 아니라, 자기 안에 있는 본연의 바탕을 자각하고 실현하는 교육이다. 자기 교육은 인간이 자기를 교육한다는 의미 이외에 인간이 자기에게 교육받는다는 의미도 지니고 있다. 인간에게 도를 가르쳐주는 스승은 인간의 안에 있는 본연의 바탕 자체이다. 다시 말하면 자기 교육은 중용 이외에 다른 것이 아니다. 중(中)은 치우치거나 기울어져 있지 않은 자세이고 용(庸)은 공변스럽게 조화되어 있는 상태이다.

> 희 · 로 · 애 · 락이 발현하지 않은 상태를 중이라 하고, 발현해서 절도에 맞는 것을 화(和)라고 한다. 중은 천하의 근본이고, 화는 천하의 큰 길이다. 중화(中和)의 덕을 극진하게 하면 천지가 제자리에 있게 되며 만물이 바르게 육성된다.16)

한마디로 중용은 열린 체계에 온몸으로 참여하여 자기를 실현하고 자기를 교육하는 인간의 활동이다.

> 자기의 마음을 다하면 자기의 본성을 안다. 자기의 본성을 알면 하늘을 알게 된다. 자기의 마음을 살피고, 자기의 본성을 기르는 것이 하늘을 섬기는 방법이다. 단명하거나 장수하거나 의심을 두지 않고, 자기의 덕을 닦아서 천명을 기다리는 것이 천명을 지키는 방법이다.17)

---

16) 위의 책, 「中庸」 張2a.
17) 위의 책, 「孟子」 卷7, 盡心章句上, 張1a.

열린 체계에 전적으로 참여하는 행동은 인간의 착한 본성을 지키는 행동이다. 맹자가 든 예를 이끌면, 갓난아기가 우물로 기어드는 것을 보는 사람은 누구나 두려워 곱송그리며 불쌍히 여기는 마음을 가지고, 아무리 굶주린 사람이라도 욕지거리를 하거나 발로 차서 주는 음식은 받으려 하지 않으며 부끄러워하는 마음을 지니게 된다. 다시 맹자는 부모의 시체를 산에 버리고 나서 새와 벌레가 기어드는 것을 보고 등에 식은땀을 흘리는 사람의 심리를 예로 제시하기도 하고, 억지로 천착하여 얻은 조작된 지식이 이치에 어긋남을 제시하기도 하였다. 이러한 증거에 의하여 맹자는 불쌍히 여기는 마음, 부끄러워하는 마음, 존중하는 마음, 진리를 찾는 마음이 없으면 사람이 아니라고 규정하였다.

> 측은해하는 마음은 사람이면 누구나 가지고 있다. 부끄러워하는 마음은 사람이라면 모두 가지고 있다. 공경하는 마음은 사람이면 모두 가지고 있다. 시비를 결정하는 마음은 사람이면 모두 가지고 있다. 측은해하는 마음은 인자이다. 부끄러워하는 마음은 정의이다. 공경하는 마음은 예절이다. 시비를 결정하는 마음은 지혜이다. 인자와 정의와 예절과 지혜는 밖에서부터 나를 녹여 들어오는 것이 아니고 본래부터 지니고 있는 것이다.18)

자기 교육은 유난스러운 간섭을 필요로 하지 않는다. 인간에게 원

---

18) 위의 책, 「孟子」 卷6, 告子心章句上, 張5b.

래부터 갖추어져 있는 보편적인 느낌에 입각하여 매순간 몸과 마음
의 변화를 살피며 욕심이 끼어드는 낌새를 알아차리는 관찰명상이
바로 인간과 인간, 인간과 사물이 상호 의존하고 상호 침투하는 열린
체계에 참여하는 실천이 된다. 열린 체계 안에서만 인간은 인간답게
살 수 있고 사람의 사람됨을 형성할 수 있다.

맹자는 열린 체계의 경제적 토대를 특별히 강조하였다. 경제적 궁
핍은 인간의 욕망을 자극하여 인간과 인간, 인간과 사물의 관계 구조
를 동요시키기 때문이다. "욕망이 적으면 그것을 보존하지 않는 수가
있다 하더라도 잃는 정도가 적다. 욕망이 많으면 본심을 보존하지 않
는 수가 있다 하더라도 보존하는 정도가 적다."[19]

추위와 굶주림에 시달리는 사람은 병든 아이를 치료하기 어렵고
죽은 사람을 장사 지내기도 어려울 터인데, 어떻게 다른 사람들과 가
깝게 지낼 수 있을 것인가? 궁핍한 세계는 온갖 망상이 들끓는 탐욕
의 세계이다. 경제적 궁핍은 자기 교육의 마지막 여유까지 고갈시킴
으로써 열린 체계의 근거를 파괴한다. "길러주는 힘을 얻기만 하면
자라지 않는 물건이 없고, 길러주는 힘을 잃어버리기만 하면 소멸되
지 않는 물건이 없다."[20]

맹자는 올바른 나라의 토대가 경제적 안정의 확보에 있음을 분명
하게 해명해 주었다.

백성들이 사는 방도란, 일정한 생활 근거가 있는 사람은 일정한 마음

19) 위의 책, 「孟子」卷6, 盡心章句上, 張30b.
20) 위의 책, 「孟子」卷6, 告子心章句上, 張9b.

Ⅳ. 한용운의 시와 불교

을 지니고, 일정한 생활 근거가 없는 사람은 일정한 마음을 지니지 못
하는 것입니다. 일정한 마음이 없는 사람은 방탕·편벽·사악·사치 등
못하는 짓이 없습니다. 죄에 빠진 연후에 따라가서 처벌한다면 그것은
백성들을 그물로 잡는 것입니다.[21]

열린 체계의 첫째 조건이 경제적 안정이라면, 그 둘째 조건은 정치
적 비개입(非介入)이다. 조작된 지식과 무리한 간섭은 인간의 보편적
감성을 동요시키기 때문이다. 맹자는 이른바 지혜롭다는 사람들의
조작과 책략을 매우 싫어하였다. "지혜로움을 미워하는 것은 지혜로
천착하기 때문이다. 만약에 지혜로운 사람이 우(禹) 임금이 물길 트는
것같이 한다면야 지혜로움을 미워할 리가 없다. 물길을 틀 적에 우
임금은 물이 막히는 일이 없는 데로 텄다."[22]

열린 체계에 참여하기 위해서 인간은 변화의 흐름과 변화의 원리
에 온몸을 맡기는 적극적 수동성을 갖춰야 한다. 작위적인 개입은 열
린 체계의 역동적인 무도(無蹈)를 방해한다. 천박한 이성을 혹사하여
인간과 사물을 하나의 실체로 석화(石化)해 놓으면 부분의 자립성은
부분의 예속으로 바뀌고 전체의 통일성은 전체의 강제로 바뀐다. 그
만두지도 않고 무리하게 잘되게 하려고 하지도 않는 행동만이 열린
체계의 조화로운 변역(變易)을 보존한다.

　　송나라 사람 중에 자기가 심은 곡식 싹이 자라나지 않는 것을 안타깝

---

21) 위의 책, 「孟子」 卷3, 勝文公章句上, 張4b~5a.
22) 위의 책, 「孟子」 卷4, 離婁章句上, 張27a.

4. 『님의 침묵』의 현상학

게 여겨 싹을 뽑아 올린 사람이 있었네. 그 사람은 피곤해하면서 집으로 돌아가 집안사람들에게 "오늘은 지쳤다. 나는 싹이 자라나는 것을 도와주었다"고 말했는데, 그 사람의 아들이 뛰어가 보았더니 싹은 말라버렸더라네. 천하에는 싹이 자라나는 것을 도와주지 않는 사람이 적으이. 무익하다고 버려두는 사람은 김매어주지 않는 사람이고, 무리하게 잘되게 하려는 사람은 싹을 뽑아올려서 무익할 뿐 아니라 도리어 해치는 사람일세.[23]

천박한 이성은 인간과 사물의 본성에 어긋나는 행동을 함부로 하면서도 그것이 마치 올바른 행동인 것처럼 합리화한다. 경제적 궁핍과 똑같은 방식으로 천박한 이성은 욕망을 자극하고 동요시킨다. 인간은 본래부터 알고 있는 바에 의하여 편안하고 여유 있는 마음으로 정성을 다하고, 집착하는 것도 아니고 방심하는 것도 아닌 사이에 마음을 두고, 잊지 않으면서 꾸준히 계속하여 공을 들임으로써 열린 체계에 참여할 수 있다. "천하를 있는 그대로 두는 것은 천하 사람들이 그들의 본성을 잃게 될까 두렵기 때문이다. 천하를 내버려두는 것은 천하 사람들이 그들의 타고난 덕을 바꿀까 두렵기 때문이다."[24]

비개입은 열린 체계에 참여하는 인간의 인내와 용기이다. 억지로 하는 행동은 감정의 균형을 파괴하고, 열린 체계의 보편적 조화를 깨뜨린다. 장자는 이처럼 억지로 하거나 함부로 하지 않는 비개입

23) 위의 책, 「孟子」 卷2, 公孫丑章句上, 張8a.
24) 王夫之, 『莊子解』, 台北: 里仁書局, 1984, 91쪽.

Ⅳ. 한용운의 시와 불교

과 무작위를 한마디로 무위(無爲)라 하고 "무위로써 일하는 것이 하늘이다"[25]라고 하였다. "무위보다 더 좋은 것은 없다. 아무런 작위도 가하지 않아야만 사람의 본성과 운명의 진실함에 편안할 수 있기 때문이다."[26] 장자는 비개입과 무작위를 참된 사회질서의 기본 조건이라고 생각하였다. "작위하지 않으면 제각기 일을 맡아 하고 그 책임을 지게 된다."[27]

우리는 강요하여 억지로 한 행동에 대하여 책임을 물을 수 없다. 의무는 책임을 전제로 하므로, 책임을 물을 수 없는 경우에는 의무를 부과할 수도 없다. 책임과 의무는 보편적인 조화와 보편적인 인내 위에서만 성립될 수 있는 개념이다. 개입과 작위는 감정과 욕망을 자극하여 인간을 불안하게 하고 동요하게 한다. "사람의 마음이란 억누르면 내려가고 밀면 올라가는 것이다. 올라갔다 내려갔다 하는 사이에 우쭐해지기도 하고 성이 나기도 한다. 그 부드러움은 억세고 강한 것을 유순하게 만들고, 그 모질고 날카로움은 모든 것을 깎아 다듬는다. 뜨겁게 달아오르면 타오르는 불길 같이 되고, 차갑게 식으면 꽁꽁 언 얼음같이 된다."[28]

고요히 두지 않는 것이나 즐기도록 두지 않는 것은 모두가 타고난 덕에 어긋나는 것이다. 타고난 덕에 어긋나면서도 오래 갈 수 있는 것이란 천하에 없다. 사람이 크게 기뻐하면 양으로 치우치게 되며 크게

25) 위의 책, 101쪽.
26) 위의 책, 93쪽.
27) 위의 책, p.115.
28) 위의 책, p.93.

노하면 음으로 치우치게 된다. 음이나 양으로 치우쳐지면 사철이 제대로 오지 않고 추위와 더위의 조화가 이루어지지 않는다. 음과 양이 어긋나면 사람들의 몸을 상하게 하고, 사람들로 하여금 기쁨과 노여움의 도를 잃게 하고, 사는 곳이 일정하지 않게 하고, 제대로 생각하지 못하게 하고, 도에 알맞은 조화를 이루지 못하게 한다.29)

그렇게 되면 "온 세상을 들어 그 선한 것을 상 주려 한다 해도 다 줄 수 없고, 온 세상을 들어 그 악한 것을 벌하려 한다 해도 다 벌할 수 없다."30) 억지로 하는 개입과 함부로 하는 작위만 없어진다면 이러한 소동과 혼란도 그치게 된다는 것이 장자의 생각이다.

2) 전통의 실현, 창조

20세기의 우리 사회는 열린 체계를 구체적으로 실현할 수 있는 거대한 가능성을 풀어놓았다. 19세기 이전의 우리 사회에 하나의 전통으로 확립되어 있었던 열린 세계는 봉건사회의 지극히 제한된 생산 능률에 의하여 제약되어 있었다. 사회의 열린 체계는 '대중의 수량'31)을 판단의 척도로 삼아야 한다. 우리 시대는 대중의 수량이라는 판단의 기준이 정당을 통하여 국가 권력에 적극적으로 작용하고 있는 시대이다. 대중의 생활은 어떤 관점에서 보더라도 천박하고 비속

---

29) 위의 책, p.91.
30) 위의 책, p.91.
31) Theodor Adorno, *Ästhetische Theorie*, Frankfurt am Main: Suhrkamp, 1970, S.357.

하다. 고결한 정신의 가치를 믿는 사람들은 흔히 민주주의에 반대한다. 그러나 대중의 수량을 판단의 척도로 삼지 않는 사람은 누구나 예외 없이 온갖 정치적 반동과 결탁하게 된다. 구체적인 대중의 생활을 외면할 때, 관료제도는 관료주의로 경화되고 군사제도는 군사주의로 타락한다.

민주주의는 열린 체계의 기본 조건이다. 열린 체계는 민주주의와 함께 민주주의 위에서만 실현될 수 있다. 민주주의가 곧 열린 체계는 아니지만, 민주주의와 열린 체계가 떼어낼 수 없이 결합하고 있다는 사실을 우리는 나날의 경험에 의하여 증명할 수 있다. 대중의 수량이라는 척도를 부인하면 열린 체계의 토대가 붕괴된다. 민주주의가 사회 혼란의 원인이 되는 경우도 있을 것이다. 그러나 열린 체계에 참여하는 행동은 창조적 모험이다. 창조적 모험을 두려워하는 공허한 사색가나 둔감한 실제가는 민주주의에 반대하면서 영원한 혼란을 야기하고 있다. 투표와 선거는 어느 정도의 혼란을 야기하지만, 그 혼란은 대중매체와 대중운동들을 광범위하게 접합시키는 계기가 될 수 있는 창조적 혼란이다. 민주주의와 열린 체계는 새로운 사회제도의 문제가 아니다. 대중의 수량이라는 개념은 권위주의와 자유주의라는 국가 권력의 전통적 분류 방법을 거부한다.

어떤 경우든 집중적 권위와 직접 민주주의의 결합은 발전의 정도에 따라 무한하게 변화될 수 있다. 대중의 자기 결정은 모든 선전·교화·조종으로부터 해방되어 사실들을 알고 이해하며, 여러 선택 가능성들을 평가할 수 있는 정도까지 진실하게 될 것이다. 다시 말하면 사회는 그것이 본질적으로 새로운 역사적 주체에 의하여 조직되고 유지되고 재

생산되는 정도까지 이성적이고 자유롭게 될 것이다.[32]

지금 우리는 대중의 수량이라는 개념을 인정하면서 사회의 열린 체계를 실현하는 시대에 살고 있는가? 아니면, 부분의 자립성이 소멸된 세계, 물신이 지배하는 장치와 도구들의 세계에 살고 있는가? 물화(物化)된 세계 안에서 인간은 장치와 도구들의 체계에 고용된 하나의 장치 또는 하나의 도구로서 조작된다. 우리 사회는 인간이 온몸으로 참여하는 열린 체계가 아니라, 인간이 침투할 수 없는 닫힌 세계이다. 닫힌 세계 안에서 인간과 사물은 자율적인 의미를 지니지 못한다. 그것들은 이미 주어져 있는 억압적 규칙에 따라 관리되고 조작되는 대상에 지나지 않는다. 인간과 사물은 열린 체계에 참여하는 주체가 아니라 닫힌 체계에 맞추어 조작되는 객체이다. 닫힌 체계는 부분의 자립성을 파괴하고 전체의 통일성을 추상적 전체성으로 물화하는 정적인 세계이다. 이미 주어져 있는 세계 안에 던져져서 인간과 사물은 자립성을 상실하고 공리적인 계산에 따라 작동되는 객체가 되는 것이다. 인간과 사물은 닫힌 세계가 부과한 기능에 의하여 규정된다. 인간과 사물은 다 같이 수학적으로 분석될 수 있는 하나의 추상적인 단위에 지나지 않는다.

노동으로부터 즐거움이 분리되고, 목적으로부터 수단이, 보수로부터 노력이 분리되었다. 인간 자체가 영원히 전체에 예속되어 스스로 전체

---

32) Herbert Marcuse, *One Dimensional Man*, London: Routledge & Kegan Paul, 1964, p.252.

의 한 조각으로 전개된다. 그의 귀에 들리는 것은 언제나 그가 돌리고 있는 바퀴의 단조로운 소리뿐이다. 존재의 조화는 결코 밀진힐 수 없다. 그는 자신의 성격에 인간의 낙인을 찍는 대신에 분화된 직업 또는 전문화한 지식의 낙인을 찍는다. 그는 그 이상의 어떤 것이 될 수 없다.[33]

우리들은 거의 무의식적으로 우리 사회의 닫힌 체계를 전체로 삼아 행동하고 있다. 우리의 신체가 병들었을 때나 우리가 사용하는 기계 장치에 고장이 생겼을 때에야 비로소 자신이 상호 규제적으로 기능하는 장치들의 체계에 갇혀 있음을 알게 된다. 닫힌 체계 안에서 인간은 자연을 착취와 정복의 대상인 기계적 힘들로 변형하면서 인간 자신을 마음대로 조작할 수 있는 대상으로 변형한다. 닫힌 체계의 정치와 법은 계산할 수 있고 조작할 수 있는 기술이다. 이 기계 안에는 허용되지 않는 것, 빼앗지 못할 것이 전혀 없다. 닫힌 체계의 정치와 법은 폭력과 학살을 허용하고 억압과 착취를 인정한다. 그것들이 계산할 수 있는 행동이기 때문이다.

닫힌 체계는 인간의 성질 가운데 특정한 측면만 강조하고, 닫힌 체계에 필요 없는 성질들을 무시한다. 인간은 그 자체로서 정의되지 않고 오직 닫힌 체계 안에서의 위치와 기능에 의해서만 정의된다. "인간이란 무엇인가?"라는 질문은 이제 "닫힌 체계가 존속하기 위하여

---

33) Friedrich Schiller, "On the Aesthetic Education of Man", in *a Series of letters*, trans., Elizabeth M. Wilkinson and L. A. Willoughby Oxford: Clarendon Press, 19 67, 여섯 번째 편지, p.35.

299
4. 『님의 침묵』의 현상학

인간은 어떻게 준비되어야 하는가?"라는 질문으로 변형된다. 닫힌 체계의 경제는 인간을 경제적 인간으로 변형시킨다. 인간은 경제적 인간의 역할을 수행하는 한에서만 존재하고, 경제적 인간의 역할을 통해서만 자기를 실현한다. 인간의 행동은 몇 가지 유형적인 운동으로 축소되고, 그러한 유형에 포함되지 않는 나머지 행동들은 우연에 속하는 것으로 무시된다.

일관 작업 공장의 직공과 사무원의 틀에 박힌 일이나 사고파는 예식은 인간의 잠재력과는 아무런 관계도 가지고 있지 않다. 작업 관계는 과학적인 경영의 교환 가능한 대상인 인간들과 능률 전문가의 관계가 되었다. 아직도 일반적인 경쟁은 약간의 개성과 자발성을 요구하고 있다. 그러나 이러한 특성들은 그것들이 속해 있는 경쟁과 마찬가지고 피상적이고 착각적인 것이 되었다. 경쟁이 부속·포장·냄새·빛깔 따위의 생산에서 미리 정해진 다양성으로 축소되는 것과 똑같이 개성이란 글자 그대로 이름만의 것이 되어 유형의 특별한 표현(요부, 주부, 근육미의 남성, 훌륭한 여성 전문가, 생활을 위해 싸우고 있는 젊은 부부 등등)에 불과한 것이 된다.[34]

인간은 닫힌 체계 안에서 하나의 기능으로 축소되어 경제적 인간의 역할을 수행함으로써만 현실적인 존재가 된다. 닫힌 체계가 요구하는 능력과 자질과 성향을 갖추지 못하면, 인간은 살아남지 못한다.

34) Herbert Marcuse, *Eros and Civilization*, New York: Vintage Books, 1962, p.93.

IV. 한용운의 시와 불교

닫힌 체계가 존속하는 데 필요하지 않는 능력과 자질은 생활의 방해물로 취급된다. 닫힌 체계 안에서 사물의 운동은 의식적이고 의지적인 활동이 되고 인간의 행동은 사물의 활동을 대행하는 기계 운동이 된다. 사물의 운동이 인간의 의식과 의지를 매개로 하여 자신을 표현한다. 자본가는 인격화한 자본으로 기능하고 노동자는 인격화한 노동으로 기능한다. 사물은 인격화되고 인간은 사물화되는 것이다.

닫힌 체계의 구성단위로 존재하는 인간은 닫힌 체계가 허용하는 영역에 있을 때에만 스스로 인간임을 인식한다. 인간의 주관성·우연성·특수성은 완전히 제거되고, 인간은 고전 역학의 양(量)들처럼 수학적으로 계산할 수 있는 물리적 양으로 변형된다. 부분의 자립성이 없는 전체의 통일성은 거짓된 통일성이다. 닫힌 체계의 특징은 부분의 예속과 전체의 강제에 있다. 우리는 열린 체계와 닫힌 체계를 다음과 같이 비교할 수 있을 것이다.

체계\\관계	열린 체계	닫힌 체계
부분의 자립성	+	-
전체의 통일성	+	+

우리는 맹목적인 결단과 체념적인 기대 사이에서 비틀거릴 수밖에 없는 것일까? 우리의 전통적인 열린 체계를 우리 시대의 한복판에서 실현할 수는 없을까?

우리 사회의 닫힌 체계를 열린 체계로 변형할 수 있는 길은 무엇일까? 창조의 문제는 이러한 질문들과 연관되어 있다. 그리고 우리는 여기서 창조란 오래된 꿈의 실현, 다시 말하면 전통의 실현 이외에 다른 것이 아님을 다시 한번 확인한다. 우리 시대의 인간은 닫힌 체계의 구성단위로 축소되어 있지만, 인간 자체가 그러한 기능 단위에 지나지 않는 것은 결코 아니다. 인간에게는 닫힌 체계의 한계를 초월하는 측면이 있다. 우리는 닫힌 세계의 기능 단위로 축소되어 있는 측면을 노동이라고 부르고 닫힌 체계를 초월하는 측면을 실천이라고 부를 수 있다. 인간은 노동과 실천에 의하여 닫힌 체계를 열린 체계로 변형할 수 있다. 창조란 닫힌 체계를 열린 체계로 변형하는 행동이다.

인간은 노동에 의존하여 자기를 형성하며 현실을 형성한다. 노동은 인간과 세계를 변형하고, 인간과 자연을 통일하는 과정이다. 인간을 대상화하고 자연을 인간화하는 과정에서 과학과 예술, 정치와 경제와 법은 상호 의존하고 상호 침투한다. 노동의 과정에서 이러한 상호 작용을 차단하고 노동을 기계 장치의 운동으로 물화한 닫힌 체계는 역사의 특정한 단계에만 통하는 일시적인 현상에 지나지 않는다. 노동이 필연성의 영역에 속하는 생존의 토대임을 부인할 수는 없을 것이다. 먹고살기 위하여 하지 않는 일을 우리는 노동이라고 부르지 않는다.

그러나 노동은 필연성의 영역 안에서 수행되는 행동이면서, 자유의 필연적인 토대를 형성하는 행동이기도 하다. 자유란 닫힌 체계를 열린 체계로 변형할 수 있는 객관적 가능성이다. 실천은 노동의 토대 위에서 대중매체와 대중운동으로써 국가 권력을 변형하는 행동이다. 그러므로 우리는 닫힌 체계가 여기 있고 열린 체계는 여기 없다고 말하면 안 된다. 우리 시대의 닫힌 체계를 통하여 열린 체계가 드러난

IV. 한용운의 시와 불교

다. 닫힌 체계와 열린 체계가 하나의 세계 안에 있는 것이다. 원효의 말을 빌리면, "세계 전체가 생멸문(生滅門)이 되고 세계 전체가 진여문(眞如門)이 된다."35)

닫힌 체계와 근본적으로 다른 열린 체계가 닫힌 체계의 밖에 따로 있다면, 우리는 아무리 애쓰더라도 닫힌 체계를 열린 체계로 변형할 수 없을 것이다. 그러나 원효가 말하듯이 진여는 생명의 내적 동태이다. 참되고 한결같은 것은 생멸하는 것이 자기 자신을 넘어서 나아가는 활동으로 존재한다. 진여와 생멸은 서로 의존하고 있다. 진여의 세계와 생멸의 세계가 있는 것이 아니라 진여문과 생멸문이 하나의 세계 안에 있다. 진여는 생멸의 본질로서 생멸을 통하여 자기를 드러낸다. 닫힌 체계는 "인간과 사물에게 진리— 인간과 사물이 진정한 존재가 되게 하는 조건— 를 확립하는 부정의 힘"36)에 의하여 열린 체계로 변형된다. 한 개인이 이러한 변형을 성취할 수는 없다. 대중적 실천이 아니라면 그것은 아예 실천이라고 할 수조차 없을 것이다. 닫힌 체계를 변형하려는 대중의 힘이 닫힌 체계를 보존하려는 대중의 힘보다 더 커지지 않는다면 자유는 우리 시대의 객관적 가능성이 될 수 없다.

3) 문학 사상의 상호 반조

문학 연구가 문학을 문학으로 만드는 어떤 것, 문학의 문학성에 대

---

35) "如一法界 擧體作生滅門, 如是擧體爲眞如門", 元曉, 『大乘起信論疏 記會本』 卷2, 張2b.
36) Herbert Marcuse, *One Dimensional Man*, p.123.

한 관심으로부터 출발해야 함은 더 말할 필요조차 없다. 그러나 작품을 창조한 작가와 작품을 수용하는 독자, 그리고 작품의 한 요소인 동시에 작품의 환경이 되는 문화 등에서 문학 작품을 분리해 내려는 시도는 바람직하지 않다. 시대와 지역과 작가는 서로 긴밀하게 연관되어 있으며 그러한 상호 작용의 맥락 속에서 문학 작품은 하나의 문화적 사건으로 존재한다. 그러므로 우리는 문학 작품을 고립된 물체로 취급하면 안 된다. 문학 작품이 하나의 자족적(自足的) 질서를 드러내도록 규정된 존재라 하더라도, 작품이 어떤 것으로 규정되어 있다는 사실은 그 작품이 다른 작품과 구별되어 있음을 의미한다. 한 작품의 성질은 다른 작품과의 관계 아래서만 바르게 규정될 수 있다.

그러나 다른 작품들과의 관계를 고려한다고 하더라도, 작품 분석의 목적은 어디까지나 작품을 바로 그 작품으로 형성하는 성질을 찾는 데 있으므로 한 작품을 단순히 많은 작품들의 그물 속으로 소멸시켜 버리면 안 될 것이다. 작품은 일정한 상태에 놓여 있는 대타존재이면서 독특한 본성을 지닌 대자존재이기도 하다. 작품의 해석은 해석의 대상이 되는 작품의 본성에 입각할 때에만 적절하게 수행될 수 있다. 작품은 일정한 상태를 독특한 본성에 맞도록 변형하는 동적 체계이다. "작품은 동적 체계이다"라는 명제는 작품을 동적 체계로 형성하는 일이 작가의 과제임을 의미한다. 작품의 본성이 동적 체계이므로 우리는 동적 체계라는 기준에 의하여 작품을 해석할 수 있다.

문학 작품이 다른 문학 작품과 맺는 상호 관계에만 관심을 국한시킨다면 작품을 바르게 해석할 수 없다. 작가의 생활 체험을 모르면 작품 해석은 그릇되기 쉽다. 작가의 개인적 · 가족적 · 사회적 환경이나 독서 범위에도 관심을 가져야 한다. 종교 사상과 정치사상도 작가의 일상적 체험의 일부이기 때문에 작가가 어떤 사상을 옹호하건 반대하건 간에 종교와 윤리를 어느 정도 고려하지 않으면 안 된다. 관습·규범·가치 등을 포함하는 삶의 양식으로서의 문화에 대한 이해도 적절한 해석의 전제조건이다.

문학과 사상의 관계를 해명하기 위하여 제시한 개념 가운데 가장 단순한 것은 사상이 문학이란 거울에 비치어 있다는 가정이다. 사상의 특정한 국면이 문학 작품 속에 들어와 있다고 보는 것이다. 사상을 받아들이는 그릇이 문학 작품이라는 견해이다. 이렇게 문학 작품을 수동적인 물체로 취급하면, 동적 체계라는 문학 작품의 본성이 소멸한다. 이 경우에도 문학의 능동성을 보존하면서 문학과 사상의 관계를 살펴보는 것이 타당하다. 사상이 문학에 비칠 뿐 아니라 문학이 사상을 비추기도 한다고 생각해야 한다. 스스로 사상에 나아가서 사상의 특정 국면을 동적 체계를 통합해 들이는 역동적 과정이 곧 문학 작품이라고 보는 관점이 적절하다.

문학 작품은 어떠어떠한 것이라고 규정된 존재이면서 동시에 어떠어떠한 것으로서 자기를 스스로 규정하는 존재이다. 문학 작품의 형성 과정은 끊임없이 자기 자신에게로 돌아오는 운동이라고 할 수 있다. 낯선 고장, 낯선 나라에서 오랜 수업 시기를 보내고 돌아온 사람의 안목이 변화하듯이 하나의 작품은 사상의 특정 국면을 비추고, 그렇게 해서 획득한 내용을 자기 자신 속으로 되짚어 비추면서 독특한 동적 체계로 형성되어가는 것이다. 사상이 문학에 비쳐진다는 말은 문학이 스스로 사상을 자신 속에 비치게 한다는 것을 의미한다.

이렇게 볼 때 공평하고 무사(無私)한 태도로 문학과 사상의 상호 반조(反照)를 살피는 작업이 요청된다. 어떠한 사상에 가담하여 사상적 관점에서 작품을 평가하는 태도는 올바른 연구 자세가 아니다. 우리는 먼저 문학과 사상이 서로 대립하고 있다는 사실을 인정해야 한다. 문학의 자족적 질서는 사상의 모든 국면을 반영할 수 없으며, 그런 것들을 포섭하기보다는 배제하기에 더욱 힘을 쓰지 않으면 안 되기 때문이다. 이러한 기본적인 사실을 인정한 후라면, 문학과 사상의 상호 반조의 관찰이 적절한 해석에 오히려 도움을 줄 수 있을지 모른다.

문학과 사상은 서로 대립하는 관계에 있기도 하고, 서로 보조하는 관계에 있기도 하다. 작품의 형식이 요구하는 통일성은 사상을 배척하여 물리치지만 작품의 내용이 요구하는 다양성은 사상의 특정 국면을 포섭하여 받아들인다. 서로 대립되는 사상과 문학 사이에서 그것들을 매개함으로써 상호 관계를 맺어주는 것이 작가의 노동이요, 비평가의 노동이라고 해도 무방하다.

한용운의 문학을 불교 사상에 비추어 해석해야 한다는 것은 의심할 여지가 없다. 우리 불교 사상의 흐름 속에서 한용운 자신의 사상이 탁월한 자리를 차지할 수는 없을 것이다. 원효나 지눌의 사상적 깊이에 대하여 대강이라도 짐작할 수 있는 사람이라면 누구도 한용운의 불교 사상이 한국 불교의 어느 한 면을 개척해 냈다고 말하지 않을 것이다. 그러나 비록 소개의 수준으로나마 『불교대전』, 『유마힐소설경강의(維摩詰所說經講義)』, 「선(禪)과 인생」 등의 저서와 논설을 통하여 한용운은 자신의 사상적 기조가 불교에 있음을 분명하게 보여주었다. 불교를 고려하지 않으면 한용운의 문학을 이해할 수 없다고 말할 수는 없겠지만, 불교 사상에 비추어 검토할 때 한용운의 문학이 좀 더 용이하게 파악된다고 말할 수는 있을 것이다. 예를 들어 표면적으로는 전혀 불교적인 내용을 언급하지 않은 「사랑의 측량(測量)」과 같은 작품을 살펴보기로 하자.

1. 질겁고 아름다운 일은 양(量)이 만할수록 좋은 것입니다.

2. 그런데 당신의 사랑은 양이 적을수록 좋은가버요.

3. 당신의 사랑은 당신과 나와 두 사람 새이에 있는 것입니다.

4. 사랑의 양을 알려면 당신과 나의 거리를 측량할 수밖에 없읍니다.

5. 그래서 당신과 나의 거리가 멀면 사랑의 양이 만하고, 거리가 가까우면 사랑의 양이 적을 것입니다.

6. 그런데 적은 사랑은 나를 웃기더니, 만한 사랑은 나를 울립니다.

7. 뉘라서 사람이 멀어지면, 사랑도 멀어진다고 하여요.

8. 당신이 가신 뒤로 사랑이 멀어졌으면 날마다 날마다 나를 울리는 것은 사랑이 아니고 무엇이여요.

— 「사랑의 측량」

이 작품을 구성하고 있는 문장들은 다음 문장이 바로 앞에 나오는 문장을 부정하는 관계로 배열되어 있다. '양이 적을수록 좋다'는 문장은 '양이 많을수록 좋다'는 문장을 부정한다. 따라서 사랑은 즐겁고 아름다운 일이 아니다. 계속되는 네 문장(3, 4, 5, 6)은 앞의 두 문장에 대한 주석이면서 동시에 부정이다. 사랑은 한 사람의 특수한 심정을 가리키는 것이 아니라 인간과 인간의 특정한 관계를 지시하는 명사이다. 인간과 인간의 관계를 이 작품은 거리라는 말로 표시하고 있다. '거리가 멀다'와 '양이 많다'가 같은 의미이고 '거리가 가깝다'와 '양이 적다'가 같은 의미라면, 가까운 것이 먼 것보다 좋을 것이므로 "사랑은 양이 적을수록 좋은가버요"라는 문장의 의미가 해명된다. "적은 사랑은 나를 웃기더니, 만한 사랑은 나를 울립니다"는 문장도 '가까운 거리는 웃기고 먼 거리는 울린다'는 문장으로 변형하면 쉽게 이해할 수 있다.

그러나 이 네 문장은 즐겁고 아름다운 일과 사랑을 대립시킨 첫 두 문장의 의미를 부정하고 있는 것이다. 가까운 거리, 적은 사랑, 웃음은 즐겁고 아름다운 일에 속하기 때문이다. 이 네 문장은 마지막 두 문장에 의하여 다시 부정된다. 이 네 문장이 당신의 사랑을 말하고 있는 데 반하여 마지막 두 문장(7, 8)은 나의 사랑을 말하고 있다. 당신의 사랑이든 나의 사랑이든 개인의 심정이 아니라 당신과 나의 관계로 드러나는 사건임에는 동일하지만, 여기서 사랑은 웃음이 아니라 울음이 된다. 이 작품의 주제를 사랑은 즐겁고 아름다운 일이 아니라 울음이라고 요약할 수 있을 듯하다. 이 작품에서 문장과 문장이 관계하는 방식은 다음과 같이 정리할 수 있는 불교의 논리 전개 방법에 의존하고 있다.

A와 B는 서로 상대방을 부정하면서 대립하여 독자적인 의미를 내세운다. 대립하고 있다는 것은 서로 의존하고 있다는 것이다. A는 B에 의존하는 A이고, B는 A에 의존하는 B이다. 그러므로 A와 B를 함께 긍정할 수밖에 없다. 그러나 서로 의존하고 있다는 것은 A에도 B에도 독자성이 없다는 의미이다. 따라서 A와 B를 함께 부정하게 된다. 그런데 부정에 그친다면 부정 자체가 독자성을 지닌 것처럼 그릇되게 알려질 수도 있다. 그러므로 다음 단계에서는 AB와 C가 서로 의존하고 있음을 인식해야 한다. 서로 의존하고 있다는 사실은 어느

IV. 한용운의 시와 불교

것도 독자적인 존재가 아님을 의미한다. 결국 A니 B니 하는 현상들을 이해하려면 A는 B이고 B는 A라는 종합적 중도를 가리키는 암호임을 깨닫는 수밖에 없다.

인간은 백과사전으로 대표되는 기존의 지식에 의존하여 생활하고 있다. 7세기에는 7세기의 백과사전이 있었고 16세기에는 16세기의 백과사전이 있었고 21세기에는 21세기의 백과사전이 있다. 기존의 지식을 모은 백과사전을 우리는 상식적 진리라고 명명할 수 있다면 백과사전에 난 틈새를 발견하고 미지의 진리를 탐구하여 구성된 새로운 지식의 체계를 고차적 진리라고 명명할 수 있다. 기존의 지식은 규정할 수 없는 혼돈을 통과하여 새로운 지식으로 대체된다. 인간에게 창조는 항상 불안한 모험이다. 백만 년 후에도 인간은 기존의 지식을 넘어 미지의 진리를 탐구하고 있을 것이다. 불교는 지식의 체계가 아니라 백만 년 후에도 통할 수 있는 진리 탐구의 방법이다. 이러한 논리 전개의 방법에 따라 「사랑의 측량」에 나오는 많은 양과 적은 양, 먼 거리와 가까운 거리, 눈물과 웃음의 상호 관계를 검토해 볼 수 있다. 이러한 관점에 의하면 이 작품에서 말하는 사랑은 즐거움과 서글픔, 아름다움과 더러움, 많음과 적음, 가까움과 멂, 웃음과 눈물을 포괄하는 것으로 해석해야 할지 모른다.

A. 상식적 진리

B. 고차적 진리

AB. 다른 상식적 진리

C. 다른 고차적 진리

ABC. 또 다른 상식적 진리

D. 또 다른 고차적 진리

「사랑의 측량」처럼 불교적 사고에 깊이 의존하는 작품들은 감각의
영역이 극도로 축소되어 있으므로 시의 형상화에 실패하고 있는 듯
하다. 한용운의 문학과 불교 사상의 관계를 해명하려고 할 경우 문학
과 사상을 독립항으로 설정하는 방법을 취하면 졸렬한 작품만을 대
상으로 삼을 위험이 있다. 우리가 고려해야 할 것은 사상 자체가 아
니라 문학과 사상의 상호 작용이다. 한용운의 문학이 불교 사상에 많
은 것을 빚지고 있는 것이 사실이라 하더라도, 기독교 신자나 무신론
자까지도 한용운의 작품을 즐겨 읽는 이유가 불교 사상의 표현이라
는 점에 있지는 않을 것이다. 성공한 문학 작품은 유치하거나 편협하
지 않고 혼란스럽지도 않은 생각의 가닥을 포함하고 있게 마련이다.
그것은 문학의 문학성에 유의하여 작품을 분석하는 과정에서 자연스
럽게 도출되는 작품 자체의 주제와 변주이다. 불교 사상은 불교 신자
의 사유물이지만 작품의 주제와 변주는 모든 사람의 공유물이다. 한
용운의 문학을 일종의 선시(禪詩)로 해석하는 견해가 없는 것은 아니
다.

　불교의 교리를 바탕으로 하는 설법, 화두(話頭)가 일으키는 것과 같은
　의정(疑情), 그리고 오도(悟道)를 내용으로 하는 증도가(證道歌), 이 세 가
　지 요소가 사랑의 시와 융합인 것이 바로 이 시집이며, 따라서 놀랍게
　도 하나의 전체를 이룬다.37)

IV. 한용운의 시와 불교

그러나 한용운의 문학도 문학으로서 해석되고 평가될 수 있으며, 불교 사상은 작품의 주제와 변주를 이해하는 참고 사항들 가운데 하나에 지나지 않는다는 견해가 더욱 타당하다고 생각한다. 작품의 동적 체계에 포섭되어 있는 사상은 이미 사상 자체의 독자성을 상실하고 있는 것이다. 한용운의 사상의 표현뿐만 아니라 문학적 장치들에도 크게 유념했다는 사실은 운율적 문맥에 대한 배려를 통해서도 알 수 있다.

> 님이여, 당신은 백번이나 단련한 금(金)결입니다
> 뽕나무 뿌리가 산호가 되도록 천국(天國)의 사랑을 받읍소서
> 님이여, 사랑이여, 아츰볏의 첫걸음이여
> 님이여, 당신은 의(義)가 무서웁고, 황금(黃金)이 가벼운 것을 잘 아십니다
> 거지의 거친 밭에 복(福)의 씨를 뿌리옵소서
> 님이여, 사랑이여, 옛 오동(梧桐)의 숨은 소리여
> 님이여, 당신은 봄과 광명(光明)과 평화(平和)를 좋아하십니다
> 약자(弱者)의 가슴에 눈물을 뿌리는 자비(慈悲)의 보살이 되옵소서
> 님이여, 사랑이여, 얼음바다에 봄바람이여
>
> ― 「찬송(讚頌)」

「찬송」의 율격은 표면 구조와 내면 구조가 일치하고 있다. 3음절

---

37) 송욱, 『全篇解說 韓龍雲 詩集 『님의 沈默』』, 科學社, 1974, 442쪽. 인용한 시는 모두 이 책에 근거하였다.

에서 8음절에 이르는 다양한 음절들이 한 음보를 구성함으로써 매우 빠른 속도로 움직이는 운율 체계이지만, 각 행에 모두 네 음보로 조직되어 있기 때문에 율격적 호흡은 규칙적인 네 음보로 조절된다. 이처럼 규칙적인 율격 구조는 이 시의 단순한 의미 구조와 서로 조화된다. 첫 시절의 '금결'과 '천국'과 '아츰볏'은 광명의 뜻으로 유의 관계(類義關係)에 있고, 둘째 시절의 '의(義)'와 '거지의 복'과 '옛 오동'은 평화의 뜻으로 유의 관계에 있다. "거지의 거친 밭에 복의 씨를 뿌리옵소서"는 가난한 사람이 행복하게 살 수 있는 세상에 대한 기원으로 볼 수 있다. '옛 오동의 숨은 소리'는 오동나무에 깃들이는 봉황을 암시하며 다시 세상에 평화를 실현하는 성천자(聖天子)를 연상하게 한다. 셋째 시절에는 첫째 시절의 광명과 둘째 시절의 평화를 종합한 위에 자비가 첨가되어 있다. '얼음바다에 봄바람'이 지니는 따뜻한 분위기가 '약자의 가슴에 눈물을 뿌리는 행동'과 결합된다. '자(慈: matiri)'란 원래 '벗(mitra)'에서 전성된 추상 명사로서 모든 사람의 친구가 되는 행동이고, '비(悲: karuna)'는 원래 남의 신음 소리에 귀를 기울이는 행동이다.38)

이 작품의 단순한 의미와 단순한 율격을 보조하는 요인은 소리의 결이다. 행말의 'a'와 'ə'가 각운의 직능을 담당하여 시의 통일성에 기여하며 'n, m, ŋ, l' 등의 소리가 반복됨으로써 광명과 평화와 자비라는 주제의 부드러운 느낌을 강화한다. 특히 6행의 소리결은 다음과 같이 치밀하게 조직되어 의미 작용을 도와주고 있다.

---

38) 한용운, 『불교대전』, 이원섭 역주, 현암사, 1980, 133쪽.

Ⅳ. 한용운의 시와 불교

nimijə saraŋijə jetotoŋŭi sumin sorijə

여기서 우선 주목할 수 있는 것은 '이여(ijə)'의 미묘한 반복이 주는 간절한 호소이다, '사랑(saraŋ)'과 '도동(totoŋ)'에 나타나는 '아-앙 (a-aŋ)'과 '오-옹(o-oŋ)'의 결합, '님(nim)'과 '민(min)'에 나타나는 'n-m'과 'm-n'의 결합도 기도하는 마음에 일치한다.

「나룻배와 행인(行人)」은 표면 율격과 내면 율격이 약간의 차이를 보이며, 세 음보 시행과 네 음보 시행이 일정한 패턴을 이루어 섞여 있다.

나는 나룻배
당신은 행인

당신은 흙발로 나를 짓밟습니다.
나는 당신을 안고 물을 건너갑니다.
나는 당신을 안으면, 깊으나 옅으나 급한 여울이나 건너갑니다.
만일 당신이 아니오시면, 나는 바람을 쐬고 눈비를 맞으며 밤에서 낮 까지 당신을 기다리고 있습니다.
당신은 물만 건느면, 나를 돌어 보지도 않고 가십니다 그려.
그러나 당신이 언제든지 오실 줄만은 알어요.
나는 당신을 기다리면서 날마다 날마다 낡어갑니다.

나는 나룻배.
당신은 행인.

— 「나룻배와 행인」

한 음보를 구성하는 음절수는 2음절에서 8음절까지로 「찬송」보다
도 더욱 다양하다. 표면 율격은 11행인데 내면 율격은 13행이다. 내
면 율격을 볼 때, 이 시는 네 음보의 시행 셋이 앞뒤에 배치되어 세
음보 시행 일곱을 포위하고 있다. 표면 율격으로 보면, 아주 느린 속
도의 시행으로 시작하여 조금씩 속도를 빠르게 해나가다가 여섯째
시행에 이르러 가장 빠른 속도가 되고, 다시 조금씩 속도를 느리게
해나가다가 아주 느린 속도의 시행으로 종결된다.

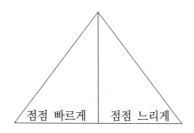

이 작품에 남자의 학대를 참고 견디는 전통적 여인상이 나타나 있
다고 보는 해석이 있으나, 우리는 그러한 견해를 오류라고 생각한다.
이 시의 구조는 나룻배와 행인의 관계에 토대를 두고 있다. 이러한
기본 관계를 확대하여 나와 당신의 관계에 도달하도록 해석해야 하
는데, 해석의 순서를 바꾸어 나룻배와 행인의 관계보다 나와 당신의
관계를 더 기본적인 것으로 보면 작품의 의미를 잘못 파악하게 된다.
기본적인 의미 관계를 명료하게 드러내기 위하여 이 시를 단순하게
변형할 수 있다.

행인이 나룻배를 흙발로 밟아도
나룻배는 행인을 싣고 간다.

행인이 물 건너고 돌아보지 않으나
나룻배는 조용히 (다음) 행인을 기다린다.

바람 쐬고 눈비 맞아 날마다 낡아가도
나룻배는 기다리며 원망 아니한다.

　나룻배가 나무에 매여 있거나 행인을 태워주는 것은 지극히 예사로
운 일이다. 여기에는 학대하고 학대받는 행동이 개입될 여지가 없다.
나룻배와 행인의 관계를 나와 당신의 관계로 확대하는 경우에도 문장
의 주체는 나룻배이며 행인이 오히려 객체가 되어 있으므로, 시의 주제
는 당신에게 헌신하는 고통과 환희 이외에 다른 것이 될 수 없다. 헌신
하는 고통은 학대받는 고통과 다른 것이다. 헌신의 고통과 헌신의 환희
가 교차하는 주체는 세 음보 시행과 네 음보 시행의 복합 율격을 요청
한다고 해석할 수 있을 듯하다. 헌신하는 생활이 지니는 불안과 헌신
자체에 대한 신념의 상호 작용은 감정의 고양과 평정을 동시에 조성할
수 있을 것이다. 시행의 속도는 감정의 움직임과 일치하고 있다.

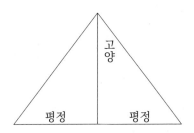

　표면 율격과 내면 율격이 서로 다른 작품의 하나로서「꿈 깨고서」
를 들 수 있다.

님이며는 나를 사랑하련마는, 밤마다 문밖에 와서 발자최 소리만 내
이고, 한 번도 들어오지 아니하고 도로 가니, 그것이 사랑인가요.
　　그러나 나는 발자최나마 님의 문밖에 가본 적이 없읍니다.
　　아마 사랑은 님에게만 있나버요.

　　아아 발자최 소리나 아니더면, 꿈이나 아니 깨었으련마는
　　꿈은 님을 찾어가랴고 구름을 탔었어요.

　　　　　　　　　　　　　　　　　　　　　—「꿈 깨고서」

　　「꿈 깨고서」의 내면 율격은 12개의 세 음보 시행으로 구성되어
있다. 3-4-0으로서 공음보를 포함하고 있는 마지막 시행을 제외하
면, 모든 시행이 규칙적으로 조직되어 있는 것이다. 그러나 표면 율
격은 대체로 문장 단위의 시행을 이루는데, 그것도 긴 문장과 짧은
문장이 섞여 있다. 무려 15개의 음보를 포함하는 첫째 문장은 깊은
회의의 표현이다. 서술처럼 끊어지지 않고 계속되는 의심의 번뇌를
나타내는 데는 긴 시행이 적절할 것이다. 밤마다 발자취 소리는 들을
수 있으나 님의 얼굴을 볼 수 없는 안타까운 마음은 님의 사랑까지
의심하게 된다.
　　"님이며는 나를 사랑하련마는"이라는 구절은 원망의 어조를 띠고
있다. 이 구절은 '나를 사랑하지 않는다' 또는 '님이 아니다'라는 두
가지 의심을 내포하고 있다. "그것이 사랑인가요?"라는 구절도 '그것
은 사랑이 아니다'라는 부정적 의미를 함축하고 있다. 둘째 문장은
첫째 문장의 의심을 부정한다. 님은 문밖에 와서 나에게 발자국 소리
라도 들려주지만, 나는 님의 문밖에조차 가본 적이 없다는 것이다.

Ⅳ. 한용운의 시와 불교

셋째 문장은 둘째 문장의 의미를 요약하고 강조한다. 따라서 세 음보의 짧은 길이를 취하고 있다. 님의 사랑에 대한 확신이 셋째 문장의 의미이다. 의심에서 믿음으로 향하는 운동이 일단 여기서 끝나고 공행(空行)으로써 시의 의미는 새로운 차원에 도달한다.

넷째 문장에는 '님을 찾아가려고 구름을 탄 나의 꿈'과 '꿈을 깨게 하는 님의 발자국 소리'가 공존한다. 여기서 님은 환상의 파괴자로 등장한다. 발자국 소리를 통하여 끊임없이 깨어 있으라고 촉구하는 것이 바로 사랑의 본질이다. 님과 나의 관계는 환상이 아니라 현실적 사건이기 때문에 나는 구름을 타고 님에게로 갈 수 없다. 온갖 고통을 스스로 받아들이면서 기다리고 귀 기울이는 행동만이 님을 향하는 바른 생활이다. 이 시의 주제는 선정 중 보살이나 부처가 나타나는 따위의 일이 마(魔)의 소치라고 보는 불교의 교리와도 관계되어 있을 듯하다.[39]

세 음보 또는 네 음보 시행을 기저형으로 삼고 그것을 다양하게 변형하는 것이 우리 시의 조직 원리이다. 그런데 한용운의 시 가운데 많은 작품들은 내면 율격 또는 기저형을 찾기 어려운 율격 형태를 보이고 있다. 운율적 의미가 배경으로 물러가고 비유적 의미가 전경으로 나오는 경우에는 운율이 아니라 비유가 시의 주도소(主導素)로 작용한다. 그러나 이때에도 시의 소리 조직 자체를 무시하면 안 된다.

오서요, 당신은 오실 때가 되얐어요, 어서 오서요.

---

39) 위의 책, 532쪽.

당신은 당신의 오실 때가 언제인지 아십니까, 당신의 오실 때는 나의 기다리는 때입니다.

당신은 나의 꽃밭에로 오서요, 나의 꽃밭에는 꽃들이 피어 있읍니다.

만일 당신을 좇어오는 사람이 있으면, 당신은 꽃 속으로 들어가서 숨으십시오.

나는 나비가 되야서 당신 숨은 꽃 위에 가서 앉겠읍니다.

그러면 좇어오는 사람이 당신을 찾을 수는 없읍니다.

오서요, 당신은 오실 때가 되얐읍니다, 어서 오서요.

당신은 나의 품에로 오서요, 나의 품에는 보드러운 가슴이 있읍니다.

만일 당신을 좇어오는 사람이 있으면, 당신은 머리를 숙여서 나의 가슴에 대입시오.

나의 가슴은 당신이 만질 때에는 물같이 보드러웁지마는, 당신의 위험(危險)을 위하야는 황금(黃金)의 칼도 되고, 강철(鋼鐵)의 방패도 됩니다.

나의 가슴은 말굽에 밟힌 낙화(落花)가 될지언정, 당신의 머리가 나의 가슴에서 떨어질 수는 없읍니다.

그러면 좇어오는 사람이 당신에게 손을 대일 수는 없읍니다.

오서요, 당신은 오실 때가 되얐읍니다. 어서 오서요.

당신은 나의 주검 속으로 오서요, 주검은 당신을 위하야의 준비가 언제든지 되야 있읍니다.

만일 당신을 좇어오는 사람이 있으면, 당신은 나의 주검의 뒤에 서십시오.

Ⅳ. 한용운의 시와 불교

주검은 허무(虛無)와 만능(萬能)이 하나입니다.

주검의 사랑은 무한(無限)인 동시(同時)에 무궁(無窮)입니다.

주검의 앞에는 군함(軍艦)과 포대(砲臺)가 띠끌이 됩니다.

주검의 앞에는 강자(强者)와 약자(弱者)가 벗이 됩니다.

그러면 좇어오는 사람이 당신을 잡을 수는 없습니다.

오서요, 당신은 오실 때가 되았읍니다. 어서 오서요.

— 「오서요」

「오서요」의 시행들은 반드시 그런 것이 아니더라도 문장의 단위로 나뉘어 있다. 이 작품의 주제를 분석하기 전에 행말 동사와 구절의 동사, 그리고 낱말들의 상호 작용에 대하여 검토하면 여러모로 도움이 된다. 21개의 행말 동사 가운데 '입니다'(3개), '있읍니다'(3개), '없읍니다'(4개) 등의 현재 시제가 10개이고, '오서요'(4개), '됩니다'(3개), '앉겄읍니다'(1개), '숨으십시요'(1개), '대입시요'(1개), '서십시요'(1개) 등의 미래 시제가 11개이며, 과거 시제는 하나도 없다. 이러한 행말 동사의 분석을 통하여 우리는 「오서요」의 주제가 과거보다는 현재와 미래로 향하고 있음을 짐작할 수 있다.

각 행에 내포된 구절의 동사는 '온다'(11개), '된다'(9개), '좇아온다'(6개), '있다'(3개), 이외에 '안다', '댄다', '간다', '숙인다', '숨는다', '만진다', '찾는다', '잡는다', '밟힌다', '기다린다', '들어간다', '떨어진다'가 각각 1개이다. 여기서 '있다'만 상태를 나타내는 동사일 뿐이고 나머지 동사는 모두 과정을 나타내는 동사들이며, '밟힌다'와 '떨어진다'가 수동태의 동사이고 기타의 동사는 모두 의도를 포함한 능동태의 동사들이다. 이러한 분석을 통해서도 우리는 이 작품의 주제가 상태보다는 과정에, 수동성보다는 능동성에 접근해 있음을 알수 있다.

이 작품의 주제를 파악하는 데 가장 도움이 되는 문학적 장치는 낱말들의 상호 작용이다. 둘째 시절의 '꽃', '꽃밭', '나비'와 셋째 시절의 '품', '가슴', '방패'는 나의 본성을 암시하는 동의 관계에 있다. 「오서요」 안에 여섯 번이나 반복되는 '좇어온다'와 둘째 시절의 '찾는다', 셋째 시절의 '대인다', 넷째 시절의 '잡는다'는 적의 본성을 암시하는 동의어들이다. '칼', '방패', '말굽', '군함', '포대' 등의 명사들은 전쟁의 분위기를 조성하는 기능으로서 동의 관계에 있다. '허무'와 '만능', '티끌'과 '포대', '강자'와 '약자'는 힘의 유무를 기준으로 하는 반의 관계에 있다. 셋째 시절에 나오는 '물'과 '황금'과 '강철'은 나와 당신, 나와 적의 관계 구조에 따라 변화하는 내 가슴의 양면성이므로 유의어의 상호 작용이라고 해석할 수 있다. 이 시의 동의어와 반의어와 유의어의 구심력은 '주검'이라는 하나의 중심을 향하고 있다. 당신에 대한 나의 사랑은 '꽃밭', '꽃', '나비'와 '품', '가슴', '방패'를 더 높은 수준으로 통일하고 '물'과 '강철'을 더 높은 단계에서 종합하는 '주검'에 이르러 참다운 모습을 드러낸다. 죽음의 사랑은 무한인 동시에 무궁인 것이다. 죽음은 적의 본성으로 상징되는 '만능', '군함', '포대', '강자' 따위의 명사들을 그 반대물로 전환시킨다.

이 시에는 '당신'이 스물세 번, '나'가 열두 번, '때'가 일곱 번, '좇어오는 사람'이 여섯 번 나온다. 이 네 개의 명사들은 긴밀한 함수 관계로 얽혀 있다. 이 시 자체로서만 볼 때에는 가장 많이 나오는 '당신'의 의미가 오히려 모호하다. 작품의 주제와 연관된 핵심 어구는

IV. 한용운의 시와 불교

'때가 되얐어요', '때가 되얐읍니다'이다. 충만한 시간 또는 시간의 성숙은 주체적인 나의 행동이 획득한 하나의 성괴이다. 적외 추격과 박해도 불변의 상수가 아니라 나의 행동에 따라서 약화되며, 나의 죽음 앞에선 소멸하는 변수에 지나지 않는다. 이것이야말로 "온갖 현상의 발생은 오직 마음의 나타남일 뿐이며, 온갖 인과가 다 마음으로 말미암아 체(體)를 이룬다"[40]는 불교의 연기사상(緣起思想)이다. 나와 당신과 때가 동일한 방향으로 움직여 나아가며, 적은 이러한 운동과 실천을 가로막는 방향으로 작용하고 있다. 그러므로 이 시의 주제는 '당신을 사랑하고 적과 싸우는 나의 주체적 행동'이라고 할 수 있다. 좀 더 간단히 말하면 '힘과 사랑의 대립'에 이 작품의 주제가 집약되어 있다.

한용운의 문학이 불교 사상의 일부를 포섭하고 일부를 배제함으로써 이룩된 주제와 변주에 근거한다는 사실은 그의 어떤 작품을 통해서도 쉽게 증명할 수 있다. 그러나 대부분의 작품이 단순한 의미 구조를 가지고 있음에도 불구하고, 한용운의 시가 독자에게 모호하게 느껴지는 것은 무엇 때문일까? 그것은 주로 한용운의 작품에 나타나는 '님'이라는 낱말의 의미를 작품 자체의 체계 안에서 규정하려고 하지 않는 데에 기인하는 듯하다.

'님'이라는 낱말은 1920년대의 시인들이 애용하던 관용어였다. 일상어에서 '님'은 존칭할 명사 밑에 붙이는 접미사로서 독립된 명사로는 전혀 사용하지 않는 형태소이다. 1930년대로 들어서면서 시인들

---

40) 위의 책, 88쪽.

은 일상어의 자원에 깊이 뿌리박기 시작하였고, 그러한 문학 의식의 정당한 발전과 함께 '님'이라는 시적 관용어는 우리 시에서 소멸하였다. 한용운의 시에 나오는 '님'도 1920년대 문학적 관습에 불과한 것이라고 보아도 무방할 듯하다. 그러나 그 시대에 다른 시인들의 작품에 등장하는 '님'과 한용운의 시에 나오는 '님'이 어떤 점에서 구분될 수 있다면, 그러한 차이는 해명할 가치를 가지고 있을 것이다.[41]

한용운의 시를 모호한 작품으로 받아들이는 또 하나의 이유는 독자가 자신의 선입견을 지나치게 투사하면서 수용하는 데 있는 듯하다. 한용운의 문학에 보이는 '님'이 불교적인 의미로 해석할 수 있는 낱말이라고 하더라도, 주의해야 할 것은 시적 장치들의 조직과 한용운의 생각이다. 연구자 자신의 생각을 합리화하는 예증으로만 한용운의 시를 사용하는 해석은 시인 한용운에게도 실례가 되는 태도이다. 문학 작품의 주제와 변주는 난해하거나 모호한 것이 아니며, 특수한 내용보다는 모든 사람에게 공통된 보편적 내용을 더 많이 지니고 있는 것이다. 불교의 교리 또한 난해하거나 모호한 것이 아니다. '님'의 의미를 바르게 파악하는 것이 한용운의 문학을 이해하는 데 필요하고, 한용운의 문학과 불교 사상의 상호반조의 갈피를 잡는 데 중요함은 물론이다. 그러나 그 의미를 난해하고 모호하게 해석하는 태도는 불교에 대한 무지를 고백하는 것에 지나지 않는다.

'님'의 정체를 좀 더 분명하게 드러내기 위하여 우리는 「논개의 애인이 되야서 그의 묘에」와 「가지 마서요」를 분석해 보고자 한다.

---

41) 조동일, 「김소월·이상화·한용운의 님」, 『우리 문학과의 만남』, 홍성사, 1978, 266쪽.

IV. 한용운의 시와 불교

날과 밤으로 흐르고 흐르는 남강(南江)은 가지 않습니다.

바람과 비에 우두커니 섰는 촉석루(矗石樓)는 살 같은 광음(光陰)을 따러서 다름질칩니다.

논개(論介)여, 나에게 울음과 웃음을 동시에 주는 사랑하는 논개여.

그대는 조선(朝鮮)의 무덤 가온대 피었든 좋은 꽃의 하나이다. 그래서 그 향기는 썩지 않는다.

나는 시인(詩人)으로 그대의 애인(愛人)이 되았노라.

그대는 어데 있너뇨. 죽지 안한 그대가 이 세상에는 없고나.

이것은 「논개의 애인이 되야서 그의 묘에」의 도입부이다. 여기서 우리는 '흐른다'와 '가지 않는다', '선다'와 '달음질친다', '있다'와 '없다', '울음'과 '웃음' 등의 반대물이 서로 통하여 작용하는 현상을 알 수 있다. 그러나 보고자인 동시에 고백자인 시인의 위치를 고려해 볼 때, 이러한 현상은 특별히 불교적인 내용이라기보다는 촉석루 앞에서 누구나 느낄 수 있는 감정일 듯하다. 넷째 행은 비유적 문맥으로 조직되어 있는데, 그것은 네 문장이 상호 침투하여 형성한 비유이다.

조선은 무덤과 같다.

무덤 위에 꽃이 피었다.

무덤 안에 있는 시체는 썩는다.

무덤 위에 핀 꽃은 썩지 않는다.

비유적인 문맥 안에서 '꽃'의 의미가 전환된다. 생성하고 소멸하는 식물이 아니라 조락하지 않는 식물이 되는 것이다. '피었든'은 과거 시제이고 '썩지 않는다'는 현재 시제이므로 이러한 의미 전환도 반대 물의 상호 작용에 속한다.

　나는 황금(黃金)의 칼에 베혀진, 꽃과 같이 향기롭고 애처로운 그대의 당년(當年)을 회상(回想)한다.
　술향기에 목마친 고요한 노래는 옥(獄)에 묻힌 썩은 칼을 울렸다.
　춤추는 소매를 안고 도는 무서운 찬바람은 귀신(鬼神) 나라의 꽃수풀을 거쳐서 떨어지는 해를 얼렸다.
　가냘핀 그대의 마음은 비록 침착(沈着)하얏지만, 떨리는 것보다도 더욱 무서웠다.
　아름답고 무독(無毒)한 그대의 눈은 비록 웃었지만, 우는 것보다도 더욱 슬펐다.
　붉은 듯하다가 푸르고 푸른 듯하다가 희어지며, 가늘게 떨리는 그대의 입설은 웃음의 조운(朝雲)이냐, 울음의 모우(暮雨)이냐, 새벽달의 비밀(祕密)이냐, 이슬꽃의 상징(象徵)이냐.
　파리(玻璃)42) 같은 그대의 손에 꺾기우지 못한 낙화대(落花臺)의 남은 꽃은 부끄럼에 취(醉)하야 얼골이 붉었다.
　옥(玉) 같은 그대의 발꿈치에 밟히운 강(江) 언덕의 묵은 이끼는 교긍(驕矜)에 넘쳐서 푸른 사롱(紗籠)으로 자기(自己)의 제명(題名)을 가리었다.

---

42) 시집 초판의 '빠비'를 송욱의 주석에 따라 '玻璃'로 인용하였으나, '삐비'로 읽어야 할 것이다. 띠는 벼과에 달린 다년생 풀인데, 이른 봄에 흰 털로 이루어진 꽃이 잎보다 먼저 나온다. 이 띠의 어린 이삭을 '삐비' 또는 '삘기'라고 하며, 아이들이 뽑아서 먹는다.

둘째 연은 기생인 논개가 왜장 게야무라 로쿠스케(毛谷村六助)를 살해하는 장면에 대한 묘사이다. 술 마시고 춤추며 노래하는 일온 기생의 예사로운 노동이다. 그러나 논개의 노래와 춤은 복잡한 비유로 묘사되어 있어 의미의 확대가 불가피하다.

    a. 칼이 옥에 묻혀서 썩는다.
    b. 노래가 그 칼을 울린다.

우리는 a에서 논개의 시대와 함께 한용운의 시대를 연상하지 않을 수 없다. 그 두 시대가 한결같이 쇠조차 썩게 할 정도로 가혹한 조건에 있었다. 쇠가 썩는다는 구절은 결국 녹스는 것을 의미하므로, 썩음은 표면의 현상에 지나지 않을 수도 있다. 이렇게 보면 녹슨다는 것은 순응하는 생활을 말하겠지만, 칼 자체는 위대한 거절의 가능성을 언제나 내포하고 있을 것이다. 논개의 노래는 다만 기생의 노동에 그치는 것이 아니라 역사적이고 객관적인 가능성을 실현하는 실천이 된다. 그러므로 논개가 왜장과 함께 물에 뛰어든 것은 '황금의 칼에 베혀진' 것이 된다. 황금의 칼은 녹슨 칼과 대립하는 것인 동시에 녹슨 칼의 참다운 소생이다.

춤추는 소매가 바람을 일으킨다.
그 바람은 무섭고 차갑다.
귀신 나라에 꽃수풀이 있다.
해가 그 꽃수풀 너머로 떨어진다.
바람이 해를 얼어붙게 한다.

춤추는 일 또한 기생의 예사로운 행동이다. 무섭고 차가운 바람은 논개의 결의를 암시한다. '떨어지는 해'와 '귀신 나라의 꽃수풀'은 죽음과 통하는 의미를 지니고 있다. 민족 전체의 몰락을 가리키는 것이다. 논개의 결의는 바로 그 떨어지는 해를 얼게 하여 더 이상 떨어지지 못하도록 지켜준다. 여기서도 기생 논개의 나날의 노동이 위대한 결심을 통해 역사적 실천으로 돌아오게 됨을 알 수 있다. 이러한 마음은 원한이나 앙심과 다른 것이므로 '무독한' 마음이 된다. 나날의 노동과 역사적 실천이 통일되는 순간은 '침착'과 '떨림', '웃음'과 '울음'을 넘어서는 절대적 시간이다. 이때에 논개는 한 여인으로서 '조운·모우·비밀·상징'이 된다. 논개는 조운과 모우가 되어 시인의 곁에 있으나, 시인의 입장에서는 논개가 풀어야 할 비밀이요 상징이다. 조운과 모우는 문맥을 수반하고 있지 않으나 하나의 비유이다.

　　초나라의 회왕(懷王)이 꿈에 무산의 여자와 함께 잤다.
　　여자가 떠나면서 큰 산이 막혀 직접 올 수 없으니, 아침에는 구름이 되고 저녁에는 비가 되어 가깝게 모시겠다고 했다.

　　송옥(宋玉)의 「고당부서(高唐賦序)」[43]에서 한용운은 앞부분을 제거하고 뒷부분의 의미를 전환시켰다. 논개는 높은 산이 아니라 저승과 이승의 틈을 넘어 구름과 비로서 우리 앞에 존재한다. 이 시절의 끝에

---

43) 昔者, 先王嘗游高唐, 怠而晝寢, 夢見一婦人. 曰, "妾巫山之女也. 爲高唐之客, 聞君游高唐, 願薦枕席" 王因幸之. 去而辭 曰, "妾在巫山之陽, 高丘之岨. 旦爲朝雲, 暮爲行雨, 朝朝暮暮, 陽臺之下." 旦朝視之如言. 蕭統, 『文選』, 臺北: 臺灣 商務印書館, 1968, 上冊. 卷19, 四賦, 71쪽.

서 논개는 기생인 동시에 한 생명의 상징이 된다. 꽃은 그녀의 손에 꺾이지 못한 것을 부끄러워하고, 그녀의 발에 밟힌 이끼는 자신의 제명을 가리고 다른 이름으로 불리기를 요구하는 것이다. 논개는 꽃과 이끼와 모든 생명에 관계하며, 생명 전체를 더 높은 곳으로 고양하는 '성례(聖禮)의 뿌리'가 되는 것이다.

아아 나는 그대도 없는 빈 무덤 같은 집을 그대의 집이라고 부릅니다.
만일 이름뿐이나마 그대의 집도 없으면, 그대의 이름을 불러볼 기회(機會)가 없는 까닭입니다.
나는 꽃을 사랑합니다마는, 그대의 집에 피어 있는 꽃을 꺾을 수는 없읍니다.
그대의 집에 피어 있는 꽃을 꺾으랴면, 나의 창자가 먼저 꺾어지는 까닭입니다.
나는 꽃을 사랑합니다마는, 그대의 집에 꽃을 심을 수는 없읍니다.
그대의 집에 꽃을 심으랴면, 나의 가슴에 가시가 먼저 심어지는 까닭입니다.

논개의 신체가 아니라 논개의 비밀과 상징 앞에 서 있는 시인은 '집'과 '이름'의 의미를 생각한다. 사당은 생명이 없는 것이므로 꽃이나 이끼보다는 못하다. 무덤과 같은 집이다. 왜 그 무정물(無情物)을 논개의 집이라고 부르는가? 우리는 시인의 당황한 심정을 이해할 수 있다. 논개의 집에 핀 꽃을 꺾는 것은 시인 자신의 창자를 꺾는 행동이 되고, 논개의 집에 꽃을 심는 것은 시인의 가슴에 가시를 심는 행동이 된다. 논개의 비밀과 상징을 터득하기는 이처럼 어렵다. 논개를 사랑하는 행

4. 『님의 침묵』의 현상학

동은 논개와 시인 사이에서 성취될 수 있는 감정의 문제가 아니다. 그
것은 시인 자신의 현실의 고통을 받아들이고 나날의 노동을 역사적 실
천으로 형성함으로써만 실현될 수 있는 사랑이다. 시인이 논개를 위하
여 할 수 있는 일은 고통스러운 실천 이외에 아무것도 없는 것이다.

　　용서(容恕)하여요, 논개여, 금석(金石) 같은 굳은 언약을 저바린 것은
그대가 아니요, 나입니다.
　　용서하여요 논개여, 쓸쓸하고 호젓한 잠자리에 외로히 누어서, 끼친
한(恨)에 울고 있는 것은 내가 아니요, 그대입니다.
　　나의 가슴에 「사랑」의 글자를 황금으로 새겨서, 그대의 사당(祠堂)에
기념비(紀念碑)를 세운들, 그대에게 무슨 위로가 되오리까.
　　나의 노래에 「눈물」의 곡조(曲調)를 낙인으로 찍어서, 그대의 사당에
제종(祭鐘)을 울린대도, 나에게 무슨 속죄(贖罪)가 되오리까.
　　나는 다만 그대의 유언(遺言)대로, 그대에게 다하지 못한 사랑을 영원
(永遠)히 다른 여자(女子)에게 주지 아니할 뿐입니다. 그것은 그대의 얼골
과 같이 잊을 수가 없는 맹서입니다.
　　용서하여요, 논개여, 그대가 용서하면, 나의 죄는 신(神)에게 참회를
아니한대도 사러지겠읍니다.

　넷째 연은 셋째 연의 의미를 반복하고 부연한 내용이다. '연약'과
'맹서'는 고통에 직면하는 행동과 연관되어 있다. 언약이 지켜지지
않는 한, 시인과 논개는 대립 관계를 지속하지 않을 수 없다. 이러한
맹서는 '있음'에 대한 언약이지 '나타남'에 대한 언약이 아니므로, 눈
에 보이는 기념비와 귀에 들리는 제종은 부정되어야 한다. 이 문장

(24)의 비유는 교묘하게 조직되어 '나타남'에 대한 부정을 강조하는
직능을 담당하고 있다.

    a. 눈물이 곡조를 이룬다.

    b. 곡조가 낙인이 된다.

    c. 제종이 슬프게 울린다.

이 세 문장을 하나의 문장으로 융합할 때 나타나는 효과는 고조된
시인의 감정과 적절하게 부합한다. 슬픈 곡조가 불에 달군 쇠도장이
되어 세상에 시인의 심정을 전해준다.

눈물은 쇠가 되고 다시 소리가 된다. 액체가 고체를 거쳐 기체로
승화하는 것이다. 감정이 부정되는 이유는 그것이 역사적 현재에 스
며들 수 있는 실천이 아니라는 데 있다. 눈물과 참회와 그 밖의 모든
'나타남'을 비켜서서 시인은 논개의 용서만을 염원한다. 여기서 한용
운은 논개를 신보다 더 참된 존재로 형상화하고 있다. 이것이 바로
인간 이외에 다른 절대자를 용인하지 않는 불교 사상의 핵심인 것이
다. "깨달은 사람을 부처라 한다."[44] "부처님은 온갖 신들보다 뛰어
나셨다."[45] "자비가 곧 여래요, 여래가 곧 자비다."[46] "보살이 정념
(正念)으로 세상을 관찰한다면, 온갖 것이 다 업연(業緣)으로부터 나왔
음을 알 것이다."[47]

---

44) 한용운, 『불교대전』, 108쪽.
45) 위의 책, 114쪽.
46) 위의 책, 145쪽.
47) 위의 책, 103쪽.

한용운의 문학을 불교 사상의 표현이라고 하면서도 불교의 기본 교리조차 돌아보지 않았기 때문에 한용운의 '님'을 철학적 절대자와 유사한 형태로 왜곡시키게 되는 것이다.

천추(千秋)에 죽지 않는 논개여.
하루도 살 수 없는 논개여.
그대를 사랑하는 나의 마음이 얼마나 질거우며, 얼마나 슬프겠는가.
나는 웃음이 제워서 눈물이 되고, 눈물이 제워서 웃음이 됩니다.
용서하여요, 사랑하는 오오 논개여.

「논개의 애인이 되야서 그의 묘에」를 마무리하는 시절에서 한용운은 도입부의 형식으로 돌아가 반대물을 병렬시키고 있다. '죽지 않는다'와 '살 수 없다', '즐겁다'와 '슬프다', '눈물'과 '웃음'이 상호 작용하는 것은 도입부와 동일하지만, 첫 연이 촉석루를 보는 시인의 감회인 데 반하여 마지막 연은 나날의 노동을 역사적 실천으로 전화하려는 결의이다. 이 작품을 분석하고 나서 우리는 한용운의 시에 나오는 '님'이 논개와 같은 참된 '사람'이라고 추측해도 무방할 듯하다. 한용운 「님의 얼골」에서 "자연(自然)은 어찌하야 그렇게 어여쁜 님을 인간(人間)으로 보냈는지, 아모리 생각하야도 알 수가 없읍니다"라고 하여 '님'이 '사람'임을 스스로 밝히고 있기도 하다.
그러나 '님'을 참된 사람으로만 규정할 수 없게 하는 작품들이 적지 않다. 「진주(眞珠)」, 「슬픔의 삼매(三昧)」, 「의심하지 마서요」, 「비방(誹謗)」, 「당신의 편지」, 「거짓 이별」, 「버리지 아니하면」, 「당신의 마음」, 「쾌락(快樂)」 등의 작품에 나타난 '님'은 시의 화자가 그처럼 되려고 노력해야 할 인간으로 형상화되어 있지 않다. 우리는 「가지 마서요」를 대상으로 삼아 '님'이 지닌 또 다른 면의 의미를 규명해 보고자 한다.

　　그것은 어머니의 가슴에 머리를 숙이고 자기자기한 사랑을 받으려고, 삐죽거리는 입설로 표정(表情)하는 어여쁜 아기를 싸안으랴는 사랑의 날개가 아니라, 적(敵)의 깃발입니다.

　　그것은 자비(慈悲)의 백호광명(白毫光明)이 아니라, 번득거리는 악마(惡魔)의 눈빗입니다.

　　그것은 면류관(冕旒冠)과 황금(黃金)의 누리와 주검과를 본 채도 아니하고, 몸과 마음을 돌돌 뭉쳐서 사랑의 바다에 풍당 넣으랴는 사랑의 여신(女神)이 아니라, 칼의 웃음입니다.

　　아아 님이여, 위안(慰安)에 목마른 나의 님이여, 걸음을 돌리서요, 거기를 가지 마서요, 나는 싫여요.

「가지 마서요」의 첫 연에서 무엇보다도 먼저 눈길을 끄는 것은 독특한 문장 형식이다. '그것은 A가 아니라 B이다'라는 형태의 세 문장이 병렬되어 있다. A에는 많은 수식어가 부가되어 있으나 B는 간명하게 규정되어 있다. A는 '사랑'과 '자비'를 의미하는데, 그것도 어머니나 부처님의 사랑이다. 면류관과 황금, 다시 말해서 권력과 재산을 무시하고 죽음조차도 초월한 사랑이다. B는 '적의 깃발', '악마의 눈빗', '칼의 웃음'이다. 깃발과 눈빛과 웃음은 유혹을 암시하지만 단순히 나쁜 일로 유혹하는 데 그치지 않고 '적', '악마', '칼'이 알려 주는 대로 죽음을 나타낸다. 셋째 문장 안에는 죽음을 초월한 사랑과 죽음으로 유혹하는 적이 대립하고 있다. 악마는 참된 죽음이 아니라 '거짓 죽음'으로 유혹하는 것이다. 님은 B를 A로 착각하고 유혹에 몸을 맡기려 한다. 이 작품에서 나는 적과 대립하고 있을 뿐만 아니라 님과도 대립하고 있다. 나는 A와 B의 차이를 명확하게 인식하고 있기 때문이다.

대지(大地)의 음악(音樂)은 무궁화(無窮花) 그늘에 잠들었읍니다.
광명(光明)의 꿈은 검은 바다에서 자맥질합니다.
무서운 침묵(沈默)은 만상(萬象)의 속살거림에 서슬이 푸른 교훈(敎訓)을 나리고 있읍니다.
아아 님이여, 새 생명(生命)의 꽃에 취(醉)하려는 나의 님이여, 걸음을 돌리서요, 거기를 가지 마서요, 나는 싫여요.

둘째 연은 객관적인 상황을 제시하는 내용이다. 님은 적의 유혹을 새 생명의 꽃으로 오해하고 있다. 그러나 그것은 생명의 반대물일 터이니, 이 연에는 삶과 죽음의 대립이 포함되어 있다고 해석해도 무방하다. '대지의 음악'과 '무궁화 그늘', '광명의 꿈'과 같은 '검은 바다'가 반의어로 관계되어 있으나, 그것을 대립으로만 볼 수는 없다. 대지의 음악과 광명의 꿈이 완전히 소멸하지는 아니하였다. 그것들은 잠들어 있고 허우적거리고 있다. '무궁화 그늘'이란 낱말을 통하여 우리는 님의 처지가 개인의 상태만이 아니라 민족의 곤경, 즉 시대의 어둠에 연결되어 있음을 짐작할 수 있다. 시대의 필연적 요청은 속살거림이 아니라 무서운 침묵이고, 말없이 실천하는 거절이다. 역사적 실천에 대한 필연적 요청이 서슬이 푸를 것은 당연하다.

Ⅳ. 한용운의 시와 불교

거룩한 천사(天使)의 세례(洗禮)를 받은 순결(純潔)한 청춘(靑春)을 똑 따서 그 속에 자기(自己)의 생명(生命)을 넣서, 그것을 사랑의 제단(祭壇)에 제물(祭物)로 드리는 어여쁜 처녀(處女)가 어데 있어요.

달금하고 맑은 향기를 꿀벌에게 주고, 다른 꿀벌에게 주지 않는 이상한 백합(百合)꽃이 어데 있어요.

자신(自身)의 전체(全體)를 주검의 청산(靑山)에 장사 지내고, 흐르는 빗(光)으로 밤을 두 조각에 베히는 반딧불이 어데 있어요.

아아 님이여, 정(情)에 순사(殉死)하랴는 나의 님이여. 걸음을 돌리서요, 거기를 가지 마서요, 나는 싫여요.

셋째 연에서 님의 모습이 비유로 묘사된다. 이 연의 네 문장은 모두 님의 죽음을 의미하고 있다. 표현의 문맥으로 보면 님은 죽음을 원하고 나는 님에게 삶을 권유하는 내용으로 전개되는 듯하다. 그러나 실제로는 '정에 순사하려는' 님에게 내가 호소하는 내용은 그러한 죽음이 보람 없는 행동이라는 것이다. '순결', '향기', '빗'은 님의 속성을 나타내고 '처녀', '백합', '반딧불'은 님의 모습을 표시한다. 이 시에서 님은 깨끗하고 여리고 고운 여자로 그려져 있다. 세 개의 비유들이 정념에 사로잡혀 죽음을 향해 걷고 있는 님의 행동을 묘사하고 있다.

처녀가 청춘을 딴다. 생명을 넣는다. 사랑의 제단에 드린다.
백합꽃이 꿀벌에게 향기를 준다. 다른 꿀벌에게는 주지 않는다.
반딧불이 자신을 청산에 장사 지낸다. 흐르는 빛이 밤을 둘로 벤다.

반딧불이 밤을 둘로 갈라놓는다는 비유는 아름다운 이미지이지만,

4. 『님의 침묵』의 현상학

아름다운 묘사를 목적으로 하여 조직된 비유는 아니다. 행동 자체로
만 살피면 a는 헌신, b는 봉사, c는 희생을 드러내고 있다. 그러나
그것은 사사로운 헌신이고 개인적인 봉사이고 순간적인 희생이다.
여기서 우리는 이 시의 주제를 파악할 수 있다. 내가 님에게 권유하
는 것은 죽음의 회피가 아니라 좀 더 공변된 헌신, 사회적인 봉사,
항구적 가치를 위한 희생이다. 논개 앞에서 언약한 역사적 실천을 시
인은 이제 다른 사람에게 요구하고 있다. 「가지 마서요」에 등장하는
'님'은 식색(食色)의 신체적 사욕(私慾)에 시달리는 '보통 사람'인 것이
다. 『님의 침묵』의 '군말'에 기록된 대로 해석한다면 석가의 님은 중
생이고 칸트의 님은 철학이고, 장미화의 님은 봄비이고, 마치니의 님
은 이탈리아이고, 한용운의 님은 "해 저문 벌판에서 들어가는 길을
잃고 헤매는 어린양"이다. 한용운은 「가지 마서요」에 나오는 젊은이
들을 자신의 님으로 여기고 사랑하였다.

그 나라에는 허공(虛空)이 없읍니다.
그 나라에는 그림자 없는 사람들이 전쟁(戰爭)을 하고 있읍니다.
그 나라에는 우주만상(宇宙萬象)의 모든 생명(生命)의 쇳대를 가지고,
척도(尺度)를 초월(超越)한 삼엄(森嚴)한 궤율(軌律)로 진행(進行)하는 위대
(偉大)한 시간(時間)이 정지(停止)되얏읍니다.
아아 님이여, 주검을 방향(芳香)이라고 하는 나의 님이여, 걸음을 돌
리서요, 거기를 가지 마서요, 나는 싫여요.

「가지 마서요」의 넷째 연에는 한용운의 불교 사상이 직접 토로
되어 있다. 님이 가고자 하는 나라에는 허공과 시간이 없다. 불교

의 교리로 볼 때 허공과 바다는 '공'을 가리키는 경우가 많다. 행동의 주체로부터, 그리고 행동의 대상으로부터 동시에 거리를 유지하면서 진실을 추구하여 그치지 않는 생활 태도가 대체로 이 '공'을 실천하는 태도라고 할 수 있다. 이 항구한 허공은 반딧불의 순간적인 광채와 대립되어 있다.

'위대한 시간'은 '우주만상의 모든 생명의 열쇠를 쥐고서, 척도로 잴 수 없는 법칙대로 진행한다.' 우리는 위대한 시간을 역사의 별명으로 밖에 달리 해석할 수 없다. 삼엄한 역사적 현실은 나약한 애착과 환상적인 애욕을 부정한다. '그림자 없는 사람'이란 사람답지 아니한 못된 사람이다.[48]

비인(非人)의 전쟁은 권력과 재산을 목표로 한 생사를 건 투쟁을 의미할 수도 있고, 침략주의자들의 노략질을 의미할 수도 있다. 님이 사사로운 욕정에 묻혀 있을 때에도 침략자들의 착취는 계속해서 더욱 강화되리라는 사실을 암시하고 있는 듯하다. 「가지 마서요」의 기본 구조는 개인과 역사의 대립 위에서 전개되고 있다. 개인에게 방향(芳香)인 것이 민족의 죽음으로 통할 수도 있다는 시대 인식을 우리는 이 작품에서 엿볼 수 있다. 한용운의 시집에 나오는 '님'은 다음과 같이 정리된다.

---

48) 불교에서는 이들을 '비인'이라고 한다. 陳義孝, 『佛學常見詞彙』, 台北: 文津出版社, 1998, 206쪽.

님 행동	참된 사람	보통 사람
나날의 노동	+	+
역사적 실천	+	-

    그러면 이제 한용운은 참된 사람과 보통 사람에 대하여 어떤 태도를 취하고자 했던가라는 문제가 남는다. 이 문제를 풀기 위해서는 다시 불교 사상의 논리 전개 방식을 상기할 필요가 있다. 어떤 현상을 대하는 상식적 관점은 생(生)은 생이요, 멸(滅)은 멸이라고 본다. 이에 대하여 생과 멸이 서로 의존하므로 생멸(生滅)은 독자적 존재가 아닌 가상이라고 보는 관점도 가능하다. 이것은 생멸을 부정하고 불생멸(不生滅)을 긍정하는 입장이다. 그러나 생멸이 없다면 불생멸도 없을 것이므로 생멸이 가상이라면 불생멸도 가상이다. 생멸은 불생멸에 의존하여 존재하고 불생멸은 생멸에 의존하여 존재하는 것이다. 좀 더 깊이 반성해 볼 때 생멸하는 모든 현상을 독자적인 존재라고 중시하는 생각과 생멸을 부정하고 현실적인 삶을 무시하는 생각은 모두 그릇된 견해임을 알 수 있다. 그러므로 불교 사상은 '생멸이 곧 불생멸이다'라고 보아 '온갖 사물은 곧 그대로 공이다'라는 인식을 목표로 삼는다. 이것은 언어의 조작이 아니라 생활 태도를 지시하는 체험의 논리이다. 생멸이 곧 불생멸이라는 인식은 만나는 모든 사람을 친구로 대하고 그들의 고통을 자기의 상처로 여기는 생활 태도 이외에 다른 것이 아니다. 생멸도 소중하고 불생멸도 소중하며 부처도 소중하고 중생도 소중하다는 인식은 불교적 평등관의 핵심을 이룬다. 불교 사상을 온당하게 이해하고 있었던 한용운의 입장에서 볼 때 참된

사람과 보통 사람의 구별은 언어의 차원에서만 나타나는 편의상의
차이에 불과했을 것이다.

V. 김소월의 시와 준비론

1. 소월시의 위상

　나라 잃은 시대의 시가 어떠한 것이었나를 잘 보여주는 시가 나이
는 소월보다 한 살 위였으나 소월보다 몇 년 먼저 등단한 이상화의
「빼앗긴 들에도 봄은 오는가」이다. 아홉 연으로 구성된 이 시는 첫
연과 끝 연을 제외하면 세 행씩으로 되어 있으며 4음보를 기조로 하
는데 행의 길이가 조금씩 길어진다. 감정의 고조에 따라 속도가 빠르
게 변조되는 것이다. 사건은 너무도 간단하다. 주인공은 봄날 하루
종일 들판을 걷는다. 들은 단순히 배경에 그치는 사물이 아니라 주인
공과 함께 봄의 아름다움을 느끼고 경탄하는 인물로 등장한다. 그것
은 가리마를 타고 살진 젖가슴을 가진 여자이다. 들판만이 아니라 그
들에 사는 모든 생물이 여자로 등장한다. 민들레와 들메꽃이 남자가
될 수 없는 것은 물론이지만, 종다리는 울타리 너머로 보이는 아씨이
고 보리는 고운 비로 머리를 감은 처녀이고 도랑은 젖먹이 달래는 젊
은 엄마이다. 아주까리기름으로 머리를 단장한 여자가 실제로 등장
하여 기음을 매고 주인공도 호미를 들고 땀을 흘린다. 그러나 이 아
름다움은 현실이 아니다. 주인공은 꿈속을 가듯 논길을 걷는다. 그
자신도 다리를 절며 한없이 걷는 이유를 알지 못한다. 그는 봄의 신
명이 지폈기 때문이라고 추측해 본다. 이 시에서 하늘과 혼과 신명은
서로 통하는 낱말들이다. 봄의 푸른 생명 사이에서 주인공은 웃음과
설움을 동시에 경험한다. 그는 빼앗긴 들에서 기쁨을 느끼는 자신을
조소한다.

강가에 나온 아이와 같이
짬도 모르고 끝도 없이 닫는 내 혼아
무엇을 찾느냐 어디로 가느냐 우서웁다 답을 하려무나.

  빼앗긴 들에도 봄은 오는가라는 질문과 들을 빼앗겨 봄조차 빼앗기겠네라는 염려에는 빼앗긴 들에는 봄도 오지 않으며 들을 빼앗겼으니 봄도 빼앗길 것이라는 회의와 들은 빼앗겼더라도 봄은 결코 빼앗기지 않을 것이며 들은 반드시 찾을 수 있을 것이라는 믿음이 공존한다. 그러므로 이 시는 자연시이며 동시에 사회시이다. 나라 잃은 시대의 한국시사는 이 시의 두 면을 이어서 발전시켜 온 과정이었다. 정지용은 자연에 집중하였고 백석은 인간에 집중하였다.
  정지용(1902~1950) 시의 특색은 세련되고 절제된 언어로 감정을 배제하고 한 두 개의 날카로운 감각적 비유를 적절하게 구성하는 데 있다.

골짝에는 흔히
유성이 묻힌다.

황혼에
누리가 소란히 싸히기도 하고

꽃도
귀양 사는 곳

절터드랬는데

바람도 모히지 않고

산 그림자 설핏하면

사슴이 일어나 등을 넘어간다

　「구성동」이란 이 시를 읽는 사람은 누구나 우박이 요란하게 떨어
진다는 의미를 누리가 소란히 쌓인다로 표현한 연에 주의할 것이고
그것보다 더 심한 정도의 긴장으로 꽃과 귀양살이가 서로 관계하고
있는 셋째 연에 와서 눈길을 멈출 것이다. 은유를 구성하고 있는 이
두 연에 이미지가 들어 있다. 이렇게 예사롭지 않은 표현들이 조용한
구성동의 황혼에 대한 시인의 체험을 적절하게 기록할 수 있도록 도
와주고 있다.

　백석(1912~1995)의 거의 모든 시에는 사람이 등장한다. 그들의 시
는 인간에 대한 관심을 바탕으로 삼는다. 그들은 나라 잃은 시대에도
마치 자연처럼 완강하게 지속되고 있는 생활을 기록하였다. 표준어
가 인위적인 언어라면 방언은 자연에 가까운 언어이다. 방언은 민들
레나 들메꽃처럼 거기에 그냥 존재한다. 백석은 시집 『사슴』(자비출판:
선광인쇄주식회사, 1936)에서 평북 방언을 사용하여 고향(정주) 마을의
생활과 풍속과 습관을 그려내었다. 시의 주인공은 대체로 어린이이
지만 그 어린이를 바라보는 시선은 유년의 시각일 경우도 있고 성년
의 시각일 경우도 있다. 「여우난골」에 등장하는 어린이는 할아버지와
지붕에 올라가 박넝쿨에서 박을 따기도 하고 동네 사람들이 모여 삼
을 삼는 날 건너 마을에서 사람이 물에 빠져 죽었다는 말을 듣고 공

포에 사로잡히기도 하고 토방 칡 방석에 앉아 호박떡을 먹기도 한다. 마을 사람들은 벌배나무 열매를 먹고 살기 때문에 산새들의 우는 소리가 고운 것이라고 믿으며 아이들은 벌배와 비슷한 야생 돌배를 먹고 배앓이를 할 때에 산사나무 열매인 띨배를 먹으면 낫는다고 믿는다. "어치라는 산새는 벌배 먹어 고읍다는 골에서 돌배 먹고 아픈 배를 아이들은 띨배 먹고 나았다고 하였다"는 이 시의 마지막 행에 나오는 "벌배 돌배 띨배"는 어치의 울음소리와 연관되는 의성 효과를 낸다. 아이들의 귀에 식물 이름들이 새소리를 연상하게 들렸다는 것이다. 「여우난골족」은 이 마을의 어느 가족이 치르는 명절날 이야기이다. 큰집에 모여서 맛있는 음식을 먹고 밤늦도록 놀다가 고깃국 끓이는 냄새가 코를 찌를 때까지 자는 아이들을 중심에 두고 유년의 시각으로 가족 한 사람 한 사람의 특징과 풍성하게 마련한 음식들의 모양과 밤늦도록 이야기꽃을 피우는 엄마들 옆에서 쉬지 않고 놀이(쥐잡이 숨굴막질 꼬리잡이 시집장가놀이 조아질 쌈방이 바리깨돌림 호박떼기 제비손이구손이)를 벌이는 아이들의 흥성스러운 분위기가 짧은 소설처럼 묘사된다.

이상화의 시에 전원시와 사회시가 있는 것처럼 김소월의 시에도 형식주의 시와 현실주의 시가 있다. 비판의 밀도로 볼 때 신동엽 시의 원천은 이상화로 소급되어야 할 것이지만, 한국 현대시에서 형식파와 현실파의 분화는 소월을 기점으로 한다고 보는 것도 가능한 시사적 관점의 하나가 될 수 있을 것이다. 소월과 동갑인 지용(1902년생)이 소월의 형식주의를 정련하였다면 소월의 동향 후배인 백석(1912년생)은 소월의 현실주의를 조탁하였다.

김소월(1902~1934)은 1925년 그의 나이 스물세 살 때에 127편의 시를 모아 『진달래꽃』을 발간하였다. 이 시집에 실린 시들 가운데 상당수가 한국인 모두의 애송시가 되었다. 단순한 민요 율격에 미묘한 변주를 주어 한국어의 음성적 특징을 최대한도로 살려냄으로써 소월의 시를 읽은 독자는 저도 모르게 그 시의 리듬을 머리에 떠올리게 된다. 소월 시에 등장하는 여자의 사랑과 실망과 애수와 번민도 한국인에게 보편적인 호소력을 발휘한다. 그 여자는 한국의 고전 시가에 나오는 여자와 거의 비슷한 성품과 외모를 보여준다. 1922년에 배제고등보통학교 5학년으로 편입할 때까지 소월은 평북 곽산읍 남단리 남산학교를 졸업하고 3년 동안 농사를 짓다가 1915년 정주군 오산리에 있던 오산학교 중학부에 진학하였고 3학년 때 3·1 운동에 참가하였다. 남강 이승훈이 민족대표로 나섰다는 이유로 오산학교가 폐쇄되자 소월은 하는 수 없이 서울로 올라와 1923년 3월에 배제고보를 졸업하고(제7회 졸업생) 일본 동경 상대 예과에 응시하였다 낙방하고(학생부에 이름이 없으므로 불합격한 것으로 추정됨), 조부 김상주(金相疇)가 땅을 잡히고 광산에 손댔던 것이 잘못되어 그해 10월에 귀국하였다. 서울에서 몇 달을 보내다 고향으로 돌아와 왕인리 터진개 마을의 처갓집 땅을 부치면서 7년 동안 소작농으로서 농사를 지었다. 1934년 12월 24일에 소월은 아편을 술에 타 마시고 자살하였다. 1916년에 한 살 위인 홍단실(洪丹實)과 결혼하여 1919년에 장녀 구생(龜生), 1922년에 차녀 구원(龜媛)을 낳고 23년에 장남 준호(俊鎬) 25년에 차남 은호(殷鎬) 32년에 3남 정호(正鎬) 34년에 막내 낙호(洛鎬)를 낳았다. 소월의 아버지 김성도(金性燾)는 곽산 남산봉 뒤에서 정주-곽산 간 철도를 가설하던 일본인들에게 폭행을 당하여 폐인이 되었다

(뇌가 손상된 듯하다). 고향에서 장남은 목수로, 차남은 경공업 총국의 상급 지도원으로, 막내는 설계연구기관의 연구사로 일했고 3남은 서울에서 살았다. 영실, 영보, 영철, 정옥 등의 손자 손녀가 곽산에 살고 있다.[1]

소월은 1920년에 시를 발표하기 시작하였는데, 그의 대표작들은 모두 1922년에서 1925년 사이에 발표되었다. 그 시들의 운율은 단순한 율격의 미묘한 변주로 실현된다. 예를 들어 「진달래꽃」에서 첫째 연과 넷째 연이 반복되지만 그 두 연의 셋째 줄은 서로 다르다. 첫째 둘째 넷째 연의 셋째 줄에는 겸양법 의도형 종결어미 "-우리다"가 오고 셋째 연의 셋째 줄에는 겸양법 청유형 어미 "옵소서"가 온다.

버림받은 여자는 떠나는 남자의 앞에 진달래꽃을 뿌린다. 그는 그 꽃을 밟고 그 여자로부터 떠나간다. 그런데 꽃을 밟는 그의 동작을 수식하는 두 개의 부사가 서로 반대되는 의미를 가리킨다는 데에 이 시의 역설이 있다. 그는 꽃을 사뿐히 가볍게 밟으면서 동시에 힘껏 즈려밟는다. 사뿐히 즈려밟는다는 문장은 남자와 여자의 서로 다른 처지를 하나로 묶어 놓은 것으로서 두 개의 관점을 내포하고 있으므로 형태로는 단순문장이지만 의미로는 복합문장이다. 남자는 꽃을 가볍게 밟고 지나가지만 밟혀 뭉개지는 꽃에게는 그의 발이 견딜 수

---

1) 김영희, 「소월의 고향을 찾아서」, 〈문학신문〉, 1966.5.10.~7.1

없이 무겁다. 여기서 밟히는 꽃은 그를 보내는 여자이다. 남자는 꽃을 사뿐히 밟고 가지만 여자는 그의 발에 즈려밟히는 것이다. 시의 마지막 줄에서 여자는 "눈물 흘리지 아니하오리다"를 "아니 눈물 흘리우리다"로 바꾼다. "눈물 아니 흘리우리다"가 틀린 문장이 아니라면 "아니 눈물 흘리우리다"도 틀린 문장이 아니다. "아니"는 여전히 부사로서 "흘리우리다"리는 동사를 수식하고 있기 때문이다. 그러나 "아니"가 "눈물"의 위로 올라감으로써 문장의 초점이 동사로부터 명사로 이동한다. 이렇듯 신선한 어법이야말로 김소월의 시들을 보편적 애송시로 만드는 동인이 된다고 할 수 있다. 「산유화」의 "갈 봄 여름 없이"를 "봄 여름 가을 없이"라는 평범한 어법과 비교해 본다면 누구나 평범하게 보이는 것을 낯설게 하는 소월식 어법의 강력한 효과를 체험할 수 있을 것이다. 네 개의 행과 연으로 구성된 「산유화」는 단순한 단어들의 효과적인 반복이 어떻게 심오하고 보편적인 의미에 도달할 수 있는가를 유감없이 보여주는 명시이다. "산"이라는 명사를 반복함으로써 산은 이름을 가지고 있는 어떤 산으로부터 보편적인 산, 산 자체, 다시 말하면 존재 자체로 변형된다. 자연은 저절로 그렇게 존재하며 순환하는 주기적 질서에 따라 운동한다. 존재의 대연쇄는 영원히 회귀한다. 둘째 연의 넷째 줄에 나오는 "저만치"는 자연의 연속성과 인간의 불연속성을 대조하여 나타내는 단어이다. 자연에서 피는 것과 지는 것은 연속적으로 순환하는 주기적 질서이다. 그러나 인간의 죽음과 삶 사이에는 연속적인 질서가 아니라 폭력적인 불연속성이 개입된다. 눈물이 나서 죽겠다는 심정을 "죽어도 아니 눈물 흘리우리다"라고 표현하는 역설적 어법 또한 소월시의 특징이라고 할 수 있다. 「먼 후일」의 직설법이 뒤따르는 가정법도 네 번

347

1. 소월시의 위상

이나 반복되는 "잊었노라"라는 단언에도 불구하고 실제로는 결코 잊지 않았고 영원히 잊지 못하겠다는 역설을 내포한다. 「초혼」도 동일한 역설적 구조를 보여주지만 "혼이여 돌아오소서"라고 외치는 화자가 남자이고 그가 부르는 "산산히 부서진 이름"이 나라 잃은 시대의 잃어버린 나라라는 점에서 다른 연애시들과 구별된다. 소월시는 이별의 애수를 주제로 삼고 있고 숙명과 좌절의 정조를 기조로 하고 있으나 시에 등장하는 여자들은 이별의 운명을 수락하고 순종하지 않는다. 그녀들은 강한 집착과 미련을 버리지 못하고 원망하고 자책한다. 고이 보내겠다 또는 울지 않겠다는 여자의 말 속에는 그가 돌아올 것이라는 미련과 그가 돌아오지 않을 것이라는 원망이 들어 있다. 그리고 운명이라고 체념하지 못하는 여자의 마음은 "심중에 남아 있는 말 한마디"를 끝내 마저 하지 못하였다는 자책으로 이어진다. 소월시의 이별은 기다리면 만날 수 있는 헤어짐이 아니다. 그러나 어떠한 상황에서도 소월시에 나오는 여자들은 숙명을 받아들이려고 하지 않는다. 죽은 사람의 혼을 부르는 행위 자체가 이별을 사실로 받아들일 수 없다는 미련과 집착의 표현이다. 민속에서 사슴은 영혼의 인도자이다. 그 사슴조차 혼을 편안하게 인도하지 않고 슬픔에 잠겨 있다. 그녀의 미련과 집착, 자책과 회한이 그를 영원히 떠나지 못하도록 방해한다. 「초혼」에서 영원한 것은 죽음과 이별이 아니라 오히려 사랑과 슬픔이다. 소월시의 전개를 좀 더 자세히 살펴보기 위하여 다음에 열 수의 시를 분석해 보려고 한다. 그 열 수는 다음과 같다.

1. 먼 후일
2. 접동새

V. 김소월의 시와 준비론

3. 진달래꽃

4. 금잔디

5. 초혼

6. 산유화

7. 가는 길

8. 옷과 밥과 자유

9. 삼수갑산

10. 인종

이들 열 편의 시를 분석하는 데 초점을 맞추되 소월시의 전개를 살펴보는 데 도움이 되도록 다른 시들에 대해서도 언급하면서 김소월의 시적 여정을 따라가 보기로 하겠다.

2. 소월시의 전개

소월은 오산학교에 다니던 1920년부터 시를 발표하기 시작하였다. 이 시기에 발표된 시들에는 한시와 일본시의 영향이 분명하게 나타나 있다. 「야(夜)의 우적(雨滴)」(1920.3), 「오과(午過)의 읍(泣)」(1920.3), 「낭인(浪人)의 봄」(1920.3) 등은 제목부터 일본말 투로 되어 있고, 「문견폐(門犬吠)」(1921.4), 「사계월(莎鷄月)」(1921.4), 「은촉대(銀燭臺)」(1921.4), 「일야우(一夜雨)」(1921.4), 「춘채사(春菜詞)」(1921.4), 「함구(緘口)」(1921.4) 등은 제목부터 한문 투로 되어 있다. 방황하는 심정을 밤에 내리는 빗방울에 비유하면서 "그 아마 그도 같이/야(夜)의 우적(雨滴),/그같이 지향 없이/헤매임이라"[2]고 말하는 방법은 글자 수를 일곱 자, 다섯 자로 맞추어 훈련해 본다는 것 이외에 아무런 문학적 의미도 없다. "그 아마 그도 같이"와 "그같이 지향 없이"라는 두 줄은 번거롭고 쓸데없는 군더더기이다. 이것과는 반대로 "춘채(春菜) 춘채(春菜) 푸르렀네 꽃닢 속닢 골라 따서 낭군(郎君)님부터 먹여지라 낭군(郎君)님부터 먹여지라 나뷔나뷔 오누나"(675) 같이 말하는 방법은 주어진 시제(詩題)에 맞추어 상투적인 단어를 모아 극적 상황을 구성하는 한시의 작시 훈련이다. "불슷는(불어 스치는) 바람""슬지는(스러지는) 그림자"(657)와 같이 새 말을 만들어 보는 시도의 흔적도 보이는 데 이러한 조어 방법 또한 자연스러운 것은 아니다. 소월은 이러한 훈련

---

2) 김종욱 편, 『원본소월전집』, 홍성사, 1982, 659쪽. 이하의 시 인용은 괄호 속에 면수만 밝히기로 함.

을 반복하는 동안에 자기에게 맞는 시 형식을 알아내었다. 우리는 소월의 작시법을 다음 세 가지로 간추릴 수 있다.

> i 한시의 관례를 따라서 일정한 극적 상황을 설정하고 그 상황에 맞추어 시를 꾸며낸다.
> ii 주관적인 심정을 극적 상황에 투사함으로써 그 상황에 어울리는 분위기를 조성해 놓는다.
> iii 신어를 만들지 않고 모든 어휘를 평북 방언에서 골라 쓴다.

소월은 감정을 솔직하게 표현하거나 경험을 생생하게 표현하는 데 익숙하지 않았다. 스스로 겪은 경험이나 마음에서 우러나오는 감정 대신에 소월은 한시의 극적 상황과 일본 시의 분위기를 결합하여 시를 꾸며서 짓는 방향으로 나아갔다. 우리는 「먼 후일(後日)」(1920.7 /1925.12)[3]에서 소월시의 방법을 구체적으로 이해할 수 있다.

> 먼 훗날 당신이 찾으시면
> 그때에 내 말이 "닞었노라"
>
> 당신이 속으로 나무리면
> "무척 그리다가 닞었노라"

----

3) 발표 시기를 작품 이름 뒤의 괄호 속에 적었다. 같은 작품을 고쳐서 다시 발표한 경우에는 처음 발표한 시기를 앞에 적고 고쳐서 발표한 시기를 뒤에 적었다.

그래도 당신이 나무리면
"믿기지 안아서 닛었노라"

오늘도 어제도 아니 닛고
먼 훗날 그때에 "닛었노라"

　「먼 후일」의 극적 상황은 한 여자의 독백을 중심으로 하여 그 주위에서 전개된다. 본문의 시상(時相)은 미래 시형과 미래 완료 시형에 근거하고 있으며 서법은 직설법이 아니라 가정법에 근거하고 있다. 서법은 원래 동사의 형태가 빚어내는 갖가지 색채와 말하는 사람이 표현하는 여러 가지 태도를 드러내게 마련인데, 특히 가정법으로 표현되는 내용은 그것이 희망이든 소원이든 놀라움이든 일단 말하는 사람의 마음속을 거쳐 표면에 나타난다. 말하는 사람의 심리적 색채가 부가되어 진술의 내용이 주관적인 냄새를 띠게 되는 것이다. 그러므로 본문의 미래시형(時形: 시제를 나타내는 동사의 형태)은 글자 그대로 미래시상(時相: 과거-현재-미래를 시제라고 하고 완료와 진행을 완료상과 진행상이라고 한다)은 아니며, 과거에서부터 현재까지 계속되어 왔고, 앞으로도 오랫동안 계속될 어떤 상황을 지시하는 시상이다. 본문이 암시하는 중심사건은 사랑과 이별이다. 남자가 여자에게 다시 돌아오겠노라는 약속을 남기고 떠났다. 시간이 가면 갈수록 여자는 더욱더 남자를 그리워한다. 미래 시형과 미래완료 시형이 엇걸리며 조성하는 내용은 현재 이 순간의 억누를 수 없는 그리움이다. 다시는 못 만나게 될지도 모른다는 두려움과 떨림 속에서 여자는 남자가 돌아오지 않는 상황과 자기가 남자를 더 이상 만나고 싶어 하지 않는 상황을 상

V. 김소월의 시와 준비론

상해 본다. 그러한 두려움과 떨림이야말로 간절한 사랑에 따르기 마련인 불안 이외에 다른 것이 아니다. 나는 잊을 것이고 당신은 내게로 돌아와 나를 원망할 것이라는 이 시의 가정법은 당신이 나를 잊을지라도 나는 당신을 잊을 수 없다는 내용을 암시하고 있다. 그러므로 이 시는 두 개의 층위로 되어 있으며 겉뜻과 속뜻이 서로 반대 방향으로 움직이고 있다. 네 번 반복되는 "닞었노라"의 어조로 본다면 여자는 "내가 당신을 잊을지도 모르니까 빨리 돌아오"는 뜻을 점잖게 전달하는 것 같다. 그러나 실제의 상황은 여자가 그리움을 견디지 못하여 체면 불고하고 애타게 간청하고 있는 것이다.

극적 상황을 설정하고 그것에 맞추어 시를 꾸며내려면 인물 시각 서술에 의존할 수밖에 없다. 「풀따기」(1921.4/1921.12)에 나오는 한 여자는 "날마다 뒷산에 홀로 앉아서"(20) 풀을 따서 물에 던지고 모랫바닥에 어른거리는 풀 그림자를 들여다보며 「고적(孤寂)한 날」(1922.7)에 나오는 한 남자는 여자의 편지를 받고 그 편지 때문에 생긴 "서러운 풍설(風說)"(683)에 괴로워하면서도 읽고 나서 물에 던져 달라는 사연을 언제나 꿈꾸며 생각해 달라는 의미로 받아들이며, 「첫 치마」(1922.1)의 집난이(새로 시집간 색시)는 "꽃 지고 닢 진 가지를 잡고"(629) 허리에 감은 치마를 눈물로 함빡 쥐어짜며 속없이 느껴운다. 인물의 시각을 통해서 극적 상황을 구축할 뿐 아니라 「제비」(1922.1), 「개아미」(1922.1), 「부형새」(1922.1)에서 보듯이 소월은 동물이나 곤충의 시각을 통해서 극적 상황을 구축하기도 한다. 그러한 방법은 때때로 「접동새」(1923.3)처럼 인물의 시각과 민중의 시각이 중첩되는 복잡한 연극을 만들어 내기도 한다.

접동

접동

아우래비 접동

진두강(津頭江) 가람가에 살든 누나는

진두강(津頭江) 잎마을에

와서 웁니다

옛날 우리나라

먼 뒤쪽의

진두강(津頭江) 가람가에 살든 누나는

이붓어미 싀샘에 죽었습니다

누나라고 불러 보랴

오오 불설워

싀새움에 몸이 죽은 우리 누나는

죽어서 접동새가 되었습니다

아웁이나 남아 되든 오랩동생을

죽어서도 못 닞어 차마 못 닞어

야삼경(夜三更) 남 다 자는 밤이 깊으면

이 산(山) 저 산(山) 옮아가며 슬피 웁니다

앞의 세 연은 전설을 극화한 내용이므로 "옛날, 우리나라/먼 뒤쪽"

V. 김소월의 시와 준비론

이란 말투(옛날 옛적에)에서 짐작할 수 있듯이 민중의 목소리로 이야기 되고 있다. 대부분의 민담은 결핍과 피해에서 시작되지만 보조자 또는 증여자의 도움으로 마술적 물건을 얻어서 결핍을 보상하고 주인공이 구조되는 데서 끝난다. 그러나 이 시의 전설에는 구원자도 증여자도 등장하지 않는다. 불행의 원인은 전적으로 가정에 있고, 죽어서 새가 된다는 신화적 사건조차 불행을 보상하지 못한다는 의미에서 이 전설은 비극적이다. 주인공의 탐색 대상은 "아홉 오래비"를 보호하는 것이데, 주인공은 죽어서도 그 목표에 도달하지 못한다. 접동새는 아홉 오라비를 부르며 "아우래비 접동" 하고 울 뿐이다. 생명을 바친 사랑으로도 구원할 수 없는 불행은 바로 비극성의 본질이다. 이러한 비극의 진정성이 그녀를 "아우래비"의 누나일 뿐 아니라 민중 전체의 누나가 되게 하였을 것이다. 그런데 넷째 연에 들어서면 민중의 목소리는 사라지고 "오랩동생" 중의 한 사람이 화자로 등장한다. 그는 그녀를 "싀새움에 몸이 죽은 우리 누나"라고 부르는 것이다. 그들의 누나는 그녀의 사랑으로 동생들의 불행을 없애지는 못했으나, 목숨을 들어 염려하고 이해해 주는 누나의 눈길은 동생들의 불행을 감싸고 그 불행을 견딜 만한 고통으로 바꿔 놓는다. 숨은 사랑의 힘이 사랑의 대상에게 어쩔 수 없는 결핍을 견뎌 낼 수 있게 하는 힘을 선사한다. 이 시의 본문에서는 민중의 목소리와 오랩동생의 목소리 이외에 시인 자신의 목소리도 울려나온다. "오오 불설워"가 바로 소월 자신의 목소리이다. "불섧다"는 살림이 곤궁하여 신세가 가엾다는 의미의 정주 방언이다. 불쌍하고 쓸쓸한 정경이 사람의 마음에 깊은 느낌을 줄 때 사용하는 형용사인데, 여기서 본문의 사건을 불쌍하고 쓸쓸하다고 느끼는 사람은 소월 자신이다. 사건의 당사자들인 누나나 오랩동생은 고통을 겪고 있는 사람들이므로 불쌍하다는 느낌을 가질 여유가 없을 것이다. 그들은 불쌍하다는 느낌의 주체가 아니라 대상이다. 작가의 주석이 인물의 시각 사이에 슬며시 끼어들어 인물의 음성과 작가의 음성이 공존하는 이 자유간접화법이 연극의 다성악적 화음을 더욱 복잡하게 만들어 놓고 있다. 마지막 연은 사건을 마무리하는 작가의 주석이다. 객관적인 거리를 유지하며 사건의 의미를 해석하고 작품에 개입하는 소월은 작중인물=작중화자로 변신한 소월이다.

소월은 극적 상황을 구축하는 능력을 꿈이라고 불렀는데, 소월이 말하는 꿈을 상상력이라는 말로 바꾸어도 무방할 것이다. 극적 상황을 구축하는 것은 소월에게도 쉬운 일이 아니었던 듯하다. 「꿈」(1922.1)에서 소월은 "닭 개 즘생조차도 꿈이 있다고/니르는 말이야 있지 않은가,/그러하다, 봄날은 꿈꿀 때./내 몸에야 꿈이나 있으랴, 아아 내 세상의 끝이어,/나는 꿈이 그립어, 꿈이 그립어"(141)라고 탄식한다. 소월에 의하면 상상력은 인간과 동물을 묶어주는 끈이며 "세상의 끝"이라는 말로 미루어 인간이 간직하고 있는 것 가운데 가장 소중한 것이다. 인간은 소중하게 여기는 대상 앞에서만 아쉬움과 모자람을 느낀다. "내 몸에야 꿈이나 있으랴"라는 문장에는 소월의 안타까운 결여감이 들어 있다. 극적 상황을 적절하게 설정하는 것은 어려운 일이지만, 일단 극적 상황이 조성되면 그 극적 상황에 특정한 감정적 색조를 퍼뜨리는 것은 어려운 일이 아니다. 「꿈」(1922.6)은 극적 상황의 구축 없이 감정을 투사하는 언어에 의한 분위기만 남을 때 소월의 시가 어떻게 풀어져 버리고 마는가를 보여준다. "꿈? 영(靈)의 헤적임. 설음의 고향(故鄉)./울쟈, 내 사랑, 꽃 지고 저므는 봄"(261).

V. 김소월의 시와 준비론

이 시의 언어는 감상적이고 허술하다. 여기서 꿈은 신체의 움직임과 무관한 "영의 헤적임"에 속하는 것이다. 꿈의 에로스는 이 시에서 능동적이 아니고 수동적이다. 그것은 헤쳐내며 앞으로 나아가지 않고 헤적이며 그 자리에서 머뭇거린다. 연극적 상황과 감상적 분위기를 통합할 수 있게 하는 주제로 사랑과 죽음보다 더 적합한 것은 없다. 20세를 전후하여 발표한 소월의 시들은 남자와 여자의 사랑과 이별을 다루는데, 그 시들의 기조는 신체가 결여된 에로스로 가득 찬 몽환적 분위기에 근거한다. "어스름 타고서 오신 그 여자는 내 꿈의 품 속으로 들어와"(94) 안기고 "닭은 꼬꾸요, 꼬꾸요 울 제, 헛잡으니 두 팔은 밀려"(643) 난다. 「꿈자리」(1922.11)의 주인공은 "당신이 깔하 놓아주신 이 자리는 외로웁고 쓸쓸합니다마는, 제가 이 자리 속에서 잠자고 놀고 당신만을 생각할 그때에는 아무러한 두려움도 없고 괴로움도 닛어버려지고 마는대요. 그러면 님이여! 저는 이 자리에서 종신토록 살겠어요"(692)라고 말하고, 「깊은 구멍」(1922.11)의 주인공은 "당신의 손으로 지으신 그 구멍의 심천(深淺)을 당신이 알으시리다. 그러면 날마다 날마다 그 구멍이 가득히 차서 빈틈이 없도록 당신의 맑고도 향기롭은 그 봄 아츰의 아지랑이 수풀 속에 파묻힌 꽃이슬의 향기보다도 더 귀한 입김을 쉬일 새 없이 나의 조그만 가슴 속으로 불어 넣어 주세요"(696)라고 말한다. 남자와 여자가 만나는 무대는 현실의 장소가 아니고 "꿈자리"이다. 신체와 신체가 접촉할 수 없다는 의미에서 그 사랑은 채울 수 없는 결여이고 메울 수 없는 간극이다. 그러한 결여와 간극, 다시 말하면 고통을 통해서만 남자는 자기의 사랑을 확인할 수 있다. 이 경우에 여자는 남자가 술을 따르면 술잔이 되고 차를 따르면 찻잔이 되는 빈 잔과 같다. 잔에 채울 무엇을 가지고 있는 한 여자가 지구의 다른 끝에 있더라도 그는 그녀의 입김을 끌어당길 수 있을 것이고 그녀로 인해서 세계의 모습을 나날이 새롭게 자각할 수 있을 것이다. 소월에 의하면 사랑의 본질은 지각의 쇄신에 있다. 사랑은 "봄 가을 없이 밤마다 돋는 달"(124)을 낯선 사물로 변형하고 평소에 쳐다보지도 않던 달이 설움인 것을 알게 한다. 사랑과 그리움의 가정법은 이별과 죽음의 가정법을 포함한다. 소월시는 사랑과 그리움의 연극일 뿐 아니라 이별과 죽음의 연극이기도 하다.

나 보기가 역겨워
가실 때에는
말없이 고히 보내 드리우리다

영변(寧邊)에 약산(藥山)
진달래꽃
아름 따다 가실 길에 뿌리우리다

가시는 걸음걸음
놓인 그 꽃을
사뿐히 즈려밟고 가시옵소서

나 보기가 역겨워
가실 때에는
죽어도 아니 눈물 흘리우리다

V. 김소월의 시와 준비론

「진달래꽃」(1922.7)에서 시인은 이별의 가정법을 말하기 위하여 시상을 미래 시형으로 고정해 놓고 있다. 이 시에 나오는 여자에게 이별의 가정법은 죽음의 가정법이다. 여기서 꽃은 버림받은 여자가 흘리는 피이면서 동시에 버림받은 여자 자신이다. "붉은 피같이도 쏟아져 나리는/저긔 저 꽃닢들"(310)에서 보듯이 소월시에는 피에 비유되는 꽃이 등장한다. 남자의 발에 즈려밟혀 으깨지는 꽃을 여자라고 보아야 이별이 곧 죽음이라는 이 시의 가정법이 살아난다. 만일 이별이 온다면 그것은 곧 여자의 죽음이기 때문에 그 여자는 말없이 그를 보낼 것이고 눈물을 흘리지 않을 것이다. 살아서 그를 기다리려고 할 때에 말을 하고 눈물을 흘리는 것이지 죽을 수밖에 없을 때 말을 하거나 눈물을 흘리는 여자는 없을 것이다. 그가 아무리 사뿐히 밟아도 밟히는 꽃 즉 그녀의 생명은 끊어진다. 여자는 남자에게 "당신은 가벼운 마음으로 간다고 하지만 당신이 나를 떠나는 것은 나를 죽이는 것입니다"라고 말한다. 그의 떠남은 그녀의 죽음이면서 동시에 그의 죽음이다. "가볍게"라는 뜻의 부사인 "사뿐히"와 힘주어"라는 뜻의 부사인 "즈려"가 붙어 있다는 데 이 시의 역설이 있다. 가는 그는 사뿐히 밟으려 하여도 그녀는 그가 그녀를 짓밟는다고 느낀다. 그녀는 그의 발에 지르밟혀 죽는다. 처음부터 끝까지 이 시는 독자의 예상을 전복시키는 역설적 구조로 구성되어 있다. 떠나는 남자를 말없이 보내주는 여자가 있을까? 말없이 꽃을 뿌리는 것은 또 무슨 뜻일까? 놀리는 것인가? 눈물 없는 이별이란 어떤 것일까? 이 시를 읽는 것은 이러한 역설들을 죽음과 통하는 사랑, 생사를 건 사랑에 비추어 받아들이는 것이고 통곡이 오히려 경박한 행위가 되는 이별의 처절한 상황을 통하여 심정의 드라마를 체험하는 것이다. 발표된 지 한 세기가

다 되어가는 데도 이 시의 운율은 한없이 자연스럽게 느껴진다. 나는 그 이유가 3음보와 4음보가 섞여 있는 이 시의 혼합음보에 있다고 생각한다. 대부분의 7·5조는 3음보로 율독되며 이 시의 경우에도 7음절을 3-4 음절 또는 4-3 음절의 두 음보로 읽고 5음절을 한 음보로 읽어서 3음보로 율독해도 무방하다. 그러나 나의 호흡에는 둘째 연을 제외한 세 연에서 첫 두 줄의 7·5조를 4음보로 읽고 셋째 줄의 7·5조를 3음보로 읽는 것이 더 자연스러웠다. 둘째 연의 3음보-3음보 구성이 다른 세 연의 4음보-3음보 구성에 변화를 줌으로써 시 전체의 운율은 심정의 드라마에 생동감을 부여한다. 시 전체를 3음보의 틀에 맞춰 율독하는 것은 심정의 처절함을 약화시킬 우려가 있다.

소월시에 나오는 여자들은 이후로 다시는 눈물을 흘리지 않는다. "세상은 무덤보다도 다시 멀고/눈물은 물보다 더 덥음이"(451) 없기 때문이다. 눈물은 세상에 속하는 것이고 물은 무덤에 속하는 것이다. 죽은 사람들은 무덤 속에서 "눈석이물"(눈이 속으로 녹아서 된 물)처럼 자연의 질서에 따라 순환한다. 죽은 사람들의 집에는 모순과 갈등, 대립과 동요가 남아 있지 않다. 「달맞이」(1922.1/1925.1)는 사람들이 정월 대보름날, 달에 소원을 빌러 산에 오르는 광경을 배경으로 하고 있는 시이다. 이 시에서 이 시의 주인공은 사람들이 산에 오르고 내리는 행동을 떠오르는 달과 떨어지는 삼성(參星)에 비유하고, 그것을 다시 새 옷과 묵은 설움에 대응시킨다. 새 옷을 갈아입고 새해를 맞아도 묵은 설움은 그대로 남아 있다는 것이다. 그는 저마다 은밀한 소원을 비는 자리에서 보름달을 마중하는 대신에 죽은 동무를 배웅한다. 미래를 향해 서 있는 이웃집들과 과거를 향해 누워 있는 무덤의 경계에서 그는 양쪽을 돌아보며 삶 속에 있는 죽음과 죽음의 주위를 회전하는 삶을 날카롭게 드러낸다. 「금잔듸」(1922.1/1925.12)의 극적 상황은 무덤과 달의 대립이 아니라 무덤과 봄의 대립을 중심으로 전개된다.

> 잔듸,
> 잔듸,
> 금잔듸,
> 심심산천(深深山川)에 붙는 불은
> 가신 님 무덤가엣 금잔듸.
> 봄이 왔네 봄빛이 왔네.
> 버드나무 끝에도 실가지에.
> 봄빛이 왔네, 봄날이 왔네,
> 심심산천(深深山川)에도 금잔듸에.

봄— 봄빛— 봄날은 마치 불붙듯이 잔디— 버드나무— 심심산천을 태워 들어간다. 잔디와 버드나무 안에 깃들인 물기도 불어나서 산을 흐르는 내가 된다. 봄의 불길이 산과 물을 모두 다사롭게 덥혀준다. 잡풀이 섞이지 않은 금잔디는 순수하다는 점에서 금에 비유되고 금의 휘황한 광채는 다시 봄빛에 연관된다. 겨울 내내 누런 잎이 곱게 깔려 있던 금잔디에 어린 봄빛은 생명의 빛이고 "심심산천에 붙는 불"은 다름 아니라 생명의 불이다. "제석산(嚌昔山)에 붙는 불은 옛날에 갈라선 그 내 님의/무덤엣 풀이라도 태왔으면!"(611) 하고 바라던 화자는 무덤가의 금잔디가 바로 그 불이라는 것을 깨닫고 죽음의 둘레를 회전하는 삶의 리듬에 황홀하게 잠겨 든다. 봄은 죽음의 한복판을 뚫고 나와 나뭇가지 끝에 눈을 틔운다. "섧다 해도/웬만한,/봄이 아니어,/나무도 가지마다 눈을 터서라!"(159) 아무리 긴 산문으로도 「수아(樹芽)」라는 이 짧은 시에 나오는 두 개의 쉼표가 힘 있게 얽어 짜내는 침묵을 풀어내지 못할 것이다. 이 두 개의 쉼표가 시 안에 불연속성의 함정을 파놓고, 예기치 않았던 곡절과 얽힘이 시를 살아서 생동하게 한다. 「찬 저녁」과 「무덤」의 주인공은 무덤을 열고 그를 부르는 죽음의 소리를 듣는다. "엉긔한 무덤들은 들먹거리며"(451), "여긔저긔/돌무더기도 음즉이며, 달빛에"(440) 흘러 퍼지는 "형적 없는 노래"(440)를 듣는 것이다. 그가 찾는 것은 그곳에 묻혀 있는 "옛 조상들의 기록"(440)이다. 그러나 그는 거기서 아무것도 보지 못한다. "넋을 잡아끌어 헤내는 부르는 소리"(440)를 들을 뿐이다. 「녯님을 따라가다가 꿈 깨여 탄식함이라」(1925.1)의 화자는 반대로 죽은 여자를 불러내고 싶어 한다. 시간은 붉은 해가 서산 위에 걸린 저녁이고 공간은 "떨어져 앉은 산과 거츠른 들이/차례 없이 어우러진 외따롭은 길"(727)이다. 무대의 배경에서는 뿔이 채 여물지 않은 사슴들이 울고 있다. 한 남자가 그 길을 걸으며 죽은 여자를 생각한다. 그의 귀에는 말의 워낭소리가 들리고 그의 눈에는 "남견(藍絹)의 휘장을 달고"(727) 지나기는 가마가 보인다. 그는 여자의 사당에 늘 한 자루의 촛불이 타고 있는 것을 새삼스럽게 깨닫고 사당 안에 있는 여자의 화상(畵像)을 쳐다본다. 그는 그녀에게 한마디 말도 건네지 못한 것을 생각하고 "지금이라도 이름 불러 찾을 수 있었으면!"(727) 하는 희망을 품어보지만 이내 체념하고 만다. "어느 때나 심중(心中)에 남아 있는 한마디 말을/사람은 마자 하지 못하는 것"(727)이기 때문이다. 이 시는 무대장치를 늘이고 독백을 줄여서 「초혼(招魂)」을 다시 쓴 것이다(「초혼」보

V. 김소월의 시와 준비론

다 뒤에 발표했지만 구성이 풀어져 있는 것으로 보아서 어쩌면 이 시가 「초혼」의
초고였는지도 모른다).

산산히 부서진 이름이어!
허공중(虛空中)에 헤여진 이름이어!
불러도 주인(主人) 없는 이름이어!
부르다가 내가 죽을 이름이어!

심중(心中)에 남아 있는 말 한마듸는
끝끝내 마저 하지 못하였구나.
사랑하든 그 사람이어!
사랑하든 그 사람이어!

붉은 해는 서산(西山)마루에 걸리웠다.
사슴이의 무리도 슬피 운다.
떨어져 나가 앉은 산(山) 우헤서
나는 그대의 이름을 부르노라.

설음에 겹도록 부르노라.
설음에 겹도록 부르노라.
부르는 소리가 비껴가지만
하눌과 땅 사이가 너무 넓구나.

선 채로 이 자리에 돌이 되어도

부르다가 내가 죽을 이름이어!

사랑하든 그 사람이어!

사랑하든 그 사람이어!

　민간 의식과 민간 전설에 토대한 극적 상황은 「접동새」와 유사하
지만, 「초혼」에서는 인물의 목소리와 민중의 목소리가 「접동새」에서
와 달리 격렬하게 대립하고 있다. 이 시의 주인공은 초혼(招魂)하고 발
상(發喪)하는 고복(皐復)에서 발상의 절차를 아예 빼어버리고 초혼만
한없이 계속한다. 그는 또 남편을 기다리다가 돌이 되었다는 전설을
잃어버린 나라의 이름을 부르다가 돌이 되었다는 당대의 이야기로
변형한다. 초혼이란 민간에서 사람이 죽었을 때 그 사람이 생시에 입
던 저고리를 들고 지붕이나 마당에서 북쪽을 향하여 외치는 의식이
다. 왼손으로 옷깃을 잡고 오른손으로 허리께를 잡고 "아무 동네 아
무개 복(復)"이라고 세 번 부른다. 민속에서는 사람이 죽으면 얼은 하
늘로 날아가고 넋은 땅으로 흩어진다고 한다. 얼을 불러 돌아오게 한
후에 얼과 넋을 한데 모아야 하는데, 부르는 소리는 비껴가고 하늘과
땅 사이는 넓기만 하다. 첫째 둘째 다섯째 연에서 죽은 사람의 이름
이 언급되는데, 그것은 "산산히 부서진 이름"이다. 둘째 연에서 시의
화자와 죽은 사람의 관계가 밝혀진다. 그/그녀는 사랑하면서도 사랑
한다는 말을 하지 못했다. 이 아쉬움이 죽은 사람에 대한 갈망을 더
욱 강하게 만든다. 셋째 연에는 초혼의 무대가 묘사되어 있다. 해는
뉘엿뉘엿 지고 있으며 마을에서 멀리 떨어진 산에서 사슴들이 울고
있다. 넷째 연에 등장하는 하늘과 땅은 죽은 사람에 대한 그/그녀의
사랑이 개인적인 사건이 아니라 우주적인 사건이라는 것을 암시해

준다. 이 시에서 하늘과 땅은 서로 통하여 작용할 수 없을 정도로 멀리 떨어져 있다. 부르는 소리는 울림을 이루지 못하고 하늘과 땅의 틈새로 비껴갈 뿐이다. 우리는 여기서 이 시의 화자가 민간의식을 그대로 따르지 못하는 이유를 짐작해 볼 수 있다. 나라 잃은 시대에는 전통 또한 무너졌을 것이기 때문이다. 인물의 목소리와 민중의 목소리가 어긋나는 이 시의 불협화음은 대립과 긴장으로 가득 찬 실국시대(失國時代)를 부각시키는 효과적인 방법이다. 다섯째 연은 첫째 연의 "부르다가 내가 죽을 이름이어!"와 둘째 연의 "사랑하던 그 사람이어!"를 통합함으로써 분열에 저항하는 행동을 보여준다. 이 시에서 돌은 타협을 거부하고 저항을 포기하지 않는 행동의 상징이다.

지금까지 살펴온 소월시의 사건들은 사랑과 죽음이라는 두 개의 초점을 둘러싸고 회전한다. 그러나 소월시에는 길과 돈이라는 하나의 다른 무대에서 전개되는 사건들이 있다. 두 가지 서로 다른 사건 진행은 상당한 기간 겹쳐져 있었으나 『진달래꽃』의 간행을 경계로 하여 후기로 넘어가면서 길과 돈이 시에 더 자주 등장하게 된다. 「님에게」(1925.7)의 주인공은 "추겁은 벼갯가의 꿈은 있지만/당신은 닞어바린 설음이외다"(71)라고 하면서 사랑이 과거의 흔적으로만 남아 있다고 스스로 고백한다. 인물 시각 서술이 여전히 보이지만 지금까지 잘 안 씌이던 작가 주석 서술이 나타나는 것도 이 다른 무대의 특징이다. 「장별리(將別里)」(1922.7)와 「왕십리(往十里)」(1923.8)에서 시인은 "비"와 "별새"라는 같은 소도구를 배치하여 무대를 주석적으로 묘사한다. 이 시들에서 사건은 가볍게 취급된다. "흐르는 대동강(大同江), 한복판에/울며 돌든 별새의 떼무리,/당신과 이별하든 한복판에/비는 쉴 틈도 없이 나리네, 뿌리네"(685)라는 셋째 연에 사건이 들어 있으나, 이 사건은 "장별리(장차 이별할 곳)"라는 마을 이름에서 연상되어 나온 것이므로 독자적인 의미를 가진 사건이라고 할 수 없다. 이 시의 핵심은 사건이 아니라 "비스틈히도" 내리는 "금실 은실의 가는 비"와 "틸틸한 배암 문휘(紋徽) 돋은 양산(洋傘)"의 묘사이다. "비 맞아 나른해서 벌새가"(499) 운다는 「왕십리」의 사건도 지명과 연관된다. "여드레 스무날엔/온다고 하고/초하로 식망(朔望)이면 간다고 했지./가도가도 왕십리(往十里) 비가 오네"(499). 이 부분의 "온다"와 "간다"는 동사들은 왕(往) 자에서 연상된 것이고 "여드레" "스무날" "초하로" "보름날"은 십(十) 자에서 연상된 것이다. 무대장치의 묘사는 오히려 부수적인 현상이고 이 시의 핵심은 언어의 조직 자체이다. 이 시의 첫 연은 소월의 언어감각을 특별히 잘 보여준다. "비가 온다/오누나/오는 비는/올지라도 한 닷새 왔으면 좋지"(499). 네 줄 안에 "온다" "오누나" "오는" "올지라도" "왔으면" 등 같은 동사의 다섯 가지 활용형태가 나온다. 여기서 한 걸음 더 나아가면 「산유화(山有花)」처럼 사람이 전혀 등장하지 않는 시가 된다.

산에는 꽃 픠네
꽃이 픠네
갈 봄 녀름 없이
꽃이 픠네

산에
산에
픠는 꽃은

V. 김소월의 시와 준비론

저만치 혼자서 피여 있네

산에서 우는 적은 새요
꽃이 죠와
산에서
사노라네

산에는 꽃 지네
꽃이 지네
갈 봄 녀름 없이
꽃이 지네

　"꽃"이 여덟 번, "산"이 여섯 번, "핀다"가 네 번, "진다"가 세 번 반복되는 이 시가 의미의 음악임을 의심할 사람은 없을 것이다. 이 시의 핵심은 의미보다 음악에 있다. 구태여 의미를 찾는다면 "새"라는 명사, "운다" "산다"라는 동사, '좋다'라는 형용사, '없이'라는 부사의 상호작용에 유의해야 할 것이다. 산과 꽃과 새의 어울림 중에서 의지적 행동을 할 수 있는 것은 새밖에 없다. 동사로 보아도 "운다" 와 "산다"만이 의지 작용을 포함하며 "핀다"와 "진다"는 저절로 진행되는 과정이므로 의지 작용을 포함하지 않는다. 첫째 연의 "핀다"는 둘째 연에서 "피어 있다"로 변한다. 과정으로부터 상태로 진행되면서 「산유화」라는 제목의 의미가 메나리라는 농부가에서 "산에 꽃이 있다"는 문장으로, 다시 피고 지는 자연의 주기적 순환으로 바뀐다. "저 만치 혼자서 피여 있네"의 "저만치"는 무엇으로부터 저만치 피어 있는 것인가? 이것을 화자나 청자로부터의 거리라고 보는 해석은 타당하지 않다. 이 시가 자연의 주기적 순환을 말하는 것은 분명한 사실이므로 간접적으로 자연의 연속성과 인간의 불연속성을 대조할 수는 있을 것이다. 그러나 사람이 등장하지 않는 시에 사람을 끌어들여 해석하는 것은 온당한 독법이라고 할 수 없다. 그렇다면 "저만치"는 이시 안에서 유일하게 의지작용을 할 수 있는 새로부터의 거리가 아닐수 없다. 꽃을 좋아하면서도 가까이 가서 꽃과 사귀지 않고 꽃으로부터 떨어져나와 일정한 거리를 취하는 이 새의 태도에서 우리는 심미적 정관의 본질을 엿볼 수 있다. 아니 어쩌면 "저만치"는 꽃을 좋아할 수는 있으나 꽃과 사귈 수는 없는 새의 운명적 한계를 지적하는것인지도 모른다. 새는 우주적 조화와 우주적 고독을 동시에 느낀다. 우주는 조화와 고독의 상호작용 속에서 생성하고 소멸한다. "산에 꽃이 있다"는 평범한 사실에서 새는 기쁨을 느낀다. 그러나 이 기쁨은 "꽃이 진다"는 사실을 외면하는 환상적 기쁨이 아니다. 생성과 소멸을 동시에 인식하는 허전함도 기쁨을 구성하는 한 요소로서 존재한다. 조화와 고독, 충만함과 허전함의 상호작용이 우주적 무도(舞蹈)를 형성하고 있다. "산에/산에/피는 꽃은/저만치 혼자서 피여 있네"에서 2음절 1음보가 4음절 2음보로, 다시 10음절 3음보로 확대되는 시행들이 조성하는 속도의 급격한 변화는 감정의 추이와 일치한다. "kalpomnjəriməpsi"라는 시행 하나만 잘 분석해도 우리는 시의 음악성에 관하여 많은 것을 알 수 있을 것이다. "여름-없이"에 나타나는 əi-əi의 반복과 "갈 봄-여름"에 나타나는 lm-rm의 반복은 자연의 주기적 순환성이라는 주제에 기여하고 있다. 이 시는 전반적으로 객관 중립 서술에 의존하고 있으나 셋째 연에 나오는 "사노라네"가

368

화자의 개입을 넌지시 드러낸다고 볼 수 있다. 새가 "꽃이 좋아 산에 서 산다"고 화자에게 말한 것인지, 작은 새는 꽃을 좋아한다고 화자 가 생각한 것인지 분명하지 않기 때문이다. 산에는 늘 꽃들이 피고 지는 것을 반복하지만 꽃들은 저마다 혼자서 피어 있고 "작은" 새는 꽃을 좋아하여 산을 떠나지 않고 있지만 그 새는 꽃들에게 가까이 다 가서지 못한다. 꽃과 새 사이에는 넘어설 수 없는 일정한 거리가 있 다. 반복과 거리, 가냘픔과 외로움이 느껴지기는 하지만 우리는 이 시에서 분명한 주제를 찾을 수 없다. 「산유화」는 의미를 묻지 않아도 어떤 진실을 느낄 수 있게 하는 시이다. 이상의 「절벽(絶壁)」은 김소월 의 「산유화」와 동일한 방식으로 구성되어 있는 시이다.

시에서 사랑과 죽음의 드라마가 소멸한 후 얼마 동안 소월은 극적 상황을 설정하는 데 곤란을 겪는다. 민요는 이러한 어려움을 회피하 기 위하여 도입된 장치이다. 「나무리벌 노래」(1924.11), 「박넝쿨 타 령」(1924.11), 「이요(俚謠)」(1924.11), 「항전애창(巷傳哀唱) 명주딸기」 (1924.12), 「가막덤불」(1925.1) 등은 민간에서 전해 오는 노래를 수용 하여 개작한 작품들이다. 민요라는 익명의 세계에 근거하여 소월은 인물과 배경을 설정하지 않고도 극적 상황에 필적하는 효과를 거둘 수 있게 된다. "물로 사흘 배 사흘/먼 삼천리/더더구나 걸어 넘는 먼 삼천 리/삭주구성은 산을 넘은 육천 리요"(531)로 시작되는 「삭주구 성(朔州龜城)」(1923.10)과 "산새도 오리나무/우헤서 운다/산새는 왜 우 노, 시메산골/영(嶺) 넘어 갈라고 그래서 울지"(518)로 시작되는 「산」 (1923.10)은 민요에서 직접 따온 작품은 아니지만, 민요를 문학적 장 치로 사용하여 극적 효과를 거둔 작품이다. 「삭주구성」은 일본에서 고향을 그리워하는 내용의 시이고(그러므로 고향까지의 거리가 육천 리이다), 「산」은 고향을 떠나기 싫어 괴로워하는 내용의 시이다. "물 맞아 함빡히 젖은 제비도/가다가 비에 걸려 오노랍니다"(531)와 "가끔가끔 꿈에는 사오천 리/가다오다 돌아오는 길이겠지요"(531) 같은 문장이 고향으로 가는 길의 험난함을 강조한다면, "눈은 나리네, 와서 덮이네"(518)와 "산에는 오는 눈, 들에는 녹는 눈"(518) 같은 문장은 고향을 떠나는 길의 험난함을 강조한다. 그것은 꿈속에서 가더라도 사오천 리나 되는 길이고 새도 비에 걸려 가지 못하는 길이며, 하루에 기껏해야 "칠팔십 리"(518)밖에 갈 수 없는, 그리고 가다가 고향이 그리워 "돌아서서 육십 리는 가기도"(518) 하는 길이다. 소월시에 나오는 인물은 고향 밖에서 고향을 그리워하거나 고향에 있더라도 고향으로부터 떠날 수밖에 없는 사람이다. "산새도 오리나무 우헤서 운다." 산새가 그를 대신하여 "이제 가면 언제 오리" 하고 걱정해 주는 것이다. 「가는 길」(1923.10)의 한끝은 고향에 닿아 있다. 소월시에 나오는 길들에는 고향의 인력이 작용하고 있다.

그립다
말을 할까
하니 그리워

그냥 갈까
그래도
다시 더 한 번(番)……

저 산(山)에도 가마귀, 들에 가마귀,

서산(西山)에는 해 진다고

지저귑니다

앞 강(江)물, 뒷 강(江)물,

흐르는 물은

어서 따라오라고 따라가쟈고

흘러도 년달아 흐릅듸다려.

　타향에 살고 있는 사람에게는 그렇게 할 수밖에 없는 이유가 있게
마련이다. 고향의 인력이 강한 바로 그만큼 고향의 인력을 방해하는
힘도 강하다. 나라 잃은 시대에 수많은 사람들이 일본과 중국으로 떠
났다. 1938년에서 1945년 사이에 강제 동원된 인원은 5백만 명을
넘었고, 일본으로 강제 연행된 인원만도 백만 명 이상으로 추정된
다.[4] 타향에서 몇 해를 보내던 이 시의 화자에게 어느 날 문득 "그립
다"라는 단어가 생각난다. 그 단어가 지금까지 막연한 느낌으로만 감
득되던 소외감을 분명하게 규정해 준다. 그립다는 말이 그립다는 정
감을 심화하고 확대한다. 고향으로 가려고 하자 쉽게 돌아갈 수 없는
사정들을 "다시 한번 더" 인식하게 된다. 까마귀의 울음소리가 그에
게 다시는 고향에 못 가리라는 불길한 예언처럼 들린다. 그러나 "서
산에 해진다"는 까마귀의 경고는 시간이 얼마 없으니 어서 고향으로
가라고 귀향을 재촉하는 충고이다. 시의 넷째 연에서 독자는 고향의

---

4) 고려대 민족문화연구소편, 『한국현대문화사대계 Ⅳ』, 고려대 민족문화연구소출판부, 1978, 61
　4쪽.

인력에 몸을 맡기고 "흘러도 년달아" 흐르는 강물처럼 고향으로 달려가는 그의 모습을 본다. 고향은 사물과 인간에게 알맞은 이름을 주고, 편안하게 쉴 수 있는 자리를 준다. 제 자리에 있을 때 사물은 사물답게 되고 사람은 사람답게 된다. 고향이란 공간의 "곳곳이 모든 것은 /번쩍이며 살아"(391) 있다. 인간과 사물이 고유성을 얻게 되는 장소를 고향이라고 한다. 소월시의 화자들은 고향에 들어서서 비로소 "수여 가자 더욱 이 청(靑) 풀판이 좋구나"(751)라고 말할 줄 알게 된다. 그들은 "흰 눈의 넢사귀"(266)처럼 날리는 지연(紙鳶)과 "흰 비들기"(755)처럼 나도는 바람과 "물 모루 모루 모루 치마폭 번쩍 쳐들고 반겨오는"(766) 달을 동무의 낯익은 얼굴로 대하게 된다. 인륜의 세계와 노동의 세계는 고향에서 모순 없이 중첩된다. 그러나 사회는 갈등의 구조일 수밖에 없기 때문에 인간에게 고향은 언제나 아직 없는 곳으로 존재한다. 소월시에 나오는 고향도 소월이 꿈꾸는 화해의 공간이다. 나라 잃은 시대에 현실과 고향의 거리는 예외적으로 멀었을 것이다. 고향은 소월이 꾸며낸 극적 상황이라는 면이 없지 않지만, 그것은 또한 거꾸로 나라 잃은 시대의 현실을 보여주는 램프가 되어준 면도 없지 않을 것이다. 때로는 꿈이 현실을 보여주기도 하는 것이다. 한 남자가 무대에 나와서 "오오 안해여, 나의 사람!/하늘이 무어준 짝이라고/믿고 살음이 마땅하지 아니한가"(330)라고 말한다. 부부됨이 하늘의 뜻에 근거하고 있다는 말은 음양허실의 조화라는 동아시아의 전통사상이 전제되어 있다. 그것은 중세적인 것이지만, 나라 잃은 시대의 부조화를 알려주는 비판적인 것이기도 하다. 「묵념(黙念)」에 나오는 아내는 처음부터 끝까지 잠들어 있다. 사건이 진행되는 시간은 개구리가 울기 시작할 때부터 개구리울음이 그칠 때까지이

V. 김소월의 시와 준비론

다. 남편 혼자서 창턱에 두 다리를 늘이우고 앉았다가 별생각 없이 일어나 걷다가 잠든 아내에게 기대어 누웠다가 하는 것이 행동의 전부이다. 밤이 깊어감에 따라 그는 고요 속에서 그의 기쁜 심령이 하늘과 땅 사이에 가득 차는 것을 느낀다. 빛나는 별빛들이 그의 몸을 자기들에게로 "무한히 더 가깝게"(427) 끌어당긴다. 어디선가 액막이 굿을 하는 무당이 귀신에게 비는 소리가 들린다. 고향에서는 노동도 놀이가 된다. 태양이 빛나고 새들이 지저귀는 보리밭에서 부부는 호미를 들고 "가즈란히가즈란히"(411) 일하다가 쉬다가 한다. 그들은 일하면서 "생명의 향상"(411)을 느끼고 쉬면서 이야기의 꽃을 피운다. 몸에는 은혜가 넘치고 마음에는 정이 넘친다. "세계의 끝은 어디? 자애(慈愛)의 하늘은 넓게도 덮였는데,/우리 두 사람은 일하며 살아 있어써,/하늘과 태양을 바라보아라, 날마다도날마다도, 새라 새롭은 환희를 지어내며, 늘 같은 땅 우헤서"(411). 이 시들을 읽을 때에 우리는 부재로서 현존하는 고향의 존재를 의식하고 있어야 한다. 「바라건대 우리에게 우리의 보섭 대일 땅이 있었더면」의 주인공은 꿈과 현실의 대립을 날카롭게 의식하고 있다. 그는 "동무들과 가즈란히/벌가의 하로 일을 다 맞추고/석양(夕陽)에 마을로 돌아오는 꿈"(404)을 꾸어본다. 그러나 꿈은 있어야 할 현실일 뿐이고 있는 현실은 실국(失國)이다.

> 그러나 집 잃은 내 몸이어,
> 바라건대는 우리에게 우리의 보섭 대일 땅이 있었드면!
> 이처럼 떠돌으랴, 아침에 저물손에
> 새라새롭은 탄식(歎息)을 얻으면서.

"새라새롭은 환희"(412)와 "새라새롭은 탄식"(404)의 차이가 꿈과 현실의 차이이다. 나라 잃은 시대에 그가 동무들과 함께 가지런히 일할 수 있는 곳은 아무 데도 없다. 그런데도 이 시의 주인공은 어느 산비탈에는 거친 밭을 "저저 혼자"(405) 김매고 있는 동무들이 있을 것이라고 생각해 본다. 그리고 그 자신의 앞에 "한 걸음, 또 한 걸음"(405) 나아갈 수 있는 "자춋 가느른 길이"(405) 이어져 있을 것이라고 믿는다. 그러나 그러한 믿음이 환상이었다는 사실을 소월의 자살이 증명한다. 「옷과 밥과 자유(自由)」(1925.1)의 주석적 화자는 옷과 밥과 자유가 없는 시대를 비판한다.

공중에 떠다니는
저기 저 새요
네 몸에는 털 있고 깇이 있지

밭에는 밭곡석
논에 물베
눌하게 닉어서 수그러졌네!

초산(楚山) 지나 적유령(狄踰嶺)
넘어선다
짐실은 저 나뉘는 너 왜 넘늬?

연들의 끝에 나오는 마침표와 느낌표와 물음표가 각 연의 의미를 암시한다. 옷과 밥과 자유를 지니고 있는 새의 삶은 긍정적인 것이므

로 마침표로 끝내고 옷과 밥과 집이 없는 나귀의 삶은 부정적인 것이
므로 물음표로 끝낸 것이다. 벌과 깃이 없어서 날지 못하는 나귀는
무거운 짐을 지고 오랑캐나 넘는 고개를 넘는다. 적유령은 평북 강계
에 있는 재이지만 소월은 흔히 지명의 축자적 의미를 시에 활용한다.
길옆의 논밭에는 밭곡식과 물벼가 누렇게 익었으나, 나귀처럼 농사
를 지어 놓아도 곡식은 이미 일한 사람의 것이 아니다. 이것이 어찌
한탄스러운 일이 아니겠느냐! 소월시의 화자들은 이 땅의 과거와 현
재를 암담한 어조로 기술한다. 홍경래가 "다북동(茶北洞)에서/피 물든
옷을 닙고 웨치든 일을"(375) 회고해 보기도 하고 "왜 왔드냐/왜 왔드
냐/자곡자곡이 피땀이라/고향산천니 어듸메냐"(709)고 탄식하는 만
주 이주 농민의 소리에 귀를 기울이기도 하고 비록 잠깐 동안이었지
만, "북으로 북으로 노서아(露西亞)의/옷과 밥 참배차(參拜次) 가보리
라"(712)는 생각을 해보기도 한다. 소월시의 화자들 앞에는 "자츳 가
느른 길"(405)조차도 나 있지 않았다. 노동의 의미를 상실한 세상에서
모든 길은 막다른 길이다. 「길」(1925.12)은 걷는 것이 갇히는 것임을
고백하는 시이다.

어제도 하로밤
나그네 집에
가마귀 가왁가왁 울며 새엿소.

오늘은
또 몇 십리(十里)
어듸로 갈까.

산으로 올라갈까

들로 갈까

오라는 곳이 없어 나는 못 가오.

말 마소 내 집도

정주(定州) 곽산(郭山)

차(車) 가고 배 가는 곳이라오.

여보소 공중에

저 기러기

공중엔 길 있어서 잘 가는가?

여보소 공중에

저 기러기

열십자(十字) 복판에 내가 섰소.

갈래갈래 갈린 길

길이라도

내게 바이 갈 길은 하나 없소.

    이 시의 주인공은 나그네이다. 나그네가 하룻밤 머무는 곳은 엄밀한 의미에서 집이 아니다. 인간 존재의 중심에 닿아 있는 공간만이 집이 될 수 있기 때문이다. 나그네의 처소에는 편안한 휴식이 있을 수 없다. 그는 자신의 처지를 잠 못 자며 우는 까마귀에 견준다. 갈

곳이 없으나 그는 잠들기 전에 또 몇십 리를 걸어야 한다. 그는 어째서 고향으로 가려고 하지 않는 것일까? 그가 나서 자란 곽산은 차가 가고 배도 가는 곳이다. 갈 수 없는 것이 아니라 가 봐야 그곳에는 집도 없고 일터도 없기 때문일 것이다. 나라 잃은 시대의 "열십자 복판"은 사방으로 통하는 길이 아니라 사방이 막혀 있는 감옥이다. 마지막 연의 "갈래갈래 갈린 길/길이라도"라는 두 줄에 나오는 다섯 개의 k 소리 두운은 주인공의 답답한 심정을 나타낸다. 길은 갈래갈래 찢어져 아예 없어져 버렸다. "갈 길은 바이 없소"라는 문장과 "갈 길은 하나 없소"라는 문장을 결합한 시의 마지막 줄에서도 우리는 그의 절망을 확인할 수 있다. "바이"를 문장의 앞에 내놓음으로써 "바이"와 "하나"가 다 같이 "없소" 즉 현실이 절망적이라는 사실을 강조한다. 세상을 떠나던 해에 쓴 「삼수갑산(三水甲山)」(1934.11)에 이르러 소월은 자신의 절망을 표현할 수 있는 형식을 발견하였다. 1인칭 자기 서술과 3인칭 인물시각 서술이 구분할 수 없을 정도로 통합되어 있는 것이 이 시의 특징이다.

삼수삽산(三水甲山) 내 웨 왔노 삼수삽산(三水甲山)이 어디뇨
오고나니 기험(奇險)타 아하 물도 많고 산(山) 첩첩이라 아하하

내 고향(故鄕)을 도루 가자 내 고향을 내 못 가네
삼수갑산(三水甲山) 멀드라 아하 촉도지난(蜀道之難)이 예로구나 아하하

삼수갑산(三水甲山)이 어디뇨 내가 오고 내 못 가네
불귀(不歸)로다 내 고향(故鄕) 아하 새가 되면 떠 가리라 아하하

377

님 게신 곳 내 고향을 내 못 가네 내 못 가네

오다가다 야속타 아하 삼수갑산(三水甲山)이 날 가두었네 아하하

내 고향을 가고지고 오호 삼수갑산(三水甲山) 날 가두었네

불귀(不歸)로다 내 몸이야 아하 삼수갑산(三水甲山) 못 벗어난다 아하
하

시를 구성하는 방법은 「산유화」와 유사하다. "삼수갑산"이 일곱 번 나오고 "고향"이 다섯 번 나온다 이 시의 의미구조는 삼수갑산과 고향의 대립 위에 구축되어 있다. 삼수갑산과 고향의 대립은 "온다"와 "간다," "가둔다"와 "벗어난다" 같은 동사들의 대립으로 전개된다. "내"가 여덟 번, "날"이 두 번 나온다. 삼수갑산과 고향의 대립은 결국 내 안에서 전개되는 사건이다. 이 나를 시인으로 보면 이 시는 1인칭 자기서술이지만, 만일 무대를 가정하고 무대 위에 한 인물이 올라서서 이 시와 같은 대사를 읊는다면 이 시는 3인칭 인물 시각 서술이다. 소월은 자살을 결심하는 순간에도 자기를 응시할 만큼 자기중심주의와는 거리가 먼 시인이다. 몇 개의 단순한 명사와 동사를 반복하는 방법은 동일하지만, 10년의 풍상은 소월의 시를 어른스럽고 자연스럽게 변화시켰다. 이 시는 해석이 필요 없을 정도로 자연스러운 시이다. 운율도 소월이 애용하던 7·5조 3음보에서 벗어나 자유시에 가까운 4음보를 택하고 있다.

3 4 5 3

4 5 4 8

3 4 3 4
4 5 5 7

4 3 4 4
4 5 4 7

4 4 4 4
4 5 5 8

4 6 4 5
4 6 4 8

음보를 구성하는 음절수를 보면 3 4 5 6 7 8 음절이 자유롭게 흩어져 있는 것이 이 시의 특징이라는 것을 알 수 있다. 고려속요에 보이는 여음(餘音)을 넣은 것도 운율에 변화를 주고 절망의 비극성을 객관화하는 데 기여한다. 소월시에 나오는 인물들이 절망에 이르는 직접적인 계기는 궁핍이다. "반짝이는 금 모래빛"(637)은 희미해지고 그들의 눈앞에는 "금전과 은전이 반짝반짝"(654)거린다. 그들은 "되려니 하니 생각/ 만주 갈까? 광산엘 갈까?/되갔나 안 되갔나, 어제도 오늘도,/이리저리 하면 이리저리 되려니 하는 생각"(816)에 시달린다. 「빚」의 화자는 빚에 시달려 잠을 이루지 못한다. "겨우나 새벽녘에 이룬 잠이/털빛 시컴한 개 한 마리/우리집 대문 웃지방에 목매달려 늘어져 듸룽듸룽/숨이 끊어지는 마지막 몸부림에/가위눌려 깨여보니/멍클도 하다 내 마음에/무엇이 있는가, 아아 빚이로다/아아 괴로워라, 다리우는 내 마음의 가름째야"(885). 가름째란 주판의 위 알과 아래 알 사이에 가로지른 대이다. 사랑과 죽음의 드라마가 시의 주제가 되던 때라면 주판이 소도구로 등장하지 않았을 것이다. 빚에 시달리는 남자들은 현실을 망각하기 위하여 "몸도 정신도"(877) 다 태우는 술에 젖어 든다. 그리고 소월의 시에 기생들이 등장한다. 소월은 기생들의 시각을 객관적으로 보여준다. "날 끓다 말어라/ 가장 (家長)님만 님이랴/오다가다 만나도/정붓 들면 님이지"(761)라고 스스로 변명해 보아도 "하루밤/빌어 얻은 팔베개"(761)는 서럽다. 남편이 아니라도 좋으니 마음을 알아주고 사정을 이해해 주는 남자를 만나고 싶다는 것이 그녀들의 소원이다. "밤마다밤마다/온 하로밤!/쌓았다 헐었다/긴 만리성(萬里城)!"(157). 여덟 단어로 된 짧은 시 「만리성 (萬里城)」(1925.1)에서 네 번 반복되는 "다" 소리와 두 번 반복되는 느낌표가 그 소원의 간절함을 암시한다. 그러나 1920년대의 놀음차나 해웃값은 요즈음보다 더 높았다. 기방에 다니는 사람은 제한되어 있었고 좋은 사람도 많지 않았다. 「팔베개 노래」(1926.8/1935.10)에 나오는 채란이라는 기생은 중이 되는 길 하나가 제게 남아 있다고 생각한다. 그러나 금강산 단발령(斷髮嶺)으로 가는 고갯길이 그녀에게는 막혀 있다. 단발령은 그곳에서 동쪽으로 금강산을 바라보면 누구나 머리를 자르고 중이 되고 싶어 한다는 고개이다. "고갯길도 없는 몸/ 나는 어찌하라우"(763)라는 말은 아무것도 없으면 중도 되기 어렵다는 의미인 듯하다. 그녀는 "서도(西道)의 끝, 영변(寧邊)"(758)에서 삼천리 밖에 있는 고향을 머릿속에 그려본다. "영남(嶺南)의 진주(晋州)는/ 자라난 내 고향(故鄕)/돌아갈 고향(故鄕)은/우리 님의 팔벼개"(763). 그녀에게는 "부모 없는/고향"(762)에 가 살 수 있는 수단이 없다. 채란

V. 김소월의 시와 준비론

은 하룻밤이라도 정 붙이고 의지할 수 있는 남자를 그녀의 고향으로 여긴다. 소월시에 나오는 다른 인물들의 고향이 그렇듯이 그녀들의 고향도 덧없고 위태로운 공간이다.

소월시에 마지막으로 등장하는 인물은 사랑에도, 사업에도 실패하고 허무한 심정으로 15년 전의 학창 시절을 돌아보는 한 남자이다. 그에게 학창 시절은 거의 최초의 장면으로 나타난다. 어렸을 적에 폐인이 된 아버지로 인해서인지 소월시에는 학교 다니기 전의 기억이 나오지 않는다. 어두운 이력에서 학창 시절만이 밝은 지점으로 남아서 여전히 빛을 비춰주고 있다. 그는 일요일의 테니스 시합, 토요일의 웅변회, 겨울 등산, 시담회(試膽會)의 밤을 회상한다. "호기(好奇)도 용기(勇氣)도 인제는 없다, 아아 내가 왜 이렇게 되었노!"(860). 테니스나 웅변회 같은 것들은 최초의 장면을 구성하는 소도구들이다. 그 최초의 장면에서 소월에게 삶의 의미를 가르쳐준 사람이 조만식(曺晩植)이었다. 도산 안창호와 남강 이승훈과 고당 조만식은 평안도의 민족 기독교를 대표하는 트로이카였다. 이들의 준비론은 전라도의 김성수에게 영향을 주어 중앙중학교를 설립하게 했다. 최현배 양주동 안호상 백남훈 등의 운동으로서의 학문론도 준비론과 연관되어 있다. 조만식의 준비론은 비폭력력이라는 점에서 신채호의 무투론(武鬪論)의 반대편에 있고 비정치적이라는 점에서 이승만의 외교론과도 구별되며 원칙주의로는 이회영 김창숙 한용운의 지조론과 통한다. 이승훈과 조만식은 기독교인이고 물상객주(物商客主)였다. 그들에게는 장사해서 돈을 버는 일이 민족운동이었다. 그들에게 민족운동은 산업과 교육이라는 두 초점을 가지고 있는 타원이었다. 안창호에게는 준비론과 무투론을 역할 분담으로 이해한 면이 보이지만 조만식의 준비론에는 무장투쟁이 들어설 자리가 없었다. 1923년 4월에 소월이 동경 상대에 진학하려고 도일한 것도 조만식의 영향이라고 해야 할 것이다. 소월에게 조만식은 "얼근 얼골에 쟈그만 키와 여윈 몸매는/달은 쇠끝 같은 지조(志操)가 튀여날 듯/타듯 하는 눈동자만이 유난히 빛나섰다,/민족을 위하야는 더도 모르시는 열정의 그 님"(831)이다. 그는 조만식의 "소박(素朴)한 풍채(風采), 인자(仁慈)하신 넷날의 모양"(831)을 머릿속에 그림 그려보며 "술과 계집에 헝클어져/십오년(十五年)에 허주한"(831) 자신의 모습을 돌아본다. 그의 절망은 사업의 실패에서 오는 것이다. 조만식의 제자인 소월은 민족운동으로서의 사업 이외에는 삶의 목적이 없었기 때문이다. 소월이 죽던 해에 씌어진 「제이, 엠,에스」(1934.8)의 화자는 조만식의 큰 사랑이 "괴롭은 이 세상 떠날 때까지"(832) "항상 가슴속에 숨어 있어,/미쳐 거츠르는 내 양심을 잠재우리"(832)라는 것을 확신한다. 오산학교와 배재학당을 나왔으면서도 소월은 기독교인이 되지 못하였다. 그는 예수가 아니라 조만식을 신앙하였다. 유교나 불교의 전통에 근거한 지조론을 택했거나 조만식의 준비론과 민족 기독교를 함께 수용했다면 그는 절망으로부터 벗어날 수 있었을지도 모른다. 실력양성론은 실력양성이 불가능하게 되는 상황을 초월할 수 없다는 한계를 가지고 있기 때문이다. 「인종(忍從)」은 조만식의 준비론을 시로 요약해 놓은 실력양성 선언이다.

우리는 아기들, 어벼이 없는 우리들,
누가 너의들다려, 부르라드냐
즐겁은 노래만을, 용감(勇敢)한 노래만을,

너의는 안즉 자라지 못했다, 철없는 고아(孤兒)들이다.

철없는 고아(孤兒)들— — 어듸서 배웠느냐
"오레와 가와라노 가레 스스끼(オレハ河原ノ枯ススキ)"혹은
철없는 고아(孤兒)들, 부르기는 하지만,
"배달나라 건아(健兒)야 나아가서 싸호라"

안즉 어린 고아(孤兒)들— — 너의는 주으린다,
학대(虐待)와 빈곤(貧困)에 너의들은 운다.
어쩌면 너의들에게 즐겁은 노래 있을소냐?
억지로 "나아가 싸호라, 나아가 싸호라, 즐겁어 하라" 이는 억지다.

사람은 쓸픈 제 쓸픈 노래 부르고,
지금은 슬픈 노래 불러도 죄는 없지만, 즐겁은 제 즐겁은 노래 부른
다.
우리 노래는 가장 슬프다.

우리는 괴로우니 쓸픈 노래 부르쟈,
슬픔을 누가 불건전(不健全)하다고 말을 하느냐.
좋은 슬픔은 인종(忍從)이다.
우리는 괴로워 쓸픈 노래 부르쟈.

그러나 조선(祖先)의,
슬퍼도 즐겁어도 우리의 노래에 건전(健全)하고

샤뭇 우리의 정신(精神)이 있고

그 정신(精神) 가운데서야 우리 생존(生存)의 의의(意義)가 있다.

슬프니 우리 노래는 가장 슬프다.

"나아가 싸호라"가 우리에게 있을 법한 노랜가.

부질없는 선동은 우리에게 독이다. 우리는 어버이 없는 아기어든.

한갓 술에 취한 스라림의 되지 못할 억지요, 제가 저를 상하는 몸부

림이다.

그러하다고, 하마한들, 어버이 없는 우리 고아(孤兒)들

"오레와 가와라노 가레 스스끼"지 마라!

이러한 노래 부를소냐, 안즉 우리는 우리 조선(祖先)의 노래 있고야.

거지 맘은 아니 가졌다.

다만 모든 치욕(恥辱)을 참으라, 굶어 죽지 않는다.

인종(忍從)은 가장 덕(德)이다.

최선(最善)의 반항(反抗)이다.

힘을 기를 뿐.

오즉 배화서 알고 보쟈.

우리가 어른 되는 쯤에는

자연(自然)히 수양(修養)을 쌓게 되고

싸호면 이길 줄 안다.[5]

V. 김소월의 시와 준비론

「인종」의 화자는 생존의 의의를 우리의 정신이 깃들어 있는 조선의 노래에서 찾는다. 그는 "거지 맘은 아니" 가졌기 때문에 한국 사람이 "이 몸은 냇가의 마른 갈대"라는 일본 노래를 부르면 안 된다고 생각한다. 그는 나라 잃은 시대에 민중이 겪는 학대와 빈곤을 명확하게 인식하고 있다. 그러나 그는 치욕을 참는 것이 "최선의 반항"이라고 말하면서 결전의 날을 미래로 미루어 놓는다. 그에게 현재는 준비해야 할 때이기 때문이다. "사람은 쓸픈 제 쓸픈 노래 부르고,/즐겁은 제 즐겁은 노래 부른다"는 심정의 리얼리즘은 "우리는 괴로우니 쓸픈 노래 부르쟈"는 부정의 변증법에 도달한다. 소월의 「인종」을 신채호의 「조선혁명선언」(1923)과 비교해 보면 우리는 나라 잃은 시대 정신사의 양극단을 그려볼 수 있다.

민중은 우리 혁명의 대본영이다.

폭력은 우리 혁명의 유일 무기이다.

우리는 민중 속에 들어가서 민중과 휴수(攜手)하여

부절(不絶)하는 폭력— 암살·파괴·폭동으로써

강도 일본의 통치를 타도하고,

우리 생활에 불합리한 일체(一切) 제도를 개조하여

인류로써 인류를 압박치 못하며,

---

5) 소월은 1926년 7월 28일부터 1927년 3월 14일까지 동아일보 구성(龜城) 지국을 경영하였다. 그때 사용하던 구독자 대장에 18수의 시를 적어 놓았는데, 창작시기는 알 수 없다. 이 시도 그 가운데 하나인데, 『원본소월전집』의 해독에 석연치 않은 부분이 있어서 대장(臺帳)의 기록을 참고하여 수정하였다. "오레와 가와라노 가레 스스끼(이 몸은 강기슭의 시든 갈대)는 일본의 대중가요 「선두소패(船頭小唄: 센도코우타)」의 첫 부분.

사회로써 사회를 박삭(剝削)케 못하는

이상적 조선을 건설할지니라[6]

준비론과 무투론은 20세기 전반기 한국 정신사의 두 극이다. 전쟁을 현재 계속해야 한다고 판단하는 사람과 패배를 인정하고 새 전쟁을 준비해야 한다는 사람 사이의 상호인정은 불가능한 것이었을까? 이제 와서 어느 한 편의 주장을 대변하는 것은 의미 없는 짓이다. 우리가 풀어야 할 문제는 자유주의와 사회주의와 무정부주의, 유교와 불교와 기독교를 포함하고 운동으로서의 사업과 운동으로서의 학문을 수용하여 무투론, 준비론, 지조론, 외교론 등의 지도를 그려냄으로써 20세기 전반기 정신사의 지형학을 완성하는 것이다.

---

6) 단재신채호선생기념사업회 편, 『단재 신채호전집』 하권, 형설출판사, 1977, 46쪽.

V. 김소월의 시와 준비론

3. 소월시의 본질

소월의 대표작들은 모두 1922년에서 1925년 사이에 발표되었다. 그 시들의 운율은 단순한 율격의 미묘한 변주로 실현된다. 한국어의 음성적 특징을 최대한도로 살려냄으로써 소월시의 독자는 저도 모르게 그 시의 리듬을 기억 속에 간직하게 된다. 「진달래꽃」의 마지막 행에서 여자 주인공은 "눈물을 흘리지 아니하오리다"를 "아니 눈물 흘리우리다"로 바꾼다. "아니"는 문장의 어디에 있거나 동사를 수식하게 되어 있으므로 "아니"의 위치를 바꾸는 것은 오류가 아니다. 그러나 "아니"가 "눈물"의 위로 올라감으로써 문장의 초점이 동사가 아니라 명사에 맞춰진다. 「산유화」의 "갈 봄 여름 없이"를 "봄 여름 가을 없이"라는 어법과 비교해 본다면 누구나 평범하게 보이는 것을 낯설게 하는 소월식 어법의 강력한 효과를 체험할 수 있을 것이다. 소월은 극적 상황을 구축하는 능력을 꿈이라고 불렀는데, 소월이 말하는 꿈을 상상력이라는 말로 바꾸어도 무방할 것이다. 소월에 의하면 상상력은 인간과 동물을 묶어주는 끈이며 인간이 간직하고 있는 것 가운데 가장 소중한 것이다. 소월의 시에 등장하는 여자의 사랑과 실망과 애수와 번민도 한국인에게 보편적인 호소력을 발휘한다. 그 여자는 한국의 고전시가에 나오는 여자와 거의 비슷한 성품과 외모를 보여준다. 소월시는 이별의 애수를 주제로 삼고 있고 숙명과 좌절의 정조를 기조로 하고 있으나 시에 등장하는 여자들은 이별의 숙명에 순종하려고 하지 않는다. 그녀들은 강한 미련을 버리지 못하고 원망하고 자책한다. 고이 보내겠다는 말 속에는 그가 돌아올 것이라는 미련과 돌아오지 않을지도 모른다는 원망이 공존한다. 운명을 수락하고 체념하지 못하는 여자의 마음은 심중에 남아 있는 말 한마디를 끝내 마저 하지 못하였다는 자책으로 이어진다. 죽은 사람의 혼을 부르는 행위 자체가 이별을 사실로 받아들일 수 없다는 미련과 집착의 표현이다. 20세를 전후한 소월의 시들은 남자와 여자의 사랑과 이별을 다루는데, 그 시들의 기조는 신체가 결여된 에로스이다. 이 경우에 여자는 남자가 술을 따르면 술잔이 되고 차를 따르면 찻잔이 되는 빈 잔과 같다. 잔에 채울 무엇을 가지고 있는 한 남자는 그녀로 인해서 세계의 모습을 나날이 새롭게 지각할 수 있을 것이다. 소월의 시에 나타나는 사랑의 본질은 지각의 쇄신에 있다. 사랑과 그리움의 가정법은 이별과 죽음의 가정법을 포함한다. 소월시는 사랑과 그리움의 연극일 뿐 아니라 이별과 죽음의 연극이기도 하다. 「진달래꽃」에서 꽃은 여자가 흘리는 피이면서 동시에 남자에게 버림받은 여자 자신이다. 만일 이별이 온다면 그것은 곧 여자의 죽음을 의미하기 때문에 그 여자는 말없이 남자를 보낼 것이고 눈물을 흘리지 않을 것이다. 살아서 그를 기다리려고 할 때에 말을 하고 눈물을 흘리는 것이지 죽을 수밖에 없을 때 말을 하거나 눈물을 흘리는 여자는 없을 것이다.

소월시에는 사랑과 죽음이 아니라 돈과 길이라는 하나의 다른 무대에서 전개되는 사건들이 있다. 두 가지 서로 다른 사건 진행은 상당한 기간 동안 겹쳐져 있었으나 『진달래꽃』의 간행(1925년 12월 26일)을 경계로 하여 후기로 넘어가면서 돈과 길이 시에 더 자주 등장하게 된다. 소월의 후기시 속에는 나라 잃은 시대가 끊임없이 암시되어 있다. 인물의 목소리와 민중의 목소리가 어긋나는 「초혼」의 불협화음은 대립과 긴장으로 가득 찬 실국시대를 부각시키는 효과적인 방법이 된다. 이 시에서 돌은 타협을 거부하고 저항을 포기하지 않는 행동의 상징이다. 시에서 사랑과 죽음의 드라마가 소멸한 후 얼마 동안 소월은 극적 상황을 실징하는 데 곤란을 겪는다. 민요는 이러한 어려움을 회피하기 위하여 도입된 장치이다. 민요라는 익명의 세계에 근거하여 소월은 인물과 배경을 설정하지 않고도 극적 상황에 필적하는 효과를 거둘 수 있게 된다. 소월의 후기시에 나오는 인물은 고향 밖에서 고향을 그리워하거나 고향에 있더라도 고향으로부터 떠날 수밖에 없는 사람이다. 나라 잃은 시대에 수많은 사람들이 일본과 중국으로 떠났다. 소월시에 나오는 길들에는 고향의 인력이 작용하고 있는데, 고향의 인력이 강한 바로 그만큼 고향의 인력을 방해하는 힘도 강하다. 고향은 사물과 인간에게 알맞은 이름을 주고, 편안하게 쉴 수 있는 자리를 준다. 제자리에 있을 때 사물은 사물답게 되고 사람은 사람답게 된다. 인간과 사물이 고유성을 얻게 되는 장소를 고향이라고 하는 것이다. 소월시에 나오는 고향은 소월이 꿈꾸는 화해의 공간이다. 고향은 소월이 꾸며낸 극적 상황이라는 면이 없지 않지만, 그것은 또한 거꾸로 나라 잃은 시대의 현실을 보여주는 램프가 되어준 면도 없지 않을 것이다. 나라 잃은 시대에 현실과 고향의 거리는 예외적으로 멀었을 것이다. 「옷과 밥과 자유」의 화자는 옷과 밥과 자유가 없는 시대를 비판한다. 길옆의 논밭에는 밭곡식과 물벼가 누렇게 익었으나 짐 실은 나귀처럼 농사를 지어도 곡식은 이미 일한 삶의 것이 아니다. 노동의 의미를 상실한 세상의 모든 길은 막다른 길이다. 소월시의 화자들 앞에는 외가닥 가는 길조차도 나 있지 않았다. 소월의 후기시에는 기생들이 등장하는데, 소월은 그 기생들의 시각을 객관적으로 거리를 두고 보여준다. 소월시에 나오는 다른 인물들

389

3. 소월시의 본질

의 고향이 그렇듯이 그녀들의 고향도 덧없고 위태로운 공간이다. 소월시에 마지막으로 등장하는 인물은 사랑에도, 사업에도 실패하고 허무한 심정으로 15년 전의 학창 시절을 돌아보는 한 남자이다. 그에게 학창 시절은 거의 최초의 장면으로 나타난다. 그 최초의 장면에서 소월에게 삶의 의미를 가르쳐준 사람이 조만식이었다. 1923년 4월에 소월이 동경 상대에 진학하려고 도일한 것도 조만식의 영향이었다. 소월이 죽던 해에 씌어진 「제이, 엠, 에스」의 화자는 조만식의 큰 사랑이 죽을 때까지 항상 가슴 속에 있으면서 미쳐 거스르는 그의 양심을 잠재워 주리라는 것을 확신한다.

V. 김소월의 시와 준비론